Dear Wife
디어 와이프

DEAR WIFE

디어 와이프

어느 날 나는 사라졌다
한때 사랑했던
남자에게서

킴벌리 벨
심리 스릴러

최영열 옮김

위북

"불확실함은 우리를 의심하게 만듭니다.

하지만 동시에 빛과 환희와 놀라움을 선사하기도 하죠.

그리고 우리를 희망으로 안내합니다.

이 세상에 확실한 것은 없습니다.

모든 것을 다 알 수는 없습니다.

하지만 불확실함이 극에 달하는 순간,

기적이 일어납니다."

오늘, 내 자유로운 삶의 첫날을 위해……

베스

나는 깜빡이를 켜고 무스코기 턴파이크 고속도로로 들어선다. 그리고 7년 만에 처음으로 숨을 쉬어본다. 온몸으로 쉬는, 폐가 비치볼처럼 부풀어 오르는 진짜 호흡이다. 공기가 너무 많이 들어가서 폐가 탈 것만 같다.

자유의 맛이 느껴진다.

4시간 동안 달려온 지금, 당신과 나 사이에 450킬로미터의 거리가 생겼다. 하지만 아직 갈 길이 멀다. 당신이 열쇠를 내려놓을 때 나는 그 달그락 소리가 아직도 귀에 맴돈다. 부엌으로 걸어오는 당신의 발소리를 생각하면 지금도 온몸이 경직된다. 아직도 공포감에 뱀 가죽처럼 피부가 싸늘해진다.

최근 당신의 기분 상태는 셋 중 하나다. 공격적이거나, 분노했거나, 폭력적이거나. 당신이 벽 뒤에서 나타날 때, 그중 어떤 상태일지를 살필 때면 목구멍으로 서서히 담즙이 올라오는 게 느껴진다. 나의 하루 중 최악의 순간이다.

나 자신에게, 이제 그만, 이라고 말해본다. 그 성질머리 때문에 늘

조마조마해야 하는 것도, 구타를 피해 몸부림치는 것도 이제 그만.

아칸소를 떠나온 것처럼, 그 나날들 또한 이젠 백미러에 투영된 과거일 뿐이다.

수요일 이른 오후의 고속도로는 차들로 붐빈다. 길 양옆으로는 흙먼지를 뒤집어쓴 채 다닥다닥 붙어 있는 집들이 빠르게 지나간다. 난 운전대의 10시와 2시 위치를 양손으로 붙잡고, 타이어가 차선을 넘어가지 않도록 신경 쓴다.

오클라호마에는 이와 비슷한 4차선 유료고속도로가 마구 뒤엉켜 있다. 머리 위로는 과속과 무임승차를 단속하는 카메라가 촘촘히 달려 있다. 지금 기술로는 달리는 자동차 중에서 아칸소 번호판을 단 검은색 세단을 일일이 찾아내진 못할 것이다. 게다가 난 단속에 걸리는 일이 없도록 신경 쓰고 있다. 마음 같아선 속도를 내고 싶지만, 제때 깜빡이를 사용하고, 절대 규정 속도 이상으로 달리지 않는다.

버튼을 눌러 창문을 열자 고속도로의 공기가 밀려와 당신 냄새를, 집 냄새를 씻어준다. 시속 100킬로미터. 세차고 뜨겁고 습한 바람이 들이닥쳐 숨이 막힌다. 목초지와 배기가스, 자연과 화학물질이 뒤섞인 공기다. 둘 중 어느 쪽도 기분 좋지 않다. 바람이 차 안에서 소용돌이를 일으켜 머리와 옷이 휘날린다. 옆 좌석의 지도는 종이비행기처럼 허공에서 펄럭인다. 난 팔을 아래로 뻗어 신발 한쪽을 벗어서 문진처럼 지도를 의자에 눌러놓는다. 당신이 나에게 매달리듯 난 저 지도에 매달려야 한다.

구식이긴 하지만 추적당할 걱정은 없다. 컵홀더에 올려놓고 충전 중인 저 선불폰 번호를 당신이 알아냈을 리는 없겠지만, 그래도 조심해서 나쁠 건 없다. 핸드폰의 포장은 뜯었지만, 전원을 켜진 않았다.

아직은 때가 아니다. 목적지에 도착하기 전엔 안 된다. 새 삶을 위해 여기까지 왔는데, 다시 예전의 삶으로 끌려갈 수는 없다.

주 경계선을 넘어왔지만, 지금 이곳의 풍경은 내가 떠나온 곳과 똑같다. 들판과 농장, 끝없이 펼쳐진 색 바랜 아스팔트. 들리는 소리도 똑같다. 지역 라디오는 두 개의 선택지를 준다. 하나는 컨트리 음악, 하나는 기독교 방송이다. 나는 깊은 목소리로 부르는 찬송가를 듣는다. 용서의 힘에 관한 가사다. 하지만 이제는 내가 따를 수 없는 내용이다. 주파수 다이얼을 돌리다 보니 미랜다 램버트의 '건파우더 앤드 리드'(가정 폭력을 소재로 한 노래―옮긴이)가 들린다. 요즘 내 기분에 잘 맞는 노래라 손가락에 힘을 주고 단번에 볼륨을 키운다.

분명 난 이런 삶을 원하지 않았다. 도망치는 삶. 모든 것을, 모든 이들을 남겨두고 떠나는 삶. 내가 그리워할 모든 것들, 보고 싶을 얼굴들을 떠올리지 않으려 노력한다. 정작 그들은 나를 그리워하지 않을 수도 있겠지. 이 계획의 일부는 내가 가장 사랑하는 이들이 진실을 모르도록 거리를 두는 것이었다. 이 부분만큼은 당신 탓이 아니다. 당신이 그들을 쫓지 않게끔 내가 먼저 관계를 끊은 거니까. 내가 떠난 걸 아는 사람은 한 명뿐이다. 다른 사람들은……. 며칠, 몇 달이 지난 뒤에야 내가 어디에 있는지 궁금해할 것이다.

당신이 똑똑하니까 난 더 똑똑해져야 한다. 당신이 교활하니까 난 더 교활해져야 한다. 수년 전 우리가 식을 올린 그때, 내가 사랑에 빠져 있던 그 시절, 나에게 교활함 같은 건 없었다. 난 당신의 두 눈을 바라보며 죽을 때까지 헤어지지 않을 것을 맹세했다. 난 진심으로 맹세했다. 이혼 같은 건 상상도 못 했다. 적어도 그때까지는.

내가 처음으로 그 말을 꺼낸 날, 당신은 나를 바닥에 내동댕이치고는 내 입에 총구를 쑤셔 넣었어. 다시 한 번 이혼이라는 말을 입에 담아보라며 윽박질렀지. 이혼. 이혼. 이혼. 이혼. 그 단어는 내 머릿속에 계속 맴돌았지만, 난 다시는 그 단어를 입 밖에 내지 않았다.

당신이 문을 열고 집에 들어서서 나를 찾는 모습을 상상한다. 욕설을 내뱉으며 이 방 저 방 뒤지다 결국 나에게 전화를 걸겠지. 희미하게 들리는 벨 소리를 쫓아 부엌으로 가서는, 싱크대 아래 장에서 나는 소리인 걸 확인하고는 인상을 쓰겠지. 문을 세게 열어젖히고 그 안에 있는 쓰레기를 바닥에 쏟아부을 거야. 축축한 커피 찌꺼기와 어젯저녁에 먹다 버린 볶음 요리를 뒤진 다음에야 내가 쓰던 아이폰을 찾아낼 거야. 난 미소 짓는다. 광대가 쓰릴 만큼 미소 짓는다.

난 복수심에 불타는 성격은 아니었다. 당신이 그렇게 사악하지 않았던 것처럼. 처음 만났을 때 당신은 매력적이었어. 추운 날 아침이면 내 차 시동을 대신 걸어놓았고, 내 생일엔 스트립 스테이크를 완벽하게 구워줬지. 그건 국경에서 자동차를 수색하는 경찰견에게 코카인 냄새를 맡게 하는 것과도 같아. 딱 적당한 양만 줘서 더 찾고 싶게 만드는 거지. 그래서 떠나기까지 이렇게 오랜 시간이 걸린 거야. 총 때문이기도 하고.

그래. 정말 이러고 싶진 않았지만, 계획은 다 세워놨다. 오늘을 위해 얼마나 치밀하게 계획을 세웠던가.

오늘, 내 자유로운 삶의 첫날을 위해.

제프리

나흘간의 운전 후 차고 진입로에 들어서며, 나는 동시에 세 가지를 인지한다.

우선 쓰레기차가 쓰레기통을 비우고 간 지 이틀이 지났는데, 오른쪽 벽 안쪽으로 줄을 맞춰 서 있어야 할 쓰레기통이 차고 앞에 너저분하게 서 있다. 또 거실 커튼은 일몰 전의 햇살을 가릴 목적으로 드리워 있다. 어젯밤부터 그랬거나, 아니면 내가 없었던 내내 그랬을 수도 있다. 게다가 아직 해가 낮게 떠 있는데 현관 앞 등이 죄다 켜져 있다. 다시 보니 그중 하나만 켜져 있다. 왼쪽 전구는 유리가 뿌옇고 어두운 걸로 봐서 수명이 다됐다. 누가 보면 집주인이 별로 신경 안 쓰는 사람이라고 생각하겠지. 우리 중에 별로 신경을 안 쓰는 사람은 사빈뿐이다.

그만. 그만하자. 불평은 그만하자. 나 자신과 약속했잖아. 싸우지 말자고. 난 트렁크에서 여행 가방을 꺼내 집으로 향한다.

"사빈?"

난 미동도 없이 위층의 소리에 귀 기울인다. 샤워, 헤어드라이어,

음악이나 TV 소리가 들릴 법하지만 아무 소리도 없다. 침묵뿐.

난 우편물이 한가득 쌓인 테이블에 열쇠꾸러미를 내려놓는다. "사빈, 집에 있어?" 난 집 안 깊숙이 들어간다.

아침에 우리가 나눈 통화 내용을 떠올려본다. 집에 늦게 온다고 했었나? 사이가 좋았던 시절에도 이 여자의 스케줄은 제멋대로였다. 게다가 사빈은 우리의 공동 달력에 일정을 써놓는 것도 늘 잊곤 했다.

이 여자는 자기가 새로 맡은 매물에 대해 10분 내내 떠들곤 한다. 동네 북쪽에 새로 지은, 보나 마나 흉물스러운 집인데, 목공 자재를 아끼지 않았다느니, 슬레이트 지붕이 어쨌느니, 미닫이문에 오크 원목 바닥재에, 내가 조금도 관심 없는 것들에 대해 쉴 새 없이 떠들어댄다. 그때 난 비행기 시간이 임박해서 애틀랜타 공항에 급하게 가는 중이었기 때문에 나중에는 아예 듣지도 않았던 것 같다. 처음 데이트 하던 무렵엔 사빈의 재잘대는 모습이 귀여워 보였다. 하지만 최근엔 그 끝을 모르는 잡담에 넌덜머리가 나서 아칸소 강물에 핸드폰을 던지고 싶은 충동을 느끼기도 했다. 공항 게이트에 도착해보니 사람들은 벌써 탑승하고 있었고, 난 그제야 전화를 끊었다.

창 너머로 차고를 살핀다. 사빈의 검은색 벤츠가 없다. 내가 먼저 집에 도착한 모양이다.

부엌으로 들어가 보니 난장판이 돼 있다. 더러운 접시가 싱크대와 조리대에 너저분하게 쌓여 있다. 일주일치 신문은 마술사가 펼쳐놓은 카드처럼 테이블을 덮고 있다. 탁한 녹색 물이 채워진 꽃병에는 다 죽어서 고개가 꺾인 장미 다발이 꽂혀 있다. 집에 돌아왔을 때 부엌이 지저분한 걸 내가 얼마나 싫어하는지 사빈은 알고 있다. 나는 오늘 아침에 먹은 시리얼 그릇을 집어 든다. 단단하게 굳은 찌꺼기가 부패한 채, 핵폐기물처럼 그릇에 눌어붙어 있다. 나는 얼른 싱크대로 가서 씩씩대며 그릇에 물을 받는다.

쓰레기통, 부엌, 어디에 갔는지 나에게 알리지 않은 것. 이 모든 건 이 여자가 나에게 내리는 벌이다. 자신이 화가 안 풀렸음을 은근슬쩍 드러내는 사빈만의 방식이다. 나는 우리가 뭐 때문에 싸웠는지 기억도 안 난다. 보나 마나 하찮은 거겠지. 최근에 다툰 건 죄다 하찮은 이유에서였다. 소파에 음식 부스러기를 흘려서, 하수구에 머리카락이 끼어 있어서, 드라이클리닝 맡긴 걸 안 찾아와서, 조금 남은 오렌지 주스를 다 마셔버려서. 죄다 하찮은 것들이다. 이렇게 되든 저렇게 되든 아무 상관 없는 것들인데, 그 순간에는 꼭 큰 문제가 되곤 한다.

주머니에서 핸드폰을 꺼내 우리가 주고받은 메시지를 살핀다. 따분한 결혼생활의 흔적뿐이다.

전기세 냈어요?

전자레인지가 또 안 돼요.

문구 용품 주문할 건데 필요한 거 없어요?

나에게 온 마지막 메시지를 보는 순간 의문이 풀린다. 이거구나. 내가 찾던 메시지.

집 보여주는 날이에요. 9시에 집 도착.

나는 사빈이 어질러놓은 것들을 치우기 시작한다. 30분은 족히 걸린다. 그릇은 식기세척기에, 그 외의 쓰레기는 쓰레기봉투에 넣고, 쓰레기봉투는 가지런히 줄을 맞춰 놓은 야외 쓰레기통에 넣는다. 그런 다음 여행 가방을 끌고 위층으로 올라간다.

침대 위 이불은 제멋대로 놓여 있고, 옷장에서 사빈이 사용하는 쪽은 돼지우리가 돼 있다. 신발은 아무 데나 벗어났고, 한쪽으로 기울어진 옷걸이에는 팔 안쪽이 밖으로 튀어나온 셔츠들이 흉측하게 걸려 있다. 난 이 여자가 사방에 남긴 흔적을 애써 외면한다. 내가 사용하는 쪽이 깔끔하게 정돈된 것과는 심하게 대조된다. 물건을 제자리에 놓는 게 힘든 일인가? 옷을 색깔별로 거는 게 그렇게 어려운 일인가?

10분 후, 나는 반바지에 티셔츠, 운동화 차림으로 강가로 달려가 분노의 조깅을 시작한다. 솔직히 내가 같이 살기 쉬운 사람이 아니라는 건 나도 잘 안다. 내가 인정했음에도 사빈은 누차 그 얘기를 꺼내 귀찮게 한다. 취향과 습관은 쉽게 바뀌지 않는다. 매일 세차하고 집을 치우는 것도, 퇴근하고 집에 왔을 때 갓 차린 따뜻한 저녁을 먹고 싶어 하는 것도 쉽게 바뀌지 않는 나의 취향이다. 사빈은 마음만 먹으면 요리를 잘할 수 있다. 일에 치이지 않은 날은 직접 요리를 하는데, 최근에는 그런 날이 없었다. 퇴근하고 집에 와서 아내가 차린 저녁을 먹은 게 언제인지 이제 기억도 안 난다. 하루 종일 정성스럽게 준비한 제대로 된 저녁 말이다. 옛날 옛적에, 사빈은 앞치마 외에 아무것도 걸치지 않고 저녁을 차려준 적도 있었다.

어떻게 다시 예전의 관계로 돌아갈 수 있을지 고민도 해봤다. 단순하고, 섹시하고, 설레던 그 시절. 비싸기만 하고 아무도 사지 않는, 버그투성이 소프트웨어를 파는 인사 관리 전문 회사에 처박혀 내 경력이 끝장나기 전 그 시절. 사빈이 부동산 중개사 자격증을 따기 전 그 시절로 돌아갈 수만 있다면 얼마나 좋을까. 한때 난 사빈에게, 네가 하는 일은 취미 생활이라며 비웃곤 했다. 그런데 이제는 많을 땐 내 월급의 두 배를 벌어오기도 한다. 그만두라고 말하고 싶지만, 솔직히 우리는 그 정도 수입에 익숙해졌다. 넓은 집으로 이사 가도 머지않아 집이 좁게 느껴지는 것과 같은 이치이다.

우리 부부는 돈을 벌고 버릇이 나빠진 경우라고 할 수 있다. 우린 솔직히 집에 너무 큰돈을 썼다. 그것도 손바닥만 한 창문이 달리고 벽이 다 갈라진 흉물스러운 이 복층 집에 말이다. 당시에 내부는 더 흉물스러웠다. 텁수룩한 카펫은 바닥과 계단을 온통 뒤덮는 것으로 모자라, 싸구려 합판으로 된 벽의 아랫부분까지 말려 올라와 있었다.

"지금 장난하는 거지?" 비좁고 퀴퀴한 냄새가 나는 방으로 안내하는 사빈에게 내가 말했다. 흡사 70년대 포르노 세트장 같았다. 빈민층을 연기하는 휴 헤프너가 다 떨어진 목욕 가운을 걸치고 벽 뒤에서 등장해도 전혀 어색하지 않을 것 같았다. 이곳에 살 일은 절대 없을 거라고 난 생각했다.

그때 사빈은 나를 뒤쪽 베란다로 데려가 풍경을 보여줬다. 아칸소 강의 절경이 그림처럼 펼쳐져 있었다. 사빈은 이미 계산을 마친 뒤였다. 일단 집을 발가락부터 머리끝까지 뜯어고치고, 새로 단장한 집의 가치를 기준으로 30년짜리 대출을 받는 계획이었다. 그 액수를 들은 나는 눈이 휘둥그레졌다. 우린 그 자리에서 집을 샀다.

현재 우리는 강변에 지어진 아름다운 목조 주택의 당당한 소유자이다. 하지만 노동자 계층이 주를 이루고 농장과 공장지대 사이에 끼어 있는 이곳 파인블러프 출신인 우리 부부는 하나는 알았지 둘은 몰랐다. 이 집은 빈민가에 있어서 양옆으로 늘어선 집들과 비교하면 귀족이 사는 성처럼 보인다. 하지만 아무리 때 빼고 광을 내도 이 마을에는 이 집을 살 만한 부자가 몇 없으니 죽기 전에 팔 수나 있을지 의문이다. 그리고 우리 집은 강을 내려다보는 것에서 한술 더 떠 아예 강 위에 있다. 강이 너무 가까이 있는데 물길이 제멋대로 바뀌니, 소나기가 올 때면 늘 뒤쪽 계단이 물에 잠긴다.

하지만 여기에서 중요한 점은, 용돈이나 벌어볼 생각으로 시작한 사빈의 일이 이제는 우리 부부에게 필수가 됐다는 것이다.

바지 주머니에서 핸드폰 진동이 울린다. 난 달리는 속도를 서서히 늦춰 갓길에 멈춰 선다. 화면을 보자마자 속에서 열불이 올라온다. 사빈이 아니라 사빈 언니한테서 온 전화다. 나는 숨을 헐떡이며 전화를 받는다.

"네, 잉그리드."

차갑고 딱딱한 인사다. 왜냐하면 잉그리드와 나의 관계가 차갑고 딱딱하니까. 내가 아내에 대해 좋아하는 점은 금발과 갈색이 섞인 머리칼, 얇은 허벅지와 허리, 피부에서 나는 바닐라와 설탕 향 등인데, 이 쌍둥이 언니는 이와 정반대의 요소로 이루어진 사람이라고 볼 수 있다. 잉그리드는 사빈보다 키가 작고, 단단한 체형이고, 덜 세련됐다. 학창시절 사빈이 전교에서 제일 인기 많은 학생이었을 때 잉그리드는 병풍 같은 존재였다. 사빈이 일등급 소라면 잉그리드는 평범한 암소다. 잉그리드는 사빈이 자기보다 예쁜 것에 대해 화를 낸 적은 없지만, 다른 이들이 그 사실을 인정하는 것에 대해서는 대놓고 짜증을 낸다.

"사빈한테 연락하려고 하는데요." 잉그리드가 말한다. 특유의 비음이 섞인 중서부 방언에서 다급함과 짜증이 느껴진다. "오늘 통화한 적 있어요?"

강에 모터보트 한 대가 굉음을 내며 지나간다. 나는 소리가 잦아들길 기다렸다가 대답한다.

"예, 난 잘 지내요. 고마워요, 잉그리드. 그리고 네, 통화했어요. 내가 회의 때문에 주말 내내 플로리다에 있어서 짧은 통화밖에 못 했어요. 이제 막 집에 왔어요. 사빈은 오늘 집을 보여주는 일정이 있어요. 사빈 핸드폰으로 전화해봤어요?"

잉그리드는 성대 안쪽에서 울리는 소리로 대답한다. 어이없다는 듯 눈알을 굴리기 직전에 낼 법한 그런 목소리다. "당연히 해봤죠. 백만 번은 한 것 같네요. 마지막으로 통화한 게 언젠데요?"

"1시간쯤 됐어요." 즉각적으로, 또 자동으로 거짓말이 튀어나온다. 잉그리드는 내가 아침에 사빈의 전화를 그냥 끊어버린 걸 알 수도 있고 모를 수도 있다. 어찌 됐든 난 그 일을 얘기해줄 생각이 없다. "9시에 집에 온다고 했어요. 그때 전화해보시죠. 뭐, 어찌 됐든 언니한테 전화 왔다고 전할게요."

그 말과 함께 난 통화 종료 버튼을 누른 다음, 이어폰에 흘러나오는 음악 소리를 귀가 찢어질 정도로 키우고 석양을 향해 달리기 시작한다.

베스

턱사의 서남쪽에 흐르는 아칸소강. 이곳 강변에 있는 리버 벤드 아파트 단지는 활기라고는 느껴지지 않는 곳이다. 처음 왔지만, 어디에서 많이 본 듯 눈에 익은 경관이다. 죄다 베이지색으로 벽을 칠해 구분하기도 힘든 삼사 층의 건물들이 아메바 모양의 수영장을 둘러싸고 있는 형태다. 이와 같은 단지들이 미국 전역에 수백만 개는 있을 것이다. 내가 이곳을 선택한 이유는 바로 그 점 때문이다.

나는 본 건물 근처 빈자리에 차를 세운 뒤, 조수석에 있는 가방과 뒷좌석에 있는 옷을 집어 든다. 소지품이라고는 이게 전부다. 그러고는 정문을 향해 걸어간다.

넓은 실내 공간 여기저기에 대학을 갓 졸업한 것 같은 이들이 보인다. 하나같이 커피가 든 종이컵을 쥐고 있거나 맥북 자판을 두들기고 있다. 모두 나를 투명인간 취급한다. 예상 못 한 일이지만, 한편으론 그런 쪽이 낫겠다는 생각이 든다. 도망치는 사람이 숨기에는 더할 나위 없는 곳이다. 자기 세계에 심취한 밀레니얼 세대가 바글대는 이곳에서, 나이 서른이 넘은 사람은 누구든 투명인간이나 다름없다.

임대 계약 사무실 팻말을 발견한 나는 즉시 복도를 가로질러 간다.

윤이 나는 유리가 놓인 책상 뒤에 젊고 예쁜 금발 머리 여자가 앉아 있다. 정성 들여 꾸민 인스타그램 계정에, 입술을 삐죽 내밀고 허리에 손을 얹고 찍은 화려한 셀카를 올릴 법한 부류다. 내가 책상 근처에 멈춰 서자, 여자는 고개를 들어 환한 미소를 보인다.

"안녕하세요. 털사 최고의 아파트 단지를 찾고 계시나요? 그럼 정말 제대로 찾아오셨네요!"

이런. 중서부 억양에 카다시안 자매처럼 징징대는 목소리. 게다가 부자연스러울 정도로 하얀 치아. 실제로 저런 사람이 있긴 있구나.

"아, 네. 홈페이지에 올라온 원룸을……"

"어머머! 정말 운이 좋으시네요. 안 그래도 다음 주부터 보그 아파트에 방이 하나 빈다는 걸 방금 알았거든요. 넓이는 22평에 수영장이 보이는 발코니가 있는데, 어떠세요?"

난 한쪽 어깨에 멘 가방끈을 끌어당기며 말한다. "좋네요. 그런데 그것보다 더 빨리 들어갈 수 있는 델 찾고 있는데……."

"얼마나 빨리요?"

"지금 당장요."

여자의 얼굴에서 미소가 사라진다. "아, 지금 가능한 원룸이 있긴 하네요. 그런데 훨씬 좁고 경치도 별론데."

난 어깨를 으쓱인다. "상관없어요."

금발의 여자가 내 뒤에 있는 쿠션이 들어간 의자 중 하나를 가리킨다. "일단 앉으세요. 알파 아파트를 알아봐 드릴게요. 언제 이사 올 계획이시죠?"

난 의자에 앉으며 무릎에 가방을 얹어놓는다. "가능하다면 오늘요."

여자는 눈을 동그랗게 뜨더니 고개를 젓는다. "아마 안 될 것 같아요. 신청 절차가 적어도 24시간은 걸리거든요."

불길한 예감에 가슴이 철렁 내려앉는다. "신청 절차요?"

신청 절차가 뭔지는 나도 잘 안다. 이미 홈페이지를 샅샅이 뒤져봤기 때문에 이곳에 입주하려면 어떻게 해야 하는지 정확히 알고 있다. 바로 이 부분이 제일 까다롭다는 것도 잘 알고 있다.

여자가 고개를 끄덕인다. "명세표나 계좌 증명을 통한 2개월치 급여 수령 증명, 운전면허나 여권처럼 정부가 발행한 신분증, 주민등록번호가 필요해요. 신원조사를 하는 건 표준 절차에 해당하는데, 몇 시에 제출하냐에 따라 하루에서 이틀이 소요돼요."

지금 말한 건 내 가방에 든 봉투에 모두 준비돼 있다. 이 여자가 그 정보들을 컴퓨터에 입력하는 순간, 즉 마우스를 클릭하는 순간, 그 모든 것은 세상 밖으로 뻗어 나간다. 신원조사에 동의한다는 것은 내 존재를 드러내는 것을 의미한다. 당신은 시스템을 통해 내가 어디에 있는지 알아낼 거야. 당신이 내 앞에 나타나기 전까지 나에겐 고작 한두 시간 정도가 주어지겠지. 난 당신이 나를 찾아낼 거라고 확신해.

금발 여자는 핸드폰으로 시간을 확인한다. "서두르면 내일 업무 마감 전까지 모든 걸 시스템에 입력할 수 있을 거예요."

그때쯤이면 난 멀리 떠나고 없겠지.

봉투를 책상 건너편으로 밀며 내가 말한다. "그럼 서두르죠. 이틀 후면 새 직장에서 일을 시작하거든요. 그 전에는 이사를 마치고 싶어요."

여자는 서류 다발을 뒤지더니 입출금 내역서에서 손을 멈춘다. 순간 사무실의 공기가 무겁게 가라앉는다. 아파트 단지에 입주하려면 월세의 최소 세 배를 번다는 것을 증명해야 한다. 그래서 난 월급 증명에 0 두 개를 더해놨다. 포토샵을 단 하루라도 공부했다면 누구나 할 수 있는 거다.

이 여자가 눈여겨보는 건 금액이 아니라 나의 전 주소다. "아칸소 네요? 무슨 일로 여기까지 오셨어요?"

난 힘을 빼고 의자에 앉은 채 말한다. "퀵트립(미국의 편의점 체인 — 옮긴이)에 취직했거든요."

거짓말이지만 금발 여자의 표정을 보니 믿는 눈치다. "제 친구도 거기에서 일해요. 직장이 참 마음에 든대요. 혜택도 여기보다 훨씬 많고요. 앗, 지금 한 말은 못 들은 거로 해주세요." 내가 농담을 이해했을 거라고 생각했는지 미소를 보이길래 나도 미소로 화답한다.

그 여자의 손에 있는 서류 다발을 가리키며 내가 말한다. "아직 월급 명세표는 없어요. 그래서 계약서를 첨부했어요."

가짜이지만 충분히 진짜처럼 보인다. 이 여자에게 인사과에서 일하는 친구가 있다면 모를까, 이 문서가 위조되었다는 사실을 아는 건 나와 파인블러프 공립 도서관 프린터밖에 없다.

서류를 다 훑어볼 때까지 나는 차분히 기다린다. 나머지는 다 진짜다. 진짜 면허증, 진짜 주민등록번호, 진짜 주소다. 아 참, 주소는 이제 전 주소구나. 이제 이 모든 계획의 운명은 저 여자가 손에 들고 있는 서류들을 받아 주느냐에 달렸다. 이 관문을 통과하면 저 서류들은 유인용 흔적을 남길 테고, 나는 비로소 사라질 수 있다.

여자가 환한 미소를 보인다. "이렇게 흠잡을 데 없이 신청서를 준비해 오는 경우는 흔치 않아요. 제가 놓친 걸 시스템이 잡아낸다면 모를까, 이건 너무 쉽게 통과되겠는데요?"

그 말이 의문인지 경고인지는 잘 모르겠지만, 난 그중 어느 쪽도 아닐 거라는 듯 태연하게 미소 짓는다.

여자는 서류를 책상에 내려놓더니 마우스를 잡는다. "이제 고객님의 정보를 시스템에 입력해볼까요."

당신과 난 맥도날드에서 처음 만났어. 매장엔 감자튀김 냄새가 진동했고, 난 편두통을 앓고 있어서 머리가 쪼개질 것만 같았어. 애초에 두통 때문에 거기에 간 거였지. 내 몸이 간절하게 해피밀을 원하고 있었으니까. 그 어떤 약보다 잘 듣는 염분과 과당의 묘약이 필요했어. 오직 그 약만이 내 두개골을 옥죄는 좀쇠를 풀어주고, 뒤틀린 속을 달랠 수 있었지.

난 선글라스를 쓰고 앉아서 프렌치프라이를 먹었어. 머릿속 작은 괴물들은 끊임없이 내 뇌를 할퀴어대고 있었지. 그때 통로 건너편 테이블에 앉아 있던 당신이 내 쪽으로 몸을 기울였어.

"뭐 나왔어요?"

난 대답하지 않았어. 입을 여는 것 자체가 고통이었으니까. 게다가 당신이 무슨 말을 하는지 당최 알 수가 없었어.

당신은 내 팔꿈치 옆에 놓인 상자를 가리켰어. "그 안에 장난감 들었잖아요. 뭐 나왔어요?"

난 선글라스를 머리 위로 올리고 안을 들여다봤어. "노란색 플라스틱 자동차네요." 나는 그걸 꺼내서 당신에게 보여줬어.

"핫휠이네요."

난 그걸 접시 끝에 내려놨어. "뭐라고요?"

"닷지 차인 거 같아요. 지구에 사는 남자아이라면 누구든 인생에서 한 번쯤 핫휠을 갖고 놀게 돼 있어요. 내 조카아이는 몇만 개 가지고 있죠."

당신은 두통을 잊게 할 만큼 아름다웠어. 패스트푸드점에서 처음 보는 사람과 애들 장난감에 대해 농담 따먹기나 하기엔 어울리지 않는 아름다움이었지. 큰 키에 넓은 어깨, 짙은 피부, 짙은 속눈썹, 강인해 보이는 각진 턱이 인상적이었어. 이탈리아계가 아닐까 생각했던 것 같아. 아니면 그리스계던가. 오랜 세월 떨어져 지낸, 좀처럼 변하지 않는 유전자를 가진 친척을 만난 느낌이었어.

난 장난감을 들고 당신 쪽으로 팔을 뻗었지. "드릴게요. 조카한테 줘요."

당신은 미소를 지었어. 어쩌면 탄수화물이 내 혈액순환을 도와서였는지도 모르겠지만, 그날 당신을 만나고 두통이 조금 가셨어.

3일 뒤, 난 사랑에 빠졌지.

유리문을 열고 식당에 들어서는 지금, 난 당연히 당신 생각을 하고 있어. 다른 주에 있는 다른 맥도날드 체인이지만 어쨌든. 뭔가 맞아떨어지는 기분이야. 시적이라고 할 수 있지. 우리 관계가 처음 시작된 곳에서 마무리를 짓는구나.

프렌치프라이 튀기는 냄새, 고기 굽는 냄새가 밀려온다. 메스껍다. 편두통을 마지막으로 앓은 게 몇 달 전인데, 두개골 깊은 곳 어딘가에 미세한 진동이 느껴진다. 후각은 가장 강력한 기억의 촉매제라는 말이 사실인가 보다. 맥도날드에서 숨 한 번 쉬고 편두통이 오는 것도 이상할 건 없다. 두통 예방약인 엑세드린을 한 알 꺼내 주문대에서 산 물과 함께 삼킨다.

주와 주 사이의 대형 고속도로에 있는 맥도날드치고는 사람이 너무 없다. 나는 대부분 비어 있는 테이블들을 지나치며 여기저기 흩어져 식사 중인 손님들을 살핀다. 엄마가 잡지를 보는 동안 아이들은 서로에게 치킨 너겟을 던지고 있고, 여드름이 잔뜩 난 10대 아이는 핸드폰으로 유튜브를 보고 있다. 한쪽에서는 노부부가 빨대로 갈색 셰이크를 빨아 먹고 있다. 그들 중 누구도 고개를 들어 나를 쳐다보지 않는다.

주차 공간이 보이는 곳에 자리를 잡는다. 일렬로 늘어선 흉측한 픽업트럭들이 늦은 오후의 햇살을 받아 반짝인다. 거대한 타이어에 광이 나는 바퀴, 적재함에 부착한 롤바, 창문에 탑재된 총기 수납대. 뒷창문에는 물결치는 깃발이 그려진 스티커가 붙어 있다. 범퍼에 부착된 스티커들은 이들이 하느님을 찬양하고, 총과 트럼프를 좋아한다고 대신 말해준다. 너무나도 전형적인 중서부 사람들의 모습이다.

다른 유의 전형적인 사람이 여기에 있다. 선글라스를 끼고 음식도 안 시킨 채 패스트푸드점에 앉아 있는 여자. 별로 좋은 모습이 아니다. 보여주기용으로 1달러짜리 세트를 주문할까 생각해보지만, 너무 긴장돼서 아무것도 못 먹겠다. 손목시계로 시간을 확인한다. 난 몸을 꼼지락거리지 않으려고 신경 쓴다. 5시 3분 전이다.

닉이라는 사람이 늦지 않아야 할 텐데. 이 계획에서 결정적인 역할을 맡은 사람이기도 하지만, 사실 난 지금 한가로이 앉아서 기다리고 있을 상황이 아니다. 1시간 후면 당신이 퇴근할 테니까. 문을 열고 집에 들어설 때면, 내가 당연히 저녁을 차려놓고 부엌에서 기다리고 있으리라 생각하겠지. 신문, 리모컨, 맥주를 대령하고 섹스까지⋯⋯ 당신의 욕망에 열정이 깔려 있을지 분노가 깔려 있을지 운에 맡겨

24

야 했어. 그런 생각을 하자 열이 나면서 경련이 일어난다. 당장이라도 차로 달려가 이곳을 벗어나고 싶어서 몸이 들썩인다. 지금으로부터 1시간 후, 이곳에서 300킬로미터 떨어진 곳에서 당신은 나를 찾고 있을 거야.

"어떻게 알아보면 되죠?" 이틀 전, 닉에게 전화로 물었다. 우리의 유일한 통화였다. 나는 월마트 직원에게 자동차 배터리가 방전됐다고 거짓말하고, 고객 지원실에 들어가서 전화를 걸었다. 닉과 나는 만난 적이 없다. 사진도 교환하지 않았고, 기본적인 신체 특징도 공유하지 않았다. 일주일 전까지는 그런 사람이 존재한다는 사실조차 알지 못했다.

닉이 큰 소리로 웃으며 말했다. "제가 어떻게 하면 될까요? 입에 장미라도 물고 있을까요? 너무 걱정하지 마세요. 충분히 알아보실 수 있을 거예요."

난 다시 한 번 10대 아이를 몰래 쳐다본다. 화면을 보며 깔깔대고 웃고 있다. 분명 닉이 아니다. 통화했을 때 저렇게 금방 눈에 띌 사람이라는 생각은 들지 않았다. 내 시선은 아내에게 남은 밀크셰이크를 먹으라고 권하는 노인에게 향한다. 저 사람도 아니다.

5시를 30초 남겨놓고 닉이 도착하자, 나는 그 사람임을 확신하고 안도의 한숨을 쉰다. 대번에 저 사람인 걸 알 수 있다. 닉은 눈앞에 보란 듯이 지나가도 존재를 인식하기 힘든 그런 사람이다. 언제, 어느 맥도날드 체인에서 만났어도 눈에 띄지 않았을 것이다.

일단 그의 차를 보자. 닉은 잔뜩 튜닝한 포드 F-250, 좌석을 침대로 개조한 닷지 램 사이에 주차한 별 특징 없는 세단을 타고 왔다. 옷차림도 마찬가지다. 평범한 카키색 바지에 흰색 셔츠를 입고, 갈색 구두를 신었다. 오늘 수업이 없는 수학과 교수, 혹은 엔지니어 같은 외양이다. 문을 열고 들어오는데 진청색 야구 모자를 써서 눈은 잘 보이지 않는다. 내가 있는 쪽으로는 아예 시선도 주지 않는다.

닉은 카운터에서 주문한 커피를 들고 내가 있는 테이블로 바로 오더니 내 맞은편 의자에 앉는다.

"닉 맞죠?"

표정으로 봤을 때 닉은 저 사람의 진짜 이름이 아닌 것 같다. "그쪽은 베스겠군요."

그러고 보니 나도 진짜 이름이 아니네.

자세히 보니 생각했던 것보다 잘생겼다. 미간이 넓고, 턱은 각이 졌으며, 모자 밖으로는 굵은 모발이 삐져나와 있다. 보통 사람들처럼 청바지에 편안한 티셔츠를 입었다면 딱히 이상해 보이진 않았을 것 같다.

닉은 인공감미료 세 팩을 찢어서 커피에 넣고는 빨간 플라스틱 빨대로 젓는다. "이렇게 안 하면 마실 수가 없어요. 이걸 넣으면 체르노빌에서 직수입한 것 같은 맛이 나죠. 만약에 부작용으로 제 머리에 셋째 귀가 자라난다면 그쪽 책임입니다."

비꼬는 게 분명하다. 닉은 길 건너에 있는 던킨에서 만나고 싶어 했으니까. 아예 대놓고 요구했다. "괜찮으시다면 던킨에서 만나고 싶은데요." 그것도 한 번이 아니라 내가 경계심을 품을 정도로 여러 번 말했다. 사실 난 괜찮지 않았다. 왜냐하면 나와 닉이 대화를 나눌 장소는 반드시 맥도널드여야만 했으니까. 그렇게 하는 게 우주의 이치에 맞다. 그래야만 완벽하게 대칭이 된다.

"저한텐 추억이 많은 장소거든요." 내 어투는 사과보다는 설명에 가깝다. 체르노빌 커피에 응수하는 평화의 메시지이다. "좋은 추억은 아녜요. 그래도 추억은 추억이죠. 일종의 업보 때문에 여기에서 만나야 하는 거라고 해두죠."

닉이 대수롭지 않다는 듯 어깨를 들썩인다. "업보라는 게 만약 사람의 모습을 하고 있다면 참 성깔 더러운 년일 거예요. 절대 심기를 건드려선 안 되죠." 말을 마친 닉은 커피를 한 모금 마시고 얼굴을 찌푸리며 컵을 내려놓더니, 양손을 플라스틱 테이블 위에 가지런히 모으고 내가 말하길 기다린다.

"일 때문에 이동을 많이 하신다고요?"

닉은 '일 때문에 이동을 많이 하는 사람'이라는 조건에 완벽히 부합해서 강력한 추천을 받았다. 그 외의 조건으로는 '신뢰할 수 있어야 하고, 신중한 성격'이 있었다. 그 부분은 이 사람이 문을 열고 들어오는 순간 합격점을 줬다. 시간 약속도 잘 지켰고, 옷도 눈에 띄지 않게 잘 입었다.

"머물러 있을 때보다 이동할 때가 더 많죠."

"장거리도 가시나요?"

"그때그때 달라요. 어떤 땐 하루나 이틀 정도 한 곳에 머물기도 하죠. 하지만 같은 곳에서 이틀 연속으로 자는 일은 없어요. 만일을 대비해서 계속 움직이는 걸 선호하죠."

'만일을 대비해서'가 무슨 뜻인지 별도의 설명은 없지만 난 굳이 묻지 않는다. 무슨 뜻이든 내가 알 바 아니다. 내가 시키려는 일에는 아무런 영향을 끼치지 않을 테니까.

"하지만 변수가 없는 달에는 5천 킬로미터에서 6천 킬로미터 정도 이동하니까 장거리 이동이라고 볼 수 있겠네요."

"본거지가 따로 있나요?"

"여러 군데 있죠. 그런데 말씀드렸다시피 잘 가지 않아요."

"완벽하네요."

닉이 미소 짓는다. "제 아내에게도 그렇게 전해주세요."

농담이 분명하다. 아니면 나를 떼어내려고 하는 말일지도 모른다. 닉 같은 남자들은 결혼이 맞지 않는다. 결혼한다 해도 사랑해서가 아니라 편의상, 혹은 위장을 목적으로 할 확률이 높다. 사랑은 절대 아니다.

"재미있네요." 물병 뚜껑을 돌리며 내가 말한다. "난 남편이 출장 떠날 때 그렇게 좋더라고요."

말을 내뱉자마자 주워 담고 싶어진다. 닉의 눈 주위의 피부가 팽팽해진다. 일순간이지만 내가 알아채기에는 충분한 시간이다. 가상의 아내에 대한 그의 가벼운 농담과는 달리, 내가 한 말은 너무 많은 정보를 드러냈다. 실제로 남편이 있으며, 그가 없을 때의 삶이 낫다는 것을 이야기한 것이다. 닉은 내 친구가 아니다. 싸구려 커피를 마시며 농담을 주고받을 사이가 아니다. 우린 일 때문에 만났다. 저 사람은 나에 대해 조금 알수록 좋다.

나는 가방 옆 주머니에서 번쩍번쩍 빛나는 웰스 파고(다국적 금융 서비스 기업—옮긴이) 카드를 꺼내 테이블 반대편으로 민다. "제 돈을 써주세요."

닉은 아무 말 없이 카드를 집어 금색 카드 앞면에 있는 나의 진짜 이름을 엄지손가락으로 문지른다. 거기에 적힌 이름은 분명 베스가 아니다. 닉이 고개를 들지만 좀처럼 표정을 읽을 수 없다.

"돈을 써달라는 의미에 대해 짚고 넘어갈게요. 일등석을 타고 라스

베이거스에 가서 미쳐 날뛰며 룰렛을 돌리라는 의미가 아녜요. 한 장소에서 10달러, 또 다른 장소에 가서 20달러, 이런 식으로 써줬으면 해요. 최대한 많이 돌아다니면 좋겠어요. 같은 인출기에서 돈을 두 번 뽑지 마세요. 같은 도시에서 두 번 뽑지도 말고요. 인출한 위치가 멀면 멀수록, 다양하면 다양할수록 좋아요. 나를 당신의 현금인출기 요정 어머니라고 생각하면 돼요."

"발자취를 남기란 얘기군요."

난 머리를 까딱인다. "일주일에 100달러 이상 인출하지 않는다면, 아, 물론 그렇게 할 수도 없을 거예요. 내가 일주일치 한도액을 걸어놨으니까. 당신은 그 카드에서 5주일치 돈을 인출할 수 있어요."

"사례비는요?"

그가 받기로 한 사례비는 500달러다. 통화로 이미 정한 금액이고, 협상의 여지는 없다. 내가 어떤 일을 시키는지와는 별도의 문제다. 사례비의 두 배에 달하는 돈을 추가로 받으니, 이건 누가 봐도 정말 후하게 처주는 거다. 아마 이 남자가 해본 일 중 가장 쉽게 돈을 버는 일일 것이다.

"사례비도 그 안에 있어요. 그건 오늘 찾아도 돼요. 그걸 찾는 순간부터 일주일치 인출 한도액이 걸려요."

그는 한쪽 엉덩이를 들썩여 바지 주머니에 카드를 넣는다. "동쪽으로 갈까요, 서쪽으로 갈까요?"

자신이 나와 반대쪽으로 가야 한다는 걸 알고 하는 질문이 분명하다. 적어도 내 생각은 그렇다. 그런데 아까 내가 실수로 내뱉은 말이 영 찜찜하다. 게다가 그의 주머니에 들어가 있는 카드에는 내 진짜 이름이 적혀 있다. 혹여 범죄자일지도 모르는 낯선 사람에게 내가 어느 쪽으로 갈지를 알려줘서는 안 된다. 나를 쫓아올 게 걱정돼서가 아니다. 지난 10년 동안 깨달은 바가 있다면, 절대 누구도 믿어서는 안 된다는 거다. 가장 믿어야 하는 사람조차도 믿어서는 안 된다.

"동서남북 어디로 가든 상관없어요. 불규칙적으로 돈을 인출하고 예상할 수 없는 곳에 머물면 돼요. 나는 온라인으로 출금 현황을 지켜볼 거예요. 내가 보는 게 마음에 안 들면 바로 계좌를 정지할 거예요."

"현금인출기마다 카메라가 달려 있는 건 알죠?"

난 어이없다는 듯 눈알을 굴려 보인다. 당연히 알지. 지난 열 달 동안 계획을 세우면서 감시 카메라처럼 기초적인 것을 간과했을 리가 있나. 하지만 당신이 녹화된 테이프에서 내 얼굴이 아닌 닉의 얼굴을 보는 건, 인출된 돈의 존재를 알아챈 시점에서 며칠, 어쩌면 몇 주가 흐른 뒤겠지. 그러니 난 그깟 카메라 따위 신경 쓰지 않아도 돼.

"카메라 보고 예쁘게 웃는 거 잊지 마요." 나는 가방을 어깨에 걸침으로써 이 대화, 또는 면접, 또는 출격 명령이 끝났음을 알린다. "비밀번호는 2764예요."

닉이 커피가 든 컵을 집는다. 아직 가득 차 있지만 이제 김은 나지 않는다. 그런데 생각이 바뀌었는지 잔을 도로 내려놓고 일어선다. "혹시 그런 경우 종종 있지 않아요?"

"어떤 경우요?"

"사람들이 당신을 과소평가하는 경우요. 당신이 순진한 사람이라고 착각하는 거죠. 또 한 번 나한테 어이없다는 표정을 짓기 전에 잘한 번 생각해봐요. 그건 나쁜 게 아니에요. 상황이 심각해지면 그 점을 유리한 쪽으로 쓸 수 있을 거예요."

그제야 나는 닉에게 미소를 보인다. "기대되네요."

제프리

소파에 누워 있다가 불현듯 잠에서 깬다. 배 위에 아슬아슬하게 놓여 있던 크리스털 잔이 골반으로 굴러 내려간다. 소파의 젖은 곳을 피해 한쪽으로 몸을 굴려보지만, 청바지는 이미 젖어 있다. 잔에 손가락 두 개 높이까지 따랐던 값비싼 버번위스키는 내 다리와 소파를 적셔놨다. 난 신음을 토하며 잔을 바닥에 쾅 내려놓고는, 몸을 일으켜 정신을 수습한다. 저녁으로 먹고 절반이 남은 피자는 차갑게 식은 채 탁자 위에 놓여 있다. 난 종이 상자를 접어서 덮어버린다. 벽에 걸린 TV에는 집이 불타오르는 화면이 나온다. 곡선을 그리며 쏘아 올라가는 물줄기 아래로, 노랗고 반짝이는 장비를 착용한 장난감 병정 같은 사람들이 서 있다. 난 리모컨을 집어 들고 안내 버튼을 누른다. 화면 상단의 작은 숫자들이 오후 11시 17분임을 알려준다.

젠장. 소파에 누운 게 9시 15분 전이었다. 나흘간의 출장. 회의 때문에 온종일 촉각을 곤두세우고 있다 보니 생각보다 몸이 많이 축났나 보다.

"사빈?"

대답이 없다. 생각해보니 깊이 잠들어 있는 것 같다. 위층 침대에 누워 있을 모습을 떠올려본다. 긴 머리가 베개에 드리워 있는 모습. 가슴이 불타오른다. 익숙한 느낌이다. 왜 나한테 집에 왔다고 인사하지 않았지? 왜 나를 깨우지 않았지?

난 TV를 끄고 일어선다.

아래층은 조용하다. 복도에는 불이 환하게 켜져 있다. 난 불을 끄며 위층으로 올라간다. 부엌 입구에서 잠시 멈춰 선다. 조리대는 흠 잡을 데 없이 깨끗한 상태 그대로다. 똑같이 생긴 펜던트 조명 세 개가 금색 빛을 발산하고 있다. 사빈이 게으르긴 하지만 돈 낭비하는 건 나만큼이나 싫어한다. 집에 왔다면 잠자는 나를 조용히 지나 2층으로 올라가면서 불을 다 껐을 것이다.

불안감에 가슴의 살갗이 팽팽해진다.

난 부엌을 가로질러 달려가 차고 문을 연다. 휘발유 냄새가 희미하게 올라온다. 내 차는 아까 세운 곳에 그대로 있다. 콘크리트 바닥에 기름 자국만 있을 뿐, 사빈의 자리는 텅 비어 있다. 심장이 고동쳐 통증이 느껴진다.

두세 계단씩 뛰어올라 2층으로 올라간다. 무엇을 보게 될지 이미 알고 있지만, 난 복도를 전력 질주해 침실에 들어간다. 이불은 내가 정리 정돈한 상태 그대로 있다. 베개는 가지런히 쌓여 있고 각이 잡혀 있다.

침대에는 아무도 없다.

베스

털사 외곽에 있는 어느 지저분한 모텔 17번 방. 화장실 세면대 앞에 서서 거울 속 내 모습을 자세히 뜯어본다. 건조한 피부, 눈 주위의 자주색 섀도. 머리가 너무 긴데, 모양을 내자니 또 너무 무겁다.

딩신은 항상 나에게 머리를 자르지 말라고 했어. 긴 머리가 좋다면서. 짙은 갈색 바탕에 빛나는 구릿빛 리본이 섞여 있는 듯한 내 머리를 참 좋아했지. 거기에 적당한 컬까지. 내 머리는 광고에서 볼 법한 그런 머리다. 이런 머리를 하려고 한 달에 100달러씩 들이는 여자들도 있다. 하지만 당신에겐 헤어스타일 이상의 의미였지. 일종의 장난감처럼 흥분을 안겨주는 요소였어. 우리가 섹스할 때 손가락으로 훑거나, 당신의 입을 파묻고 교성을 지르기 위한 장치일 뿐이었어.

이 머리를 그토록 사랑한다고? 그래 놓고는 또 폭력의 도구로 사용하잖아. 내 머리채를 휘어잡고 방에서 방으로 끌고 다녔잖아. 내 머리채를 붙잡고 나를 바닥에 눌러놨잖아. 머리카락은 당신이 생각하는 것보다 훨씬 강해. 가시가 돋친 갈고리처럼 뿌리들이 살 속에 파고 들어가 있어. 머리칼 한 움큼이 빠지기 전에 두피가 먼저 찢어져. 난 경험으로 그걸 알아.

난 머리 한 움큼을 쥐고 가위로 싹둑 자른다. 끝 선이 삐뚤빼뚤하다.

생각보다 쉽다. 당신이 내 뒷머리를 붙잡고 침대에서 끌어 내리던 거에 비하면 훨씬 덜 고통스럽다. 잘린 머리카락들이 가슴을 타고 내려가 하얀색 면 셔츠에 달라붙는다. 가벼워진 기분이다. 홀가분하다. 자유롭다.

난 계속해서 머리를 자른다. 잘린 머리칼은 나중에 치우려고 하수구 쪽으로 밀어놓는다. 당신이 찾아와 저 머리칼을 볼까 봐 그러는게 아니라, 내가 업보라는 걸 믿기 때문에 치우려는 거다. 조만간 일거리를 구해야 한다. 이런 호텔 방에서 하수구에 낀 다른 사람의 머리카락을 끄집어내는 일도 기꺼이 할 수 있다. 부모님이 대학 등록금을 내주실 때 기대했던 모습과는 거리가 멀겠지만, 돈을 잘 주거나 내가 잘할 수 있는 일을 찾는 건 위험이 따른다. 당신에게 내 위치를 알리는 단서를 제공할 수 있으니까.

내 머리를 직접 자르는 건 처음인데, 딱히 소질은 없는 것 같다. 픽시컷을 하려고 했지만 그건 시간도 오래 걸리고 어려울 것 같다. 아니면 70년대 바가지 머리를 할걸 그랬나? 난 손에 집히는 대로 머리칼을 잡아서, 미용사처럼 두 손가락 사이에 끼고 비대칭적으로 잘라나간다. 다 잘랐다 싶어 손가락으로 털고 거울 속 모습을 살펴본다. 헤어젤을 약간 바르면 못 봐줄 지경은 아닐 거 같다.

넌 과거의 네가 아니야. 넌 이제 베스 머피야.

"난 베스야." 립스틱이 잘 발라졌는지 확인하는 것처럼 소리 내서 이름을 말해본다. 베스. 베스. 내가 닉에게 알려준 이름이고, 모텔 프런트에서 사인했던 이름이다. 카운터 너머 남자가 신분증을 보여달라고 해서, 20달러 지폐 두 장을 찔러준 뒤에 사인한 이름이긴 하지만.

"내 이름은 베스 머피야."

거지 같은 머리를 한 베스.

나는 CVS(편의점 체인—옮긴이) 봉지에서 염색약을 꺼내 색깔을 섞는다. 이전의 나는 금발을 절대 동경하지 않는 갈색 머리의 소유자였다. 금발은 대체로 시끄럽고 뻔뻔하고 눈에 띈다. 대학교 여학생 클럽 회원이나 치어리더처럼 현란하고 경쟁심이 느껴진다. 사라지는 것이 목적인 사람에게는 적합하지 않은 머리다.

염색약 상자에는 잿빛 금발이라고 쓰여 있다. 금발 중에서는 그나마 덜 튀는 색이다. 초보자에게 적합한 금발이랄까? 나는 플라스틱 병을 들고 줄을 맞춰 두피에 바른 뒤, 장갑을 벗고 손목시계를 본다. 금발이 더 재미있는 삶을 산다는 말이 사실인지 10분 후면 확인할 수 있다.

염색이 되길 기다리며 TV를 튼다. 자정이 넘은 시각. 나는 파인블러프에서 500킬로미터 떨어진 곳에 와 있다. 지역방송을 하기엔 너무 늦은 시간이고, 나의 실종 뉴스가 다른 주까지 퍼져 유선 방송에 나오기엔 아직 이른 시간이다. 빈집. 사라진 여자. 짙은 선글라스로 얼굴을 반쯤 가린 내 모습. 서쪽으로 향하고 있다는 정보. TV에 그런 내용은 없다. 안도감과 두려움이 동시에 밀려온다. 지금쯤 당신은 나를 찾고 있겠지.

샤워를 마치고 아까 월마트에서 산 옷으로 갈아입는다. 촌스러운 청치마와 두 치수 큰 셔츠다. 침대 위에 놓인 더플백과 비슷한 재질이다. 부활절 달걀 색깔로 된 합성섬유. 평소라면 거들떠보지도 않았을 값싼 재고품이다. 어쩌면 이전의 나는 베스를 보고 코웃음을 쳤을지도 모른다. 헐렁한 옷차림에 1달러짜리 미용실에서 자른 머리. 베스는 참 촌스러운 여자다.

나는 침대 옆 탁자에 열쇠를 놓고 소지품을 챙겨 밖으로 나간다.

몇 시간 사이에 구름이 몰려와 하늘을 덮었다. 전기가 잔뜩 충전된 후텁지근한 대기 위로, 금방이라도 비를 뿌릴 듯한 위협적인 장막이 드리워 있다. 바람은 잔잔하지만 언제든 휘몰아칠 기세다. 난 이쪽 지역에 오래 살아서 벽 구름이 어떻게 생겼는지 잘 안다. 이런 구름은 종종 회오리바람을 몰고 오기도 한다. 갑자기 번개가 치며 하늘을 반으로 쪼갠다. 칼로 벤 것처럼 깔끔하다. 이곳에 숨을지 떠날지를 결정할 때이다. 난 후자를 택한다.

내 차는 주차 공간 가장자리 쓰레기통 옆에 그대로 있다. 엄밀히 말하면 내 소유의 차가 아니니 '내 차'라고 할 수는 없다. 이 차의 주인은 아칸소 리틀록에 사는 마샤 앤 노우드이다. 그 여자는 나와 마찬가지로 전액 현금으로 거래하기를 절실히 원했다. 난 2주 전에 이 차를 사서 이웃 동네의 주차 공간 이곳저곳을 옮겨 다니며 세워뒀는데, 끝내 내 명의로 옮기지는 않았다.

차 안을 들여다보니 마지막 내렸을 때 그대로다. 열쇠꾸러미는 컵홀더에 놓여 있고, 차량 매매용 등록증은 접힌 채로 앞좌석에 놓여 있다. 문은 안 잠긴 채로 있다. 난 주차 구역에 이와 비슷한 고물차가 있는지 잽싸게 훑어본다. 딱히 탐날 만한 차는 아니지만 훔치기 쉬운 것만은 확실하다. 마음만 먹으면 누구나 훔칠 수 있다. 마샤 앤의 차는 결코 이곳에 오래 있지 않을 것이다.

나는 돌아서서 길 건너에 있는 '딜의 자동차 수리 및 판매점'으로 향한다.

"네가 뭘 안다고 차를 사." 중고차 거래를 앞두고 당신이 나에게 말했지. "내가 알아서 할 테니까 닥치고 있어."

딜의 생각은 다른 것 같다. 내가 잘 얘기하니 96년식 뷰익 리걸을 10퍼센트 싸게 팔 것 같다. 낡아빠진 똥차이지만, 잘 굴러가고 가격도 적당하다. 딜에게 '자기'라고 부른 다음부터는 대화가 잘 흘러간다. 그는 서류와 함께 가장 가까이에 있는 오클라호마 차량등록국 주소가 적힌 쪽지를 건넨다. 나는 아침에 일어나면 바로 가겠다고 약속한다. 서두르면 사무실이 문 열 때쯤, 난 다음 주에 도착해 있을지도 모르겠다.

딜에게 열쇠를 건네받은 나는 차에 올라 시동을 건다. 때맞춰 구름이 걷히며 하늘이 모습을 드러낸다.

제프리

제일 먼저 사빈의 핸드폰으로 전화를 건다. 통화를 누르는 순간 시간 낭비라는 걸 깨닫지만 그래도 건다. 만약 사빈이 삐진 거라면, 정녕 나에게 벌을 내리는 거라면 전화를 안 받을 게 뻔하다.

만약 무슨 일이 생겼다면 어쩌지? 불안감이 밀려온다. 그 생각은 일단 접어두기로 한다.

신호가 간다. 네 번 울리는 이 시간이 영원처럼 느껴진다. 곧이어 음성사서함으로 넘어간다.

"나야, 사빈. 어디 간다고 했었는데 내가 까먹은 건가? 당신, 9시까지 온다고 메시지 보냈잖아. 조금 있으면 밤 12신데 왜 아직도 안 와? 전화해줄래? 난 집에 있어. 조금 걱정되려고 해. 그럼 끊을게."

전화를 끊으며 911에 연락할까 생각해본다. 그런데 고작 3시간 늦은 거잖아? 긴급 상황이라고 하기엔 너무 이르다. 경찰에 실종 신고를 하려면 24시간은 지나야 하지 않나? 경찰한테 '와이프가 통금 시간을 어겼어요'라고 할 수는 없잖아?

핸드폰을 주머니에 넣고 2층 복도를 빠르게 지나간다. 그러니까 사빈은 고객에게 집을 보여주기로 했지. 그것도 늦은 시간에. 일이 지연됐거나, 집에 오기 전에 간단히 뭘 먹는다 해도 지금쯤이면 집에 왔어야 정상이다.

게다가 전화를 안 들여다본다는 건 너무나도 사빈답지 않다. 직업 특성상 전화는 무조건 제때 받는다. 일어나서 잠들 때까지 핸드폰을 손에 들고 있거나 어깨에 끼고 산다. 집에 오는 길에 자동차가 퍼졌나? 하지만 타이어가 터져서 고속도로 갓길에 속수무책으로 앉아 있는 상황이라면 긴급출동 서비스에 전화했을 것이고, 그쪽에서 나에게 알렸을 것이다.

어디까지나 사빈에게 의식이 있다는 가정하에 그렇다는 거다.

갓길에서 피를 흘리고 있거나, 더 심하게는 아칸소강에 얼굴을 처박은 채 둥둥 떠오르는 모습을 상상하니 온몸에 소름이 돋는다. 물결 따라 흔들리는 시체. 우리 집 뒷마당과 연결된 갈대숲에 떠내려 오는 사빈의 모습을 상상해본다. 웬 미친놈이 오늘 보여주기로 한 집 안으로 사빈을 끌고 갔으면 어쩌지? 새로 깐 바닥에 끌려가는 사빈의 두 다리. 빈집에 울려 퍼지는 비명.

난 애초에 낯선 사람들에게 집을 보여주는 게 마음에 안 들었다. 이 일을 하겠다고 처음 말했을 때부터 나와 마찰을 빚은 부분이다. 누구든 고객으로 가장하고 접근할 수 있다. 랜달 윌리엄스 교도소에서 누군가가 탈옥한 건 아닐까? 사빈은 손에 팻말을 들고, 등에는 표적을 달고 자기를 홍보하고 돌아다니는 거나 다름없다. 미모의 브로커. 먼저 차지하는 게 임자.

난 핸드폰을 꺼내 다시 전화를 건다.

"사빈, 나 지금 심각해. 이건 좀 아니잖아. 지금 어디야? 나한테 화난 건 알겠어. 그래도 최소한 살아 있는지는 알 수 있게 문자는 보내줘야지. 너무 걱정돼. 1시간 후에도 연락 안 하면 경찰에 신고할 거야."

전화를 끊고 안정을 찾으려 숨을 깊게 쉬어보지만 소용없다. 무언가가 잘못됐다. 아직 이유는 모르지만, 무언가가 심각하게 잘못된 것만은 확실하다.

나는 사빈의 언니 번호를 검색한다.

잉그리드는 첫 번째 신호가 울리기 무섭게 전화를 받는다. 화면 위에서 손가락을 까딱거리며, 불빛과 함께 신호가 오기만을 기다린 것 같다. 고집스럽고 거친 목소리가 들려온다. "여보세요!" 보통 사람들이 전화를 받을 때 하듯 질문처럼 말끝을 올리는 어투가 아니다. 무언가를 독촉하는 어투에 가깝다. 인간의 말이라기보다는 짐승이 꿀꿀거리는 소리에 가깝다. 어떻게 이 두 여자가 같은 유전자를 보유하고 있는 걸까? 아무리 봐도 불가사의하다.

"잉그리드. 나 제프리예요. 늦은 시간에 미안……."

"발신자 표시가 돼요, 제프리. 빨리 사빈 바꿔요."

난 눈을 감고 천천히 심호흡한다. "그래서 한밤중에 전화한 거예요. 사빈이 어디 있는지 몰라서요."

"어디 있는지 모른다니 그게 무슨 소리예요? 같이 안 있어요?"

"고객한테 집 보여주고 아직 안 왔어요. 전화도 안 받고요."

"세상에. 그런데 이제야 전화하는 거예요? 여태 뭐 했어요?" 수화기 너머로 천이 부스럭대는 소리, 침대 스프링이 끼익대는 소리가 들려온다. 잉그리드는 여기에서 3킬로미터 떨어진 아파트에 혼자 산다. 한 지붕 아래 살 수 있는 사람이 아무도 없어서일 거라고 난 확신한다. "나 말고 누구한테 전화했어요?"

"아무한테도 안 했어요. 이게 처음 거는 거예요." 그리고 벌써 전화한 게 후회된다. 잉그리드와 대화를 하는 건 유리를 씹는 것에 비유할 수 있다. 아플 거라는 게 너무나도 쉽게 예상된다.

"사빈이 같이 일하는 상사 번호 알아요?" 내가 묻는다. "오늘 늦은 시간에 집을 보여줄 예정이었으니 러스가 사정을 알 수도 있잖아요."

"러스요?" 잉그리드의 목소리에서 분노가 느껴진다. "러스는 12월에 리틀록으로 이사 갔어요. 전화하려면 리사한테 해야죠."

"누구요?"

"리사 오브라이언. 사빈의 상사요." 잉그리드는 내 대답을 기다리지만, 난 할 말이 떠오르지 않는다. "참나. 둘이 대화를 하긴 해요? 벌써 몇 개월 전 얘긴데."

난 전화에 대고 한숨을 토한다. 잉그리드의 재수 없는 태도에 장단 맞추는 것도 여기까지다. "리사 번호 알아요, 몰라요?"

"몰라요." 쾅 하고 문 닫는 소리에 이어 자동차 시동 거는 소리가 들린다. "경찰에 신고해요, 제프리. 지금 갈 테니까."

사귄 지 얼마 안 됐을 때 사빈은 자기한테 쌍둥이 언니가 있다고 말했다. 이 여자 참 운이 좋구나, 나도 참 운이 좋구나, 생각했던 게 기억난다. 세상 어딘가에 이 여자와 똑같은 여자가 있다니. 사빈과 완벽한 조화를 이루는 한 인간이 존재하다니. 신기했다. 사빈 원 플러스 원이라니.

얼마 안 지나 잉그리드를 만났다. 만난 즉시 우리는 서로를 싫어했다. 두 사람의 아버지가 돌아가시고 얼마 후의 일이었다. 그 무렵 둘의 어머니는 똑같은 이야기를 반복해서 하기 시작했고, 자매는 곧 어머니의 증상을 눈치챘다. 그 몇 주 동안 나는 잉그리드가 짜증을 내는 게 부모님에 대한 슬픔과 걱정 때문이라고 생각했다. 그래서 난 이해하기로 했다.

그런데 잉그리드는 쌍둥이 동생의 삶에서 가장 중요한 사람인 것에 익숙해 있었고, 그 권한을 나에게 넘길 의향이 없음을 분명히 했다. 잉그리드는 매섭게 텃세를 부렸다. 마치 자신들의 종속적인 관계를 일시적으로 깨기 위해 나타난 침입자처럼 나를 대했다. 난 잉그리드가 동생을 너무 많이 사랑하는 것이 못마땅했고, 잉그리드는 내가 사빈을 충분히 사랑하지 않는 것이 못마땅했다. 중간에 낀 사빈은 그때부터 나와 잉그리드가 한 공간에 있는 일이 없도록 신경 썼다. 난 그 여자를 피하는 데에 달인이 됐다. 근처에 뭘 사러 나갔다가 저 멀리 잉그리드의 차가 보이면 멈추지 않고 달렸고, 파티를 할 때 그 여자가 문을 열고 들어오면 잽싸게 옆방으로 피신했다.

지금 난 식탁 맞은편에 있는 잉그리드를 바라본다. 털실 같은 머리카락, 벌겋게 염증이 올라온 반짝이는 볼. 지금 이 여자는 노란 메모지에 무언가를 끄적이고 있다. 사빈네 회사 사람들 이름이 검은 펜으로 하나씩 그어져 있고, 한쪽에는 사빈의 키, 머리색, 핸드폰 번호가 적혀 있다. 이 여자는 내 아내와 전혀 닮지 않았다. 사빈의 성난 괴물 같은 버전이다. 늪에서 목욕하고, 다리 아래에서 뼈다귀를 들고 뜯어 먹는 그런 괴물. 얼굴에는 자주색 십자가 모양으로 베개 자국이 나 있다.

펜과 종이를 쥔 쪽이 나였으면, 내가 할 수 있는 게 있었으면, 하는 생각에 절로 한숨이 나온다. 이렇게 앉아서 다리나 떨고 있는 꼴이라니. 경찰이 올 때까지 이렇게 앉아서 기다려야 하는데, 인내심은 진작 바닥났다. 누군가가 밖에 나가서 당장 내 아내를 찾아줬으면 좋겠다.

"이유가 있을 거예요." 내가 말한다.

잉그리드가 나를 조용히 시킨다. 정확히 말하면 고개도 들지 않고 뭔가를 끄적이면서, 내 쪽으로 손가락을 튕기더니 쉬 소리를 냈다. 맞은편에서 거꾸로 된 잉그리드의 글씨를 보니 크고 지저분하게 쓴 게 사빈과 똑 닮았다.

"대꾸 좀 해줄래요? 내 아내가 지금 어디에 있건, 그럴 만한 이유가 있을 거라고 내가 방금 말했잖아요. 무슨 일이 생겼을까 봐 너무 겁이 나요."

잉그리드는 끙 앓는 소리를 낸다. 그 소리는 부싯돌처럼 내 속에 불을 지핀다.

"방금 그거, 무슨 뜻이에요?"

"아무 말도 안 했는데."

"방금 끙, 그랬잖아요. 하고 싶은 말이 있으면 그냥 해요. 건너편에 앉아서 끙끙거리지 말고." 난 홧김에 하고 싶은 말을 내뱉는다. 한밤중에 아내가 행방불명된 마당에, 사빈의 덜떨어진 버전이 내 앞에 앉아서 싸움을 걸고 있다. 왜 그런지 이유는 모르겠지만, 이 스탠필드 자매는 내 신경을 긁는 데엔 고수들이다.

"제프리, 나 아무 말도 안 했어요."

"그게 아니라 무슨 말을 하고 싶어 했잖아요. 그러니까 그냥 하라고요. 지금이 기회예요. 하고 싶은 말을 해요."

"알았어요. 진짜 하라는 거죠?" 잉그리드는 펜을 내려놓고 손가락을 그 위에 얹어놓는다. "사빈 어딨어요?"

"우리 통화했던 거 기억 안 나요? 사빈이 안 왔다고 내가 말했잖아요? 왜 그걸 나한테 물어요?"

잉그리드가 어이없다는 듯 뱀 같은 눈을 희번덕거린다. "난 동생이랑 매일 얘기를 나눠요, 제프리. 우린 서로한테 모든 걸 얘기해요."

그야 나도 잘 안다. 기분이 좋은 날이면 잉그리드와 사빈은 몇 시간씩 전화로 수다를 떤다. 낮에 먹은 타코 얘기부터 선호하는 탐폰 브랜드까지 모든 걸 공유한다. 지난 주말에 둘은 어머님의 배변 활동에 대해 오후 내내 이야기했다. 식단을 바꾸면 치매가 뇌에 퍼지는 걸 지연시킬 수 있다는 주제를 놓고 열띤 토론을 했다. 둘이 하루에 열 번씩 통화한다는 건 나도 잘 안다. 나는 대개 목격자의 역할을 담당한다.

"그런데 오늘 밤 어디에 가는지는 언니한테 얘기 안 했나 보네요."

"얘기할 수 없는 상황이었는지도 모르죠."

나는 그게 무슨 말인지 바로 이해가 되지 않는다. '무슨 일이 생긴 것 같다'는 의미라는 걸 눈치채는 순간 몸이 굳어 움직여지지 않는다. 잉그리드는 나쁜 일이 생겼다고 생각하고 있고, 나아가 그 나쁜 일이 나와 관련 있다고 생각하고 있다.

"조심하세요." 내가 날카롭게 명령조로 말한다. "내가 오해하는 건지 모르겠는데, 지금 나를 비난하는 투로 들리네요."

"왜요? 찔리는 게 있나요?"

"아뇨."

"두 사람이 자주 싸우는 거 알아요. 매번 싸울 때마다 사빈이 전화하니까."

당연히 전화하겠지. 둘은 모든 걸 공유하니까. 모든 걸, 모든 생각을 공유하니까. 둘은 서로에게 반사판이자 소리굽쇠이다. 어느 한쪽이 동의하면 둘의 의견은 정당성을 띠게 된다. 생각을 공유하는 쌍둥이에게 오답이란 없다.

게다가 사빈과 잉그리드에겐 쌍둥이한테만 있는 이상한 텔레파시 같은 능력이 있다. 한쪽이 말을 꺼내기도 전에 다른 한쪽이 무슨 말을 하려는지 아는 소름 끼치는 능력이다. 작년 크리스마스에 둘은 서로에게 똑같은 선물을 사줬다. 흉측하기 짝이 없는 베이지색 핸드백이었는데, 내가 보기엔 그냥 쇼핑백 같았다. 둘은 동시에 로또라도 맞은 양 길길이 날뛰었다. 그런 자매인데, 애당초 내가 어떻게 상대가 되겠는가.

"그게 뭐요? 안 싸우는 커플이 어딨어요? 사귄다고 할 수 있을 정도로 남자를 오래 만나봤으면 당연히 알 텐데. 우리가 싸운 것과 사빈이 지금 어디에 있는지와는 아무 상관없어요."

잉그리드의 손질하지 않은 눈썹이 올라간다. "벌써 한참 전 일인데 상사가 바뀐 것도 몰랐잖아요. 마지막으로 대화다운 대화를 나눈 게 언제죠? 마지막으로 잔 건 언제예요?"

"상관하지 마세요. 그리고 다시는 나한테 그런 질문하지 마세요. 내 집에 있는 동안엔 특히."

잉그리드가 메모장 위에 두 손을 가지런히 모으길래 이제 진정하려는 줄 알았다. 창백한 두 손으로 주먹을 쥐기 전까지는. "그래요? 난 사빈의 집으로 알고 있는데."

이 여자가 나에게 증오를 표할 수 있는 가장 강력한 말이다. 그 말을 듣는 게 싫은 동시에, 사빈에 대한 원망이 치솟는다. 누구 이름으로 담보대출을 받았는지를 말한다는 건, 마치 술 취한 친척과 저녁 식사 자리에서 정치 얘기를 하는 것과 마찬가지라는 걸 사빈은 잘 알고 있다. 그런 얘기를 꺼내지 않는 건 상식이고 불문율이다. 이건 우리 부부 사이에 늘 민감한 문제다. 잉그리드의 말대로 사빈은 언니에게 정말로 모든 걸 얘기하는구나.

"내 아내는 입 다무는 법을 좀 배워야겠네요. 사적인 문제는 사적인 채로 뒤야지, 우리 사이에 일어나는 모든 걸 둘이 공유하면 안 되죠. 사빈이 어디에 있는지 내가 당신한테 보고해야 할 이유가 없는 것처럼. 난 정말 모른다고요!"

잉그리드가 침묵한다. 분명 할 말이 많은 눈치다. 입술을 깨물며 나를 쳐다본다. 무슨 말을 꺼내야 할지 고민하는 모양이다. 결정을 내렸다는 게 느껴진다. 잉그리드의 눈이, 사빈과 똑같은 두 눈이 차갑게 변한다.

"자기한테 어떤 짓을 했는지 말해줬어요."

믿을 수 없을 만큼 차분하고 낮은 목소리다. 거기까지만 얘기해도 무슨 말인지 내가 알 거라는 눈치다.

그렇다. 무슨 말인지 안다. 맞은편에 앉아 있는 저 여자처럼 나도 분노가 치밀어 오른다. 사빈은 내가 한 짓을 잉그리드에게 말했다. 난 당장이라도 테이블 반대쪽으로 넘어가 잉그리드의 뇌리에서 그 끔찍한 말들이 삭제될 때까지 목을 조르고 싶다.

"자기가 먼저 어떻게 했는지도 얘기하던가요?"

"이미 말했잖아요. 사빈은 나한테 모든 걸 말한다고."

"그럼 사빈이 먼저 밀었다는 것도 알겠네요."

"그걸 이유라고 대는 거예요? 남자는 절대로 여자한테 손을 대선 안 돼요, 제프리. 내가 굳이 말해주지 않아도 되는 얘기 같네요."

잉그리드의 거들먹거리는 말투가 진드기처럼 내 살갗을 파고 든다. 사빈은 분명 나를 용서했다. 다시는 그 얘기를 꺼내지 않기로 약속까지 했다. 그래 놓고 언니한테 다 일러바치다니. 잉그리드는 한 쪽 이야기만 듣고서 나를 최악의 인간으로 여기고 있다.

"사빈은 우리의 결혼생활이 삐걱댄다며 나를 원망했어요. 나와 감정적으로, 육체적으로 연결이 끊어진 것 같다고 했죠. 사랑의 저장고 가 점점 비어간다고 얘기했어요. 그게 무슨 뜻인지는 모르겠지만. 그 런데 내가 왜 이걸 설명해야 하죠? 결론을 내리면, 우린 싸웠어요. 안 좋았죠. 우린 서로에게 사과했고, 앞으로 한 걸음 나아갔어요. 성공 한 부부들은 그렇게 해요. 서로를 용서하고 정진한다고요."

말을 하면서도 이게 사실인지 의문이 든다. 물론 사빈의 불만에 대 한 부분은 사실이다. 그런 말은 늘 서슴없이 먼저 꺼냈다. 하지만 부 부로서 우리의 관계는…… 서로 용서했고, 성공한 부부라는 부분은 나도 잘 모르겠다.

사빈과 나는 성공한 부부인가? 아주 오래전, 옛날 옛적엔 그랬다. 신혼 몇 년 동안, 우리는 만인의 부러움을 사는 부부였다. 행복했다. 사랑했고, 또 서로를 갈구했다. 인생의 어려움을 함께 짊어지는 그런 부부였다. 어머님의 치매, 나의 정자 수 감소, 내 정자가 운동성이 부 족해서 사빈의 훌륭한 난자에 도달하지 못하는 그런 어려움들을 우 린 함께 짊어졌다. "어머님은 최대한 편한 곳으로 모시자." 흐느끼는 사빈에게 내가 말했다. "그리고 아이는 입양하자." 인생에서 정말로 불가능한 일도 가능하다고 느낀 순간이었다. 나는 승리자요, 아내를 지지하는 기둥이요, 해결사였다. 난 뭐든지 해결할 수 있었다.

그리고 머지않아 내가 해결할 수 없는 문제가 생겼다. PDK 인사 관리 솔루션에서의 내 경력이 사다리의 절반 지점인 '거래처 담당 임원'에 정체된 것이다. 그럴싸하게 들리는 직함이지만 실은 궁핍하고 인색한 고객들을 찾아가 별로 필요도 없는 쓰레기를 파는 영업직에 불과하다.

더 절망적인 건 내가 갈 곳이 없다는 거다. 다음 단계는 내 상사의 직책인데, 그 인간은 덩치 큰 수비수처럼 사다리 중간에서 막고 있다. 은퇴할 생각도, 업종을 바꿀 생각도, 귀농할 생각도 없다. 나는 여기저기 찔러도 보고 헤드헌터도 몇 명 만나봤다. 사람을 구하는 회사는 죄다 리틀록에 있는데, 사빈은 이사 얘기를 아예 꺼내지도 못하게 한다.

그렇다. 억울하긴 하지만, 그렇다고 전혀 감이 없는 건 아니다. 사빈을 원망하는 건 옳지 않지만, 그 여자의 성공을 생각하면 원망을 안 하려야 안 할 수 없다. 내가 마흔 살에 퇴물이 돼버린 반면, 사빈은 이제부터가 시작이다. 하루 종일 고객들에게 거절당하고 녹초가 돼서 집에 돌아와 보면, 사빈은 보란 듯이 집을 한 채 더 팔고 와 광채를 내뿜으며 나를 맞이한다. 얼마 전부터 나는 작은 응접실에서 혼자 저녁을 먹는다. 아내의 흥얼거리는 소리를 듣는 게 너무 괴로워서이다.

작년 말, 직장에서 최악의 하루를 보낸 어느 날, 퇴근하고 집에 왔는데 사빈이 쉴 새 없이 잔소리를 퍼부었다. 결혼생활이 삐걱댄다, 자기한테 힘든 집안일은 다 떠넘기고 나는 퍼질러져 쉬기만 한다, 그 외에도 통장 잔고를 언급하는 등, 우리 부부관계에 대해 연타를 퍼부었다. 사빈의 말은 분노 그 자체였다. 그 여자는 나를 떠밀었고, 나는 손찌검을 했다. 계획했던 일은 아니다. 일부러 그런 것도 아니다. 나도 모르게 그냥 일어난 일이다.

제삼자의 눈에 어떻게 보일지는 나도 잘 안다. 그때 난 화를 참지 못했고, 아내는 사라졌다. 사빈이 나에게 벌을 내리는 건지도 모른다. 아니면 그 전에 들었던 예감이 맞는지도 모른다. 무언가가 정말 심각하게 잘못됐다는 예감. 어찌 됐든 간에, 나도 다 안다. 난 폭력을 휘두른 남편이고, 아내 소유의 집에 얹혀사는 남자다. 잃을 게 많은 사람이기도 하고, 동시에 얻을 게 많은 사람이기도 하다.

왠지 나에게 굉장히 불리한 상황 같다.

베스

폭풍우가 북쪽으로 불길래, 나는 뷰익을 몰고 댈러스가 있는 남쪽을 향해 달린다. 동부 해안으로 가는 여러 방법 중 가장 편한 길은 아니지만, 딱히 서두를 이유는 없다. 내 고향인 아칸소주 전체를 쉽게 둘러볼 수 있는 길이기도 하니까. 당신은 몇 시간 격차를 두고 나를 쫓아오겠지. 며칠 격차라면 더 낫겠지만. 당신은 마샤 앤 소유의 검은 세단을 탄 갈색 머리 여자를 수색하겠지. 내가 뷰익 리걸을 탄 금발이 돼 있다는 사실은 모를 거야. 최악의 연비를 자랑하는 이 차는 벌써 기름이 4분의 1밖에 안 남았다. 어찌 됐든 지금은 모험을 걸 때가 아니다. 난 에어컨을 끄고 손잡이를 돌려 창문을 내린다. 습한 고속도로의 공기가 밀려 들어온다. 이 거지 같은 새 헤어스타일의 좋은 점은 운전할 때 눈을 안 찌른다는 거다.

눈꺼풀이 무겁다. 사고가 날 것 같아 자주 차를 세운다. 매번 설 때마다 커피와 간식을 사고, 찬물로 세수를 하고, 주유하고, 아이홉(아침 식사에 특화된 미국의 체인점—옮긴이)에서 아침 식사를 한다. 달걀, 비스킷, 소시지. 완벽하다. 평소에 먹던 식단은 아니다. 당신은 내

50

가 삐쩍 마른 걸 좋아했으니까. 하지만 파인블러프를 떠난 이후, 나는 엄청난 식욕을 느낀다. 마침내 자유를 얻었다는 안도감 때문인 것 같기도 하고, 원래의 내가 아니어도 된다는 생각 때문인 것 같기도 하다. 난 이제 베스다. 베스는 자기가 먹고 싶은 대로 먹는다.

애틀랜타에 거의 도착했다. 서서히 해가 뜬다. 하늘은 주황빛과 분홍빛으로 물든다. 환각을 일으킬 정도로 햇살이 밝아서 선글라스를 집어 든다. 일단 지금 당장의 목적지에 도착했다는 생각에 심장이 두근거린다. 애틀랜타는 오래전 당신과 갔던 처음이자 유일한 외부 도시였지. 대학 동창이 술김에 치르는 결혼식에 참석하기 위해서였어. 시내 웨스틴 호텔의 회전하는 식당에서 열린 피로연은 시끄럽고 소란스러웠어. 당신은 나를 댄스 플로어에서 빙글빙글 돌렸지. 우린 둘 다 어지러웠어. 나는 계속해서 바뀌는 도시의 경치에, 당신은 싸구려 러시아 보드카에 취했었거든. 우린 비틀거리며 아래층에 있는 우리 방으로 갔어. 내가 취했냐고 물었더니 당신은 대답 대신 나를 벽으로 밀쳤어. 그렇게 애틀랜타에서 당신은 처음으로 내 몸을 아프게 했어. 지금 내가 여기에 있으리라고는 상상조차 못 하겠지.

머리 위로 거대한 델타 항공 비행기가 하얗고 반짝이는 배를 보이며 날아가는 걸 보니 목적지에 거의 도착한 모양이다. 비행기는 착륙을 앞두고 바퀴를 내민다. 연료 냄새가 미세하게 느껴진다. 자동차 경주장에서 날 법한 소리 같기도 하고 폭발음 같기도 한 굉음이 고막을 찌른다. 운전대, 창문, 내 이에서 진동이 느껴진다. 주변 차들이 일제히 브레이크를 밟는다. 순식간에 도로가 정체된다. 6차선 도로를 수놓은 차들은 범퍼가 맞닿을 정도로 가까이 붙어 있다. 빨간 브레이크등의 행렬은 내 시야가 닿는 곳까지 이어진다.

지도는 충분히 숙지했다. 시내 분기점으로 빠진 다음 I-20 동쪽 도로를 타고, 거기에서 캐비지타운으로 가는 대로로 좌회전이다. 인터넷에는 애틀랜타 동부 마을을 '다양성이 넘치고 흥미진진한 곳'이라고 묘사해놨다. 하지만 정작 내가 그곳을 택한 이유는 물가가 싸기 때문이다. 특히 와일리 로지 모텔은 크기는 작지만 제대로 가구들을 갖춘 방을 단돈 22달러에 제공한다. 화장실과 주방을 공유하는 불편함을 감수하더라도 싼 가격이다. 이미 첫 주 숙박비는 선불로 냈다.

영원처럼 느껴지는 시간이 흐른 뒤에야 나는 와일리 스트리트에 도착한다. 차에서 내리니 길바닥이 너무 뜨거워 발바닥에 화상을 입을 것만 같다. 타이어와 운동화 바닥이 녹아 붙을 정도의 열기다. 하지만 정작 내 심장을 철렁하게 만든 건 지금 내 눈앞에 있는 주택식 건물이다. 앞마당이라고 있는 건 흙더미에 흉물스럽게 뻗어 있는 수풀이 전부다. 마지막으로 거름을 주고 잔디를 깎은 게 20세기 어느 때쯤으로 보인다. 다 무너져가는 데다 부패한 흔적이 보이는 계단을 따라가면 여기저기 찢어진 갈색 소파가 놓여 있고, 그 옆으로 쓰레기가 잔뜩 쌓인 현관 베란다가 보인다. 누더기를 걸친 남자 셋이 그곳에 앉아 종이봉투로 가린 병을 들고 홀짝인다. 저 남자들과 2층 발코니에서 자신을 홍보하는 창녀가 없었다면 영락없는 폐가로 보였을 것이다.

난 인도에 서서 여러 경우의 수를 생각한다.

선불로 낸 돈을 포기하고 이곳을 떠난다.

현관문을 열고 들어가 환불해달라고 요구한다.

그냥 참고 여기에서 지낸다.

현관에 선 남자들이 나를 쳐다본다. 저들 눈에 내가 어떻게 보일지 잘 안다. 오클라호마 번호판이 달린 낡은 뷰익, 사커맘들이 입는 셔츠, 튀김 같은 머리. 도시에 온 순진한 시골 여자로 보일 것이다. 표적이 될 게 뻔하다.

위에서 창녀가 나에게 말한다. "야, 금발. 혹시 이런 거 찾니?" 그러더니 튜브톱 상의를 내려 가슴을 드러낸다. 툭 튀어나온 뱃살만큼이나 거대한 젖가슴이다. 앞뒤로 흔들리는 것이 꼭 캐러멜 푸딩 두 개를 엎어놓은 것 같다.

"아, 사양할게요." 내가 응답한다. "괜찮아요."

여자는 가래침이 튀어나올 듯 걸걸하게 웃어젖힌다. 당연한 반응이다. 앞으로 베스는 적절히 농담을 섞어 대답하는 법을 익혀야겠다.

난 차를 타고 그곳을 빠져나간다.

모퉁이를 돌자 차들이 빼곡히 들어선 주차 구역이 나온다. 나는 가장자리에 차를 세운다. 자동차를 샀고, 숙소비와 음식값, 거기에 닉의 인건비와 직불카드까지. 이제 현금으로 2천 달러 조금 넘게 남았다. 대부분 10달러, 20달러짜리 지폐다. 식자재비에서 조금씩 빼돌린 돈, 생일과 크리스마스 때 받은 돈, 당신이 곯아떨어졌을 때 주머니에서 슬쩍한 돈을 틈틈이 모은 것이다. 그런 식으로 당신 몰래 조금씩 돈을 모으는 데에 거의 1년이 소요됐다. 장 볼 때 주로 세일 품목을 샀고, 화장지, 커피, 세제는 싼 제품으로 바꿨다. 언제부턴가 머리도 자르지 않았다. 그렇게 나는 서서히, 그리고 신중하게 비자금을 불려나갔다. 다른 방법을 시도했다면 난 살해당했을지도 모른다.

하지만 아무리 아껴 써도 2천 달러로는 오래 못 버틴다. 호텔은 비쌀 뿐만 아니라 신분증을 요구한다. 내일 당장 일자리를 구한다고 해도 호텔에 묵으면 자금이 금방 바닥날 것이다.

인구 600만이 사는 애틀랜타는 가정 폭력에 시달리거나 집 없는 여자들이 묵을 만한 숙소가 턱없이 부족하다. 난 둘 다에 해당한다. 차에서 자는 방법도 있지만 안전할 것 같지 않다. 그리고 푹 자지 못할 게 분명하다. 숙박비가 싸고 신분증을 요구하지 않는 숙소를 찾는 쪽이 나을 것 같다. 와일리 로지 모텔로 정하기 전에 인터넷에서 봤던 호스텔 몇 개와 좀처럼 믿음이 안 가는 모텔 몇 군데가 생각난다. 문제는 이름이 기억나지 않는다는 거다.

당연히 이름은 적어놓지 않았다. 그럴 수가 없었다. 노트북의 검색어 목록, 통화 기록에 새로운 번호, 영수증 뒷면에 휘갈겨 쓴 먼 곳의 주소지 등 조금이라도 의심스러운 걸 봤다면 당신이 나를 추궁했을 테니까. 지난 1년 동안 가장 힘들었던 부분이 바로 그거였다. 당신보다 한 발짝 앞서가는 것.

다시 검색하기 위해 핸드폰을 집어 드는 순간, 주차 공간 반대편에 있는 베스트바이(전자제품 판매점 체인—옮긴이) 간판이 눈에 들어온다. 저기에 가면 컴퓨터를 사용할 수 있고, 은행 업무도 볼 수 있다. 추적당할 걱정 없이 공짜로 마음껏 인터넷을 쓸 수 있다. 이 느려터진 선불폰과 비교할 바가 아니다. 난 시동을 걸고 주차 공간 깊숙이 들어간다.

목요일 아침인 것 치고는 매장은 붐빈다. 통로에 사람들이 바글대고, 맥북 앞에는 수십 명이 줄을 서 있다. 나는 사람들 사이를 비집고 매대 제일 끝에 있는, 아무도 찾지 않는 델 컴퓨터 앞으로 간다.

인터넷을 열고 깜빡이는 커서를 보며 손을 멈춘다. 고개를 돌려 뒤에서 보는 사람이 없는지 확인한다. 오래된 습관을 떨쳐버리기란 쉽지가 않다.

2초 후, 나는 파인블러프 지역 뉴스 웹사이트에 들어가 숨죽인 채 머리기사를 훑어본다. TV 채널 돌렸다고 아내를 죽인 아칸소의 한 남성. 몬티셀로 살인 사건을 수사 중인 주립 경찰. 잠복근무 중 총상 입은 파인블러프의 경찰관. 실종된 여자 얘기는 없다. 나에 관한 기사는 없다.

하지만 내가 사라진 지 거의 25시간이 지났다. 왜 인터넷에 아무 얘기가 없지? 경찰이 사건을 덮고 있나? 기자들을 막고 있나? 아니면 아직 언론이 냄새를 못 맡은 건가?

파인블러프 경찰 웹사이트에 들어가 보지만 아무런 수확이 없다. 홈페이지는 여느 때와 마찬가지로 평범하기 짝이 없다. 경찰의 해야 할 일 중 사이트 관리는 가장 뒷전인 것 같다. 최근에 올라온 게시물은 2016년에 작성됐다.

나는 충동적으로 페이스북에 접속한다. 운 좋세도 조지아의 코니어스에서 온 중년 남성 개리 미노프가 로그아웃하는 걸 깜빡하고 갔다. 이 남자가 파인블러프 경찰서 페이스북 페이지를 뒤졌다고 해서 이상하게 생각할 사람은 없을 거다. 여긴 홈페이지보다 훨씬 업데이트가 많이 됐다. 마우스 휠을 굴려보니 절도, 살인, 악질 뺑소니와 관련된 게시물들이 나온다. 난 어깨가 움츠러든다. 어쩌면 당신한테 무슨 일이 생겨서 내가 사라진 걸 모르는 건 아닐까? 생각했던 것보다 내가 너무 많이 앞서 나갔는지도 모르겠다. 무소식이 꼭 희소식은 아닐 수도 있다는 생각이 엄습한다.

"이 노트북이 가성비 하난 최고죠." 등 바로 뒤에서 목소리가 들려온다. 빨강 머리에 수염이 난 남자가 베스트바이 로고가 있는 폴로 셔츠를 입고 서 있다. 남자는 델 노트북을 가리킨다. "2.3기가헤르츠

짜리 인텔 펜티엄 듀얼 코어고요, 캐시는 2메가인데 349달러밖에 안 해요."

무슨 말인지 하나도 모르겠지만 나는 습관적으로 예의 바른 미소를 짓는다. "그냥 보는 거예요. 감사합니다."

"조금만 더 쓰시면 업그레이드도 돼요. 메모리를 늘리셔도 되고, 클라우드 백업 용량을 늘리셔도 되고요."

"그냥 좀 더 구경하고 싶어요. 10분 후에 오시면 그때 뭘 살지 말씀드릴게요."

네가 돌아올 때쯤이면 난 여기에 없을 거야.

점원은 어느새 자리를 옮겨 다른 손님을 괴롭히고 있다. 난 페이스북에서 로그아웃한다. 이제 일을 좀 해볼까?

구글에서 '애틀랜타 제일 싼 하숙집'을 검색한 뒤 핸드폰으로 사진을 찍는다. 마찬가지로 호스텔도 검색한다. 혹시 몰라서 하룻밤 50달러 이하 5성급 호텔도 찾은 뒤, 그 검색 결과도 사진으로 저장한다. 시간이 남아서 이번엔 크레이그리스트(광고, 구직, 부동산 등 다양한 정보를 제공하는 웹사이트—옮긴이)를 둘러본다.

대부분 너무 비싸거나 흉물스럽다. 1달러로 라이브 여친과 즉석만남? 이건 패스. 난 제일 싼 방 하나를 클릭한다. 콜리어하이츠 부근의 주택 건물에 딸린, 가구가 완비된 지하 침실이다. 하지만 '운전면허 등록번호 기재'라는 항목을 보고는 재빨리 돌아가기를 누른다. 이번엔 '전문직 여성만 받습니다'라고 적힌 다음 게시물을 클릭한다.

"제 여자 친구는 크레이그리스트에서 사기당했어요." 아까 그 빨강 머리다. 10분이 되려면 한참 멀었는데 벌써 내 뒤에서 어슬렁거린다. "친절해 보이는 가족 집에 방을 구했거든요. 그런데 알고 보니 사기였어요. 가봤더니 웬 미친놈이 총을 꺼내 들었대요. 정신을 수습해 보니 돈도 다 털리고, 지갑도 없고, 차도 없고, 아무것도 없었대요."

"정말…… 끔찍하네요."

빨강 머리 점원은 주머니에 손을 넣으며 씩 웃는다. 하얗고 가지런한 치아가 드러난다. "3개월 뒤에 여자 친구는 법정에 가서 파산 신고를 했어요. 그 나쁜 놈이 여자 친구 신분을 위조해서 대출도 받고 신용카드도 만들어서 썼나 봐요. 상황을 파악했을 즈음 그 자식이 여자 친구 이름으로 5만 달러를 빚졌어요. 다시 신용을 되찾으려면 몇 년이 걸릴 거 같아요. 어찌 됐든 간에 조심하라는 말씀을 드리고 싶네요."

점원의 눈빛이 노트북 화면을 맴돈다. 틀린 말은 아니다. 여긴 쓰레기 매립지 같은 곳이다. 나는 X를 눌러 창을 닫는다.

빨강 머리는 다시 점원 모드로 돌아간다. 이번엔 LED 스크린과 HD 카메라에 대해 말하고 있다. 비켜달라고 말하려는 순간 무언가가 뇌리를 스친다. 이 점원의 여자 친구는 지갑을 도난당했다. 신용카드와 운전면허증, 아니, 모든 것을 빼앗겼다. 그날 바로 차량등록국에 갔다고 해도, 새로 신분증을 발급받으려면 며칠, 어쩌면 몇 주는 걸렸을 것이다.

나는 돌아서서, 이번엔 친근한 목소리로 점원에게 말한다. "여자 친구분은 어디에서 지내셨나요? 그 사람이 지갑을 훔쳐간 다음에 말이에요."

"이집 저집 떠돌며 소파에서 신세를 지다가 저와 한참을 같이 지냈어요. 그러다 웨스트사이드에 있는 좋은 하숙집을 찾아내서 거기로 옮겼죠. 대부분 숙소는 신용카드 번호를 물어보는데, 그 하숙집은 그런 절차 없이 흔쾌히 현금을 받아줬대요. 여자 친구의 가슴 아픈 사연을 듣고는 더 잘 해줬다고 하네요."

순간 나는 이것이 수많은 장애물 중 첫 관문에 불과하다는 걸 깨닫는다. 가진 거라곤 달랑 2천 달러뿐, 내겐 집도, 신분증도 없다. 하지만 가슴 아픈 사연이라면 나도 있다. 이 점원의 여자 친구와 비교해도 전혀 뒤지지 않는다. 오히려 더 나은 부분도 있다. 그리고 나에겐 누구 못지않은 투지가 있다.

내 볼에 진심 어린 미소가 번진다. "그 하숙집 이름, 혹시 기억하시나요?"

제프리

문 너머에 있는 남자는 제복을 입고 있지 않지만, 온몸으로 자신이 경찰임을 부르짖고 있다. 검은 바지, 다림질한 셔츠, 군인처럼 서 있는 자세, 허리춤에 찬 총. 이 남자 어깨 너머 차고 진입로에는 번호판 없는 세단이 햇빛을 받아 반짝거린다.

남자가 배지를 꺼내 든다. "파인블러프 경찰서 소속 마커스 듀랜드 형사입니다. 아내분과 관련해서 걱정스러운 일이 있으시죠?" 사무적인 중저음의 말투다. 감정을 읽어보려 하지만 피곤한 기색 외에는 아무것도 느껴지지 않는다.

나는 문을 활짝 열고 한 걸음 물러선다. "와주셔서 감사합니다."

몇 시간째 기다렸던 터라 빈정대듯 내뱉는다. 못해도 6시간은 된 것 같다. 이따금 잉그리드가 성난 용처럼 씩씩대며 나를 내려다봤지만, 난 아랑곳하지 않고 소파에 누워 최대한 휴식을 취하려 애썼다. 기다리는 시간이 길어질수록 잉그리드는 더 세게 쿵쿵거리며 거실을 서성였다. 30분에 한 번씩, 이 상황에서 잠이 오냐며 내 어깨를 쿡 찔렀다. "그냥 눈 감고 누워 있는 거예요." 내가 말했다. "그러지 말고 저쪽에서 좀 쉬어요."

형사가 내 목소리에서 예민함을 감지했는지는 모르겠지만, 적어도 언짢은 티를 내지는 않는다. 나보다 어려 보이는 게, 30대 중반 정도로 보인다. 키는 나보다 15센티 정도 크다. 현관을 가득 채운 그의 덩치와 존재감은 청바지에 맨발인 나 자신을 초라하게 만든다. 좀 더 나은 옷으로 갈아입을걸 그랬다. 신발이라도 신었으면 나았으려나? 형사의 턱에서 이 사태의 무게가 느껴진다. 근무시간이 아닌데도 우리 집으로 찾아온 것으로 봐서 이 실종 사건을 꽤 진지하게 생각하는 것 같다.

하지만 제시간에 올 만큼 진지하진 않다는 얘기네.

형사가 주위를 둘러보더니 나선형 계단에서 시선을 멈춘다. 가운데에 원기둥이 있고 세로로 촘촘히 긴 난간이 있는, 정교하게 수제작된 계단이다. 지금 저자가 밟고 서 있는 건 터키산 골동품 양탄자다. 하나같이 형사의 봉급으로는 누릴 수 없는 것들이다. 사빈이 없었다면 나 또한 누릴 수 없었겠지. 불현듯 이 형사에게 내 아내의 연봉이 4년 연속 100만 달러 이상이라고 말하고 싶어진다. '사빈이 말이에요, 가성비 좋게 실내 장식 꾸미는 데는 아주 도가 텄어요.' 속으로 생각하고 있는데, 형사의 시선은 부엌 입구에 서 있는 잉그리드에게 가 있다.

"뭔가 잘못됐어요." 잉그리드의 목소리는 한껏 격양돼 있다. 어제는 몰랐는데 해가 뜨니 운동화를 짝짝이로 신은 게 눈에 들어온다. 하나는 검은색이고 하나는 파란색인데, 둘 다 끈을 묶지 않았다. "뭔가 끔찍한 일이 생긴 것 같아요. 저는 그냥 알 수 있어요."

"누구시죠?"

"잉그리드 스탠필드, 사빈의 언니예요." 그러더니 잉그리드는 주방 쪽으로 형사를 안내한다. "제가 정리를 좀 해봤어요. 부엌에 메모지가 있어요."

듀랜드 형사의 상체가 그쪽으로 기운다. 하지만 두 발은 바닥에서 떨어지지 않는다. 그는 내 쪽으로 고개를 돌리더니 바지 앞주머니에서 수첩을 꺼낸다. "아내분이 간밤에 집에 돌아오지 않으셨다고요?"

난 형식적으로 고개를 끄덕인다. "사빈이 밤늦게 고객에게 집을 구경시켜줬어요. 요즘엔 자주 있는 일이죠. 직업이 부동산 중개인이거든요. 꽤 잘나가요. 낮에 9시까지 집에 오겠다고 나한테 메시지를 보냈어요. 하지만 오지 않았죠. 여러 번 전화했어요. 신호는 가는데 자꾸 음성사서함으로 넘어가요."

"저도 전화했어요." 사빈이 끄덕이며 말한다. "밤새 전화했어요. 혹시 전화를 추적할 수는 없나요? 사고기 난 긴 아니겠죠? 다친 건 아닐까 걱정돼요."

마커스 형사가 시간을 확인한다. 이제 막 오전 9시가 됐다. 형사는 나만큼이나 피곤해 보인다. 축 처진 어깨에 창백하고 주름진 얼굴. 이제 막 출근한 게 아니라 야근을 마치고 바로 온 모양이다.

"달리 갈 만한 곳이 있어요?" 침착한 어투로 형사가 묻는다. 한숨이 나오려는 걸 참는 듯한 목소리다. 하품이 나오려는 걸까? 둘 다인지도 모르겠다. "친구나 가족분의 집에 갔다거나, 누군가와 술을 마시고 남편분께 연락하는 걸 잊은 건 아닐까요?"

내가 설명을 하려는데 잉그리드가 끼어든다. "사빈은 책임감이 강해요. 연락도 없이 외박할 리 없어요. 그리고 전화를 못 받을 상황이면 나중에 반드시 나에게 전화하죠. 반드시. 그래서 무슨 일이 생겼다는 걸 확신하는 거예요. 나쁜 일 말이에요."

난 씁쓸한 미소를 지으며 형사를 바라본다. "잉그리드의 말은 일리가 있어요. 어디에 있는지 말해주지 않는 건 사빈답지 않아요. 사빈의 아버지는 돌아가셨고, 어머니는 오크몬트에 있는 요양소에 계세요. 달리 갈 만한 곳은 언니 집밖에 없어요."

"두 분 중에 요양소에 전화해보신 분이 계시나요?"

"제가 했어요." 잉그리드가 말한다. "간호사 중 한 명이 어제 사빈과 통화했대요. 다른 간호사들은 며칠째 사빈을 보지도 못했고, 연락도 없었대요."

형사는 수첩을 넘겨 깨끗한 면에 '오크몬트'라고 큼지막하게 적고는 부엌을 가리킨다. 아침이라 햇빛이 드는데도 조명들은 밝게 빛나고 있다. "앉아서 얘기할 수 있을까요?"

"그럼요, 그럼요." 난 양팔로 부엌 입구를 가리킨다.

잉그리드는 최단 동선으로 잽싸게 걸어가 어제 앉았던 자리에 앉는다. 그러고는 벽에 등을 기대고 손을 공책 위에 가지런히 모은다. 듀랜드 형사는 상석인 내 자리를 차지한다. 딱 봐도 통솔하는 것이 익숙한 사람이다.

"마실 것 좀 드릴까요, 형사님? 냉장고에 콜라가 있었던 거 같은데. 커피를 끓여드릴 수도 있고요." 배려 차원에서 물어본 건 아니다. 안 그래도 어젯밤에 먹은 피자 때문에 미칠 듯이 목이 말랐던 참이다. 호의도 베풀고, 배려 있는 사람으로 보여서 손해 볼 건 없을 것 같다. 아직까진 형사가 나를 의심하는 기색을 내비치지 않았지만, 그렇다고 딱히 다른 말을 한 것도 아니다.

"나는 물 마실게요." 잉그리드의 대답에 난 형사의 머리 너머로 그 여자를 쏘아본다.

"경찰에 신고하기 전에 실종자분의 친구들에게 전화해보셨나요?" 형사가 묻는다. "직장 동료는요?"

난 싱크대 옆 찬장에서 유리잔 세 개를 꺼낸다. "한밤중이어서 다른 사람을 깨우고 싶지 않았어요. 그리고 저는 아내가 친구나 동료의 집에는 가지 않았을 거라고 확신해요. 굳이 간다면 언니 집에 가겠죠."

"제프리와 저는 많은 부분에서 동의하지 않지만, 이것만큼은 맞는 말이에요. 사빈과 나는 하루에 몇 번씩 통화해요. 난 동생의 일정을 다 알고 있어요. 굳이 어딜 간다면 나를 찾아왔을 것이고, 혹여 다른 데를 간다면 나한테 말했을 거예요. 그래서 긴급 상황이라고 말씀드리는 거예요."

형사는 새로운 사실을 알아챘다는 듯한 표정을 짓는다. 동생에게 끔찍한 일이 생겼을지도 모른다는 잉그리드의 확신 때문이 아니라, 그 전에 했던 말에서 나와 잉그리드의 사이가 썩 좋지 않다는 점을 파악한 것이다.

잉그리드는 메모지 몇 장을 뜯어 테이블 한가운데로 내민다. "어제 사빈의 일정을 알 것 같은 사람들의 이름과 전화번호를 적었어요. 제가 일일이 메시지를 보냈고요. 사빈에 대한 설명도 적었어요. 그 애의 자동차 모델, 이메일 주소, 핸드폰 번호 같은 거요. 형사님의 번호를 주시면 동생의 사진을 보내드릴게요."

듀랜드 형사는 몇 초 동안 메모를 훑더니 고개를 끄덕이며 잉그리드를 바라본다. "도움이 많이 되겠네요. 좋은 발판이 될 겁니다."

형사의 목소리에서는 표정만큼이나 진심이 느껴진다. 그런데 난 문득 심장이 철렁 내려앉는다. 잉그리드 때문에 난 아무 준비도 안

한 사람처럼 보이게 됐다. 실제와는 거리가 멀지만, 무신경한 남편으로 보일 것이 분명하다. 최초로 위험 경보를 울린 사람은 나다. 그런데도 잉그리드는 나를 윽박질렀다. 그것도 내 집에 찾아와서. 그마저도 사빈의 집이라고 정정해가며. 하여튼 저 여자는 나를 천하에 쓸모없는 인간으로 만들어놨다.

언제나 원인은 남편에게 있다. 특히 나처럼 성적인 만족을 못 주고 경제적으로 의존하는 남편은 더더욱 오해를 사기 쉽다. 머지않아 우리 결혼생활의 문제점이 드러날 것이다. 잉그리드는 다 알고 있다. 언제 저 여자가 형사에게 얘기하느냐의 문제다.

난 다급한 마음이 들어 컵에 수돗물을 받는다. 협조적으로 보이고 싶어서이다. "이젠 어떻게 되는 건가요? 다음 절차는 뭐죠?"

"고객에게 집을 보여주기로 했다고 그랬죠? 장소가 어디인가요? 그리고 몇 시였나요?"

"잘 모르겠습니다." 내가 답한다. "집에 9시에 온다고만 했어요."

잉그리드가 나를 어색하리만치 길게 쳐다본다. "집을 보여주기로 한 시간은 7시 반이에요." 잉그리드가 형사에게 말한다. "사빈은 린든 스트리트 개발 구역 전담 중개인이에요. 입구에 돌기둥이 있는 집들 아시죠? 화려하고 커다란 간판이 걸린 곳 있잖아요? 사빈이 어제 맡은 집 주소는 모르지만, 그 개발 구역에 있는 집으로 알고 있어요. 동생의 상사인 리사가 어떤 집인지 알려드릴 거예요. 리사의 이름은 두 번째 페이지 맨 위에 있어요. 번호는 직접 찾아보셔야 할 거예요. 애석하게도 저한테는 없거든요."

물잔을 건네보지만, 형사는 나를 쳐다보지도 않는다. 그가 어떤 판단을 내리고 있다는 게 느껴진다. 실종자의 남편과 언니는 친하지 않다. 언니가 남편보다 더 잘 알고 있다. 두 가지 모두 우리의 결혼생활을 좋게 설명해주지는 않는다.

"두 분이 마지막으로 실종자분과 통화한 게 언제죠?" 형사가 묻는다.

"어제 아침에 두 번 통화했어요." 잉그리드가 대답한다. "마지막 통화는 11시가 되기 직전이었어요. 사빈은 사무실에 가는 길이었죠. 더 나중에 통화한 건 제프리예요. 낮에 통화했다고 했어요."

거짓말은 불덩이로 돌변하여 예상치 못한 순간에 돌아온다. 등골이 오싹하다. 잉그리드는 내가 조깅하는 걸 방해하며 사빈에게 전화해보라고 잔소리했다. 난 계속해서 달리고 싶은 생각에 1시간 전에 통화했다고 잉그리드에게 말했다. 지금 그 거짓말을 반복한다면 2초 만에 형사가 알아챌 것이다. 통화목록을 보면 바로 진실을 알 수 있을 테니까.

나는 잉그리드를 맞은편에 두고 고개를 젓는다. "아뇨, 안 했어요. 어제 아침에 통화했다고 말했죠. 애틀랜타에서 비행기에 오르기 직전에요." 이번엔 형사를 보며 설명한다. "일주일 내내 플로리다에서 영업 관련 회의가 있었거든요."

잉그리드가 고개를 휙 돌려 나를 쏘아본다. "내가 5시 직전에 전화했을 땐 1시간 전에 통화했다고 그랬잖아요? 그러면 4시쯤이죠."

"잘 못 들은 모양이네요."

테이블을 지그시 누른 잉그리드의 양손이 파르르 떨린다. "큰 소리로 또박또박 말하는 거 들었어요, 제프리. 마지막으로 사빈과 통화한 게 언제냐고 물었더니 1시간 전이라고 대답했잖아요."

"통화목록을 보여줄까요? 그렇게 말한 적 없어요. 통화한 사실도

65

없고."

형사가 양쪽 눈썹을 씰룩이며 숨을 깊게 들이마신다. 말썽꾸러기 자식 둘을 보고 있는 아빠 같다. "네, 네, 알겠습니다. 잠깐 정리하고 넘어가죠. 두 분 모두 어제 이후 실종자분과 통화한 적이 없다고 이해하면 되는 거죠?"

난 고개를 끄덕인다. "예. 말씀하신 대로입니다."

"그런 것 같네요." 잉그리드가 중얼거린다.

"통화했을 때 실종자분께서 일상적이지 않은 무언가를 언급하진 않았나요? 자동차가 이상하다든가, 뭘 사러 다른 동네에 가야 한다거나, 그런 얘긴 없었나요?"

잉그리드와 나는 고개를 젓는다. 마침내 우리 둘이 같은 대답을 했다.

"어젯밤에 집을 보여준다고 한 거, 혹시 고객이 누구인지 아시나요?"

잉그리드는 내가 또 고개를 저을 때까지 기다리더니, 승리자처럼 우쭐대듯 말한다. "이름은 모르겠는데 우리 동네에 사는 남자예요. 타이슨 푸드 지점에 갓 부임한 중역인데 집을 구하고 있었어요. 사빈이 임시로 머물 월세 530짜리 아파트를 찾아줬어요. 그런데 그 사람 부인이 이쪽으로 와서 함께 살게 됐죠. 어제 집을 보여주기로 한 건 그 남자보다는 부인을 위해서였어요. 그 남자는 이미 그 집을 좋아한다고 했거든요."

난 아무 말도 하지 않는다. 솔직히 충격받았다. 잉그리드는 동생의 일에 대해 세세하고 구체적으로 알고 있다. 어쩌면 사빈이 나에게도 얘기했는데 내가 듣지 않은 건지도 모른다. 내가 놓친 게 또 뭐가 있을까?

듀랜드 형사는 잉그리드가 준 메모를 보며 펜으로 종이를 탁탁 친다. "이 리사 오브라이언이라는 분이 그 고객의 이름을 저에게 알려줄까요?" 이제부터는 나에게 하는 질문이 아니다.

"분명 알고 있을 거예요." 잉그리드가 말한다. "전화번호를 알았다면 제가 진작 물어봤을 거예요. 혹시 경찰서에 그 상사의 번호를 찾아볼 수 있는 시스템 같은 게 있나요?"

"네, 리사 오브라이언이라는 분에게 꼭 연락하겠습니다. 또한 여태까지의 정황을 훑어보고 이상한 점이 없는지 살펴보겠습니다. 결과는 두고 봐야 알겠지만, 모든 가능성을 열어놓고 생각해야 한다는 점을 말씀드리고 싶네요. 혹시라도 이상한 점을 발견하면……" 형사의 말에 나는 온몸에 경련이 일어나는 걸 느낀다. "실종자분의 핸드폰을 추적하고, 즉시 연락드리겠습니다."

"지금 하시면 안 되나요? 전화 추적하는 거요. 그러니까, 제 말은, 혹시 무슨 일이 생겼으면…… 동생이 다쳤다거나……" 잉그리드가 고개를 털더니 말을 도로 삼킨다. "시간을 낭비해선 안 될 거 같아요."

"시간을 낭비하지 않을 겁니다. 믿어주세요. 실종자를 찾는 건 무엇보다 우선순위에 있습니다. 죄송합니다만, 아내분이 협박을 받은 적이 있나요? 아내분을 해치고 싶어 하는 사람이 혹시 있을까요?"

"아뇨!" 이번엔 내가 먼저 대답한다. 하지만 잉그리드 쪽을 쳐다보진 못하겠다. 난 형사를 응시한 채 계속해서 말한다. "그럴 가능성은 절대 없어요. 모든 사람이 사빈을 좋아해요. 모두에게 친절한 사람이니까요. 그래서 그 직업을 선택한 것도 있어요. 하지만 그런 걸 다 떠나서 원래 그런 사람이에요. 친절하고 남을 돕길 좋아하죠. 내 아내는 모든 사람과 친하게 지내요."

잉그리드가 헛기침을 한다. "맞는 말이에요. 사빈은 정말 사랑스러운 애예요."

형사가 미소를 보이지만 친근해 보이지도, 위안이 되지도 않는다. "알겠습니다. 우선 병원이나 유치장 같은 일반적인 장소부터 확인할게요. 두 분은 어제 실종자분의 동선을 파악하는 데에 도움이 되는 게 있다면 무엇이든 찾아봐 주세요. 이메일, 문자, SNS, 공동 계좌나 신용카드 등등이요. 찾으신 단서들은 종합해서 저에게 보내주시면 됩니다."

듀랜드 형사가 테이블에 명함을 내려놓으며 아래에 적힌 번호를 가리킨다. "혹시라도 실종자분을 만나시거나, 행방에 관련해 무언가 떠오르시는 게 있으면 즉시 전화 주세요. 오늘 중으로 다시 모이기로 합시다."

난 달리 어떻게 해야 할지 몰라 고개를 끄덕인다. 면담은 끝이 났다. 형사가 나가자 우리 둘은 그 자리에 얼어붙은 채, 겁에 질린 눈으로 서로를 바라본다.

그렇게 나와 마주 보고 있던 잉그리드가 울음을 터트린다.

형사가 갔으니, 난 잉그리드를 문밖으로 몰아내고 커피를 끓인다. 평소보다 진하게, 불투명한 거품이 올라오고, 당밀처럼 걸쭉해질 정도로 진하게 끓인다. 카페인이 필요해서가 아니다. 간밤에 못 자긴했지만 잠이 오진 않는다. 온몸에 아드레날린이 솟구치며 혈관이 춤을 춘다. 사빈이 곧 모습을 드러내지 않는다면, 아내의 실종에 내가 관련이 있다고 생각하는 건 잉그리드로 그치지 않을 것이다.

형사는 나에게 사빈의 SNS와 은행 계좌를 샅샅이 뒤지라고 지시했다. 하지만 난 그보다 한 발 앞서서 사빈의 노트북이 어디에 있는지를 생각하고 있다. 아주 오래된 에이서 제품인데, 플라스틱과 쇠로 만든 제품이지만 막상 들어보면 시멘트 벽돌 같은 느낌이 드는 그런 노트북이다. 사빈이 일할 때 들고 다니지 않은 데는 크기도 한몫했다. 어차피 사무실에 가면 최신형 데스크톱이 있고, 손에는 아이폰을 늘 들고 사니 노트북은 딱히 필요가 없어서 방치된 것이다.

하지만 사빈의 근황을 알아보려면 각종 로그인 정보가 필요하다. 그 노트북에는 비밀번호가 안 걸린 엑셀 파일이 하나 있는데, 이메일 계정, 은행 계좌, 신용카드 등 로그인에 필요한 모든 아이디와 비밀번호가 정리돼 있다. 그것만 열면 사빈이 어디에 있는지 감이 올 것 같다. 당장 찾지는 못하더라도 최소한 어느 방향으로 갔는지는 알 수 있을 거다.

난 위층에서 아래층까지 샅샅이 뒤지며 사빈의 노트북을 찾는다. 있을 법한 곳이면 두 번 세 번 재차 확인한다. 문제는 사빈이 논리적이지 않다는 거다. 이 여잔 노트북을 오래된 스웨터나 신발처럼 대한다. 침대나 소파 밑에 반쯤 숨겨놓는 등, 아무 데나 자기 놓고 싶은 데에 놓았을 수 있다는 거다. 나는 사빈이 자주 앉았던 자리를 떠올린다. 일단 우리 침대. 사빈이 다리를 양옆으로 벌리고, 허벅지에 노트북을 올려놓은 모습을 상상해본다. 소파의 왼쪽 끝. 사빈이 고양이처럼 다리를 오므리고 엎드려 있는 모습을 상상해본다. 서재에 있는 책상과 작은 응접실의 긴 의자. 이어서 선반과 책상 아래를 살핀다. 서류 다발과 책 사이도 샅샅이 뒤진다. 침대보와 이불도 들춰본다.

노트북은 어디에도 없다.

슬슬 짜증이 난다.

방 하나에서 다음 방으로 이동하는 사이에, 난 멈춰 서서 사빈의 핸드폰에 전화를 건다. 지금 사빈이 어디에 있든, 핸드폰을 지니고 있을 확률이 높다. 핸드폰이 집에 있을 확률은 낮지만, 난 다시 전화를 걸고 숨죽여 귀에 익은 벨 소리가 들려오길 기대해본다. 어쩌면 소리를 꺼놨을지도 몰라, 베개나 옷 사이에서 날지도 모르는 진동 소리에 귀 기울인다. 하지만 유일하게 들리는 소리는 네 번의 신호음과 곧바로 이어지는 음성사서함 안내 음성이다. 난 전화를 끊고 다음 방으로 이동한다.

그렇게 하길 1시간, 난 시작 지점인 부엌으로 돌아온다. 아무런 수확도 없다.

난 진하디 진한, 진흙 같은 커피를 따른 잔을 들고 바에 있는 높은 스툴에 걸터앉는다. 어쩌면 내가 틀렸는지도 모른다. 어쩌면 어제 마침 노트북이 필요했는지도 모른다. 고객을 만나는 일정 사이에 커피숍에 들어가서 MLS 시스템을 열어놓고 계약을 해야 했는지도 모른다. 그런 경우라면 내가 사무실에 직접 가서 노트북을 가져와야 한다. 물론 거기에 두고 갔을 거라는 전제하에 그렇다는 거다. 어쩌면 차 바닥이나 트렁크에 있을지도 모른다. 가끔 사빈이 들고 다니는 커다란 천 가방에 노트북이 삐져나와 있는 걸 본 적이 있다. 사빈이 열쇠를 찾는다며 차고 문 앞에 가방을 던져놓으면, 난 늘 가방끈에 발이 걸려 넘어지곤 했다.

난 자리에서 일어나 차고로 향한다. 예상대로다. 차가운 시멘트 바닥에 천 가방이 있다. 난 가방 손잡이를 낚아채 집 안으로 들고 들어온다.

노트북은 사망 상태다. 딱히 놀랄 건 없다. 사빈은 진작 배터리를 갈아야 했다. 하지만 상식이 있다면 새 노트북을 사는 게 낫다. 끊임없이 충전하지 않아도 사용할 수 있는 보통의 노트북을.

부엌에 들어와 아일랜드 카운터에 노트북을 올려놓고 전원을 꽂은 뒤, 부팅이 되는 길고도 긴 시간 동안 커피를 데운다. 나는 동네 반대편에 있을 잉그리드를 떠올린다. 아마 나와 비슷한 시간을 보내고 있겠지. 아무도 없는 쓸쓸한 부엌에 쭈그리고 앉아 노트북을 들여다보며, 쌍둥이 동생을 찾겠다는 생각에 파일들을 샅샅이 뒤지고 있겠지. 빨갛게 부은 코가 생각난다. 베개에 눌려 떡 진 머리, 실눈을 뜨고 나에게 추악한 말들을 퍼붓던 모습. '자기한테 어떤 짓을 했는지 말해줬어요'라고 말했다. 일순간 화가 치밀어 오른다. 잉그리드는 내가 이 사건과 관련이 있다고 생각한다. 아내가 실종된 배후에 내가 있다는 생각. 그런 생각이 들자 잉그리드의 목을 조르고 싶어진다.

에이서 노트북에서 삐익 하고 기계음이 나더니 로그인 화면이 나온다. 커서가 깜빡이건만 어떤 비밀번호를 입력해야 할지 도무지 감이 오지 않는다. 가능성은 무궁무진하다. 사빈의 생일이나 내 생일. 우리의 결혼기념일. 날짜와 우리 이름의 조합. 매번 시도할 때마다 비밀번호란은 부르르 떨릴 뿐, 나를 들여보내 주지 않는다.

아마 기억하기 쉬운 것으로 했을 것이다. 사빈은 취미가 없다. 우리에겐 애완동물이나 아이가 없다. 사빈과 관련된 사람들의 이름을 시도해본다. 우선 어머님 이름, 다음은 돌아가신 아버님 이름을 쳐본다. 여전히 안 된다. 난 한숨을 쉬며 잉그리드의 이름과 생일을 입력한다. 솔직히 제일 먼저 쳤어야 할 이름이다. 그리고 짠, 보란 듯이

로그인에 성공한다.

나는 내 이메일 주소로 비밀번호 목록 파일을 전송한다. 사빈의 메일함은 정말 개판이다. 안 읽은 메시지는 2천 개가 넘는다. 홍보 메일, 스팸, 집을 보겠다는 고객의 요청 등이 뒤섞여 있다. 이 혼돈을 정리하려면 며칠이 걸릴 것 같다. 게다가 뚜렷한 목표를 정해놓고 찾고 있는 것도 아니다. 나는 보낸 메일함으로 들어가 위에서부터 훑기 시작한다. 계약서, 광고 글 등 뻔한 것들이다. 방금 내가 나에게 보낸 걸 제외하고 가장 최근에 보낸 메일은 화요일, 즉 이틀 전에 보낸 것이다.

난 창을 닫고 페이스북에 들어간다.

사빈에겐 3천 명 정도의 친구가 있다. 물론 대부분은 실제로 친구가 아니다. 고객, 동료, 로터리클럽 회원이나 비즈니스 클럽 회원들이다. 난 사빈의 페이지에 들어가 게시물을 하나하나 훑는다. 자기 실적을 자랑하는 글과 팔린 집 사진이 대부분이다. 이러니 하루 종일 핸드폰을 달고 살지. 10대들처럼 자유자재로 핸드폰 키보드를 다루는 사빈의 예쁜 엄지손가락들이 떠오른다. 이 페이스북 페이지는 사빈의 서비스와 성공을 홍보하는, 걸어 다니는 광고판이라고 해도 과언이 아니다.

한참을 내려와 지난주에 올린 동영상에서 손을 멈춘다. 롱메도우 스트리트에 새로 지은 집이 나온 페이스북 라이브 영상이다. 그 아래에 있는 숫자가 가히 충격적이다. 무려 758뷰다. 사빈이 정상급 중개인이라는 건 알고 있었지만, 정말 이 정도로 잘나가는 줄은 몰랐다.

내가 동영상을 클릭하자 조회수가 759로 올라간다.

영상이 로딩되며 사빈의 모습이 나온다. 행방불명된 나의 아내.

자기가 가장 좋아하는 노란 여름 드레스를 입고 있다. 끝단에 주름 장식이 들어간 옷이다. 목에는 내가 작년 크리스마스 때 사준 펜던트 목걸이를 하고 있다. 위로 묶어 올린 머리는 사빈이 말할 때마다 구릿빛으로 태운 어깨 위에서 찰랑찰랑 기분 좋게 흔들린다.

"안녕하세요. 이 일대 최고의 집을 소개해드릴 사빈 하딘슨입니다." 사빈이 소리 내서 웃는다. "네, 매번 집 팔 때마다 최고라고 하는 거 저도 알아요. 그런데 이번에 소개할 집은 정말로 제가 태어나서 본 집 중에 최고예요. 어마어마한 침대방이 네 개 있고요, 욕조가 다섯 개 하고도 반 개가 더 있어요. 네, 제대로 들으신 거 맞아요. 방마다 풀 사이즈 욕조가 딸려 있습니다. 마스터 스위트룸은 제가 아무리 말로 설명해봐야 직접 보시기 전엔 안 믿으실 거예요. 그럼 한번 들어가 볼까요?"

사빈은 행복해 보인다. 표정은 한껏 들떠 있고, 볼은 분홍색으로 상기돼 있다. 카메라는 집의 특색을 설명하며 뒤로 걸어가는 사빈을 따라 집 안쪽으로 들어간다. 리틀록에서 부동산 전문가 양성 과정을 신청한다고 했을 때 나는 불평을 늘어놓았다. 우리의 사회생활과 결혼생활에 지장을 줄 거라고 강력하게 주장했다. 하지만 난 사빈이 잘하리라는 걸 알고 있었다. 그래서 걱정이 됐던 거다. 난 고개를 빼고 의자에 앉아 사빈이 나를 향해 저렇게 미소 지어주던 때를 떠올린다. 그녀를 빛나게 하던 게 다름 아닌 나였던 시절을 떠올린다.

컴퓨터에서 삐익 소리가 나더니 화면 아래에 창 하나가 열린다. 벨라라는 이름으로 온 메시지다.

안녕. 어제 장 보러 갔다가 우연히 트레버랑 만났어. 네 얘길 묻더

라. 그냥 안부 묻는 정도가 아니라 진짜로 궁금해했어. 혹시 너랑 만나거나 통화한 적 있냐고 하던데. 이유는 얘기 안 해, 입이 귀에 걸린 듯이 활짝 웃더라. 혹시 너랑 좋은 일 있니? 얘기하고 싶으면 언제든 환영이야. ^^

난 다시 스툴에 앉는다.

트레버. 대체 뭐 하는 새끼지?

사빈의 친구 목록을 클릭하고 검색창에 그 이름을 쳐보지만, 검색 결과가 없다고 나온다. 이메일 창에서 다시 해보니, 이번엔 무언가가 나온다. 여러 개의 메시지다. 제퍼슨 리저널 메디컬 센터의 산부인과 의사인 닥터 트레버 맥애덤스와 주고받은 메시지들이다. 정황을 보니 작년 가을에 사빈이 이 남자에게 집을 판 것으로 보인다.

최근에 메시지를 주고받은 건 11월이다. 서류에 사인하고, 열쇠를 전달하는 사무적인 내용뿐이다. 둘 사이에 오간 내용을 훑어보지만 특별한 건 없다. 트레버가 쓴 내용 중 미세하게나마 개인적인 이야기는 추수감사절 잘 보내라는 것뿐이다. 사빈은 감사하다는 말에 이어, 당신과 당신의 가족이 새집에서 행복하기를 빈다고 썼다.

당신의 가족.

내가 너무 깊게 생각하는 건지도 모르겠다. 트레버는 산부인과 의사다. 그자가 사빈의 담당의인 것도 불가능한 얘기는 아니다. 5개월, 무려 5개월 동안 섹스를 안 했으니 임신 때문은 아니겠지만, 여자들은 다른 이유로 산부인과에 가기도 한다. 사빈이 환자로서 이 의사를 만났을 가능성도 충분히 있다.

마우스 휠을 내리니 이 의사의 사인과 병원 웹사이트 주소가 나온다. 나는 링크로 들어가 그의 이력을 훑는다. 트레버 맥애덤스는 꽤 잘생긴 남자로, 대략 40대 초반으로 보인다. 피부가 깨끗하고, 눈이 초롱초롱하고, 머리를 넘겨 넓은 이마를 드러냈다. 꽤 많은 여자가 이 남자 앞에서 다리를 벌리는 걸 꺼리지 않을 것 같은, 그런 얼굴이다.

내 아내도 그런 여자들 중 하나일까?

난 다시 이메일로 돌아가 첨부파일 하나를 연다. 8개월 전, 트레버는 30만 달러를 내고 130평 넓이의 재건축된 집을 샀다. 파인블러프 컨트리 클럽이 내려다보이는 한적한 주택가에 있는 집이다. 정말 넓은 면적인 데다, 일대에서 최고 부촌에 있는 집이다. 담보대출을 안 낀 것으로 봐서, 사빈과 내 수입을 합친 것보다 훨씬 많이 버는 것 같다. 나는 포스트잇에 이 사람의 주소를 적는다. 컨트리 클럽 레인 1600번지.

어젯밤 사빈이 고객에게 보여준 집주소를 알아내기 위해 아내의 일정표를 열어보지만, 아무것도 적혀 있지 않다. 일정을 적지 않은지 꽤 오래됐다. 어쩌면 아예 안 적는지도 모른다. 이번엔 인터넷 창을 열고 구글 페이지를 연다. 사빈의 계정으로 로그인이 돼 있다. 난 지메일 마크 위에 마우스 커서를 올려놓고 잠시 숨을 돌린다.

사빈에게 지메일 계정이 있었어?

난 행동을 멈추고 화면을 응시하며, 코로 거칠고 빠르게 숨을 들이마신다. 내 손가락은 차마 클릭하지 못하고 지메일이라는 글자 위를 맴돌고 있다. 클릭하는 순간, 내가 무엇을 보게 될지, 어떤 개 같은 꼴을 보게 될지 너무나 잘 알기 때문이다.

곧이어 트레버 맥애덤스라는 개새끼와 주고받은 수백 개의 메시

75

지가 화면에 펼쳐진다.

　보고 싶어요. 단 1분이어도 좋아요.

　나 지금 남편 옆에 앉아서 당신 생각해요.

　30분 후에 우리 집에서 만납시다.

　우리가 사랑에 빠지지 않을 거라고 했죠? 당신이 틀렸어요. (그래서 좋아)

　아이들에게 말하기로 마음먹었어요. 당신도 마음의 준비가 되면 말할 생각이에요.

　헉. 진짜로? 진짜 우리 그렇게 하는 거예요?

　그래요. 나도 미칠 것 같아. 당신이 나한테 그 말만 하면 돼.

　사랑해요. 이번 주말에 애들한테 얘기해요.

　배 속에 들어간 커피가 기름으로 변한 것 같다. 난 컵을 세게 밀어버린다. 컵은 조리대를 미끄러져 싱크대로 굴러떨어진다. 사빈이 없어서 다행이다. 있었으면 내가 죽여버렸을 테니까. 아니, 먼저 고통스럽게 한 다음, 트레버도 고통스럽게 한 다음, 둘 다 죽여버릴 거다.

이 개새끼가 내 여자랑 잤다. 지난 수개월 동안 내 아내와 몰래 놀아났다. 나는 아무것도 모르는, 바보 천치 호구 남편 역할을 한 거다. 동네 건너편 어딘가에서 벨라라는 개년이 나를 비웃고 있겠지.

사빈은 지금 거기에 있는 걸까? 그 새끼와 침대에서 뒹굴고 있는 걸까?

내 시선이 포스트잇으로 향한다. 컨트리 클럽 레인 1600번지. 10분 후, 난 자동차 운전대를 단단히 움켜쥐고 있는 힘껏 가속페달을 밟는다.

마커스

이 사건은 원칙대로 진행한다.

나는 실종자가 고객에게 보여주기로 한 집을 찾아와 밖에 타이어 자국이 있는지, 발자국이 남아 있는지 조사한다. 그런 다음 창문에 다가가 얼굴을 바짝 대고 실내를 들여다본다. 여기는 분명 '보여주기 위한' 집이다. 모든 방이 화려한 가구로 가득 차 있다. 테이블, 장식장 같은 가구에는 그릇이나 촛대 같은 잡동사니가 올려져 있다. 문과 창문 손잡이를 돌려보지만 모두 잠겨 있다. 집을 꾸미는 사람 한 명을 제외하고 다른 사람이 왔던 흔적은 없다.

이후엔 중개사 사무실로 이동해 사빈의 상사인 리사를 만난다. 향수를 뿌린 금발의 여자로, 다홍색 정장을 입었고, 같은 색의 립스틱을 발랐다. 이 여자에 의하면 사빈은 고객에게 보여주기로 한 집에 나타나지 않았을뿐더러, 어제 낮에 있었던 사원 전체를 대상으로 하는 연수에도 참석하지 않았다고 한다. 거기에서 사빈은 SNS 기반 플랫폼에 관한 강의를 하기로 예정돼 있었다.

"이해를 잘 못 하신 것 같네요." 보톡스 맞은 미간을 찌푸리며 리사가 말한다. "사빈만큼 열심히 일하는 사원은 없어요. 시간 약속은 철저하게 지키는 사람이죠. 특히 고객에게 집을 보여주는 경우에는요. 솔직히 걱정돼요, 형사님. 너무나도 사빈답지 않은 행동이에요."

다른 중개인들과도 얘기해보지만, 다들 비슷한 말을 한다. 사빈은 책임감 있는 사람이다, 남을 배려할 줄 안다, 시간 약속을 잘 지킨다. 리사와 마찬가지로 다들 사빈에게 무슨 일이 생겼을까 봐 걱정한다. 사고가 났거나, 혹은 그보다 더 끔찍한 일이 생겼을까 봐 초조해한다.

"갑작스럽게 여행을 떠난 건 아닐까요?" 한명 한명에게 물어본다. "하루 이틀 정도 떠나고 싶었을 수도 있잖아요."

다들 고개를 젓는다.

보고서를 작성하러 경찰서에 가는 길에 전화가 울린다. 화면에 뜬 브린의 이름을 보는 순간, 내 몸이 먼저 반응한다. 허파가 바람 빠진 풍선처럼 쪼그라드는 느낌이다. 경찰이었던 브린의 남편은 나의 전 파트너였다. 3년 전에 남편을 여읜 이후, 브린은 나에게 종종 전화를 건다. 그리고 전화가 올 때마다 난 배를 걷어차인 것 같은 기분이 든다.

난 짧은 신음을 토하며 핸즈프리로 전화를 받는다. "네, 브린."

"안녕하세요, 마커스. 잠깐 시간 있어요?"

브린의 훌쩍이는 소리에 난 이 통화가 길어질 것을 직감한다. 지금 난 브린과 통화하고 있을 시간이 없다. 당장 경찰서로 가야 한다. 접근 가능한 모든 데이터베이스에 사빈의 이름을 넣고 돌려야 한다. 열심히 일하고 있는 모습을 유뱅크스 서장에게 보여줘야 한다. 내가 실종된 여자와 구면이라는 사실을, 예전에 우리 부부에게 집을 보여준

적이 있다는 사실을 경찰서 사람들이 알도록 해야 한다. 불편한 질문들을 듣지 않으려면 그래야 한다. 거리에 순찰 나간 경찰관 한명 한명이 실종자의 차를 찾게 만들어야 한다.

그렇지만 아주 오래전, 나는 브라이언과 하느님께 맹세했다. 그의 아들들을 돌봐주기로. 생일과 졸업식에 참석해주기로. 애들이 교회에 열심히 나가는지 확인하고, 나쁜 길로 빠지지 않도록 지켜보기로. 두 놈 다 사고뭉치이지만 난 녀석들을 내 자식처럼 사랑한다. 문제는 내가 미망인인 브린을 딱히 좋아하지 않는다는 점이다.

아니, 좋아하지 않는 게 아니라, 아이들을 키우는 방식이 나와는 안 맞는다는 거다. 브린은 애들을 너무 감싸고 돈다. 무조건 오냐오냐, 아이들이 하고 싶은 대로 하게 다 내버려둔다. 집안에 남자가 없다 보니, 상냥한 엄마와 균형을 맞출 존재가 없어서 아이들이 제멋대로 구는 거다. 브린은 문제가 생길 때마다 나를 찾는다. 애들이 엄마 말을 안 들으니까 와서 잘 타이르란 소리다. 내 아내 에마는 그 애들이 남자 어른과의 소통을 갈구하고 있고, 말썽을 피움으로써 그 의사 표현을 하는 거라고 말했다. 이 경우 그 남자 어른은 나를 뜻한다. 브라이언이 하던 역할을 나에게 기대하는 것이다. 에마가 심리학에 대해 잘 아는 건 아니지만, 이 일에 관한 한 그 말이 맞을 수도 있다고 생각한다.

브린이 전화에 대고 한숨을 쉰다. "방금 티미의 방을 치우고 있었는데요, 처음 보는 장난감들이 잔뜩 있는 거예요. 요즘 애들이 던지고 노는 피젯스피너도 있었고 다른 것도 몇 개 있었는데, 모두 티미의 장난감이 아녜요. 내가 사준 적도 없고 애가 직접 샀을 리도 없어요. 일단 내가 차를 태워줘야 가게에 갈 수 있는데, 난 그런 적이 없어요. 요즘 장난감이 싼 것도 아니잖아요. 일주일에 용돈으로 1달러 받는 애가 무슨 수로 그걸 다 사겠어요?"

"훔쳤다고 생각하나요?"

"내 아들이 그랬을 거라고는 생각하고 싶지 않아요. 하지만 달리 어떻게 생각해야 할지도 모르겠어요. 어쨌든 나한테 받지 않은 건 분명해요." 브린은 말을 멈추고 내가 뭔가를 제안하길 기다린다. 곧 그리로 갈게요, 하는 말을 기다리는 것이다. "티미가 마커스 아저씨하고는 대화하잖아요. 마커스 아저씨가 왔다고 하면 나한테 안 하는 얘기도 잘할 거예요."

이럴 시간이 없다. 이제 경찰서에 거의 다 왔는데, 지금 브린네 집으로 차를 돌리면 운전하는 시간만 30분 이상이 걸린다. 브린을 만나면 대화가 짧게 끝나는 법이 없다. 눈물 흘리며 하는 얘기를 들어줘야 하고, 어색한 포옹도 견뎌야 한다. 끝없이 우러나는 차를 마시며, 응원의 말을 수도 없이 되풀이해야 한다. 난 정말 그럴 시간이 없다.

하지만 브라이언의 얼굴이 떠올라 거절할 수가 없다.

난 운전대를 거세게 왼쪽으로 돌려 길 한가운데서 유턴을 한다. "지금 바로 갈게요."

12분 후, 난 낡은 농가 앞에 차를 세운다. 잔디는 깎지 않아 무성하다. 창틀은 페인트가 다 벗겨졌고, 지붕에는 널빤지가 떨어져 나간 자리가 대여섯 군데 보인다. 난 고개를 저으며 되새긴다. 내가 책임질 일이 아니다. 난 지금 시간이 없다.

통로를 따라가자 현관문이 열리며 브린이 나온다. 몇 주 전, 나에게 마지막으로 전화했을 때보다 살이 더 빠졌다. 피부는 창백해지고 눈 밑이 움푹 들어간 모습을 보니 나보다 잠을 더 못 자는 것 같다는 생각이 든다. 브린은 아이들이 자기를 죽이려 한다고 종종 농담하곤 한다. 전에도 그런 생각을 했지만, 그 말이 사실일 수도 있을 것 같다.

"와줘서 고마워요." 브린이 말한다. "뭘 해야 할지, 누구에게 전화해야 할지 몰랐어요."

길 건너편에 사시는 아버지는 어떨까? 옆 동네에 사는 브라이언의 형은? 아니면 남편을 땅에 묻을 때 당신 뒤에 서 있던 다른 열다섯 명의 형사들은? 난 처음 떠오르는 사람이 아니라 브린이 도움을 청하는 유일한 사람이 분명하다. 브라이언에게 약속할 때 난 진심이었다. 하지만 지금은 브린이 다른 남자들에게도 도울 기회를 줬으면 하는 생각이 든다.

난 브린의 볼에 입을 맞춘다. 볼은 차갑고 창백하다. "티미는 어때요?"

"자기 방에 토라져 있어요."

난 브린의 어깨를 토닥이고 안으로 들어간다. 계단을 두 개씩 올라 복도 끝에 있는 티미의 방 문 앞에 도달한다. 문은 닫혀 있다. 난 그 애가 토라져 있지 않다고 확신한다. 문 너머로 게임 하는 소리가 들린다. 소리로 미루어 자동차 경주 게임 같다. 난 문을 살짝 두드리며 말한다. "티미. 나야, 마커스."

장남인 티미는 강단 있는 꼬마다. 앞머리가 삐죽 올라가 있고 점프 숏도 그럭저럭 잘하는 게 제 아버지를 똑 닮았다. 티미는 네 살에 아버지를 여의었다. 브라이언은 차량 검문을 하던 중 가슴에 총을 맞았다. 빵 소리가 들리는 순간, 고개를 들어보니 브라이언은 길바닥에 쓰러져 있었다. 총을 쏜 꼬마는 달아났다. 그놈은 종신형을 받고 지금 감옥에 있다. 중요한 건, 티미가 아버지를 거의 기억하지 못한다는 거다. 이 아이는 아빠 역할을 대신하는 나만 기억한다.

티미가 대답하지 않아서 나는 문을 열고 안으로 고개를 들이민다. "내가 왜 왔는지 알 거 같은데, 맞지?"

티미는 운동복 바지를 입고 맨발로 침대에 널브러져 있다. 고개를 들어 나와 눈이 마주치자, 티미는 멋쩍은 표정을 짓는다. 내 생각엔 아이가 엄마에게 시위하는 것으로 느껴진다. 애 엄마는 아이를 야단쳐야 할 때만 나한테 전화한다. 그런 전화를 심할 정도로 자주 한다. 브린이 만만한 엄마 역할이라면, 난 악역을 도맡는다. 아빠는 아니지만, 규율 담당자임에는 분명하다. 차라리 영화에 나오는 것처럼 멋진 대부 역할이면 좋을 것 같다.

"네, 알아요." 티미는 TV로 시선을 돌리며, 엄지손가락으로는 손에 쥔 조이스틱을 조종한다. TV 화면엔 티미가 조종하는 소록색 머스탱이 경주 도로를 달리고 있다.

난 방 안으로 들어와 문을 닫는다. "그럼 나한테 설명해볼래?"

티미가 고개를 젓는다. "별로."

"티미. 게임 끄지 않으면 내가 직접 끈다."

티미는 한숨을 내쉬더니 일시 정지 버튼을 누른다. 정적이 도는 가운데 아이는 고개를 푹 숙인 채 말없이 앉아 있다.

난 침대 가장자리에 걸터앉는다. "내 얘기 좀 들어봐. 어떤 여자가 실종됐어. 지금으로부터……" 난 손목시계를 본 뒤 셈을 한다. "20시간 전에. 수사 과정에 있어서 실종 직후가 가장 중요한 시간이야. 시간이 지나면 지날수록 내가 이 여자를 찾을 확률은 줄어들어. 사실 난 지금 여기에 있으면 안 돼. 하지만 내가 온 이유는, 너도 나한테 중요하기 때문이야."

티미가 고개를 들어 나를 본다. 번갯불처럼 빠른 눈빛이다. "그 여자 죽었을까요?"

아이가 그 부분에 주목할 거라곤 생각하지 못했다. 어린 나이에 부모를 잃으면 애가 이렇게 되는구나. 티미는 죽음에 대한 부자연스러운 집착을 보인다.

하지만 이 아이는 똑똑하다. 누군가가 거짓말을 하면 대번에 알아챈다. "솔직히 말해줄게. 상황이 별로 좋지 않아."

"어휴."

"그래, 어휴, 나도 한숨만 나온다." 난 삐쩍 마른 티미의 다리를 잡고 흔든다. "그러니까 나 좀 도와줘. 장난감 어디서 났는지 얘기해봐."

티미는 조이스틱을 침대에 툭 던져놓더니, 침대 옆에 있는 탁자 아래에서 공책 한 권을 꺼낸다. 페이지를 넘기자 글씨가 빼곡히 적힌 면이 나온다. 삐뚤빼뚤하고 큰 글씨로 글자와 숫자들이 적혀 있다. 난 내용을 훑어본다. 사람 이름과 장난감 종류가 적힌 목록이다. 일종의 장부이다.

"장난감이나 게임 같은 걸 다른 애들과 교환했니?"

"네. 잠깐 했었어요. 다 갖고 놀고 다시 바꾸려고 했어요. 그런데 엄마가 다 빼앗아가서 이젠 못 해요. 그래서 적어놓은 거예요. 장난감이 어디로 갔는지 까먹지 않으려고요."

난 공책을 침대에 내려놓는다. 입술을 깨물며 미소가 번지려는 걸 애써 참는다. 이 꼬마는 말썽꾸러기일진 몰라도 도둑은 아니다. 그리고 솔직히 너무 똑똑한 것 같다. 티미가 알고 그런 건지는 모르겠지만, 이 아이들은 조합을 형성한 것이다. "알았어. 그런데 네가 엄마한테 이 사실을 얘기했다면 내가 굳이 안 와도 됐잖아."

티미가 인상을 찌푸리며 앙상한 팔로 팔짱을 낀다. 내가 해서는 안 될 말을 했다는 듯한 반응이다.

그게 뭔지 생각하려는데 갑자기 핸드폰이 진동한다. 화면을 보니 동료 형사인 릭에게 문자가 와 있다.

모든 병원, 유치장 확인 완료. 자동차 행방 모름. 전화를 통한 행동 일절 없음.

가는 중. 15분 후 도착.

난 답장을 보낸 뒤 핸드폰을 주머니에 도로 넣는다.

"두 가지만 약속해줘. 티미, 날 봬." 난 티미가 눈을 마주칠 때까지 기다렸다가 허공에 엄지손가락을 내민다. "첫째, 엄마한테 장난감에 대해서 솔직하게 말씀드려. 나한테 한 것처럼 엄마한테 설명해. 엄마한테 명단을 보여드려. 엄마는 똑똑한 분이시고 너를 사랑해서. 내가 너를 똑똑하다고 생각하는 것처럼, 엄마도 그걸 보시면 '우리 아들이 참 똑똑하구나.' 하실 거야. 그렇게 할 수 있겠니?"

티미는 마지못해 고개를 끄덕인다.

난 검지를 펴서 엄지손가락 옆에 세운다. "둘째, 나를 보고 싶으면 그냥 전화를 걸어. 그렇게 하는 게 모두에게 편하니까. 네가 말썽 일으켜서 내가 오는 것보다는 그게 낫잖아."

아이의 표정을 보니 내 생각이 옳았음을 알 수 있다. 집안에 남자 어른의 존재를 원하는 건 애 엄마뿐이 아니었다. 아이들도 엄마만큼이나 그 존재를 원한다. 이 가족에게 더 잘해야겠다고 나 자신에게 다짐한다.

난 티미의 머리를 거칠게 쓰다듬고 일어선다. "이 사건이 끝나면 같이 재밌게 놀자. 너랑 나랑 둘이서. 알았지? 영화를 보든 야구를 보러 가든 네가 결정해. 어때, 재미있을 거 같아?"

티미가 침대에 앉은 채 고개를 들고 미소를 보인다. "너무 재미있을 거 같아요."

"그럼 일어나서 얼른 안아줘. 나 빨리 가야 하니까."

역사상 가장 짧은 포옹이다. 쏜살같이 계단을 뛰어 내려와 보니 브린이 희망에 찬 표정과 실망한 표정을 동시에 짓고 있다. 난 그 이상 머물지 못한다. 계단을 내려와 문을 향해 성큼성큼 걷는 모습에서 충분히 내 의사가 전달됐을 것이다.

"티미와 대화해봐요. 엄마한테 설명하기로 나와 약속했어요." 핸드폰 진동이 느껴진다. 이번에도 릭이다. 아마도 사빈의 차를 찾아낸 것 같다. 젠장.

"정말 더 못 있어요?" 브린이 묻는다.

"나중에 전화할게요." 난 말이 끝나기가 무섭게 전속력으로 앞마당을 가로질러 내 차로 간다.

베스

웨스트사이드의 2층집에 도착한 나는 재차 주소를 확인한다. 잉글리시 스트리트 1071번지. 연어색으로 칠한 벽, 하얀 울타리, 깔끔하게 정리된 잔디. 정원 가장자리에는 생기 넘치는 봉선화가 늘어서 있다. 밖에서 봤을 때 모건 하우스는 꿈속의 집이라고 해도 손색이 없다. 2층의 창녀를 빼놓고 비교해도 와일리 스트리트의 거지 소굴보다는 백배 낫다.

난 모퉁이에 차를 세운 뒤 가방을 어깨에 걸치고 문으로 향한다.

체구가 큰 여자가 문을 연다. 아마존 여전사처럼 크다. 떡 벌어진 어깨에, 표범 앞다리 같은 두 팔이 길게 늘어져 있다. 내가 살면서 본 여자 중 가장 키가 크다. 내 시선은 여자의 목으로 향한다. 남자처럼 목젖이 튀어나와 있진 않다.

키 큰 여자가 현관 밖으로 나온다. 아래를 보니 10센티짜리 힐을 신고 있다. 얼굴을 보려면 고개를 있는 대로 젖혀야 한다.

"안녕하세요. 어떻게 오셨죠?" 둥글고 공명이 있는 목소리다. 텅 빈 주전자에 대고 말을 하는 것처럼 소리가 울린다.

난 헛기침을 하고는 미소 짓는다. "여기 책임자를 만나고 싶어요."

"운이 좋으시네. 그 책임자를 지금 만났으니까." 그렇게 말하며 악수를 청하는데 손이 냄비만 하다. 손톱은 뾰족하고 길며, 핫핑크 색을 발라 반짝인다. "미스 샐리라고 해요. 그쪽은 이름이?"

조금 과한 것만 빼면 흠잡을 데 없는 메이크업이다. 자홍색 입술, 아이라인과 섀도가 들어간 눈, 붉은 구릿빛이 도는 광대. 턱에 면도 자국이 없는지 자세히 확인해보지만, 아무것도 발견되지 않는다. 사실 그림자가 지기에도 이른 시간이라 자세히 보고 말고 할 것도 없다. 파운데이션은 스프레이로 뿌린 것처럼 빽빽하고 흠잡을 데 없다.

"베스 머피라고 해요." 악수하며 내가 답한다. "친구가 이 주소를 줬어요. 왜냐하면 지금 숙소를……."

"베스처럼 안 보이는데." 그러더니 고개를 뒤로 빼고 나를 관찰한다. 눈으로 내 얼굴, 머리, 특히 의심을 살 법한 검은 눈썹을 훑고 있다. 나는 눈썹도 같이 염색해야 한다는 걸 나중에야 깨달았다. "그보다는 왠지 헤일리나 메이들린일 거 같은 얼굴이에요."

온몸이 얼어붙는 동시에 화끈거린다. 내가 베스처럼 보이지 않다니. 나도 내가 베스처럼 느껴지지 않는다. 펑퍼짐한 옷, 싸구려 머리, 모든 게 잘못됐다. 베스로 산 지 하루밖에 안 됐는데, 그녀의 영혼이 빠져나가는 것만 같다.

미스 샐리가 너털웃음을 지으며 장난스럽게 내 팔을 툭 친다. "장난치는 거예요. 내 집에선 원한다면 뭐든 될 수 있어요. 들어와서 같이 한번 둘러봐요."

내가 좁은 현관 복도에 들어서자 미스 샐리가 문을 닫는다. 왼쪽에서는 TV 소리가 시끄럽게 울린다. 네모난 공간에 전혀 어울리지 않는 소파, 의자, 테이블, 책장이 빽빽하게 들어서 있다. 그 공간에 남자 한 명이 있는데, 흙 묻은 청바지에 노란색 안전모를 착용하고 있다. 소파에 앉아서 쉬고 있던 모양이다. 남자는 고개를 들어 나에게 턱짓으로 인사한다.

"여기는 거실 겸 TV방 겸 공부방이에요." 미스 샐리가 말한다. "저 책들은 보고 꼭 반납하세요. 온 동네 들고 다니다가 딴 데 놓고 오거나 헌책방에 팔지 말란 얘기예요. 저기 선반에는 카드, 다트, 보드게임이 있어요. 와이파이는 공짜지만 자판기는 공짜가 아녜요. 주차는 뒤에다 하면 되고."

"멋지네요." 내가 말하지만, 미스 샐리는 대꾸도 없이 이미 좁고 긴 통로 중간까지 가버렸다. 난 잽싸게 따라가며 옆에 있는 침실을 들여다본다. 작지만 깔끔하다. 1인용 침대와 옷상, 그 외에는 별것 없다.

"베스." 미스 샐리가 가던 걸 멈추고 돌아서더니, 복도 카펫에 서서 나에게 말한다. "이 동네에 온 지 얼마 안 됐나 봐요?"

"네. 오늘 막 도착했어요."

"애틀랜타의 첫인상은 어떤가요?"

"좋아요. 차가 많이 막히더라고요."

전혀 웃긴 얘기가 아님에도 미스 샐리가 깔깔대고 웃는다. "게다가 미친 듯이 덥죠. 테네시주와 가까워서 공화당 지지자들이 많고요. 그렇다고 단점만 있는 건 아녜요. 곧 알게 될 거예요. 혼자 다녀요?"

"네."

"어디에서 왔어요."

"서쪽이요."

더 알고 싶다는 듯 미스 샐리가 한쪽 눈썹을 치켜세운다.

그러고 보면 당신은 거짓말을 참 잘해. 몇 년 동안 지켜본 결과, 당신은 기회가 있을 때마다 진실을 얘기하며 신뢰를 쌓았어. 거짓말을 할 땐 세부적인 것들은 빼놓고 말했지. 나중에 기억 못 하면 안 되니까. 거짓말은 배로 늘어나. 모순을 낳고 빠르게 증식돼. 거짓말임을 들키지 않기 위해 당신은 진실의 테두리에서 멀리 벗어나는 말은 하지 않았어. 그렇지 않으면 겹겹이 쌓인 거짓말들에 스스로 걸려 넘어져 아주 단순한 질문에도 답하지 못하는 상황이 생길 수 있으니까.

이제 난 당신의 방법을 그대로 따라 할 거야. "어디에서 왔다고 말하기가 참 애매해요. 많이 돌아다니거든요."

이 정도면 이 여자에게는 충분한가 보다. 미스 샐리는 갑자기 뒤꿈치를 딛고 빙그르르 돌더니 문을 가볍게 두드린다. "화장실은 세 개 있어요. 방 네 개당 하나 꼴이죠. 다 이거랑 비슷하게 생겼어요."

미스 샐리는 문을 열고 내가 볼 수 있도록 옆으로 물러선다. 세면대 두 개와 변기 하나, 끝에는 유리로 된 샤워실이 있다. 실용적으로 보이고, 또 눈부시도록 하얗다. 방향제와 표백제 냄새로 미루어 일단 청결한 것만은 확실하다.

"샤워 시간은 3분이에요. 짧은 거 알아요. 하지만 효율적으로 사용하면 할 거 다 하고도 충분한 시간이에요. 그 시간 안에 다 마치지 못하면…… 그 안에서 무슨 짓 하는지 다 알거든. 그런 건 개인 공간에서 하는 게 좋겠죠? 그리고 절대 시간을 초과하고 싶은 생각이 들지 않을 거예요. 2분 59초가 지나면 사람들이 문을 두드리고 난리를 칠 테니까. 여기 사람들, 별로 친절하지 않아요. 따뜻한 물을 혼자 다 쓰는 년들은 좋은 소리 듣기 힘들죠. 그거 하나는 분명해요."

"깨끗하네요." 칫솔, 치약도 없고, 누군가가 바닥에 두고 간 수건도 없다. 정말로 티끌 하나 없이 깨끗한 화장실이다.

미스 샐리는 알아줘서 고맙다는 듯 고개를 한 번 끄덕인다. "두고 가는 건 무조건 압수니까 그렇게 알아요. 내가 안 가져가면, 다음에 화장실 쓰는 사람이 가져가요. 자기 물건을 어질러놓지 마세요. 그건 이곳 규칙 중 하나예요."

"다른 규칙은 어떤 게 있죠?"

미스 샐리가 커다란 손가락을 탁 튕기며 말한다. "흡연 금지, 마약 금지, 친구 불러서 밤새 노는 거 금지. 자정 이전에 집에 안 들어오면 잔디밭에서 취침하기. 그 밖에는, 딱히 재수 없게만 굴지 않으면 다 괜찮아요."

"제가 묵어도 좋다는 뜻인가요?"

미스 샐리는 대답 대신 돌아서서 복도 반대편으로 걸어간다. "부엌은 아래에 있어요. 세탁실은 지하에 있고. 한 번 돌리는 데 1달러. 벽에 보면 자물쇠 달린 상자가 있어요. 빨래는 거기에 넣으면 돼요. 여기에선 명예를 중요시해요. 나한테 사기 칠 생각은 하지도 마세요. 카메라가 어디에 있다고 말해주진 않겠지만, 그냥 온 사방에 카메라를 숨겨놨다고 생각하는 쪽이 나을 거예요."

카메라라는 말에 나는 고개를 들어 잽싸게 천장 모서리를 확인한다.

미스 샐리가 큰 소리로 웃는다. 첼로 여러 대가 동시에 활을 켜듯 복도가 쩌렁쩌렁 울리는 소리다. "그렇게 뻔한 데 달아놓을 리가 없잖아?"

장난인지 진담인지 잘 모르겠다.

"숙박비는 얼마죠?"

"1인실은 1박에 24달러. 현금만 받고, 정산은 일요일 낮 12시. 예외는 없어요. 적게 내거나 늦게 내면 퇴실이에요."

와일리 스트리트에 비해 몇 달러 비싸지만 백만 배 나은 곳이다. 난 고개를 끄덕인다.

미스 샐리가 나를 내려다본다. 복도를 가득 메운 침묵에 오금이 저리다. 이 사람은 뭔가를 기다리고 있다. 그건 나도 마찬가지다. 난 문을 열고 들어온 순간부터 우려했던 질문이 나오길 기다린다. 당신이 말하는 그 이름이 진짜 당신 이름이라고 증명할 수 있나요?

미스 샐리가 입을 열자 나는 심장이 철렁 내려앉는다. "아까 얘기했던 친구분이 누구죠?"

난 무슨 말인지 이해가 안 돼서 고개를 젓는다. "네? 뭐라고요?"

"아까 노크하면서 친구가 주소를 줬다고 했잖아요. 그게 누구냐고요? 그 사람 이름을 알려줘요."

베스라면 어떻게 대답할지 생각해본다. 당신처럼 베스도 무심하게 거짓말할 수 있는 사람이라면 어떻게 대답할까? 이전의 나와는 반대겠지. 나는 타고난 거짓말쟁이는 아니니까. 하지만 나도 기술을 많이 연마했다. 목소리를 바꾸지 마라. 움찔거리지도, 너무 가만히 있지도 마라. 안정적이고 자신감 있는 시선을 유지하라. 어떤 상황에서도 왼쪽과 위쪽으로 눈을 돌리지 마라.

지금 난 너무 오랫동안 대답을 안 했다. 겁먹은 듯 보이는, 쓸데없이 저 질문의 의미를 키우는 침묵이다. 아무 이름이나 대고 나머지는 운에 맡기기엔 이미 늦었다. 이건 일종의 시험이라고 나의 본능이 말해준다. 미스 샐리의 날카로운 눈빛이 나를 꿰뚫어 보는 것만 같다.

"어쩌면 '친구'라는 말에 불필요하게 무게를 실었던 것 같네요." 오해를 풀고 싶다는 의미로 어깨를 들썩이며 내가 말한다. "그냥 베스트바이에서 우연히 마주친 사람에 가까워요."

미스 샐리의 반짝이는 입술에 미소가 번진다. "모건 하우스에 오신 걸 환영해요."

나는 새 방을 구한 것을 자축하는 의미로 외출복을 입은 채 침대에 쓰러졌고, 그대로 5시간을 미동도 없이 잤다. 잠에서 깼는데 아직도 환하다. 하지만 태양은 창밖에서 흔들거리는 커다란 소나무들 아래로 가라앉고 있다. 내 소지품들은 오른쪽에 있는 서랍장에 넣어놨다. 침대에서 팔을 뻗으면 닿는 거리이다. 아까 미스 샐리는 문을 세게 열고 들어와 열쇠 두 개를 주고 갔다. 하나는 방문 열쇠, 하나는 서랍 열쇠다. 눈에 띄지 않는 곳에 카메라를 설치하는 성격으로 미루어, 미스 샐리는 분명 마스터키를 가지고 있을 것이다. 나는 급속도로 줄고 있는 현금 뭉치를 전대에 넣고, 허리띠에 단단히 고정해놨다.

아래층에서 사람들이 하나둘 들어오는 소리가 들린다. 현관이 열리고 닫히는 소리가 계속해서 들리고, 저 멀리서 들이치는 파도 소리처럼 사람들의 목소리가 바닥을 뚫고 먹먹하게 들려온다. 난 이곳에서의 올바른 예절이 어떤 것일지 생각해본다. 내려가서 인사를 해야 하나? 이대로 방에 있는 게 나으려나? 갑자기 빵 터지는 사람들의 웃음소리에 갑자기 용기가 생긴다. 일단 아래층에 내려가면 사람들과 대화를 해야 한다. 나 자신을 베스라고 소개해야 한다. 미스 샐리가 물은 것 같은 질문들에 대답해야 한다. 반면 2층에 있는 내 방에 이대로 문을 닫고 있으면, 난 투명인간이나 다름없다.

배에서 꼬르륵 소리가 난다. 난 열쇠를 돌려 서랍을 열고 땅콩이 든 봉지를 꺼낸다. 어느새 마지막 봉지다. 가장자리를 찢으며, 사실 내가 정말로 먹고 싶은 건 햄버거라는 생각을 한다. 기름이 뚝뚝 떨어지고, 베이컨이 삐져나와 있고, 마요네즈와 케첩이 범벅된, 두꺼운 피클 층이 들어가 있는 햄버거. 군침이 돈다. 언니와 축제에 갈 때마다 은박지에 싼 커다란 피클을 양손으로 쥐고 먹던 게 생각난다. 우린 범퍼카를 구경했고, 여기저기 돌아다니며 배가 아플 때까지 농부들이 파는 농산물을 사 먹곤 했다. 당신은 내가 피클을 먹으면 입에서 악취가 난다고 했지. 내일은 피클을 병째 사서 다 먹어치워야겠다.

남편을 피해 잠적한 사람치고 난 당신 생각을 참 많이 하는 거 같아. 이것도 습관이겠지. 당신 눈치를 보며 지낸 그 긴 시간, 비위를 맞추며 보낸 그 시간의 흔적을 지우는 건 쉽지 않을 거야. 찰스 맨슨에게 세뇌당한 사람들처럼. 한편으론 나 자신의 안전을 위해서이기도 해. 난 당신 생각을 해야만 해. 당신이 나를 찾는 과정을 생각해야만 한 걸음 앞설 수 있으니까.

그런데 이 방에 영원히 숨어 있을 수는 없을 것 같다.

난 핸드폰을 집어 들고 계산기를 연다. 하룻밤에 24달러니까, 내가 숨겨둔 2천 달러로 두 달 정도를 버틸 수 있다. 그것도 딜에게 산 똥차가 퍼지지 않는다는 가정하에서다. 게다가 베스는 음식도 먹어야 한다. 결론 내리면, 베스는 창의적으로 생각해야만 한다. 그렇지만 햄버거 가게 점원 뽑을 때도 신분증을 요구하는데, 대체 어디 가서 일자리를 구해야 하나.

땅콩 봉지를 뒤집어 입에 대고 털어보지만, 씹히는 건 부스러기뿐이다. 난 봉지를 침대에 내려놓는다. 식자재와 일자리 문제를 해결하는 것이 내일의 주된 과제다.

내가 사라진 지 30시간이 된 지금, 당신이 뭘 하고 있을지 생각해본다. 내 차를 찾아냈을까? 핸드폰은? 그 둘은 여기와 반대 방향에 있는 털사로 당신을 이끌 단서가 될 것이다. 내 물건을 뒤지고, 내 언니와 친구들에게 전화하고, 내 컴퓨터 파일들을 샅샅이 뒤지고 있을 당신을 생각하니 신경이 곤두선다. 당신이 몰고 온 차 소리가 들려오지 않을지, 당장에라도 열쇠로 방문 여는 소리가 들리지 않을지, 뚜벅뚜벅 복도를 걸어오는 당신의 발소리가 들리지 않을지 숨죽여 귀 기울이게 된다. 잽싸게 창문으로 시선을 돌려, 혹여 당신이 창백한 얼굴을 반쯤 내밀고 있진 않은지, '딱 걸렸군.' 하는 미소를 지으며 나에게 총을 겨누고 있진 않은지 확인해본다. 심장박동이 두 배로 빨라진다. 난 단전까지 깊게 숨을 들이마시며 신경계를 진정시키려 애쓴다. 외상후스트레스장애는 정말 끔찍한 거구나. 수년에 걸친 학대의 결과, 과거의 일들이 불현듯 떠오르고, 악몽을 꾸고, 지금과 같은 불안 발작이 일어난다. 이틀 동안은 몸에 긴장이 풀리도록 나 자신에게 자유를 줘야겠다.

자유.

아직 그곳에 도달하지 못했다. 근처에도 못 갔다. 웨이터가 빈 잔을 따라주다가 실수로 내 손을 건드린 적이 있었지. 지금이 그때보다 더 위험한 상황이라는 걸 알아야 한다. 당신이 직장에서 고된 하루를 보내고 온 그 어느 날보다 지금 이 상황이 더 위험하다. 떠나는 것만으로는 폭력을 저지할 수도 없고, 자유를 보장받지도 못한다. '저 여자는 왜 저 남자를 떠나지 않는 걸까요?' 이 나라 곳곳의 가정이

나 법정에서 흔히 나오는 질문이다. '왜 저 남자는 저 여자를 못 가게 할까요?'가 더 나은 질문일 것이다.

꽤 오랜 시간이 걸렸지만 난 답을 알아냈다.

당신은 나를 보내주느니 죽이고 말 거야.

제프리

일자로 길게 뻗은 길. 컨트리 클럽 레인 1600번지는 나무가 빽빽이 들어선 수풀 뒤에 숨어 있다. 지나치기 전엔 그 뒤에 집이 있는 걸 몰랐다. 난 길 한가운데에서 급브레이크를 밟는다. 이 길에는 나 외에 아무도 없으니 상관없다. 급징거하는 소리를 듣고 내가 도착했다는 걸, 그리고 지금 집으로 들어가려 한다는 걸 알아챘으면 좋겠다.

난 후진 기어를 놓고 차를 차고 진입로에 삐딱하게 세운다. 그리고 곧바로 위층에 있는 창문을 쏘아본다. 반짝이는 창 뒤에서, 발가벗고 껴안은 채 이불로 몸을 가리고 침대에서 몸을 일으키는 두 사람의 모습을 상상해본다. 내가 왔다, 이것들아. 난 혹시 몰라 경적을 울린다.

담쟁이덩굴로 뒤덮인 이 집은 오래된 대저택을 개조해서 지은 형태이다. 사빈은 이 집을 보고 정신을 못 차렸을 거다. 하지만 내가 보기엔 투스카니의 구불구불한 언덕에 있을 법한 저택을 뜯어다가 파인블러프 컨트리 클럽의 색 바랜 녹지에 옮겨놓은 듯 부자연스럽다. 사빈은 트레버가 이곳에 발을 들이기 전에 이미 이 집과 사랑에 빠졌을 거다.

난 차에서 내려 있는 힘껏 차 문을 닫는다. 문 닫는 소리는 거리 저 멀리까지 울려 퍼진다. 집 안에서 작은 개 한 마리가 고음으로 미친 듯이 짖어댄다. 그래도 내가 온 걸 알아주는 이가 있으니 나쁘진 않네.

난 현관문으로 성큼성큼 걸어가 주먹으로 문을 두들긴다. "사빈! 안에 있는 거 아니까 당장 문 열어. 당장 이 개 같은 문 열라고!"

용광로에 쇠가 녹듯 분노가 퍼져 나가며 온몸에 땀이 맺힌다. 이 재수 없고 허세 가득한 집 안 어딘가에서, 내 아내는 애인에게 안겨 있다. 둘 중 누구든 당장 이 문을 열지 않으면, 난 맨주먹으로 문을 부술 거다. 난 두 손을 눈 주위에 모으고 유리창을 들여다본다. 움직임을 포착하려 하지만 텅 빈 현관 로비 외에는 아무것도 보이지 않는다. 난 주먹을 쥐고 문을 몇 번 더 두드린다. 내 양쪽에서 가스로 작동하는 현관 등이 서서히 밝아진다.

계단 맨 위에서 사람의 발 두 개가 모습을 드러낸다. 파란 수술복 바지처럼 생긴 잠옷 아래로 남자의 발이 삐져나와 있다. 이성을 잃은 개가 남자를 뒤따라온다. 미친 듯이 짖을 때마다 북실북실한 털 뭉치는 동시에 네 발을 허공에 띄우며 계단을 통통 튀어 내려온다.

알고 보니 그 털 뭉치는 트레버의 가슴이었다. 셔츠를 입지 않은 트레버. 얼굴은 사진으로 본 그대로다. 머리숱이 많고, 강인한 어깨와 영화배우 같은 복근을 갖고 있다. 허리에 군살이라고는 조금도 찾아볼 수 없다. 평소의 난 이런 것들이 눈에 들어오지 않았겠지만, 사빈은 달랐을 것이다. 내 아내는 분명 저 조각 같은 근육을 손끝으로 만지고 싶어 했을 거다. 어쩌면 혀로 맛보고 싶어 했을지도 모른다.

"당신이군요." 트레버가 문에 난 판유리 너머로 나를 관찰하며 말한다. 이 남자는 수년에 걸친 의사 생활 동안 긴급 상황을 수도 없이 겪었겠지. 아마 새벽 분만을 밥 먹듯 했을 것이다. 그래서 돌발 상황에 면역이 생긴 걸까? 애인의 남편이 현관문을 두드리는 상황을 따분해하는 것처럼 보인다.

하도 두들겨서 이제 문에 금이 갈 지경이다. "사빈 어딨어? 그 년한테 숨지 말고 당장 튀어나오라고 해!"

유리 반대편에서는 개가 발광을 하고 있다. 트레버가 한 손으로 개의 배를 들어 올리더니 럭비공처럼 가슴에 안는다. 그자가 입을 움직이지만, 개 짖는 소리와 내가 미친 듯이 눌러대는 초인종 소리에 묻혀 아무 말도 들리지 않는다.

트레버가 문을 열자 시원한 공기와 함께, 부유하고 남성다운 기운이 뿜어 나온다. "미안하지만 사빈은 여기 없어요, 제프리."

제프리. 난 이 새끼의 존재를 안 지 30분도 채 안 됐는데, 이 새끼는 나를 이름으로 부른다. 사빈이 내 사진을 보여준 걸까? 아무것도 모르는 가련한 제프리를 비웃으며, 어떻게 하면 최대한 바보로 만들 수 있을지 연구했을까?

난 그자를 밀치고 계단을 향해 걸어가며 소리친다. "사빈! 이제 나와도 돼. 나 이메일 봤어. 이제 다 안다고."

"제프리." 놈이 내 어깨에 손을 얹는다. "진정해요. 사빈은 여기 없어요."

난 그자의 손을 털어내고 손가락으로 그 면상을 가리킨다. "한 번만 더 내 몸에 손대면, 이 주먹이 네 목구멍으로 들어가서 반대편으로 나오는 수가 있어, 트레버. 무슨 말인지 알아들어?"

개는 하도 짖어대서 이제 입에 거품을 물었다. 트레버는 나를 향해 진정하라는 의미로 손을 내밀더니, 손가락으로 개의 코를 감싼다. 마침내, 그리고 감사하게도 이 짐승 새끼는 짓는 걸 멈춘다.

"사빈 어딨어?" 난 트레버가 아니라 그의 너머에 있는 현관 로비를 바라본다. 가족이 사용하는 공간이다. 아이들의 신발과 축구공이 있고, 바닥에는 겉옷과 책가방이 놓여 있다. 사빈이 애들을 만나봤을지 궁금하다. 아이들은 자신들의 행복한 가정을 파탄 낸 아줌마를 증오할지도 모른다.

트레버가 문을 닫는다. "이미 말했잖아요. 여기에 없다고."

"내가 왜 당신 말을 믿어야 하지?"

"안 믿는 게 정상이죠. 하지만 맹세코 사빈은 위층에 없어요. 직접 확인시켜드리고 싶지만 내 아이들이 위에 있어요." 의사가 당혹한 표정을 짓는다. "가만. 그러고 보니 애들한테 이 상황을 설명해야 하네요. 그렇죠? 아직 네 살, 여섯 살밖에 안 됐어요. 절대 이해하지 못할 텐데."

나를 미안하게 만들려고 한 말이라면 잘못 생각한 거다. 난 이 인간의 애들이 어떻게 되든, 가정이 파탄 나든 말든 관심 없다. 난 내 문제에만 관심 있다.

"너, 내 와이프랑 잤어."

보통 사람이라면 부인할 것이다. 주먹을 목구멍으로 쑤셔 넣겠다고 상대가 협박하는 상황이면 더더욱 그럴 것이다. 하지만 트레버는 보통 사람이 아닌지, 어깨를 축 늘어트리며 한숨을 쉰다. 몸짓으로 자기가 하고 싶은 말을 다 표현하고 있는 것 같다. '그래, 그래. 네가 굳이 언급해서 하는 말인데, 맞아. 네 와이프랑 잤어.' 이 새끼는 심지어 미안한 표정을 짓는 배짱까지 보인다.

"이 말을 들으면 기분이 나아질지 모르겠지만, 우린 당신이 이런 식으로 알아내길 원하지는 않았어요. 사빈이 이번 주말에 당신한테 직접 말하려고 했어요. 물어보세요. 우리가 계획한 걸 다 말해줄 거예요. 사빈이 올바른 방식으로 말해주려고 했어요."

"올바른 방식. 대체 뭐가 올바른 방식이라는 건데?"

개가 조용해지자 트레버는 그놈을 바닥에 내려놓는다. "우리가 사랑하는 사이라는 걸 당신한테 말하는 거요. 우리가 함께이고 싶다는 걸. 이런 얘기 들어서 마음 아프시겠지만, 제 말을 믿어주세요. 우리도 정말 힘들었어요, 하지만……."

난 고개를 뒤로 젖히고 목젖에서 연기가 피어오를 정도로 괴성을 지른다. "유부녀야! 사빈은 유부녀라고 이 새끼야!" 내 목소리가 집 안에서 메아리친다. 잠시 후 침묵이 흐르자 그 메아리가 내 귀에 환청처럼 들린다.

"이해합니다, 제프리. 미안해요. 진심이에요. 내가 얼마나 미안한지 아마 상상도 못 할 거예요. 그런데 정말 맹세코 사빈과 나는 두 가정을 파괴할 의도가 없었어요. 그냥 일어난 일이에요. 그렇다고 불장난 같은 건 절대 아닙니다. 난 살면서 이토록 진실된 감정을 느껴본 적이 없어요. 사빈은 나의 소울메이트예요. 난 그 여자를 사랑합니다. 열렬히 사모합니다. 사빈을 만난 건 내 인생 최고의 사건이에요."

누군가에겐 이 연설이 통했을지도 모른다. 불안정하고 상처 입은 가슴에 바르는 향유와도 같은 말이다. '사빈은 사랑받을 것이고, 보살펴질 것이고, 소중히 다뤄질 것입니다.' 이 사람은 욕심이나 악의를 갖고 내 아내를 빼앗는 것이 아니다. 두 사람의 유대감은 결코 무시할 수 있는 수준이 아니다. 소울메이트 사이에서 방해하는 건 지지

리도 못난 짓이다.

하지만 나는 세상에서 가장 억울한 남자이기로 이미 노선을 정했다.

"그렇군요, 트레버. 그런데 어쩌죠? 당신이 열렬히 사모하는 그 소울메이트라는 분이……. 사라졌어요."

트레버는 그의 완벽하게 조각된 복근을 주먹으로 맞은 듯한 표정을 짓는다. "사빈이 사라졌다니, 그게 무슨 말씀이시죠? 사라졌다는 건, 실종됐다는 의미인가요?"

난 고개를 끄덕인다. "어젯밤, 고객한테 집을 보여주기로 했는데……."

"그렇죠. 코리 포터의 가족에게요. 알고 있습니다."

의사는 말을 멈추고 내가 계속하길 기다린다. 그런데 난 이 남자가 나보다 내 아내의 일에 대해 더 잘 알고 있다는 사실에 잠시 정신을 빼앗긴다. 심지어 잉그리드보다도 잘 알고 있다. 이대로 기다리게 만드는 것도 나쁘진 않지만, 난 이놈이 뭘 알고 있는지를 알아내야 한다. 공격적인 눈빛으로 쏘아보며 내가 말한다. "그 후로 집에 안 왔어요."

"그 후로……" 말끝을 흐리지만, 표정만 봐서는 절규하고 있는 것 같다.

"집에 안 왔다고요. 사빈은 그 후로 집에 안 왔어요. 어디에서도 모습을 드러내지 않았어요. 사빈의 차도 행방불명이고요."

"알겠습니다. 알겠어요. 논리적으로 생각해보죠. 사빈은 코리가 집을 살 거라고 거의 확신하고 있었어요. 샀을지도 모르죠. 어쩌면 자축의 의미로 식사를 하러 갔을 수도 있어요."

"그럴지도 모르죠. 그런데 하루가 지났잖아요."

"사빈한테 전화해봤나요?"

난 어이가 없어서 한숨을 내뱉는다.

"물론 전화해보셨겠죠. 하지만, 하지만……" 트레버는 떨리는 손으로 머리를 쓸어 넘긴다. "잉그리드는요? 전화해봤어요? 경찰엔 신고했어요?"

"네, 다 했어요. 형사가 집에 왔을 때 잉그리드도 같이 있었어요. 형사는 고객이 보기로 했던 그 집에 이상한 점이 없는지 확인한다고 했어요. 몇 시간 전에요."

트레버가 눈을 동그랗게 뜬다. 두려움에 가득 찬 눈이다. "오, 주님. 오 주님." 그는 비틀거리며 부엌으로 들어간다. 난 뒤따라 가다가 누르면 삐익 소리가 나는 개 장난감을 밟는다. 그러자 개새끼가 미친 듯이 달려온다.

트레버는 주방 카운터에 기대서서 엄지손가락으로 무선 전화 버튼을 누르고 있다. 그러고는 수화기를 귀에 바짝 대더니 이렇게 중얼거린다. "제발, 받아라, 제발, 제발." 트레버는 갑자기 어깨를 늘어뜨리며 작은 소리로 욕을 한다. "자기야, 나야. 제프리가 우리 집에 왔어. 어젯밤에 집에 안 왔다고 들었어. 지금 어디에 있든 나한테 전화해줘. 알았지? 이거 듣자마자 바로 전화해줘. 자기가 무사해야 할 텐데. 나 너무 겁나. 사랑해. 전화해줘."

트레버가 전화를 끊는다. 측은한 마음이 들려고 한다.

트레버가 서성거린다. 맨발이 나무 바닥에 부딪힐 때마다 탁탁탁 소리가 난다. "이제 어쩌죠?" 부엌의 백열전구 아래에 선 그의 얼굴이 환한 초록빛을 띤다. 에어컨이 틀어져 있는데도 땀을 흘리고 있다.

"우리 이제 어쩌죠?"

'우리'라는 말에 난 속이 메스꺼워 고개를 세차게 젓는다. "당신과 나는 같은 편이 아네요. 우리는 사빈을 공유하는 게 아니라고. 그 여잔 내 아내야. 너한텐 아무것도 아니고!"

트레버가 길게 숨을 들이마신다. "아내분과 마지막으로 통화한 게 언제죠?"

"어제 아침이요. 그리고 낮에 나한테 문자를 보냈어요. 고객에게 집을 보여주고 9시에 집에 도착한다고. 그쪽은 내 아내와 마지막으로 통화한 게 언젠데요?"

"고객을 보기로 한 그 집에 사빈이 갔었다고 누군가가 확실히 얘기한 적이 있나요? 사빈이 코리 부부를 그 집에서 만났냐고요?"

난 어깨를 들썩인다. "아까 말했듯, 형사한테 들은 얘기는 없어요. 그래서 당연히 그랬을 거라고 생각했죠. 그쪽은 몇 시에………."

"코리에게 전화해서 물어본 사람이 있나요?"

"그 고객이 누군지 말해준 건 당신이 처음이에요. 내가 형사한테 말해준 건 사빈의 상사 이름이 전부예요."

트레버는 뒤돌아 방으로 달려간다. 계단이 쿵쿵거리는 소리가 들린다. 그가 없는 사이에 난 주위를 둘러본다. 사빈의 눈으로 이곳을 바라보려 노력한다. 머지않아 애인이 되어 있을 남자에게 집을 구경시켜주며 어떤 기분이 들었을지를 상상한다. 빈집에서 트레버를 안내하는 모습, 세부적인 특징들을 손으로 가리키며 설명하는 모습을 상상한다. 프렌치 도어와 고급스러운 창문이 달린 방들을 거니는 모습을 상상한다. 스테인리스 식기가 있는 넓은 주방. 주문 제작한 몰딩과 바닥재가 온 집을 뒤덮고 있다. 첫 키스는 아치형 문 아래에서

했을까? 저기 보이는 화강암으로 된 주방 식탁으로 밀쳤을까? 환영이 보인다. 염산을 부은 듯 눈이 탈 것 같다. 난 눈을 비벼 환영을 떨쳐낸다.

머리 위로 바닥을 밟아 삐걱대는 소리가 들린다.

난 냉장고를 열어 뭐가 들어 있는지 본다. 이건 누가 봐도 의사 집에 있는 냉장고다. 농산물 코너라고 해도 될 만큼 많은 양의 우유, 과일, 요구르트, 채소가 있다. 몸에 안 좋은 거라곤 유기농 파인애플이 담긴 용기 뒤에 외로이 놓여 있는 인디언 페일에일 한 병뿐이다. 병을 꺼내려는데 트레버가 나타난다. 너무나 고맙게도 셔츠를 입고 돌아왔다. 손에는 핸드폰을 쥐고 있다.

"코리가 전화를 안 받아요." 트레버가 말한다. "리사도요."

난 냉장고 문을 닫은 뒤, 맥주병을 허공에 들고 살짝 흔들어 보인다. "병따개 어딨어요?"

트레버는 내 말을 무시하고 전화를 건다.

난 맨 위에 있는 서랍을 열어본다. 연필과 포스트잇이 들어 있다. 서랍을 닫고 아래 칸을 차례차례 열며 병따개를 찾는다. 세 번째 서랍을 열어보니 드디어 골프와 관련된 디자인의 플라스틱 병따개가 나온다. 뚜껑을 따자 기운을 북돋는 경쾌한 소리가 난다. 난 소소한 성취감을 느끼며 병따개를 서랍에 도로 넣는다.

"저기, 내 질문에 아직 대답 안 했어요." 내가 말한다. "사빈과 마지막으로 통화한 게 언제예요?"

트레버가 고개를 든다. 눈물이 글썽글썽하다. "어제 낮에 병원에 들렀어요. 오래 있진 않았어요. 15분 정도 있다가 1시 반에 갔어요."

난 아일랜드 식탁 반대편에 있는 의사를 바라본다. 어제 낮 1시

반에 나는 리틀록에 있었다. 금이 가버린 나의 결혼생활에 초조함을 느끼며, 아내의 마음을 되돌릴 방법을 연구하고 있었다. 같은 시각, 내 아내가 병원 창고에서 애인과 섹스를 하고 있을 거라곤 상상도 못 한 채.

"그렇게 안 쳐다보면 안 돼요?" 트레버가 말한다. "사빈이 실종 됐다고요."

"내 아내가 당신과 15분을 함께 보내려고 대낮에 시간을 내서 병원 에 갔다는 게 자꾸 마음에 걸려서 그럽니다. 나하고는 점심 한 번을 안 먹으면서. 그 여자, 집에서 저녁을 먹는 경우도 거의 없어요!"

트레버가 식탁에 딸린 스툴에 앉더니 색색의 마커펜이 꽂힌 일회 용 플라스틱 컵과 색칠공부 책을 옆으로 치운다. "사빈의 차는요? 본 사람이 있나요?"

"내가 아는 바로는 없어요. 잉그리드가 형사한테 차량 번호를 알려 줬어요. 그러니 아마 찾는 중일 거예요." 난 맥주를 길게 한 모금 마 시고 인상을 찌푸린다. 이건 잘난 척하는 놈들이 마시는 IPA구나. 너 무 쓰고 홉 맛이 많이 난다. 상표에 글귀를 읽어보니 이것도 유기농 이다. "보통 맥주는 없어요?"

트레버가 플라스틱 컵에서 파란색 마커를 꺼낸다. "그 사람 이름이 뭐죠?"

"누구요?"

"형사요. 이름이 뭐죠?"

"아. 성이 듀랜드였던 것 같은데? 이름은 마이크, 마크, 뭐 그런 거 였어요."

난 남아 있는 인디언 페일에일을 하수구에 버린다. 그사이 트레버는 911에 전화를 걸어 형사를 바꾸라고 요구한다. 통화할 땐 의사의 어투를 사용한다. 예의 바르고, 심하게 잘난 척을 한다. 게다가 한마디 한 마디를 명령조로 말한다. 자신을 제퍼슨 리저널 메디컬 센터에서 근무하는 산부인과 과장 닥터 트레버 맥애덤스라고 소개하더니, 사빈과는 지난 5개월 동안 사랑하는 사이였다고 말한다. 그러고는 코리의 이름과 전화번호를 알려주고, 이어서 사빈이 병원 문을 나선 시각인 1시 30분까지의 스케줄을 열거한다. 의사는 사빈의 핸드폰 번호를 말하고, 내가 모르는 사빈의 번호를 추가로 읊는다. 대화는 5분 만에 끝이 난다. 트레버는 고맙다는 말과 함께 전화를 끊는다.

내가 카운터에 병을 탁 내려놓자, 테이블 옆에 놓인 애견 전용 침대에 웅크려 자고 있던 개가 고개를 든다. "5개월이라고?"

트레버가 미간을 찌푸린다.

"당신, 방금 형사한테 사빈이랑 5개월째 사랑하는 사이였다고 말했어." 난 이 자식의 입에서 나온 '사랑하는 사이였다'라는 말을 그대로 인용한다. 목구멍에 남아 있던 맥주가 염산으로 변한 듯하다.

난 화강암 상판 가장자리를 두 손으로 움켜쥔다. "5개월 전이었어. 사빈은 내가 손만 대면 움찔거리기 시작했지. 내가 입 맞추려 하면 고개를 돌렸어. 침대에서 손을 뻗을 때마다 두통이 있다고 말했어. 원인이 나한테 있다고 생각했는데 아니었어. 원인은 바로 너였어. 안 그래?"

트레버가 한숨을 쉬며 말한다. "무슨 말을 해야 할지 모르겠네요, 제프리."

"조금 전에 당신이 형사한테 알려준 그 번호, 내가 맞혀보지. 사빈이 네놈과 사귀기 시작하면서 만든 거지?"

대답하진 않지만, 트레버의 표정은 그렇다고 말하고 있다. 사빈에 겐 몰래 쓰는 핸드폰이 있었다. 내가 알 수 없도록 별도의 기기로 트레버와 통화했다. 한마디로 트레버 전용선인 것이다.

트레버는 색칠공부 책을 펼치더니 웃고 있는 덤보 위에 자주색 마커로 무언가를 쓰기 시작한다. "코리는 올드워런 로드에 있는, 대문이 있는 주택 단지에 살고 있어요. 분명 무언가를 알고 있을 거예요. 그게 뭔지 알아내야겠어요." 트레버는 종이를 찢어서 카운터 반대편에 있는 나에게 건네며 내가 받기를 기다린다. "제발요, 제프리. 우리 애들이 위층에 있어요. 난 아이들과 헤어질 수 없어요. 애들 엄마는……" 그는 고개를 젓더니 말을 이어간다. "애들 엄마는 이미 내 돈을 탈탈 털어가고 있어요. 애들마저 빼앗길 수는 없다고요. 제발요."

한숨이 나온다. 억울한 감정과 날카로운 무언가가 섞인 거친 한숨이다. 복수심이 부글부글 끓는 한숨이 내 입을 통해 나온다. 집에 가면 이 인간의 와이프 번호를 찾아내서 이혼 소송에 증인 역할을 자처할 거다.

"사빈이 자기 물건을 온 집 안에 어질러놓는 거 알죠? 같이 살면서 일상을 공유하는 사이면 그 여자가 잔소리가 많고, 건망증이 심하고, 이기적이라는 걸 알 수 있어요. 문 열어놓고 오줌을 싸고, 소파를 돼지우리로 만들어놓고, 자기가 먹은 것도 설거지하지 않아요. 당신은 그 여자가 소울메이트여서 끌리는 게 아녜요. 자기 게 아니라서 끌리는 거지."

트레버가 종이를 들고 흔든다. "코리에게 전화해주세요. 부탁입니다. 나를 위해서가 아니라 사빈을 위해서 해주세요. 우리의……" 거기에서 말을 멈췄지만 이미 늦었다. 난 저놈이 무슨 말을 하려 했는지 안다. 그 말은 입 밖으로 나오지 않았지만, 난 알아채고 말았다.

"이 나쁜 새끼." 그 순간, 무언가가 뇌리를 스치자 난 온몸이 경직된다. 배 속에서 석탄이 타오르며 열기가 사지로 퍼져 온몸이 뜨거워진다. 작은 불씨만 닿아도 폭발할 것 같다. "임신한 거지?"

고개를 끄덕이진 않지만, 흐릿한 조명에 반짝이는 두 눈이 대신 대답하고 있다.

마침내 수년간 간절히 기도했던, 하지만 결국 완전히 포기했던 그 바람이 이루어졌다. 사빈은 임신했다. 그리고 아기의 아빠는 트레버다.

트레버의 시선은 종이로 향한다. "제발요." 목멘 소리로 나에게 애원한다.

나는 종이를 받고 카운터를 돌아가 그 새끼의 얼굴에 주먹을 날린다.

베스

그날 밤, 당신은 잠든 내게 다가왔어. 양팔을 휘두르는 게 흐릿하게 보였고, 욕지거리를 퍼붓는 소리가 들려왔어. 문을 세게 여닫는 소리, 베개와 침대보를 내던지던 모습. 당신은 소파와 탁자를 뒤엎고 벽에 붙은 그림들을 떼버렸어. 당신은 무언가를 찾고 있었어.

갑작스럽게 잠이 깬 나는 어쩔 줄을 몰라 서성대기만 했지.

당신이 점점 빨라지는 게 보였어. 점점 내게 다가왔지. 난 불안감에 장이 뒤틀릴 것만 같았어. 당신은 그 커다란 가슴팍을 들썩이며 소리 질렀지. 내가 쓸어 올리기 좋아했던 당신의 앞머리는 땀에 젖어 이마를 가리고 있었어. 당신이 손등으로 머리를 쓸어 올릴 때, 난 당신 손에 있는 총을 봤어.

일어나! 난 팔을 꼬집어보고 뺨도 때려본다. 그런데 이불이 뒤엉킨 두 다리에는 아무런 감각이 없다. 꼼짝도 할 수 없다.

그 순간, 당신이 이곳 모건 하우스의 복도를 달려온다. 쿵쿵대는 발소리와 함께 바닥과 벽이 흔들린다. 심장이 빨리 뛴다. 소리는 내 방 문 앞에서 멈춘다. 두려움에 온몸이 얼어붙는다.

문고리가 흔들리더니 다시 멈춘다.

난 숨을 참으며 총성이 들리길 기다린다.

문이 산산조각 나며, 수만 개의 나뭇조각들이 날카로운 가시처럼 나를 향해 날아온다. 복도의 등불이 당신을 등 뒤에서 비춘다. 불빛이 온몸에 일렁이는 모습이, 꼭 피를 흘리는 것 같다.

난 비명을 지른다.

당신은 미소를 지으며 나에게 총을 겨눈다.

난 침대에서 용수철처럼 일어나 앉는다. 비명이 내 고막을 때린다. 난 한 손으로 입을 틀어막고 어두운 방 안을 둘러보며 정황을 파악하려 한다. 내 방, 모건 하우스에 있는 내 침대. 난 안전하다. 당신은 여기에 없다. 전부 꿈이었다.

그런데…… 정말 꿈이었을까? 목구멍이 따끔거리는 게 실제로 비명을 지른 것 같다. 하지만 흐느껴 울어서 생긴 통증일 수도 있다. 양쪽 볼은 촉촉하고, 관자놀이를 덮은 머리칼은 젖어 있다. 땀인지 눈물인지는 알 수 없다.

난 이불로 얼굴을 훔치고 두근거리는 심장을 달래려 심호흡을 몇 번 한다. 핸드폰을 보니 현재 시각은 새벽 4시다.

위층에서 남자의 코 고는 소리가 들린다. 천장이 울릴 정도로 심하다. 이 집에 사는 사람들은 귀가 먹었거나 시체처럼 잠든 게 아닐까 짐작해본다. 아니면 벽 너머 들리는 낯선 사람의 비명에 익숙한지도 모른다. 이곳은 창문에 철창살을 달아놓고 사는 위험한 동네다. 미스 샐리가 엄격한 면이 있긴 하지만, 이 집은 위험지대에 있는 오아시스와도 같다. 하지만 내 악몽이 현실이 된다면 이야기는 달라진다. 당신이 나를 찾아오면 이곳 사람들은 어떤 행동을 취할까? 비명을 지르든 말든 아랑곳하지 않고 잠을 잘까? 방문을 걸어 잠그고 다들 숨어 있으려나?

갑자기 방이 너무 덥게 느껴진다. 사방 벽이 나를 옥죄오는 것 같다. 난 다리에 칭칭 감긴 이불을 발로 차서 떨쳐내고, 바닥에 아무렇게나 쌓여 있는 짐에서 반바지를 꺼내 집는다. 물을 마시고 싶다. 어디서 티백 하나를 훔칠 수 있다면 차를 마시고 싶다. 무엇보다 이 방에서 나가고 싶다. 난 허리에 전대를 차고 침대 옆 탁자에 놓인 열쇠와 핸드폰을 집는다. 그러고는 복도로 나가 문을 잠근다.

어두운 복도를 밝히는 유일한 광원은 저 반대편 창에서 새어 들어오는 가로등 불빛이다. 난 황금색 빛줄기를 향해 숨도 쉬지 않고 뒤꿈치를 든 채 걸어간다. 폴리에스터로 된 바닥 깔개에 맨발이 닿아 소리가 나지는 않는다. 그런데 계단을 소리 없이 내려가기는 쉽지 않다. 밟을 때마다 계단 가운데가 꺼지며 끼익 소리가 난다. 난 가장자리로 이동해 손가락으로 벽을 짚으며 부엌까지 살금살금 내려간다.

가스레인지 위에 매달린 전구 한 개가 낡은 장판이 덮인 바닥을 흐릿하게 비춘다. 그 조명마저 없었다면 이곳은 칠흑 같은 어둠 속이었을 것이다. 난 핸드폰을 켜고 화면의 불빛을 손전등 삼아 반대편 벽에 있는 장식장까지 걸어간다.

처음 연 장식장엔 식기가 들어 있다. 가지런히 쌓아놓은 접시, 그릇, 플라스틱 컵이 보인다. 문을 닫고 아래로 내려온다. 이번엔 설거지 용품, 냄비, 솥이다. 먹을 거나 먼지 앉은 티백 상자 같은 건 보이지 않는다.

"네가 새로 온 애구나." 등 뒤에서 여자 목소리가 들린다.

심장이 터질 것 같다. 난 돌아서서 어둠 속에 있을 여자의 얼굴을 찾는다.

천장에 불이 들어오며 어둠이 걷힌다. 갑자기 밝아진 탓에 눈이 부시다. 난 눈을 가리고 실눈을 뜬 채 손가락 사이로 내 앞에 있는 형체를 살핀다. 식탁 위에 한 여자가 다리를 꼬고 앉아 있다. 캐러멜색 피부에 큰 갈색 눈, 50년대 영화배우처럼 아담하고 굴곡 있는 몸매다.

그 여자는 호기심에 찬 눈으로 나를 바라본다. "뭐 찾아? 도와줄까?"

남미인의 억양에 느릿느릿한 남부 방언이 섞인 특이한 말투다. 목에는 은색 원반 두 개가 달린, 정교하게 만들어진 목걸이가 걸려 있다. 원반에는 무언가가 새겨져 있는데, 거리가 있어서 알아볼 수는 없다. 아마도 이름인 것 같다.

누군가와 마주치는 상황은 예상하지 못했다. 지금 내 허리에 튀어나와 있는 전대를 보고, 유방 셋 달린 사람이라고 생각할 리는 없을 거다. 난 꽉 끼는 티셔츠를 최대한 내리고 양팔로 배 주위를 감싼다. "놀랐잖아요."

"위층에서 너였니?" 여자가 잠시 말을 멈춘다. "누가 방금 소리를 질렀는데, 너였어?"

젠장. 그 부분은 꿈이 아니었군.

위층에서 자고 있을 사람들을 생각하니 얼굴이 뜨거워진다. "미안해요. 나 때문에 깼어요?" 나 때문에 몇 명이나 깼을까?

"아니. 난 네드 옆방을 써." 여자가 천장을 가리킨다. 멀리서 기차가 지나가듯, 위에서 한바탕 발 구르는 소리가 들린다. 네드가 내는 소리인가 보다. "뭘 찾아? 내가 어디에 있는지 알려줄게. 근데 좋은 건 다 식료품 창고에 있어. 미스 샐리가 거기에 넣어놓고 잠가놔."

"아." 미스 샐리가 주의를 주던 게 생각난다. 명예를 중요시한다는 말과 감시 카메라가 곳곳에 숨겨져 있다는 말. 하지만 티백을 우려 마시는 건 도둑질에 해당하지 않을 거다. 아침에 일어나자마자 채워 넣으면 더더욱 도둑질이라고 할 수 없다. "티백을 하나 빌리려고 했어요."

"응, 그건 줄 수 있지." 여자는 테이블에서 내려와 맨발로 주방을 가로질러 간다. 치어리더가 입을 법한 달라붙는 핫팬츠를 입고 있다. "나한테 립톤이 한 상자 있는데, 그거면 되겠니?"

예전에 당신은 내 머리에 뜨거운 차를 컵째 부었어. 그 차가 립톤이라는 이유로. 뜨거운 오줌을 마시라고 준 거냐며 내 머리에 부었지.

난 미소 지으며 말한다. "립톤 좋죠. 고마워요."

여자는 전자레인지 옆에 있는 서랍에서 노란 상자를 꺼내더니 전기 포트를 켜고 장식장에서 꺼낸 머그잔 두 개에 티백을 넣는다.

"여기에서 뭐 하고 있었어요?" 내가 식탁을 가리키며 묻는다. "왜 껌껌한 데서 앉아 있었어요?"

"명상하고 있었어."

"정말요?" 전혀 예상하지 못한 대답이다. 딱 봐도 흥이 많고, 가만히 있지 못할 것 같은 성격인데. "한밤중에요?"

"안 될 건 없지. 명상을 하면 스트레스가 풀리고 집중력이 높아져. 정신이 맑아지고 신경이 안정돼." 여자는 눈을 감더니 양팔을 머리 위로 들고 손바닥이 하늘을 향하게 한다. 전형적인 명상 포즈다. 목덜미에 보이는 문신은 하얀 탱크톱 아래를 지나 한쪽 팔로 이어져 있다. 다른 팔에는 밝은색 구슬이 달린 팔찌와 가죽 끈을 치렁치렁 달고 있다. "오오옴." 여자는 눈을 부릅뜨더니 나와 눈을 마주친다. "나중에 가르쳐줄게. 솔직히 여자가 한 명 늘어서 너무 다행이야. 미스 샐리를 빼면 여자는 우리 둘밖에 없어. 눈치챘는지 모르겠는데, 여긴 테스토스테론이 들끓는다고."

가뜩이나 자다 깨서 멍한 상태인데 계속해서 대화 주제를 바꾸니 머리가 핑핑 도는 것 같다. 난 식탁 의자에 앉는다. 이 여자가 하는 말 중 어느 부분에 집중해야 할지 모르겠다. 명상, 친구가 되고 싶어 하는 제스처, 이곳의 성불균형. 그런데 이 여자는 그새 다른 주제로 갈아탄다.

"너 이 동네에 처음인 것 같은데." 여자가 묻는다.

"응. 이제 막 왔어. 넌 여기서 얼마나 살았어?"

"애틀랜타? 아니면 모건 하우스?"

난 어깨를 들썩인다. "그냥, 둘 다 얘기해줘."

"난 그레이디에서 태어났어. 여기서 나고 자랐지." 여자애는 조리 대에 엉덩이를 기댄다. 내가 미간을 찌푸리자 바로 말을 이어간다. "아, 미안. 그레이디가 뭐냐 하면, 시내에 있는 병원 이름이야. 총 맞은 환자들, 약에 절어서 자기가 진통이 온 것도 모르는 산모들을 받아주는 곳이야. 난 거기 인큐베이터에 6주 동안 있었어. 땀으로 코카인을 배출했대. 그거 말고 또 뭐가 나왔을지 누가 알겠어. 몸이 깨끗해졌을 무렵에 우리 엄마는 이미 떠나고 없었대. 난 바로 위탁 프로그램으로 보내졌어."

이 이야기엔 몇 군데 허술한 부분이 있다. 우선 저 억양이 문제다. 위탁 부모가 라틴계였다고 해도, 아무리 스페인어를 사용하는 가정에서 자랐다고 해도 억양이 저렇게까지 강할 수 있을까? 그리고 이 도시에서 나고 자란 사람이 왜 단기체류자들이 먹고 자는 이 숙소에 왔을까? 그렇다고 딱히 물어볼 생각은 없다. 이 여자가 자기 얘기를 덜 하면 덜 할수록, 내 이야기를 들을 기대도 그만큼 덜 할 테니까.

"저런." 난 궁금증은 묻어두고 이렇게 말한다. "위탁 시스템이 참 힘들지."

여자애는 어깨를 들썩이며 '뭐 어쩌겠어'라는 몸짓을 한다. "가장 힘들었던 건 아무도 나를 원하지 않았을 때야. 그게 정신에 되게 안 좋거든. 그대로 두면 자기가 쓸모없는 사람이라는 생각을 하게 돼." 여자애는 냉장고 옆 장식장에서 곰 모양의 병을 꺼내 자기 얼굴 옆에 대고 흔든다. "꿀 줄까?"

평소에는 차를 달게 마시지 않지만, 난 고개를 끄덕인다. 꿀을 먹으면 허기를 달랠 수 있을 것 같다.

여자애는 두 머그잔에 적당량을 짜 넣고는 서랍에서 티스푼 두 개를 꺼낸다. "난 마르티나라고 해."

성 없이 이름만 말한다. 나도 그 방식을 따른다. "난 베스야."

"반가워, 베스." 여자애는 어깨 너머로 미소를 보인다. "이 숙소 어때?"

"아직 얼마 안 있어봐서 잘 모르겠어. 미스 샐리 외에는 너하고 얘기해본 게 다야." 난 목소리를 낮춰 속삭인다. "솔직히 그 여자 좀 무서워."

마르티나는 뒤돌아서 손을 젓는다. 팔찌가 흔들려 찰랑거리는 소리가 난다. "미스 샐리는 걱정하지 마. 네가 잘 지내면 절대 간섭 안 해. 여기 묵는 다른 사람들도 다 그렇게 생각해. 3분 넘게 샤워를 하고 싶어 하는 사람들도 있을 법한데, 대부분은 잘 지켜. 치근대는 사

116

람도 없고 도둑도 없어. 그게 다 미스 샐리를 무서워해서 그러는 거야. 튀는 행동 안 하고 남한테 피해 안 주면 아무 문제 없어. 여기서 얼마나 지낼 거야?"

"몰라. 얼마나 빨리 일자리를 구하냐에 달렸지."

전기 포트에서 물 끓는 소리가 나더니 딸깍 소리가 난다. 마르티나는 머그잔에 물을 붓는다. "내가 일하는 데는 항상 사람을 구하고 있어. 별거 없어. 바닥 닦고, 싱크대 찌든 때 제거하면 돼. 안정적이야. 여기 월세 낼 정도는 벌 수 있어."

당신 목소리가 들려. 식탁 건너편에서 말하는 것처럼 생생해. '세상에 공짜는 없어. 누군가가 잘해줄 땐, 상대가 뭘 받고 싶어서 그러는지를 생각해야 해. 왜냐하면 그들은 늘 무언가를 바라거든.' 난 티백을 담갔다 뺐다 하는 마르티나의 뒷모습을 관찰한다. 저 여자는 나에게 뭘 원하는 걸까? 아마도 허리에 찬 전대겠지.

마르티나가 어깨 너머로 나를 쳐다본다. "화장실 청소하는 거 싫어하지?"

당신이 했던 말은 제쳐두고, 난 이 상황을 거꾸로 생각해본다. 저 여자애가 나에게 원하는 것 말고, 내가 저 여자애한테 원하는 걸 생각해본다. 베스 머피가 되어가는 건, 진정 그 인물이 되어가는 건 무척이나 힘들고, 어쩌면 불가능한 일이다. 난 조지아주의 운전면허증이 필요하다. 그러기 위해서는 요정 날개나 하늘을 나는 유니콘만큼 구하기 힘든 서류들을 갖춰야 한다. 출생증명서, 주민등록증, 거주자증명서는 한 장이 아니라 두 장 갖춰야 하고, 공과금 영수증이나 신용카드 명세서가 있어야 한다. 미스 샐리는 돈 몇 푼에 내 이름이 들어간 임대계약서를 써줄 사람 같지 않다. 물어보는 순간 거리로 쫓겨

날 게 분명하다. 다른 서류들은 어쩌지? 공과금 영수증, 출생증명서, 주민등록증은? 내 포토샵 실력으론 어림도 없다. 게다가 정부 발행 서류를 위조하는 건 중죄에 해당한다고 알고 있다.

"화장실 청소하는 건 상관없어. 신분증을 잃어버려서 문제지."

"잊어버렸다고? 여기에선 자주 있는 일이야." 마르티나는 양손에 머그잔을 들고 와, 둘 중 하나를 나에게 권한다. "아무것도 없어? 오래된 거나 기한 지난 것도 없어?"

그런 건 더더욱 안 되지. 내 아칸소 면허증은 이미 세 개의 주를 지나오기 전에 호텔 쓰레기통에 넣고 까맣게 태워버렸다. 난 차를 한 모금 마시고 고개를 젓는다.

인터넷에 검색해본 바로는, 이 주에 미등록 근로자가 30만 명이나 있다고 한다. 문제는 '내가 과연 일자리를 구할 수 있느냐'가 아니라, '어디에서 일자리를 구하느냐'이다.

"없어도 일자리 구할 수 있지?"

마르티나는 식탁에 걸터앉아 있다가 책상다리 자세로 돌아간다. "건설 현장이나 부잣집 사모님 집에서 청소하면 상관없지. 혹시 주변에 돈 많은 사모님 있어?"

대답하려 입을 열어보지만, 마르티나가 손을 저으며 저지한다.

"됐어. 그런 년들 밑에서 일하면 고생해. 그건 확실하지. 차라리 일반 고객이 여럿 있는 게 좋아. 큰 집에 사는데, 이것저것 안 따지고 현금으로 주는 사람들로 말이야."

가슴이 철렁 내려앉는다. "이 도시에서 아는 사람은 너랑 미스 샐리밖에 없어."

"미스 샐리가 도와줄 수 있을지도 모르겠네. 그런데 난 할 수 있는

게 없어. 난 북쪽 동네는 될 수 있으면 안 가려고 하거든." 마르티나
는 사려 깊은 표정으로 나를 보며 차를 후후 불어 식힌다. "허리에 찬
가방에 얼마나 들었어?"

나는 반사적으로 전대에 손을 댄다. 순간 내 얼굴은 불신과 저항의
표정으로 굳어버린다. 꿈도 꾸지 마라.

마르티나가 소리 내서 웃는다. "아까 얘기했잖아. 여기 사람들은
남의 거 안 훔친다고. 나도 마찬가지야. 물론 돈을 항상 지니고 다니
는 게 나쁜 생각은 아니야. 내가 궁금한 건, 그 돈을 조금 써서 신분
증을 만들 생각이 있냐는 거지."

난 의자에 기대어 의심의 눈으로 마르티나를 바라본다. 내 손은 아
직도 전대를 누르고 있고, 두 다리는 언제든 상대를 덮칠 수 있도록
용수철처럼 탄력을 유지하고 있다. 나는 마르티나보다 몸집이 크다.
그리고 나는 효과적으로 상대를 제압할 수 있는 급소들을 알고 있다.
이게 다 당신 덕분이야. 무릎, 안면, 명치, 목, 관자놀이. 이 여자애가
바닥에 쓰러져 꿈틀대는 사이에 난 위층에 올라가서 가구로 방문을
막으면 돼.

하지만 신분증이 있으면 많은 문제를 해결할 수 있다.

"얼만데?" 난 경계를 풀지 않은 채 묻는다.

"최근에 들기론, 이 동네에 어딘가에서 호르헤가 300달러에 해
준다고 그랬어. 그 사람이 기분 좋을 때 가면 조금 깎을 수도 있을지
도 몰라. 그런데 어려운 점이 있어. 그 사람은 항상 기분이 안 좋다는
거지."

"그 사람 잘해?"

"최고야. 신분증 위조의 롤스로이스급이라고나 할까? 그래서 그렇

게 많이 받는 거야."

난 차를 마시며 암산을 한다. 300달러는 큰돈이다. 거의 2주치 월세이고, 급속도로 줄어드는 내 예산의 15퍼센트다. 하지만 마르티나의 말대로 호르헤가 실력이 좋다면 충분히 투자할 만한 돈이다. 베스가 합법적인 인물이 된다면 일자리를 구하기가 훨씬 수월할 거다.

"너는?"

차를 마시던 마르티나가 고개를 들더니 서서히 미간을 찌푸린다. "나는 뭐?"

"호르헤를 찾아가려면 너한테 얼마를 주면 돼?"

정적이 흐르는 가운데 마르티나가 나를 쳐다본다. 어려운 결정을 내리는 사람의 표정이다. 무슨 생각을 하는지 보인다. 나에게 이 정보는 얼마만큼의 값어치가 있나? 얼마를 부르면 너무 많다고 생각할까? 당신의 말이 뇌리를 스치고 지나가. '세상에 공짜는 없어.' 옳은 말이어서 당신을 더더욱 증오해.

"지미 카터 대로에 있는 라스 토르타스 로카스라는 식당에 있어." 마침내 마르티나가 입을 열고는 꼬았던 다리를 풀고 일어서 머그잔을 들고 문으로 향한다. "이사 온 기념 선물이라고 생각해."

제프리

현관 두드리는 소리에 나는 깊은 잠에서 깬다. 몸을 일으켜 세우고 얼굴을 문지르며 흐린 시야로 주위를 훑어본다. 살짝 벌어진 커튼 틈으로 아침 햇살이 살며시 들어와 컴컴한 거실 바닥에 있는 카펫을 비춘다. 시계를 보니 오전 11시다. 난 2시간 내내 잠들어 있었다.

지난 이틀은 정말 엉망진창이었다. 집에 와보니 사빈은 실종됐고, 그동안 아내가 딴 놈과 놀아난 걸 알게 됐고, 그 애인 놈이랑 급작스런 만남을 가졌고, 트레버가 실수로 임신에 대해 발설했다. 그런 다음 사빈의 고객이 사는 동네에 운전해서 갔고, 곧바로 사빈의 상사 집을 찾아갔다. 그 시점에 난 온몸의 근육이 뭉쳐버렸고, 분노가 치밀어 올라 몸서리를 쳤다. 코리와 리사는 형사에게 말한 것과 똑같이 '사빈은 집을 보여주러 나오지 않았다'고 나에게 말했다.

다시 한 번 문 두드리는 소리가 들린다. 이어서 초인종 소리가 잽싸게 세 번 울린다. 난 소파에서 일어나 휘청거리며 문을 향해 걸어간다.

잉그리드도 잠을 많이 못 잔 것처럼 보인다. 하지만 마지막으로 봤을 때와 비교하면 깔끔해 보인다. 샤워를 했는지 머리엔 아직 물기가 남아 있다. 머리끝에서 뚝뚝 떨어진 물은 파란색과 하얀색이 들어간 흉측한 드레스를 적시고 있다. 잉그리드가 집 안으로 들어오자 향수 냄새가 퍼진다. 역겹고 달콤한 냄새다.

잉그리드는 내가 입고 있는 티셔츠와 구겨진 바지를 쳐다본다. 마지막으로 봤을 때도 입고 있던 옷이다. "나갈 준비 안 하고 뭐 했어요? 내 문자 못 봤어요?" 다짜고짜 인상을 쓰며 쏘아붙인다.

난 흠칫 놀라며 엄지와 중지로 지끈거리는 양쪽 관자놀이를 누른다. 평소보다 큰 잉그리드의 목소리에 숙취처럼 쿵쾅거리는 두통이 심해진다. 끊임없이 퍼붓는 격양된 목소리. 이틀 연속으로 시달렸더니 오늘은 도저히 저 목소리를 들을 자신이 없다. 이 여자는 나의 마지막 한 줌 남은 예의 관념을 바닥냈다.

"못 봤는데요."

"빨리 올라가서 옷 갈아입어요. 30분 안에 경찰서에 가기로 했어요. 형사가 새로운 소식을 알려준대요."

심장이 묵직하게 철렁 내려앉는다. 새로운 소식이란 건 무엇이든 가능하다. 차가 나무를 들이받은 채 발견됐을 수도 있고, 콩밭에서 썩고 있는 시체가 발견됐을 수도 있다. 살인자는 달아났을 수도 있고, 감금돼 있을 수도 있다.

"어떤 종류의 소식인데요?"

"나도 몰라요, 제프리. 새로운 소식이 있다는 말 외엔 아무것도 얘기해주지 않았어요." 잉그리드는 입술 끝을 깨문다. 입술은 이미 갈라졌고 빨갛게 부어 있다. 눈 주위는 분홍색으로 퉁퉁 부어 있다. "만약 형사가……."

잉그리드는 말을 하다 말고 멈춘다. 난 그대로 내버려둔다. 형사가 전화상으로 알려줄 수 없는 소식은 결코 좋은 소식일 리 없다. 난 샤워를 하려고 2층으로 올라간다.

9분 30초 후, 나는 잉그리드의 아큐라 차량 조수석에 탑승한다. 우린 경찰서로 가기 위해 남쪽으로 향한다. 도로는 한산하다. 잉그리드 쪽 옆 창문 너머로 밖을 보니 오늘도 무더운 하루가 될 것 같다. 난 에어컨을 강풍으로 틀고, 바람이 내 얼굴 쪽으로 오도록 방향을 튼다. 트레버에게 충격적인 소식을 들은 이후로 나는 온몸에서 불이 날 것만 같다.

"아기에 대해서는 알고 있죠?"

잉그리드는 양손으로 운전대를 잡고 정면을 응시한 채 고개를 끄덕인다. "사빈과 나는……."

"모든 걸 얘기한다고요. 알아요." 난 옆쪽 창밖으로 스쳐 지나가는 가게들을 바라보며 '선글라스를 가지고 올걸' 하는 생각을 한다. "나한테 숨긴 얘기, 또 뭐가 있어요?"

"사빈은 변호사와 대화를 주고받았어요. 이번 주말에 당신에게 이혼 얘기를 꺼낼 예정이었어요."

주먹으로 명치를 얻어맞은 기분이다. 사빈이 나를 떠나려고 계획했다는 점 때문이 아니다. 그건 이미 트레버에게 다 들었으니. 하지만 변호사를 만났다는 점은 충격적이다. 난 지금 내 모습이 어떻게 보일지 잘 알고 있다. 명탐정이 아니어도 그 정도는 알 수 있다. 나에겐 동기가 있어 보인다. 그것도 진위를 따지기 참 쉬운 모양새다.

난 코웃음을 친다. "참 편리하게 됐네요. 그렇지 않아요?"

"뭐가요?"

"타이밍이요. 사빈은 사라졌고, 다른 남자의 아이를 가졌고, 이혼을 준비 중이었어요. 그런데 그 남편은 딱 한 번, 맹세코 딱 한 번, 자제력을 잃은 적이 있어요. 내가 형사라도 나를 의심하고 심문할 거예요." 난 좌석에 앉은 채 잉그리드 쪽으로 허리를 튼다. "그래서 그런 거예요? 그래서 집까지 찾아와서 나를 경찰서로 끌고 가는 거냐고요? 형사가 그러라고 시켰어요?"

"형사는 마음만 먹으면 직접 경찰서로 데려갈 수 있을 거예요." 잉그리드는 사빈이 그러는 것처럼 곁눈질로 나를 쳐다본다. 내가 제일 좋아하는 스웨터를 잘못 빨아서 망가트려 놨을 때 사빈이 나에게 보내는 곁눈질이다. "솔직히 말하면 혼자 감당하기 힘들어서 집으로 데리러 갔던 거예요. 삭막한 경찰서에 앉아서 형사의 입을 통해 내 동생에게 일어난 끔찍한 일을 들을 생각을 하니 너무 겁이 났어요. 엄마를 데려갈 순 없었어요. 어떤 상황인지 이해하지 못할 테니까. 이해한다고 해도 안 좋은 소식과 엄마를 동시에 감당할 수는 없어요. 정말 인정하긴 싫지만, 당신이 함께 가줬으면 했어요."

"왜 트레버한테 연락 안 했어요?"

잉그리드는 입을 꾹 다문다.

"전화는 했는데 안 간다고 했나 보네."

"트레버는 지금 엉망인 상태예요." 잉그리드는 신호가 바뀌기 전에 사거리를 건너려고 있는 힘껏 속도를 높인 뒤, 왼쪽 끝에 있는 차선으로 끼어든다. "그리고 트레버 말이 옳았어요. 그 사람이 가면 상황이 더 나빠질 거예요. 적어도 당신은 내가 돌봐줄 필요는 없잖아요."

그 말을 어떻게 받아들여야 할지 모르겠다. 어머님은 상황 파악을 잘 못 하고, 트레버는 너무 감성적이고, 나는 평상시대로 그냥 재수 없는 인간이다? 난 잉그리드가 말하지 않은 단어들을 떠올리고 거기에 집중해본다. 나는 강인하고, 견고하고, 합리적인 사람이다. 형사가 무슨 말을 하든, 나는 최소한 미쳐 날뛰지는 않을 것이다.

하지만 잉그리드의 말이 과연 옳을까? 사빈이 죽었다는 말을 형사에게 듣는다면 내가 어떤 반응을 보일지 상상해본다. 내 입안에 면봉을 넣고 표본을 채취하려 한다면 난 어떻게 할까? 잉그리드의 날렵한 얼굴 윤곽을, 햇빛에 반짝이는 옆모습을 잠시 바라본다. 나 역시 혼자서 경찰서에 가고 싶지는 않았을 것 같다.

"참 이상하죠." 정면으로 고개를 돌리며 내가 말한다.

"뭐가요?"

"사빈이 사라지고 나서야 우리가 한 공간에 있고 싶어졌다는 게요."

베스

 땅콩 농장주에서 대통령이 된 지미 카터의 이름을 딴 이 대로는 내가 상상했던 모습과는 사뭇 다르다. 목련이 늘어선 길이나 푸른 들판을 가로지르는 울퉁불퉁하고 구불구불한 시골길을 상상했건만, 이곳은 사방에 차밖에 없는 6차선 도로이다. 난 가장 오른쪽 차선을 유지한 채, 앞에서 수시로 브레이크를 밟는 차와 안전거리를 유지하며 창밖으로 라스 토르타스 로카스라는 식당 간판을 찾는다.

 저 앞에 간판이 보인다. 거대한 마르가리타 잔이 왕관처럼 지붕에 놓인 가게다. 난 방향을 틀어 건물 쪽으로 들어간다. 일렬로 늘어선 상점들과 드라이브스루 은행 사이로 현란한 네온사인들이 반짝인다. 주차 공간에 차를 세우고 시동을 끄자, 선팅한 창 너머로 마리아치 밴드의 음악이 들려온다.

 식당 내부는 더 정신없다. 천장에 달린 스피커에서 흘러나오는 요란한 음악 소리, 식당을 가득 채운 사람들의 떠드는 소리, 도자기와 유리가 세게 부딪히는 소리가 한데 뒤섞인다. 난 여자 종업원에게 누구를 만나러 왔는지 얘기한다. 종업원은 귀에 두 손을 모으고 듣더니 저 멀리 구석에 있는 테이블을 가리킨다.

"확실한가요?" 난 그곳에 있는 남자를 보고 미간을 찌푸린다. 한눈에 봐도 저 사람은 이름과 외양이 너무 안 어울린다. "호르헤, 호르헤를 만나러 왔어요."

종업원은 접수 데스크에 팔꿈치를 기대고 서서 귀찮다는 듯 말한다. "저 사람 맞아요. 굳이 여러 번 안 물어봐도 돼요."

난 테이블 사이를 지나, 200킬로는 족히 나갈 것 같은 새하얀 피부의 남자 '호르헤'에게 다가간다. 그는 자기 팔뚝만 한 부리토를 먹고 있다. 난 테이블 옆에 서서 그가 음식을 충분히 먹고 내가 다가온 걸 알아챌 때까지 기다린다. 호르헤가 라틴계는 아닐지 몰라도 멕시코 음식은 정말로 좋아하는 것 같다. 이번엔 추러스를 집어 든다.

호르헤가 고개를 든다. 눈은 쭉 찢어져 있다. 유전적으로 그렇게 생긴 이유도 있지만, 볼살에 밀려 눈이 반쯤 감겨서 그렇게 보이는 것이기도 하다. 아마도 나를 보고 있는 것 같다. 아마 마르티나가 말한 대로 여느 때와 같이 기분이 안 좋은 것 같다. 호르헤는 고기와 치즈가 들어간, 겉이 단단한 타코를 집어 살사 소스에 푹 담근다.

"마르티나가 당신 이름을 알려줬어요." 마침내 내가 입을 연다. 난 허리를 숙여 좀 더 다가간다. 작은 양동이 모양의 통 안에는 삶아서 튀긴 콩이 담겨 있고, 그 위에 치즈가 듬뿍 발라져 있다. "신분증을 만들어주신다고 들었어요."

"어떤 종류요?" 동양인의 억양이다.

"운전면허증요. 조지아주에서 발행한 거면 좋고요. 가능하다면 주민등록증도 만들고 싶어요."

나를 바라보는 표정으로 봐서는 된다는 건지 안 된다는 건지 도무지 알 수가 없다. "400달러." 타코를 통째로 입에 욱여넣으며 호르헤가 말한다.

"둘 다요?"

"예." 호르헤가 고기를 우걱우걱 씹으며 대답한다.

"마르티나는 300이라고 했는데요?"

미간을 잔뜩 찌푸리니 이제 아예 눈동자를 볼 수 없다. 난 호르헤가 양쪽 볼에 빵빵하게 차 있는 음식을 다 씹을 때까지 기다린다. "300이면 면허증만. 400이면 둘 다."

흥정해. 당신 목소리가 귓전에 들린다. 당신에게 흥정은 일종의 놀이고 시합 같은 거였지. 슈퍼마켓에 사람들이 줄을 서 있어도 아랑곳하지 않고, 찌그러진 캔이나 모서리가 찢어진 상자를 들이밀며 흠집 잡곤 했어. 진심인 것처럼 말해. 지금 당신이 나에게 말한다. 어떤 상황이든 흥정할 틈은 있어. 어떤 상황이든.

"350." 내가 말한다.

"375." 호르헤의 입에서 잘게 간 고기 조각이 튀어나와 내 다리를 스치고 지나간다. 난 인상을 찌푸리며 뒤로 물러나 사정권에서 벗어난다. 다시는 멕시코 음식을 먹지 않을 것이다.

난 고개를 끄덕인다. "좋아요."

호르헤는 몇 킬로미터 떨어진 쇼핑몰에서 1시간 후에 다시 만나자고 한다. 그러고는 콩이 든 통을 자기 쪽으로 가져가더니 숟가락을 집어 들고 주소를 읊는다. 난 외우느라 여념이 없다. 그게 끝이다. 회의는 끝이 났다. 난 호르헤의 마음이 바뀌기 전에 얼른 식당 정문으로 향한다.

그 후 45분 동안, 나는 식당 주차장에 세워둔 차 안에서 라디오를 들으며 시간을 보낸다. 창밖으로 사람들이 끊임없이 지나간다. 건설 인부들, 와이셔츠를 입은 회사원들. 나와 비슷한 머리를 한 엄마들이 아이들과 함께 승합차에서 우르르 내린다. 이렇게 다양한 사람들이 찾는 식당은 처음 본다. 호르헤가 타코를 통째로 입에 욱여넣던 모습이 떠오른다.

나의 시선은 주차장 반대편에 혼자 서 있는 여자에게 집중된다. 이 동네와는 조금도 어울리지 않는 모습을 하고 있다. 호랑가시나무 뒤에 서 있어서 상체만 보이는데, 주변 환경을 전혀 인식하지 못하는 눈치다. 고개는 숙인 채 양손에 스마트폰을 쥐고 엄지손가락을 바쁘게 움직이고 있다. 멀리서 봐도 더할 나위 없이 좋은 표적임을 쉽게 알 수 있다. 어깨에는 명품 가방을 메고 있고, 손가락에는 커다란 다이아몬드 반지를 끼고 있다. 오후 햇빛을 받아 보석이 반짝이는데, 자세히 보니 양쪽 귀에도 세트로 된 장신구들이 달려 있다.

여자 옆에 차 한 대가 서서히 다가간다. 난 목덜미에 털이 쭈뼛쭈뼛 서는 게 느껴진다.

"고개 들어. 고개 들어. 고개 들어." 난 텅 빈 차 안에서 말한다. 저 여자가 내 목소리를 들을 리는 없겠지만 난 계속해서 위엄 있는 목소리로 외친다. 호신술 수업을 한 번이라도 들어본 사람이라면 고개를 들고 있는 게 얼마나 큰 차이인지 안다. 주먹으로 목을 쳐, 무릎으로 사타구니를 가격해, 팔꿈치로 코를 때려. 이런 기본적인 동작들은 모든 여자가 알아야 할, 강력하고 효과적인 기술들이다.

그런데 저 여자는 고개를 들기는커녕 곁눈질로 자동차를 볼 생각조차 하지 않는다. 라스 토르타스 로카스는 범죄의 온상이 분명한데, 저 여자는 자신이 쉬운 먹잇감임을 광고하고 있는 꼴이다.

"아, 제발 내 말 좀 들어."

이제 차는 완전히 멈춰 섰다. 선팅된 차량에서 두 사람이 내리는데, 절대로 타코 정식을 먹으러 온 것처럼 보이진 않는다. 난 본능으로 알 수 있다. 속이 부글부글 끓고 피부가 근질근질하다. 곧 무슨 일이 일어나리라는 걸 온몸으로 느낄 수 있다.

안 좋은 일이 벌어질 거야.

내 손가락들은 운전대 주위를 배회하고, 손바닥은 경적 위를 맴돈다. 머릿속으로 여러 경우의 수를 생각해본다. 경적을 울리면 나쁜 놈들이 겁을 먹고 달아날 것이고, 저 여자는 보석을 뺏기지 않는다. 하지만 그 행동은 나의 존재를 알리는 계기가 될 수 있다. 저 여자가 나에게 이름을 물어보고, 내 번호판을 보고, 나를 영웅으로 생각한다면, 최악의 경우 증인으로 여긴다면, 베스 머피의 인생은 시작하기도 전에 끝날 것이다. 저 여인은 위험에 처했지만, 그건 나 또한 마찬가지다.

조수석 문이 열리며 한 남자가 내린다. 창백한 피부에 헐렁한 청바지와 군데군데 찢어지고 색이 바랜 회색 운동복 차림이다. 자세히 보니 키만 컸지 어린애다. 몸을 흐느적거리고 얼굴에 기름기가 많은 것이 많아야 열넷 정도로 보인다. 그 아이는 문을 닫지도 않고 걸어간다. 범죄를 저지를 의도가 있는 게 아니라면 대체 누가 저런 행동을 하겠는가.

남자애는 여자에게 곧장 걸어간다. 난 차 안에서 소리친다. "이제 그 망할 놈의 핸드폰 좀 내려놔!"

하지만 차마 경적을 울릴 수는 없다.

난 그냥 앉아서 보기로 한다. 벌건 대낮에, 불과 15미터 거리에서,

꼬맹이는 총을 꺼내 여자에게 겨눈다. 지갑, 핸드폰, 다이아몬드 장신구, 시계, 팔찌. 여자는 주체할 수 없이 떨리는 손으로 모든 것을 내놓는다. 꼬마는 손짓으로 여자에게 엎드리라고, 서두르라고 재촉한다. 여자는 흐느끼며, 저항하지 않고 바닥에 엎드린 뒤 머리를 양팔로 감싼다. 뒤에 있던 차는 끼익 소리와 함께 타이어에서 연기를 일으킨다. 꼬마는 훔친 물건들을 챙겨 아직 문이 열려 있는 조수석에 오른다. 이 모든 일이 일어나는 데 60초밖에 걸리지 않았다.

주차장이 다시 조용해지자 여자는 몸을 일으킨다. "도와주세요! 제발요! 도와주세요!"

난 혼잣말로 괜찮을 거라고 말한다. 저 여자는 괜찮을 거야. 여자는 겁에 질려 떨고 있다. 더러운 아스팔트에 닿아서 화이트 진은 얼룩져 있다. 그 외엔 다 괜찮아 보인다. 괜찮지 않은 사람은 이 주차장에서 오도 가도 못 하는 나뿐이다.

여자는 내가 있는 곳과 유일한 출구 중간 지점에 서 있다.

대학교 여학생 클럽으로 보이는 무리가 깔깔대며 식당 문을 열고 나오다가 여자의 울음소리를 듣고는 멈춰 선다. 밝았던 표정은 이내 당황한 표정으로 바뀐다.

"강도를 당했어요!" 여자가 무리에게 외친다. "내 머리에 총을 겨누고 결혼반지를 뺏어갔어요. 내 걸 다 가져갔다고요! 아, 제발, 보고만 있지 말고 누가 경찰 좀 불러줘요!"

키 큰 금발의 여자가 핸드폰을 꺼낸다. 난 도로로 연결된 턱을 관찰한다. 이 차가 넘어가기엔 너무 높나? 타이어가 터지려나? 저 여자는 내가 빠져나간 걸 알기나 할까? 내 번호판을 보고 적어놨다가 잠정적인 증인이라며 경찰에게 넘기면 어쩌지?

내가 떠나지 않으면 어떻게 되지? 차에 숨어 있는 나를 경찰이 발견하면, 난 뭐라고 해야 하나? 난 대시보드에 있는 시계를 본다. 호르헤와 만나기로 한 시간까지 10분도 남지 않았다. 차를 버리고 달려가면 시간 안에 도착할 수 없다.

여자들은 난리법석을 떨고 있다. 표정은 굳은 채 손짓을 섞어가며, 간발의 차로 놓친 범행 현장에 대해 이야기하고 있다. 내 마음 깊은 곳에서 죄책감이 밀려온다. 난 언제나 업보라는 것을 믿어왔다. 업보란 건 결국 원인과 결과에 관한 보편적 원리다. 좋은 일을 하면 좋은 일이 생긴다. 나쁜 짓을 하면…… 글쎄, 뒤통수를 조심해야겠지.

오늘 나는 한 여자가 강도를 당하는 모습을 지켜만 봤다.

우주는 이런 나를 위해 무엇을 준비하고 있을까?

여자들 무리는 식당으로 들어간다. 나는 시동을 걸고 최대한 속도를 내 호르헤가 지정해 준 쇼핑몰로 향한다. 이미 6분이나 늦었다. 난 호르헤가 시간 약속을 잘 지키는 사람이 아니길 기도한다. 약속에 늦는 고객에게 관용 따위 베풀지 않는 사람이 아니길 간절히 기도한다. 그런데 생각해보니 고객은 나다. 신분증 암거래 시장에서 시간 약속은 조금 유동적일 수도 있을 것 같다. 거시적으로 봤을 때, 6분은 결코 긴 시간이 아니다.

난 차에서 내려 대여섯 개의 상점을 훑어본다. 호르헤는 주소 외에 아무것도 알려주지 않았다. 그럼 저 중에 어떤 가게지? 할인 마트, 정육점, 핸드폰 가게, 종이호일로 깨진 유리를 막아놓은 곳. 그리고 제일 끝에는 '포토그라피코'라고 적힌 간판이 있다. 난 자동차 문을 힘차게 열고 가게로 달려간다.

문을 여니 좁은 공간이 나타난다. 카메라를 탑재한 삼각대와 계산대가 있을 뿐, 그 외에는 텅 비어 있다. 계산대에 서서 나를 기다리고 있던 호르헤는 옆에 있는 남자를 가리키며 에마누엘이라고 소개한다. 에마누엘은 현금으로 6달러를 내라고 하더니 하얀 벽을 가리킨다. "저기 서요. 웃지는 마요."

에마누엘은 말수가 적지만 일은 잘하는 것 같다. 갑자기 플래시가 터진다. 눈이 멀 것 같다. 시야에서 작은 점들이 사라질 무렵, 여권용 크기의 사진이 어느새 프린터에서 나오고 있다.

에마누엘이 사진을 작은 직사각형으로 자르는 동안, 호르헤는 나에게 종이와 펜을 내민다. "이름, 생년월일, 키, 몸무게, 주소를 적어요. 가짜로 쓰고 싶으면 그래도 돼요."

"진짜로 적는 손님도 있나요?"

호르헤는 떡 벌어진 어깨를 으쓱인다. "몰라요. 관심 없어요."

난 베스의 이름을 종이 맨 위에 적는다. 최근에 읽은 책에 나오는 인물의 이름을 따서 루이즈라는 중간 이름을 이름과 성 사이에 적는다. 베스는 1983년 2월 20일생, 나보다 두 살이 많다. 키는 나와 똑같이 176. 몸무게는 내 것에서 몇 킬로를 더해 적는다. 눈에 띄지 않으려면 살을 좀 찌우는 게 좋을 것 같다. 이제부턴 피자, 도넛, 햄버거, 감자튀김을 의무적으로 먹어야겠다. 마지막으로 주소란에는 모건 하우스 주소를 적는다.

종이를 내밀자 호르헤가 토실토실한 손바닥을 내민다.

"350 맞죠?"

호르헤가 코웃음 친다. "재밌네."

난 지혜를 발휘해 신분증을 받기 전에 돈을 주기로 한다. 하지만 주도권은 저쪽에 있다. 난 미리 손에 쥐고 있던 375달러를 호르헤의 손에 내려놓는다. 호르헤는 돈을 센 뒤, 곧바로 다시 한 번 세어본다.

"번호가 뭐죠?" 핸드폰을 꺼내며 그가 묻는다.

난 말을 꺼내려다 도로 집어넣는다. 내가 외우고 있는 건 내 진짜 번호뿐이다. 그 핸드폰은 아칸소에 있는 쓰레기통 바닥에 있다. 내 뒷주머니에 있는 선불폰은 아직 사용한 적이 없고, 번호도 외우지 못했다.

"기억이…… 잘 안 나요."

호르헤가 한숨을 쉬자 치즈와 할라피뇨 냄새가 밀려온다. 나에게 '아마추어'라고 비웃는 듯한 눈빛을 보내더니 갑자기 일련의 번호를 줄줄 읊는다. 나는 그것이 호르헤의 번호라는 걸 한 박자 늦게 깨닫는다.

"잠깐, 잠깐만요." 내가 허둥지둥 핸드폰을 꺼내자 호르헤는 번호를 처음부터 다시 말한다. 이번엔 내가 핸드폰에 번호를 입력하길 기다려주며 천천히 읊는다. 내가 통화 버튼을 누르자 호르헤가 들고 있는 핸드폰에 불빛이 들어온다.

"이게 당신 번호예요. 다 준비되면 전화할게요." 호르헤는 내가 볼 수 있도록 화면을 들이민다.

"얼마나 걸리죠?"

"30분. 더 걸릴 수도 있고. 저쪽 길가에 있는 소닉에서 기다려요." 호르헤가 토실토실한 어깨를 들썩이며 말한다.

영원처럼 느껴지는 75분이 지나자 빛나는 검은색 SUV 차량이 소닉 주차장으로 들어온다. 난 창가 테이블에 앉아 차량을 주시한다. 한 남자가 내린다. 피부가 어둡고 날씬한 게 확실히 호르헤는 아니다. 〈캅스〉(미국의 경찰 다큐멘터리 TV 프로그램—옮긴이)에 나오는 흔한 악당같이 생긴 남자는 주차장을 이리저리 살피더니, 내 차 와이퍼에 노란 봉투를 꼽아놓고 서둘러 자기 차로 돌아간다. 내가 밖으로 나갔을 때, 남자는 이미 사라지고 없다.

난 와이퍼를 살짝 들어 봉투를 빼내고는 차에 탄다. 그리고는 떨리는 손가락을 봉투 안으로 밀어 넣는다. 봉투를 거꾸로 들고 흔드니 네모나고 작은 물체 두 개가 무릎에 쏟아진다. 종이로 된 건 주민등록증인데, 형광 노란색 스티커에 '여기에 서명하시오'라고 적혀 있다. 플라스틱으로 된 건 운전면허증이다. 늘 봐왔던 진짜 면허증과 전혀 다를 게 없다. 난 그것을 앞뒤로 뒤집어보고 햇빛에 비춰본다. 조지아라고 적힌 홀로그램이 반짝이고는 사라진다. 사인은 내가 한 게 아니지만, 조금만 연습하면 충분히 따라 할 수 있는 평범한 사인이다. 그 외엔 모든 게 완벽하다. 베스 루이즈 머피는 합법적인 사람이 됐다.

핸드폰이 울린다. 화면에 표시된 번호를 보니 호르헤에게서 온 전화다. 통화를 누르자 무언가를 씹는 소리가 들린다.

"신분증 받았어요?"

"받았어요. 고마워요." 난 신분증을 조수석에 내려놓고 시동을 건다. "잘 만들었네요. 진짜 같아요."

호르헤가 코웃음을 친다. 아마도 '천만에요'의 의미를 띤 코웃음 같다. "신분증 필요한 친구가 있으면 나, 호르헤한테 보내요. 친구 한 명당 50씩 줄게요."

이거였구나. 도로에 합류하며 난 깨닫는다. 마르티나가 나에게 원한 건 바로 이거였다.

마커스

이스트 8번가, 1층짜리 단지 안에 있는 새하얀 벽토 건물인 파인블러프 경찰서는 푸른 잔디밭으로 둘러싸여 있다. 벽에는 때가 잔뜩 끼어 있고, 바닥에 깔린 고무 장판에는 군데군데 흠집이 나 있다. 좋은 점이 있다면, 근무 인원이 많지 않아서 형사에게 사무실이 하나씩 배정된다는 거다. 비좁고 답답하긴 하지만, 다닥다닥 붙은 책상이 칸막이로 나뉘어 있는 것보다는 백만 배 낫다.

12분 늦게 도착한 제프리와 잉그리드는 어제와 마찬가지로 서로에게 적대감을 보인다. 제프리가 잉그리드를 위해 문을 열어주지만, 저건 단지 내가 보고 있어서 하는 행동이다. 잉그리드는 마지못해 고맙다고 말한다. 난 이 두 사람이 서로 싫어하는 이유를 알고 싶다.

난 둘에게 따라오라고 손짓한다. "이쪽입니다."

다닥다닥 붙어 있는 책상 사이를 지나 문이 열려 있는 내 사무실로 두 사람을 안내한다. "앉으세요." 책상 맞은편에 있는 똑같이 생긴 의자 둘을 가리키며 내가 말한다. 하지만 잉그리드만 자리에 앉고, 제프리는 문밖에 서서 들어올 생각을 안 한다. 고개를 들이밀고 사무실

내부를 둘러본 다음에야 비로소 안심하는 표정을 짓는다. 저 멍청한 놈은 여기가 심문실인 줄 안 모양이다. 내가 한쪽 눈썹을 치켜세우고 바라보자 제프리는 마지못해 들어와서 의자에 앉는다.

난 책상 뒤로 돌아가서 내 의자에 앉는다. "사빈의 차를 찾았어요."

"네?" 두 사람이 상기된 목소리로 동시에 말한다.

"어머머, 어디서요?" 잉그리드가 말한다. "언제요? 좋은 소식인 거죠? 그렇죠? 사빈이 어디로 갔을지 단서를 찾은 거잖아요?"

난 고개를 젓지도, 끄덕이지도 않는다. 차를 발견한 건 좋은 징조가 아니다. 특히 사빈의 경우, 자동차가 훼손된 흔적이 없어서 더더욱 그렇다. 여태까지 발견된 DNA는 사빈의 것뿐이다.

"자동차는 이스트 하딩 애비뉴의 슈퍼1 식료품점 주차장 제일 끝 부분에서 발견됐습니다. 감시 카메라 기록에 의하면, 실종자분은 오후 1시 49분 즈음에 문을 열고 걸어 들어갔습니다. 그로부터 10분 후, 사빈은 식빵, 칠면조 슬라이스, 치즈, 레모네이드를 구매했습니다. 체크카드로 계산한 뒤 문을 열고 나간 시각은 오후 2시 30분. 카메라가 주차장의 모든 구역을 찍지는 못해서 아쉽게도 그 이후의 행방은 알 수 없습니다."

잉그리드가 책상 앞으로 바짝 다가가 앉는다. "이해가 안 돼요. 다시 차로 돌아오지 않았다는 건가요?"

"그런 것 같아요. 주차 구역을 수색하고, 구매한 식료품이 쓰레기통에 버려져 있지 않은지 확인했습니다만 아무 단서도 얻지 못했습니다. 누가 집어갔을 수도 있고, 아니면 실종자분이 가져갔을 수도 있습니다."

"어디로요?" 잉그리드가 고개를 젓는다. "무슨 말씀이신지 이해가 안 돼요."

"두 분 모두 사빈과 통화했다고 하셨죠?" 나는 해당 페이지를 찾아 수첩을 넘긴다. "잉그리드가 오전 10시 45분에, 제프리는……" 고개를 든 나는 제프리와 눈이 마주친다. "시간을 말씀해주시지는 않았네요."

"그때 애틀랜타 공항에서 탑승 수속을 밟고 있었어요."

"DL 2088 항공이죠. 알고 있습니다."

지난번 만남 때 제프리는 비행기에 탑승할 때 사빈과 통화 중이었다고 말했다. 하지만 어떤 항공사인지는 말하지 않았다. 그 부분은 내가 직접 알아냈다.

"비행기는 오전 11시 30분에 애틀랜타를 떠났습니다." 내가 말한다. "탑승 수속은 대략 30분 전부터 시작됐겠네요?"

제프리가 의자에 앉은 채 꼼지락거리며 고개를 끄덕인다. "네. 11시 즈음인 것 같네요. 정확한 통화 시간을 알고 싶으시면 통화 기록을 보여드릴 수 있어요."

난 그 제안을 무시한 채 잉그리드를 보며 질문한다. "실종자분이 어디로 간다고 통화 중에 말한 적이 있습니까?"

제프리는 고개를 젓고, 잉그리드는 고개를 끄덕인다. "사무실에 가는 길이었어요."

난 인상을 찌푸린다. 내가 예상했던 대답이 아니다. "이 식료품점 매장은 사빈의 사무실과 멀리 떨어져 있어요. 사무실에 확인해봤는데, 그날 오전에는 고객에게 집을 보여주는 일정이 없었다고 합니다. 오후에는 사무실에서 있을 사원 연수에 참여할 예정이었는데 나타나지 않았죠."

"집이 아니라 다른 걸 보여줬겠죠." 제프리가 빈정대는 투로 말한다. 다른 이유로 화가 난 것 같다. 혐오감도 느껴진다. 단순히 조금 쓰린 정도로 보이진 않는다.

잉그리드가 인상을 쓰며 제프리를 바라본다.

"사빈은 병원에서 오는 길이었어요." 제프리가 이를 악문 채 말한다. "근무시간에 응원차 잠시 들렀다고 애인이 직접 말해줬어요."

나는 의자에 기대앉는다. 이미 난 이 불륜 관계에 대해 알고 있다. 닥터 맥애덤스가 얘기해줬다. 그 의사는 허둥대며 나를 찾아와, 만나길 기다렸다는 듯 다짜고짜 질문을 퍼부었다. 불쌍한 표정을 하고 대답을 갈구하는데, 심할 정도로 절실해 보여서 오히려 의심이 갈 지경이었다. "실종자분이 병원에서 오는 길이었다면 동선이 더 타당성을 갖게 되네요. 늦은 점심을 먹으러 들렀을 수도 있어요."

"그다음은요?" 잉그리드가 자신의 손을 만지작거리며 묻는다. "그다음엔 어디로 갔어요?"

"사빈이 자진해서 동료나 친구의 차에 탔을 가능성도 배제할 수는 없습니다. 하지만 저는 직관적으로 생각했을 때, 그런 일이 없었을 것 같습니다. 첫째, 그랬다면 핸드폰을 두고 가진 않았겠죠. 우리가 차를 발견했을 때, 핸드폰은 자동차 컵홀더에 놓여 있었어요. 충전 선이 연결돼 있었죠. 실종자의 핸드폰이 맞는지, 두 분 중 한 분이 확인해주셨으면 합니다." 나는 책상 서랍에서 증거품이 든 비닐 백을 꺼내, 안에 든 갤럭시 스마트폰을 두 사람이 볼 수 있게 들어 보인다.

잉그리드는 크게 안도의 한숨을 내쉰다. "저건 사빈의 핸드폰이 아네요. 발견한 자동차가 사빈 게 확실한가요? 혹시 실수하신 거 아네요?"

이번에도 내가 예상한 반응은 아니다. 핸드폰은 문이 잠긴 사빈의 차 안에서 발견됐다. 어떻게 다른 사람의 핸드폰일 수 있겠는가? "정말 그렇게 생각하십니까? 아직 확인을 못 했습니다. 비밀번호 때문에 못 열었어요."

"백 퍼센트 확실해요." 잉그리드가 말한다. "사빈은 아이폰을 써요. 하얀색 최신 기종이요."

난 확인하기 위해 제프리를 바라본다. "맞아요. 아이폰을 쓰죠. 저건 사빈이 쓰는 선불폰일 거예요."

잉그리드가 제프리를 쏘아본다. "그게 무슨 소리예요? 사빈이 선불폰을 쓰다뇨? 말도 안 되는 소리 하고 있어."

"사실이에요, 잉그리드. 사빈은 선불폰을 사용해왔어요. 애인이랑 통화할 때 사용했죠." 잉그리드가 움찔거린다. 제프리의 미소에는 짓궂음과 우쭐대는 마음이 공존한다. "사빈이 언니한테 모든 걸 털어놓진 않았나 보네요?"

잉그리드가 의자에 털썩 기대자 제프리가 나를 보며 말한다. "제퍼슨 리저널 메디컬 센터의 산부인과 의사, 닥터 트레버 맥애덤스. 어젯밤에 그 사람과 통화했다고 나오죠? 비밀번호를 쳐서 열어보면 통화목록엔 그 의사 이름밖에 없을 거예요."

"8-2-6-6-3-7을 쳐보세요." 잉그리드가 중얼거린다. "아이폰에 쓰는 비밀번호예요."

나는 창턱에 있는 상자에서 비닐장갑을 뽑아 손에 낀 다음, 비닐백 안에 손을 넣고 비밀번호를 입력한다. 로그인 창이 넘어가며 화려한 배경에 앱들이 가지런히 정리된 화면이 나온다. 통화 아이콘 오른쪽 위엔 스물세 개의 부재중 통화를 알리는 붉은색 숫자가 표시돼 있다. 아이콘을 눌러보니 모두 같은 번호로 걸려 온 통화이다. 번호는 내 수첩에 적어놓은 것과 일치한다. "선생님 말씀이 맞네요. 닥터 맥애덤스의 핸드폰 번호입니다."

잉그리드가 씩씩대며 자세를 고쳐 앉는다.

난 비닐 백을 다시 봉하고 장갑을 벗은 뒤, 둘 다 서랍에 내려놓는다. "하지만 이걸로는 아이폰이 어디에 있는지 설명되지 않습니다. 그 번호를 추적하고는 있지만, 아무것도 잡히지 않아요. 어디에 있든 꺼놓은 게 분명합니다. 실종자분의 거래 은행에 의하면 슈퍼1에서 카드를 사용한 게 마지막 구매 기록이라고 해요. 그 이후로는 신용카드나 체크카드를 사용하지 않았습니다. 게다가 몇 주 동안 큰돈을 찾은 기록도 없어요. 이런 정황으로 미루어 의도적으로 자취를 감춘 것으로 보이진 않습니다."

"당연하죠." 잉그리드가 말한다. "나한테 말도 없이 사빈이 그럴 리 없어요." 잉그리드는 몇 분 전부터 울고 멈추기를 반복해서 얼굴이 엉망이 됐다. 눈은 붉게 충혈됐고, 붉은 반점이 가득한 양 볼은 부어올랐다. 콧물이 흐르자 잉그리드는 소매로 코를 훔친다. "이제 어떡해요? 이제 어디에서 찾냐고요?"

"일단 슈퍼1 직원에게 수요일 근무자가 누구인지 알아봤습니다. 다행히 그중 한 명이 뭔가 특이한 점, 또는 특이한 사람을 목격했다고 하더군요. 또 사빈과 인상착의가 일치하는 사람을 찾는 전국수배령도 내렸습니다. 이제 우리 외에도 사빈을 찾는 눈들이 많아졌음을 의미하죠. 실종자의 은행 입출금 기록, 신용카드 사용 기록 등 동선을 파악하는 데 도움이 될 만한 것이면 뭐든 조사하고 있습니다. 그리고 친구, 직장 동료 등 실종자와 관련된 모든 사람을 만나 인터뷰를 진행할 계획입니다. 미리 말씀드리자면, 닥터 맥애덤스도 이 대상에 포함됩니다. 제가 지금부터 두 분께 하는 질문을 그분들에게도 똑같이 물어볼 계획입니다. 두 분은 수요일 오후 1시에 어디에 계셨나요?"

알리바이. 난 이들에게 알리바이를 요구하고 있다.

두 사람은 시선을 교환한다.

잉그리드는 팔짱을 낀다. 표정에서 모멸감과 근심이 동시에 느껴진다. "전 집에서 일해요. 직업이 온라인 비서거든요. 고객에게 돈을 받고 일정을 관리해주거나, 보고서를 작성해주거나, SNS 계정을 관리해주는 일을 해요."

"그 시간에 누군가와 함께 있었나요?"

"혼자 살아요."

"좋습니다. 혹시 당시의 소재를 증명해줄 사람이 있을까요? 이웃이나, 혹은 집 전화로 통화한 고객이라도?"

"없어요." 잉그리드는 대답을 마치기가 무섭게 갑자기 표정이 환해진다. "하지만 하루 종일 온라인 상태였어요. IP를 조회하면 제가 방문한 웹사이트와 발신한 이메일 목록을 확인할 수 있을 거예요."

"그런 거 어떻게 하는지 알아요?" 미심쩍다는 듯 제프리가 묻는다. 할 줄 모른다고 생각하는 모양이다.

"네." 잉그리드가 자신감 있게 대답한다. "컴퓨터 공학 전공이니까요."

나는 속으로 실종자의 언니를 용의자 목록에서 제일 아래로 내린다. 잉그리드는 혼자 살고, 혼자 일하고, 혼자 있길 좋아하는 노처녀다. 여태까지 이 여자를 관찰한 결과, 모든 게 진실되게 느껴진다.

강력한 용의자는 절대 아니다.

반면 실종자의 남편은 용의자로서 어느 하나 빼놓지 않고 모든 조건을 만족시킨다.

제프리가 목청을 가다듬고는 무릎 위에 두 손을 모은다. "가만있자. 정오 조금 지나서 착륙했으니까⋯⋯."

난 고개를 끄덕인다. "오후 12시 5분."

제프리의 얼굴에 놀란 기색이 만연하다. 왜 그런지 이유를 모르겠다. 난 그의 항공편을 조회했다는 걸 이미 말했다. 따라서 언제 도착했는지를 아는 것도 당연하다. 내가 무슨 별 볼일 없는 동네 경찰도 아니고⋯⋯. 게다가 난 철저하게 준비까지 했다.

"선생님의 항공편은 12시 11분에 게이트에 도착했어요." 난 메모를 펼쳐보지도 않고 말한다. "12시 24분에는 항공사 직원을 제외한 모든 인원이 비행기에서 내렸습니다."

"네." 제프리가 생각에 잠긴 채 대답한다. "그런데 난 맨 뒷좌석에 앉았어요. 비행기에서 마지막으로 내린 사람 중 하나였죠. 그리고 가방을 찾는데 시간이 엄청 걸렸어요. 리틀록 공항은 일 처리가 느리기로 악명이 높죠. 그리고 나서는 점심을 먹었어요."

"공항에서요?"

"아뇨. 공항 근처에 있는 작은 이탈리아 식당에서요. 이름은 생각이 안 나요."

잉그리드가 작은 소리로 혼잣말을 한다. 참 편리하네.

"그게 몇 시였죠?" 내가 묻는다.

"몰라요. 1시 이후였던 건 확실해요. 1시 반에 가까웠을 수도 있고요."

"카드를 사용하셨나요?"

"현금으로 냈어요."

잉그리드는 더 이상 속내를 감추지 않고 긴 한숨을 내쉬며 허리를 꼿꼿이 세운다. 당장 내가 제프리에게 수갑을 채우고 끌고 갈 기다리는 눈치다.

"파인블러프에 돌아온 건 몇 시였죠?"

"대략 4시 정도였던 것 같아요." 어깨를 으쓱이며 제프리가 대답한다.

"이웃에 사는 애시비 부인은 선생님이 4시 10분경에 귀가했다고 증언했습니다. 엘런 쇼 재방송을 보고 있어서 정확한 시간을 유추할 수 있었죠. 엘런이 춤을 추고 난 직후였다고 하네요. 광고가 나가는 사이에 애시비 부인은 부엌으로 가서 간식거리를 만들었다고 합니다."

제프리의 성대 깊숙한 곳에서 침 삼키는 소리가 난다. "술을 마신 거겠죠. 리타 애시비는 남의 일에 참견하길 좋아해서 하루 온종일 부엌 창문에 얼굴을 들이대고 있는 노인네예요. 심한 알코올중독자이기도 하죠. 그 동네에 몇 년을 살면서 그 할머니가 술이 깨 있는 걸 본 적이 없어요." 이 사람은 지금 나를 교란하며 시간을 벌고 있다. 다음 질문도 알고 있을 것이다.

"왜 그렇게 늦게 귀가했죠?" 대답이 즉시 나오지 않아서 난 질문에 덧붙인다. "말씀대로 수화물이 늦게 나오고, 점심을 먹고, 점심시간이라 차가 엄청 막힌다고 해도 오후 2시 30분엔 집에 도착해야 정상이에요. 왜 그렇게 늦은 거죠? 그 1시간 반 동안 뭘 하신 겁니까?"

제프리가 어깨를 으쓱거린다. 목소리는 과할 정도로 고음이고 부자연스러울 정도로 부드럽다. "날이 너무 좋더라고요. 게다가 난 일 주일 내내 회의에 묶여 있었어요. 우리 회사 사장한텐 얘기하시면 안 돼요. 난 정말 사무실에 가고 싶지 않았어요. 그래서 강가 공원에 들러서 책을 읽었죠."

"어느 공원이죠?"

"타르 캠프 공원이요."

가족과 낚시광들이 즐겨 찾는 숲으로 뒤덮인 공원. 리틀록과 파인 블러프 중간 지점에 있다. 에마와 난 신혼 때 거기서 캠핑을 한 적이 있다.

난 공원 이름을 수첩에 적는다. "거기에 얼마나 있었죠?"

"1시간 반 정도요. 더 있었을 수도 있고요."

"무슨 책을 읽으셨죠?"

"우리 경쟁회사 사장이 책을 냈거든요. 제목은 '직장을 불태워라' 였나 뭐였나. 우리 사장이 직원 모두에게 읽어보라고 했어요. 솔직히 책은 정말 별로예요."

"거기에서 본 사람이 있나요?"

"거긴 공공장소잖아요." 제프리가 방어적인 어투로 말한다. "아주 많은 사람들을 봤죠."

"제 말뜻은, 그 많은 사람 중 선생님을 알아본 사람이 있냐는 겁니다. 회사원 복장을 하고 혼자 공원 벤치에 앉아 있는……."

"벤치가 아니라 피크닉 테이블이었어요. 강 끝자락에 가면 그런 테이블이 한데 모여 있어요." 제프리는 말을 멈추고 잉그리드를 쳐다본다. 잉그리드는 의심스럽다는 듯 인상을 잔뜩 찌푸리고 있다. "그리고 난 청바지랑 폴로셔츠 차림이었어요. 출장 복장."

"어쨌든 혼자 공원에 온 남자가 피크닉 테이블에 앉아 책을 읽고 있었던 거죠. 분명 눈에 띄었을 것 같은데요?"

"그랬겠죠. 그런데요, 형사님, 제가 무슨 수로 그 사람들을 찾죠?"

난 잠시 그 말을 곱씹는다. 정말로 타르 캠프 공원에 있었다고 해도 거기 있었던 사람 중 이 남자를 기억하는 사람은 없을 거다. 누군가와 통성명하고 전화번호를 주고받았을 가능성은 없다고 봐야 한다.

그런데 중요한 건 제프리가 거짓말을 하고 있다는 점이다. 거짓말이라는 신호는 이미 충분히 드러났다. 시선을 내리고 책상을 두리번거리는 점, 호흡이 빨라진 점, 슬쩍슬쩍 당황한 모습을 보이는 점. 이 자가 하는 말 중 일부는 분명 진실이 아니다.

"수사를 잘할 수 있게 좀 도와줘요. 제가 빠트린 게 없는지 확실히 하고 싶어서 그래요." 난 두 손을 서류 뭉치 위에 올려놓고 그가 앉은 쪽으로 몸을 기울인다. "방금 하신 말씀에 따르면, 선생님은 어제 오후 내내 혼자 계셨습니다. 차에서도, 이름 모를 식당에서도, 공원에서도. 오후 12시 30분 이후부터, 선생님의 이웃이 선생님의 차가 집에 도착하는 걸 봤다고 증언한 4시가 조금 넘은 시점까지 계속 혼자였죠."

제프리가 고개를 끄덕인다. "그래요. 맞아요." 이제 땀까지 흘린다. 수만 개의 땀구멍에서 수분이 올라와 얼굴에서 빛이 날 지경이다.

"정리해볼게요. 그 3시간 반 동안 선생님의 행방을 증명해줄 사람은 본인밖에 없다고 말씀하셨습니다. 그리고 같은 시각, 아내분께서 이스트 하딩 애비뉴에 위치한 슈퍼1에서 나와 자취를 감추셨고요.

제 말이 맞습니까?"

이어지는 긴 침묵에 나는 미안한 생각까지 든다. 제프리는 심호흡을 세 차례 한다. 그렇게 정신이 멍한 채 13초를 보내고 나서야 자신이 할 수 있는 최선의 답을 내놓는다. "그런 것 같네요."

나는 무표정을 유지하려고 애쓰지만 조금씩 미소가 새어 나온다.

그래. 딱 걸렸어.

베스

2차선 도로 한복판에서 차를 세운 뒤, 나는 마르티나가 오늘 아침에 준 포스트잇을 들여다본다. 거기에 적힌 주소를 누차 확인하고 뒤쪽 창밖으로 보이는 건물을 바라본다.

성당이다. 마르티나는 성당에서 일한다. 베이지색 벽돌로 지어져 있고 스테인드글라스가 달린, 신고딕 양식의 크고 흉물스러운 건물이다. 진홍색 지붕에는 부채꼴 장식들이 달려 있고, 입구의 윗부분은 뾰족한 아치형이다. 중앙 타워 가운데에 있는 붉은 창문은 키클롭스의 외눈처럼 바깥을 응시하고 있다. 지붕의 가장 가파른 부분에 있는 나무 십자가는 양팔을 길게 뻗은 채 파란 하늘을 등지고 있다.

예수 열두 사도의 교회.

이건 아니잖아.

난 변속 레버를 움켜쥐고 후진에 놓는다. 난 종교와 친한 사람은 아니다. 예전에 신부님께 도움을 청한 적이 있었는데, 그분은 나를 악마로부터 구원해주려 하지 않았다. 그 이후로 종교와는 자연스럽게 멀어졌다.

"다투는 건 지극히 자연스러운 겁니다." 이언 신부님이 나에게 말씀하셨다. "모든 부부가 다툽니다. 하지만 성공한 부부는 용서하는 법을 배우죠. 그들은 분노를 뒤로하고 앞으로 정진합니다."

난 경건하게 고개를 끄덕였다. "무슨 말씀인지 잘 알겠습니다, 신부님. 하지만 그이는…… 저를 아프게 합니다."

"어떻게 아프게 한다는 거죠?"

나는 셔츠를 올려 부러진 갈빗대를 보여줘야 할지 잠시 고민했지만, 결국 그러지 않았다.

"손으로요."

"주먹을 쥐었나요, 폈나요?"

"네?"

"손이요. 자매님을 아프게 할 때 주먹을 쥐었나요, 폈나요?"

논리적으로는 이언 신부님의 마음을 이해했다. 신부님은 당신이 폭력적인 사람이라고 믿고 싶지 않았던 거야. 신부님은 어린아이 때부터 당신을 봐왔어. 그분이 당신 입에 성체를 넣어준 게 몇 번인지 아마 셀 수조차 없을 거야. 우리가 만난 지 두 해가 지났을 때 당신은 나를 호텔 벽에 밀쳤어. 주먹으로 때리기까진 4년이 걸렸고, 다시 주먹질을 하기까지 1년이 걸렸지. 폭력은 그렇게 서서히 증식됐어. 언제부턴가 걷잡을 수 없이 가속도가 붙었지. 이언 신부님은 나의 불평이 뜬금없다고 느끼셨을 거야. 진실을 아는 건 당신과 나 둘뿐이었으니까.

결국 우린 타협을 했어. 이언 신부님은 당신이 올바르게 불만을 표출하는 법을 익히도록 조언해주셨어. 나는 더 나은 아내가 되기 위해 기도했고.

뒤에서 경적이 울린다. 상냥하고 빠르게 두 번 울린다. 고개를 들어보니 백미러로 예쁜 금발의 여자가 보인다. 나에게 손을 흔든다. 손목에 찬 다이아몬드 팔찌가 반짝인다. 난 마르티나가 했던 말을 떠올린다. 북쪽 동네에 사는 돈 많은 여자들. 먼저 지나가라고 손짓해보지만, 뒤에 있는 차는 움직이지 않는다. 차를 반대로 돌리자니 길이 너무 좁다. 난 한숨을 쉬고 변속 레버를 전진에 놓는다.

이 도로는 깔끔하게 손질된 잔디밭을 가로지른다. 완벽한 구체 모양으로 손질된 회양목과 수국이 늘어서 있다. 난 차를 돌릴 만한 곳을 찾아 앞으로 가려다, 옆에 있는 5층짜리 주차 타워로 방향을 튼다. 내가 방문자 주차 공간으로 들어가자, 금발의 여자는 나를 지나쳐 다음 사거리에서 옆으로 방향을 꺾는다.

나는 '성스러운 침묵'의 참의미를 그때 알게 됐다. 뚜렷한 증거 없이 주장하는 혐의를 제단에 깔린 양탄자 아래에 감추는 행위. 그래도 이언 신부님에게 조금은 감사하는 마음을 가져야겠다. 본인의 책임을 다해 당신과 대화를 했으니까. 하지만 신부님이 무슨 말을 했건 상황은 더 나빠졌다. 퇴근하고 집에 오면 당신은 늘 시비를 걸었어. 내가 뇌진탕이 걸리는 꼴을 봐야 멈출 생각을 했지. 일주일 내내 귓속에서 울리는 소리가 났어. 그 주 일요일에 이언 신부님은 아무 일도 없다는 듯 내 입에 성체를 넣어주셨고, 난 돌아서자마자 그걸 내 손에 뱉어버렸어.

모든 성당이 그렇게 돌아가는 건 아닐 거다. 무지하고, 의도적으로 진실을 회피하는 이언 신부님 같은 부류는 점점 사라져가고 있다. 가정폭력에 시달리는 한 여자에 관한 기사를 읽은 적이 있다. 자신을 살아가게 만드는 건 종교밖에 없다고 그 여자는 말했다. 일주일 중 교회에서 보내는 1시간은, 자신에게 일말의 희망을 허락하는 유일한 시간이라고 말했다. 그리고 지금, 나는 창밖으로 이 건물을 바라보고 있지만 느껴지는 건 두려움뿐이다.

마르티나는 내가 그 자리에서 일자리를 얻을 거라고 장담했다. 내가 자기처럼 청소를 잘한다고, 다른 사람이 변기 하나 닦을 시간에 여섯 개를 닦을 수 있다고 전했다고 한다. 내가 청소하는 걸 본 적도 없으면서. 왜 보호자 역할을 자처했는지는 모르겠지만, 내가 딱히 거절할 입장은 아니다. 난 전대에 얼마가 있는지 암산해본다. 호르헤에게 준 돈과 식자재비. 어제보다 훨씬 가벼워졌다. 다른 일자리를 구하려면 또 며칠이 걸리겠지. 성당이든 뭐든 나에게는 선택권이 없다. 난 마음을 단단히 먹고 차에서 내린다.

주차장 계단을 내려가니 건물 옆문이 나온다. 복도에서 향냄새와 소나무 냄새가 난다. 긴 복도 끝까지 열리는 문이 계속해서 나 있다. 나는 복도를 따라 걷다가 열려 있는 문 앞에 멈춰 서서 3층 높이의 휑뎅그렁한 공간을 바라본다. 살짝 경사진 바닥에 고급스러운 진홍색 장의자들이 셀 수 없을 정도로 촘촘히 나열돼 있다. 강단 위에는 거대한 LED 스크린 두 대와 무대용 조명기들이 걸려 있다. 저건 뭐지? 오케스트라 피트인가?

등 뒤에서 웅성대는 소리가 들린다. 난 행정실이라고 적힌 안내판을 따라 계속해서 복도를 걸어간다. 스테인드글라스를 투과한 형형색색의 빛이 머리 위에서 쏟아져, 진공청소기로 깨끗하게 청소해놓은 카펫에 무늬를 투영한다. 청소하는 인력이 왜 한 명 더 필요한지 이해가 안 간다. 지금까지는 티끌 하나 발견하지 못했다.

행정실 내부는 밝고 넓다. 아마도 건물 한쪽의 길이 전체를 사용하는 것 같다. 정면에는 로비가 보이고, 복도 양쪽에는 다닥다닥 문이 달려 있다. 접수 데스크에 여자가 한 명 앉아 있다. 아까 봤던 여자다. 단정한 흰 블라우스, 절제미가 돋보이는 진주 목걸이와 다이아몬드 팔찌, 헬멧처럼 위로 올린 금발. 자세히 보니 백미러로 봤을 때만큼 예쁘지는 않다.

금발의 여자는 나를 처음 본 것처럼 반긴다. "예수 열두 사도의 교회에 오신 것을 환영합니다. 무엇을 도와드릴까요?"

"앤드루스 신부님을 뵈러 왔어요."

"목사님이세요." 여자가 정정하고는 컴퓨터 쪽으로 몸을 틀더니 베이비핑크 색을 칠한 손가락으로 키보드 버튼을 몇 번 누른다. "목사님과 사전에 약속을 잡으셨나요?"

"네. 10시에요." 난 의식적으로 중립적인 표정을 유지한다. "제 이름은 베스 머피예요."

목사님은 음악실에서 급한 용무를 보고 있으니 그쪽으로 가보라고 한다. 이어서 금발의 여자는 아주 복잡하게 방향을 설명하는데, 들어보니 지하실로 내려가라는 얘기다. 나는 고맙다는 말을 하고 계단을 찾아 나선다.

몇 분 후, 나는 전문적으로 보이는 레코딩 스튜디오에 들어선다. 미끈한 검정 의자와 가죽 소파가 무대를 둘러싸고 있는 모습이 현대적으로 보인다. 똑같이 생긴 리허설룸이 여러 개 있는데, 각 방에는 믹싱 패널이 갖춰져 있고, 그 맞은편에는 방음이 되는 녹음 부스가 있다. 회색 유리 너머에는 두툼한 스펀지에 싸인 마이크가 우주선처럼 천장에 매달려 있다.

"계세요?"

내 뒤쪽 어딘가에서 쿵 소리가 나더니, 이어서 툴툴대는 소리가 방음벽에 여과되어 작게 들린다. 돌아보니 믹싱 패널 아래로 두 다리가 삐져나와 있다. 통이 좁은 검은색 바지에, 주황색 나이키 운동화를 착용했다. 그 남자는 온몸을 꼼지락대더니 끙 소리와 함께 일어서서 나에게 손을 내민다.

"어윈 앤드루스라고 합니다." 중년의 남자가 미소 짓는다. 잘 정돈된 흰 수염이 돋보인다. "그쪽은 베스겠군요."

난 긴장을 감추며 악수한다. 몇 년 만에 보는 취업 면접인데, 이토록 자격 미달인 채로 보는 건 처음이다. 화장실 청소는 당연히 할 줄 알지만, 경력을 얘기해보라고 하면 뭐라고 해야 하지? 증빙 서류를 요구하면?

"앉을까요?" 목사님은 나이에 비해 무척 건강해 보인다. 말을 마치자마자 바닥에서 발을 떼는 움직임이 놀라울 정도로 민첩하다. 크고 날렵한 보폭으로 앞장서며, 나를 무대 오른쪽에 있는 소파로 안내한다. 이분은 조깅을 하는 게 분명하다. 운동화와 몸을 보면 알 수 있다.

목사님은 나에게 소파에 앉으라고 손짓하고는 무대에 있는 의자하나를 집더니 빙그르르 돌려서 내 옆에 내려놓는다. 우리는 무릎과무릎이 거의 닿을 거리에 앉는다. 너무 가깝지도 멀지도 않은, 격식에 얽매이지 않으면서 편안한 거리이다.

"지금 무슨 생각하는지 알아요." 목사님이 두 손을 맞잡은 채 말한다. "이런 규모의 교회에 있는 목사가 왜 직원 한명 한명을 직접 뽑을까. 왜 사무국장이나 청소 담당자에게 맡기지 않을까."

어젯밤에 마르티나가 면접이 잡혔다고 했을 때 내가 했던 말과 거의 토씨 하나 안 틀리다. 마르티나도 그 이유는 모른다고 했다.

"목사님은 모든 면접을 직접 진행하신다고 마르티나에게 들었어요." 맥박이 콩콩 뛴다. 진정하려 애쓰지만 마음대로 되지 않는다. 온몸이 제멋대로다. 손에서는 땀이 나고 심장은 두근댄다. 나는 헛기침을 하고 마음을 다잡기 위해 안간힘을 쓴다.

"맞아요, 베스. 왜 그러는지 얘기해줄게요. 예수 열두 사도의 교회는 하나의 공동체입니다. 이 공동체의 리더로서 사람들이 다치지 않게 하는 건 내 책임이에요. 이 안에 들어오는 모든 이는 본인이 보호받고 있음을 알아야 합니다. 어디에서 왔든, 무슨 이유에서 왔든 상관없어요. 이건 나 자신과의 약속이에요. 모두에게 안전하고, 긍정적이고, 건강한 환경을 제공하는 것. 신자, 자원봉사자, 수위, 청소부원 할 것 없이 모두 스스로가 안전하다고 느끼길 바라는 거예요."

쉽게 말해 내가 범죄자가 아니란 걸 확인하고 싶은 거다. 악의 없이 하는 말이지만, 어쨌든 의미는 그렇다. 앤드루스 목사는 미스 샐리의 경건한 버전이다. 이 사람 또한 거스르고 싶지 않다.

난 고개를 끄덕이며 최대한 법을 준수하는 사람처럼 보이게 인상을 지어본다. "그러시군요. 무슨 말씀이신지 알겠어요."

"좋아요. 아주 좋습니다." 목사님은 손바닥으로 무릎을 친다. "대걸레 사용법은 잘 아시리라 생각합니다. 그러니 지루한 부분은 건너뛰고 단도직입적으로 묻겠습니다. 노래는 잘하시나요?"

"노……래." 난 눈을 끔뻑이며 미간을 찌푸린다. "무슨 말씀이신지……."

목사님은 무대 가장자리에 세팅된 기타 여러 대, 마이크 스탠드, 드럼 세트를 가리킨다. "우리 예수 열두 사도 교회에서 음악은 찬양의 핵심적인 부분을 담당해요. 또한 우리의 문화에서도 큰 부분을 차지하죠. 주님은 나에게 천사의 목소리를 지닌 교우들을 보내주셨어요. 그들은 그렇지 못한 교우들…… 으음, 이걸 어떻게 표현해야 할지…… 음정을 맞추는 능력을 지니지 못한 채 이 세상에 온 형제자매들의 자리를 메워주죠. 때때로 주님은 알 수 없는 방법으로 우리를 이끄십니다. 또 어떤 때는 너무나도 명백하시고요." 목사님은 손가락으로 귀를 살짝 후비며 말을 잇는다. "베스가 둘 중 어느 쪽인지를 묻는 겁니다."

"애석하게도 두 번째 항목에 해당하네요."

또 한 차례 나는 거짓말을 한다. 난 노래를 곧잘 한다. 악보도 볼 수 있다. 하지만 사실대로 얘기하면 이 무대에 서야 하고, 어쩌면 수천 명을 수용하는 위층의 강당에서 노래해야 할지도 모른다. 굳이 숨어 지내야 하는 상황이 아니어도 무대에 서기는 꺼려진다. 조명을 받으면 더워서 땀이 나고 눈도 부시겠지? 내 얼굴에 조명을 쏘게 할 생각은 추호도 없다.

"악기는요? 다룰 줄 아는 악기가 있나요?"

피아노. 당신이 내 왼쪽 새끼손가락을 못 쓰게 만들기 전까진 나도 피아노를 쳤었지.

"아뇨." 난 고개를 젓는다. "죄송합니다."

목사님은 살짝 실망한 눈치다. "박자 감각은 좀 있나요? 혹시 이런 거 할 수 있어요?" 목사님은 발을 구르고 손가락을 튕기며 느린 리듬을 시범 보인다.

나도 모르게 미소가 새어 나온다. "그건 할 수 있겠네요."

"좋아요! 그럼 탬버린을 치면 되겠네요. 탬버린 주자가 한 명 더 있어서 나쁠 건 없으니까요."

올 게 왔구나. 일요일 예배에 나오라는 얘기다. 앤드루스 목사님은 내 영혼을 구원하고 싶어 하고, 그 계획의 일환으로 내가 탬버린을 치기를 원한다. 환희에 찬 얼굴로 노래하고 율동하는 사람들 사이에 있는 나의 모습과 우리의 머리 위로 치유의 손길을 내미는 목사님의 모습을 상상해본다. 내 사전에 탬버린을 치는 일은 절대 없을 거다. 예배에도 참석하지 않을 거다.

목사님은 다리를 꼬고 의자에 기대앉는다. "좋아하는 팀 있어요?"

난 턱을 당기고 눈썹을 치켜세운다. 팀이라니?

"스포츠 말이에요. 미식축구, 야구, 농구 같은 스포츠요. 뭐 이런 걸 다 묻나, 하는 눈으로 쳐다보지 마세요. 내가 아는 애틀랜타 유나이티드 골수팬의 절반 이상은 여자라고요. 첫 시즌에 15승 9패를 기록했죠. 미식축구 안 좋아해요?"

"스포츠는 별로 안 좋아해요."

그 후로 20분 동안, 목사님은 다양한 주제로 대화를 이어간다. 호박벌이 술에 취해 꽃에서 꽃으로 날아다니는 이야기 외에도 영화(난 마지막으로 본 게 언제인지 기억도 안 난다), 책(나는 공포 소설 빼고는 다 좋아한다)에 관해 얘기한다. 목사님은 TV 드라마 〈핸드메이즈 테일〉이 원작 소설과 비교했을 때 잘 만들었다고 생각하는지 물으신다(나는 정말 잘 만들었다고 본다). 또 좋아하는 색이 뭔지(뭐? 내가 초등학생이야? 음, 노란색), 차에 혼자 있을 때 무슨 생각을 하는지(검문을 받으면 어쩌나)도 묻는다. 각자 좋아하는 음식도 얘기한다(난 감자튀김, 목사님은 피자). 목사님이 알려주신 벨트라인이라는 식당은 꼭 가봐야겠다. 걷거나 자전거로 갈 수 있는 거리인데, 열 개가 넘는 동네가 만나는 구역에 있다고 한다. 빌통 바에서 트러플 감자 프라이는 죽기 전에 꼭 먹어봐야 한다고 하신다(여기에선 마요네즈를 꼭 추가하라는 팁까지). 우리의 대화는 술집이나 매치닷컴(온라인 데이트 서비스―옮긴이)에 더 어울린다. 이런 종류의 대화를 뭐라고 불러야 할지는 모르겠지만 확실히 취업 면접과는 거리가 멀다.

"자, 베스." 목사님은 한 가지 주제가 지루해질 때마다 이렇게 말씀하신다. "여기에 잘 어울리시는 분 같네요."

난 놀라서 눈을 깜빡인다. 이게 다야? 정말 면접이 끝난 거야?

"놀란 것 같네요."

"실례지만 제 경력 같은 건 안 궁금하시나요? 청소 실력이나 뭐…… 그런 거에 관해서 물어보셔야 하는 거 아녜요? 하느님과의 관계가 어떤지, 뭐 그런 거요."

"주님과 당신의 관계는…… 온전히 당신 것입니다. 본인이 원하지 않는 한 제가 상관할 문제가 아니죠. 청소 실력에 대해서는 마르티나에게 이미 들었어요. 지금까지 직접 대화하면서 보고 느낀 건 마르티나에게 들은 것과 일치하네요."

난 마르티나가 무슨 얘기를 했는지 묻지 않는다. 마르티나에게 늘 어놓은 거짓말이 목사님의 입을 통해 되풀이된다면 과연 내가 표정 관리를 할 수 있을지 자신이 없어서다. 마르티나를 안 지는 이틀밖에 안 됐고, 첫날 새벽 부엌에서 마주쳤을 때 그나마 긴 대화를 나눴다. 마르티나는 자신이 본 것 외에는 나에 대해 아무것도 모른다. 그리고 분명 많은 걸 보지는 못했을 것이다. 그런 마르티나가 목사님께 나에 대한 모든 걸 이야기했다니. 왜 그렇게 나를 도우려 하는지 다시 한 번 의문이 든다. 그 여자는 나에게 뭘 원하는 걸까?

"위층에 올라가서 작성할 서류가 몇 개 있어요." 목사님이 일어서며 말한다. "공식적인 지원서를 작성해야 급료를 줄 수 있거든요. 다른 서류는 USCIS(연방이민서비스국―옮긴이)에서 엄청난 벌금을 맞는 걸 피하려고 작성하는 거예요. 신분증을 지참하라는 얘기, 마르티나에게 들었죠?"

새 신분증을 꺼내는 건 절벽 위를 걷는 것처럼 불안하다. 하지만 난 고개를 끄덕이며 가방을 톡톡 친다. "네, 당연히 가져왔죠."

"그럼 예수 열두 사도 교회에 오신 걸 환영합니다, 베스." 목사님이 손을 내민다. 우린 악수를 한다. 목사님은 따뜻한 두 손으로 내 손을 꼭 쥔다. "베스가 우리 팀에 합류해서 기쁘네요."

"고맙습니다, 목사님. 저에게는 의미가 커요." 난 갑자기 밀려오는 공포심에 눈시울이 뜨거워진다. 눈물이 너무 빨리 고여서 눈을 깜빡일 새도 없다. 난 목이 메어 작은 소리로 흐느낀다. "정말 얼마나 감사한지 말로 표현을 못 하겠어요."

목사님은 온화한 표정으로 나에게 묻는다. "자매님, 괜찮으세요?"

손가락으로 볼을 훔쳐보지만, 채 닦기도 전에 또 한 차례 눈물이 쏟아진다. "감사합니다. 저는 괜찮아요. 괜찮아질 거예요. 지금 왜 울고 있는지도 모르겠어요." 난 억지로 목멘 웃음소리를 내본다. "앞으로는 이렇게 우는 일 없을 거예요."

난 우는 게 싫다. 지난 7년 동안 손바닥으로 맞고, 손등으로 맞고, 주먹으로 맞고, 머리채를 잡히고, 발로 차이고, 목을 졸리고, 한 차례 불에 데기까지 하면서 내 눈물은 말라 없어졌다. 눈물은 나약함의 징표이고, 그 뒤에는 항상 처벌이 따랐다. 우는 건 패배를 인정하는 행위이다.

그런데 이 사람은 내 눈물을 비웃지 않는다. 시선을 돌리지도 않는다. "대화하고 싶으면 언제든 와요. 난 얘기를 잘 듣는 편이에요." 목사님이 따뜻하고 침착하게 말한다. "사람들한테 물어봐요. 내가 내 양들을 잘 돌본다고 하나같이 말할 거예요."

난 다시 한 번 고맙다고 말한다. 마음 같아선 당장 여길 빠져나가 복도 건너편에 있는 화장실에 가서 눈물과 콧물을 닦고 싶다. 볼에 묻은 얼룩을 닦고 마스카라를 다시 바르고 싶다. 분명 내 뺨에는 검은 줄이 흘러내리고 있을 거다. 내 마음을 읽었는지 목사님이 가보라고 권한다. 문고리를 잡으려는데 갑자기 나를 불러 세운다.

"아, 베스." 다정하게 미소 짓는 모습을 보니 저 목사님은 교우들의 마음을 녹일 수 있을 것 같다. 신도들은 저분의 말 한 마디 한 마디를 경청할 것이다. "아까 한 얘기, 양들을 돌본다는 거, 베스도 거기에 포함돼요. 어떤 이유로 여기에 왔건, 어떤 짐을 짊어지고 있건, 다 내려놔도 돼요. 이제 당신은 우리와 함께이니까요."

45분이 지나고, 나는 교회 지하실에 돌아와 있다. 마르티나는 배터리로 구동하는 진공청소기를 내 등에 부착하느라 바쁘다.

"밴드에 들어오라고 하셨어?" 마르티나가 내 팔에 묶을 끈을 든 채 묻는다.

우리 둘은 주방, 휴게실, 청소 도구 보관실 등 다용도로 쓰이는 방 한가운데 서 있다. 벽에는 오래된 TV가 있고, 그 앞에는 서로 어울리지 않는 도구와 가구들이 놓여 있다. 오른쪽으로는 걸레를 빨고 양동이에 물을 받을 수 있는 싱크대가 여러 개 달려 있다. 마주 보고 있는 두 벽면엔 식료품점에서나 볼 수 있는, 바닥부터 천장까지 물품이 꽉

차 있는 진열대가 길게 늘어서 있다. 스펀지, 대걸레, 가지런히 쌓인 양동이 등 인간이 상상할 수 있는 모든 청소 도구가 구비돼 있다.

유니폼은 아래쪽 선반에 있는 커다란 터퍼웨어 상자에서 꺼내 입었다. 흰 티셔츠에 카키색 바지인데, 셔츠 앞면에는 교회 로고가 박혀 있고, '주님이 이곳에 근무하신다'라는 글귀가 필기체로 수놓여 있다. 거기에 면접 때 신었던 매리 제인 인조가죽 통굽을 신고 있으니 우스꽝스러워 보인다. 운동화를 챙겨 올 생각은 미처 하지 못했다.

"노래를 잘하는지, 피아노 칠 줄 아는지 물으셨어." 난 양쪽 고리에 팔을 한쪽씩 끼워 넣으며 말한다. 마르티나는 내 등에 청소기를 장착한다. 기계치고는 생각보다 가볍다.

"그럴 줄 알았어. 보는 사람마다 다 밴드에 들어오라고 하신다니까." 마르티나는 내 등 뒤에서 팔을 뻗어, 내 허리에 벨트를 감는다. 난 온몸이 경직된다. 마르티나의 손가락은 내 전대를 잠시 훑고 지나갈 뿐 머물지는 않는다. 이 애한테서 표백제와 박하 껌 냄새가 난다. "다른 얘긴 안 했어?"

"그냥 이것저것. TV 드라마, 책, 트러플 감자튀김 이야기. 이렇게 이상한 면접은 처음이야."

마르티나는 내 팔을 잡고 자신을 바라보도록 돌려세운다.

"혹시 그 농담 하셨어?" 내가 고개를 젓자 마르티나의 입꼬리가 올라간다.

"똑똑."

"누구세요?"

"하느님."

"하느님 누구요?"

"하느님 맙소사! 문 좀 열어줘!"

난 웃음을 터트린다. 농담이 웃겨서가 아니라 성직자의 입에서 이런 말이 나왔다는 게 웃겨서이다. 주의 이름을 함부로 들먹이면 천벌을 받는 거 아닌가? 이언 신부님이라면 몸서리를 쳤겠지.

마르티나가 나에게 청소기 호스를 쥐어주며, 옆에 있는 전원 버튼 작동법을 알려준다. 내가 전원을 켜자 청소기 끝에 카펫이 달라붙는다.

"장비가 좋으면 절반은 먹고 들어가지." 당신이 즐겨 하는 말이 나도 모르게 내 입에서 튀어나온다. 나는 얼른 정신을 차리고 전원을 끈 뒤, 돌아서서 마르티나에게 말한다. "아직도 이해가 안 돼. 일에 관련된 건 아무것도 안 물으셨거든. 개인적인 질문도 없었어. 양말을 양쪽 다 신은 다음에 신발을 신는지, 한쪽씩 순서대로 신는지 같은 엉뚱한 질문밖에 안 하셨어. 면접 내내 얼마나 불안했는데."

"과거가 우리를 정의 내리는 건 오직 우리가 허용할 때뿐이라고 목사님이 말씀하셨어. 과거가 발목을 잡도록 내버려둘 수도 있지만, 동시에 과거로부터 자유로울 수도 있다고 하셨지." 마르티나는 교회에 사뭇 어울리는 표정을 지으며 말한다. 은총받은 얼굴과 탄산음료 광고에 나올 법한 표정을 합쳐놓은 것 같다. 이언 신부님은 끝끝내 나에게 종교의 의미를 설명하지 못했다. 너는 하자가 있으니 어서 와서 양의 무리에 합류하라. 이제 넌 올바른 신도의 삶을 살아야 한다. 의심과 죄를 떨쳐버리고 맹목적으로 믿어라. 결국 성당에 다니는 동안 그 모든 일을 겪은 나는 신부님의 말씀대로 살아갈 수 없었다.

이 공간엔 우리 둘뿐이지만, 난 마르티나에게 다가가 낮은 소리로 말한다. "USCIS에서 벌금 딱지를 안 받으려면 신분증이 필요하다고 하셨어. 이민서비스국을 말하는 거야, 마르티나."

마르티나가 눈을 매섭게 뜬다. "네가 USCIS에 대해 어떻게 알아?"

그 질문에 나는 다시금 마르티나를 의심한다. 그레이디 병원에서 태어난 이야기는 암만 봐도 이상하다. 스페인어 억양을 남부 방언으로 숨기려 하는 건 어떻고? 본인 말대로 마르티나가 정말 이곳, 조지 아주의 병원에서 태어났다면 USCIS라는 말에 왜 이렇게 민감하게 반응하겠는가?

"내 생각엔 내 신분증에 있는 번호를 컴퓨터에 입력하면, 라스베이거스 슬롯머신처럼 불이 들어오면서 가짜인 게 들통날 거 같아." 내가 말한다.

마르니타가 입술을 깨물며 중얼거린다. "그러진 않을 거야." 말은 그렇게 하지만 두 눈엔 당황한 기색이 역력하다. "호르헤는 번호를 재사용해. 진짜 있는 번호만 사용한다고. 우리 번호는 걸리지 않을 거야."

그 말은 들으니 미심쩍었던 부분이 설명된다. 마르티나도 호르헤의 고객이다. 남의 신분을 자기 것인 양 속이고 다니는 도망자다. 현금이 든 전대를 허리에 차고 다닌 건 현명한 선택이었다.

갑자기 이 공간이 답답하게 느껴진다. 열이 올라 땀이 날 것 같다. 여기에서 나가야 한다. 이 여자에게서 멀어져야 한다. 난 등에 매달린 기계를 가리킨다. "어디서부터 시작하면 돼?"

"위층." 마르티나는 자기 등에도 청소기를 장착하려고 선반으로 걸어간다. "같이 위에서부터 시작해서 아래로 내려오는 거야. 우린 한 팀이니까."

난 두 눈이 멀쩡히 달려 있고 바보도 아니다. 계단을 올라오는 마르티나와 눈이 마주친다. 이 여자가 무슨 이유로 여기에 있건, 우리가 한 팀이 아닌 건 분명하다.

제프리

토요일 아침. 나는 사장에게 지난 이틀 동안 왜 연락이 안 됐었는지 문자로 설명한다. 베개를 집어 얼굴을 덮으니 사빈의 냄새가 난다. 우리 집 샤워실 선반에 진열된 비싼 병에서 나는 달콤하고 자극적인 향이다. 난 베개를 바닥에 던져버린다.

천장을 바라보며 나 자신에게 일어나라고 말해보지만, 사지가 말을 듣지 않는다. 국립기상국에서 홍수주의보를 발령할 때 쌓는 모래주머니처럼 온몸이 무겁다. 집 뒤편의 강에서 끊임없이 웅웅대는 수색용 보트들의 소음 때문에 거의 잠을 못 잤다. 그 보트들은 지금도 거기에 있다. 불안감과 분노가 동시에 치솟는다.

내가 그렇게 바보 같아 보이나? 내 아내의 시체를 내가 사는 집 뒷마당에 버릴 거라 생각하다니. 난 그렇게 무모하지 않다. 난 〈데이트라인〉(NBC 최장수 시사, 교양 프로그램—옮긴이)의 애청자다. 사유지에 증거를 남겨서는 안 된다는 것쯤은 알고 있다. 내 지능을 좀 더 높게 책정해서 강 하류로 이동해 수색했으면 좋겠다.

생각해보니 의심받지 않을 근거를 내 쪽에서 제시한 것도 아니다.

특히 듀랜드 형사의 사무실에서 내가 보인 끔찍한 모습을 생각하면 의심을 받을 만도 하다. 난 수요일 오후에 어디에 있었는지 제대로 대답하지 못했다. 계속 다그치니 어쩔 도리가 없었다. 내 뒤를 캐고 있다는 사실에 당황한 나머지 대답이 엉켜버렸다.

이 모든 게 잉그리드 때문이다. 바로 옆에 앉아서 한숨이나 푹푹 쉬고 싸구려 향수 냄새나 풍겨대면서 분위기를 그따위로 만들지 않았다면 난 형사에게 사실대로 말했을 거다. 형사는 남자이니까 이해했을 거다. 하지만 잉그리드는 아니다. 그 여자 앞에서는 절대 얘기 못 한다.

스피드 퀴즈 같은 걸 할 때, 정답을 뻔히 알면서도 너무 긴장한 나머지 머리가 하얘지는 것과 같은 이치다. 난 호흡을 고르고 모든 걸 얘기하려고 마음먹었지만, 막상 입을 여니 정답이 아닌 다른 말이 입 밖으로 튀어나왔다.

이제 듀랜드 형사와 동료 경찰들은 사빈의 실종에 진짜로 책임이 있는 사람을 찾는 대신 나를 의심하는 데에 힘을 낭비하고 있다. 겉으로 보기엔 경찰이 사빈을 찾는 것 같지만, 바보가 아닌 이상 사빈의 시체를 찾고 있다는 것쯤은 알 수 있다.

다시 잠에서 깨보니 정오가 지나 있다. 보트가 내던 소음은 지금 앞마당에서 웅성대는 소리에 묻혀 잘 들리지 않는다. 창밖에 기자들이 와 있다. 굶주린 독수리 떼처럼 이 집에 찾아와 나를 쪼아 먹으려고 도사리고 있다. 승합차로 잔디를 망쳐놓은 거로는 성에 안 차는지, 내가 창문 근처에라도 가면 질문 공세를 퍼붓는다. 어제 블라인드를 다 쳐놨지만, 회오리바람이 불어올 때 오싹한 기운이 느껴지는 것처럼 난 여전히 저들의 존재를 느낄 수 있다. 기자들의 질문으로 미루어 경찰과 자원봉사자들이 웬만한 곳은 이미 다 찾아봤다는 걸 알 수 있다. 파인블러프 야구장과 여기저기에 있는 작은 숲들, 동네 공원, 언덕, 강둑을 다 뒤진 모양이다. 그렇게 고생했는데도 천 조각이나 나무에 걸린 갈색 머리카락 뭉치 같은 건 발견되지 않았다. 만약 근처에서 발견된다면 가령 숲이나 흙탕물에서 발견된다면, 내 아내는 죽은 채로 발견될 확률이 높다.

분노, 슬픔, 후회가 동시에 밀려온다. 아직 사빈에게 하고 싶은 말이 많건만, 이제 그럴 기회가 없을 것 같다.

방 안의 밝기가 달라진 것으로 보아 어느새 해가 중천에 떴나 보다. 벌써 침실 창문에 빛이 드는 시간이다. 난 천장을 바라보며 앞마당에서 들려오는 촬영팀의 대화에 귀 기울인다. 순간 불안감이 밀려온다. 난 달아나야 한다. 심장이 터지고 폐에 산소가 부족할 때까지 달려야 한다. 지난 며칠간의 일들이 기억나지 않을 때까지 나 자신을 학대해야 한다.

난 반바지와 티셔츠로 갈아입고 침대 옆 탁자에 있는 핸드폰을 집어 든다. 127개의 메시지가 와 있다. 문자와 이메일 목록을 위로 넘겨보니 표현만 다를 뿐 죄다 같은 내용이다. 헉! 너무 충격이야. 내가 도와줄 건 없어? 기도할게. 아직은 분위기가 나쁘지만은 않다. 하지만 계속 이 상태가 유지될 거라 믿을 만큼 난 순진하지 않다. 지금 잉그리드는 세상 사람들에게 나의 2시간 동안의 행방에 대해 말하고 다니겠지. 머지않아 언론에도 알릴 것이 분명하다.

2층 블라인드를 살짝 벌려 밖을 바라본다. 앞마당에 진을 친 기자들은 커피를 마시며 잡담을 나누고 있다. 누가 보면 소풍 온 줄 알겠다. 아칸소의 뙤약볕은 기자들의 머리와 보도를 내리쬐며, 흡사 물 위에 일렁이는 빛처럼 반사된다. 잘됐네. 거기에 앉아서 더워나 먹어라.

나는 아래층 부엌에 들어가 아침 식사를 하려고 냉장고를 연다. 남아 있는 피자 조각, 달걀 반 판, 겉이 쪼글쪼글한 치즈와 사워밀크 한통. 내가 출장 간 사이에 사빈은 장을 보지 않았다. 어찌 보면 당연하다. 나흘 동안 아무런 감시 없이 애인과 놀아날 기회였으니, 사빈에겐 내가 출장 간 게 생일, 기념일, 크리스마스를 다 합친 것만큼이나 큰 경사였을 거다. 트레버의 아내도 마침 집을 나갔겠다, 둘은 1초도 떨어지지 않고 자유를 만끽했을 것이다. 밥 차려달라고 징징대거나 바가지 긁는 사람이 없으니 아주 살 판 난 거지.

난 달걀 상자를 꺼내고 냉장고 문을 닫는다.

주말 내내 집 안에 숨어 있으려면 먹을 걸 사와야 한다. 기자들 무리를 뚫고 후진으로 운전해서 나갈 생각을 하니 어깨가 경직된다. 변호사를 구해야 할지도 모르겠다. 고소한다고 협박해서 기자놈들을 쫓아내라고 변호사한테 시키는 거다. 변호사를 선임하면 듀랜드 형사가 나의 2시간 동안의 행방을 의심하는 것이 앞으로 어떤 영향을 초래할지도 물어봐야겠다. 그런데 가만히 생각해보니, 형사가 뭘 어쩌겠는가? 설마 나를 체포하겠어? 증거가 없으면, 시체가 없으면 체포할 수 없다. 2시간 공백이 있다고 해서 살인자가 되는 건 아니다.

남은 달걀을 프라이팬에 깨트리고 있는데 초인종 소리가 들린다. 난 차고에 난 창문으로 확인한다. 무슨 수를 썼는지는 모르겠지만, 나의 형 데릭이 카마로 차량을 끌고 기자들 무리를 뚫고 왔다. 형은 카메라 앞에서 포즈를 취하고 있다.

이런 젠장.

난 블라인드를 내리고 부엌으로 돌아가 익어가는 달걀을 바라본다. 기름 튀는 소리와 공기 빠지는 소리가 들린다. 문을 열어야 하나 말아야 하나, 그것이 문제다.

또 한 차례 초인종이 울린다. 빠르게 네 번 울리더니 주먹으로 문을 쾅쾅 치는 소리가 들린다. "문 열어, 제프리. 안에 있는 거 알아. 나야, 데릭. 들여보내 줘."

난 포크로 달걀을 찌른다.

형을 들여보내는 건 코르크 마개를 열어 해묵은 불만과 사사로운 분노의 감정을 끄집어내는 걸 의미한다. 데릭은 나에게 열등감을 느낀다. 내 직장, 내 집, 내 아내…… 이 상황에선 어떨지 모르겠다만……, 내 차, 내 옷, 내 키가 4센티 더 크다는 사실, 죄다 형을 화나게 하는 것들이다. 난 학교 다닐 때 형이 나를 괴롭히고 놀린 것 때문에 아직도 화가 난다. 형은 풋볼팀 전체가 보는 앞에서 내 바지 뒤춤을 잡고 들어 올려 나에게 모멸감을 안겼다. 우린 멘토스와 콜라 같다. 용기에 같이 넣으면 머지않아 폭발하고 만다.

형이 뒷문 계단으로 올라오는 소리가 들린다. 사빈이 화분 아래에 숨겨둔 열쇠를 찾아낸 것 같다. 열쇠 돌아가는 소리에 이어 통유리 미닫이문이 드르륵 열리는 소리가 들린다.

강물이 세차게 흘러가는 소리가 들리더니, 어느새 형이 부엌에 들어와 있다.

"소리 못 들었어?" 열쇠를 주방 카운터에 놓으며 형이 말한다. "계속 문 두드렸는데 못 들었냐고?"

형은 평소와 마찬가지로 낡고 색이 바랜 티셔츠, 찢어진 청바지에 슬리퍼 차림이다. 형은 고등학교 풋볼팀에서 주전 쿼터백으로 명성을 떨쳤지만, 대학에 가서는 벤치 신세를 면하지 못했다. 2학년 때 낙

제한 이후, 형의 인생은 계속 저 모양이다.

"들었어. 왜 왔는데?" 살가운 인사는 아니지만, 우리의 관계를 생각하면 최악은 아니다.

"정신적으로 의지할 데가 필요할 거 같아서 왔어. 정 싫으면 그냥 집에 갈게." 말은 그렇게 하지만 형의 발은 초강력 접착제로 붙인 것처럼 나무 바닥에 고정돼 있다. "네 와이프, 드디어 너한테 학을 뗀 거구나. 맞지?"

"사람이 어쩜 저렇게 재수가 없을까. 형도 형이 재수 없는 거 알지?"

"왜 화를 내고 그래? 무서워서 농담도 못 하겠네." 그러고는 집 안쪽으로 들어가서 주위를 둘러본다. 형사가 우리 집 현관에 들어섰을 때와 비슷하다. 자기가 살 수 없는 것들의 목록을 작성하며 말없이 나를 판단하는 거다. 형은 선글라스를 벗어서 티셔츠 목 부분에 건다. "내가 뭘 해주면 돼?"

"아무것도 안 해줘도 돼." 난 가스레인지 쪽으로 돌아선다. "여기까지 와준 건 고마워. 속으로는 고소하다고 생각하겠지만. 이제 가봐."

형이 나에게 다가온다. 뒤꿈치가 바닥에 닿을 때마다 슬리퍼가 탁탁 소리가 난다. "그냥 도와주려는 거야. 왜 그렇게 삐딱해?"

"몰라. 집안 내력인가 보지."

"같이 차 타고 돌아다니면서 네 와이프 찾아볼까 했지."

난 포크를 프라이팬에 던지고 가스레인지를 끈다. 달걀은 타버렸다. 가장자리는 갈색이 됐고, 종이 같은 질감이 돼버렸다. 난 프라이팬 채로 싱크대에 버린다. "왜? 길가에서 히치하이킹이라도 하고 있을까 봐?"

"그런 게 아니고, 그 비싼 차 몰고 도랑에 빠졌을지도 모르잖아. 타이어에 구멍이 났을 수도 있고."

"형은 뉴스 안 봐? 슈퍼1에서 차를 찾았어. 차가 버려져 있었다고."

데릭은 눈을 동그랗게 뜨더니 화강암 상판에 엉덩이를 기댄다. "뭐? 말도 안 돼. 장난이 아니구나. 경찰은 뭐래? 누가 잡아갔대?"

난 냉장고 문을 홱 잡아당겨 사빈이 사라진 날 주문한 피자 상자를 꺼낸다. 가장자리는 마른 흙처럼 단단하고, 치즈는 주황색 고무처럼 굳어 있다. 한 점 집어 먹어보니 생긴 것만큼이나 맛도 역겹다.

"내가 뭔 짓을 했다고 생각하는 거 같아." 피자를 씹으며 내가 말한다.

"네가? 미친 거 아냐? 왜 너를 의심하는데?"

난 대답 대신 피자 한입을 더 베어 문다. 대답한다는 건 손등으로 사빈을 때린 것, 사빈이 의사와 바람난 것, 2시간의 진실에 대해 말하는 걸 의미한다. 그중 어느 것도 형에게 얘기할 생각은 없다. 형은 나의 결함과 실패담을 뇌 속 깊숙한 곳에 저장해뒀다가 나중에 들추곤 한다. 지금으로부터 몇 달 후, 혹은 몇 년 후에 이 모든 게 지나가고 나면, 형은 이 이야기를 끄집어내 나를 놀릴 게 뻔하다.

"잉그리드는?" 형이 피자 한 조각을 집어 들며 말한다. 형은 전자레인지에 피자를 1분 돌려놓고 냉장고에서 맥주를 꺼낸다.

"그 여자가 뭐?"

"아, 진짜 왜 그렇게 까칠하게 굴어? 잉그리드는 무슨 일이 생겼다고 생각하는데?"

난 한숨을 내쉬며 스툴에 걸터앉는다. 모래주머니에 깔린 듯한 무거운 느낌이 다시금 느껴진다. 칼처럼 뾰족한 물체로 안구 뒤쪽을 찔린 기분이다. "그 사람들이랑 비슷한 생각을 하는 거 같아."

데릭은 맥주를 열고 뚜껑을 카운터에 올려놓는다. "그 늙은 년이 무슨 생각을 하든 알 게 뭐야. 넌 경찰만 설득하면 돼."

난 한숨을 내쉬며 병뚜껑과 남아 있는 피자를 쓰레기통에 버린다. "천재네. 형은 진짜 천재야. 내가 안 그랬다고 경찰을 설득하라는 거지? 내가 왜 그 생각을 못 했을까."

"난 진지하게 말하는 거야. 친구 하나가 센추리21(미국의 부동산 프랜차이즈 회사―옮긴이)에서 일하는데, 집 구경 오는 사람 중에 미친놈들이 많다고 그랬어. 대부분은 공짜 간식 챙기거나, 화장실에서 똥이나 싸고 가려고 들어오나 봐. 그런데 저번 달에 웬 또라이가 갑자기 총을 꺼내더래. 그러고는 내 친구 지갑이랑 시계, 자동차 열쇠를 뺏어갔어. 그런데 사빈은 예쁘잖아. 누군가가 보고 안 좋은 마음을 먹었을 수도 있지."

"알아. 안 그래도 예전부터 내가 얘기했어."

전자레인지에서 땡 소리가 난다. 데릭은 피자를 집더니 화들짝 놀라며 손가락을 뗀다. 잠시 물러서서 종이 타월을 한 칸 끊더니 그걸로 다시 집는다. "동쪽 지역에 갱들이 많잖아? 체리 스트리트에 절도 사건이 많은 데엔 다 이유가 있어. 그 쥐새끼들이 이 도시를 점점 갉아먹고 있다고. 여기까지 영역을 넓히는 건 시간문제야. 그놈들이 한 짓일 수도 있지."

"그럴지도 모르지." 형이 처음으로 근거 있는 말을 해서 나도 동의한다. 정말로 이 도시는 갱들이 장악하고 있다. 실업률이 높아지고, 빈곤층이 늘어가고, 할 줄 아는 거라곤 아무것도 없는 가방끈 짧고 무식한 놈들이 너무 많아져서 그렇다. 반면 갱단을 저지할 수 있는 인력은 점점 줄어들고 있다. 한때 미국의 주요 도시로서 근면 성실을 자랑하던 이곳은, 이제 미국에서 디트로이트 다음으로 위험한 도시가 되는 불명예를 기록했다. 똑똑한 사람들은 모두 이곳을 떠났다. 나도 그들처럼 떠나야 할지도 모르겠다.

형이 피자 조각을 반으로 접자 주황색 기름이 손에 퍼진다. 기름은 손가락을 타고 바닥에 뚝뚝 떨어진다. "그러니까 내 말은, 용의자로 지목될 만한 사람이 수백만 명은 있다는 거야. 내 생각엔 경찰이 게으른 거 같아. 놈들은 너한테만 집중하고 있잖아. 쉬운 먹잇감이 되지 마. 남편이 항상 범인은 아니라는 걸 보여줘."

그렇게 말하고는 피자 조각을 절반가량 크게 베어 문다. 녹은 치즈가 턱에 붙어서 지렁이처럼 길게 늘어난다. 태어나서 처음으로 나는 형이 지저분한 거에 불만을 느끼지 않는다. 이 바보 같고 재수 없는 형의 말에 일리가 있다. 난 스스로 쉬운 먹잇감이길 자처했다.

난 식탁에서 핸드폰을 집어 들고, 한때는 머리로 외웠던 번호를 찾는다. 신호가 두 번 울리고 귀에 익은 여자의 음성이 들려온다. "연락할 줄 알았어. 방금 메시지 보내고 있었는데."

어맨다 셰퍼드가 우리 집 현관을 열고 들어온다. 고등학교 때 모습 그대로다. 금발에 마른 체형. 예쁘긴 한데 쉽게 설명할 수 있는 미모는 아니다. 두꺼운 속눈썹에 아크릴 네일, 긴 파마머리. 화장을 두껍게 하고 다니는데, 맨 얼굴은 한 번도 본 적이 없다. 3학년이 되기 전 여름, 반 애들 전체가 매일같이 강에서 고무보트를 타고 놀 때도 화장을 지운 적이 없다. 다른 여자애들은 햇빛에 얼굴이 타서 분홍빛을 띠었지만, 어맨다의 화장은 가면을 쓴 것과도 같아서 자외선이 침투하지 못했다.

나에게 다가와 포옹을 하는데 향수 냄새가 진동한다. "오우, 제프리, 이 가여운 녀석아."

어맨다의 목소리가 현관 복도에 울린다. 힘찬 목소리는 '가여운'이라는 수식어와 전혀 어울리지 않는다. 이 목소리는 어맨다가 TV에서 쓰는 목소리다. 지역방송에서 〈맨디와 아침을〉이라는 프로그램을 직접 진행하는데, 주로 재미도 없고 말도 안 되는 소재를 다룬다.

난 불편한 포옹에서 빠져나와 입을 꾹 다문 채 미소를 보인다.

"어떻게 지내니? 버틸 만해? 뭘 좀 먹긴 했어?"

난 어맨다가 도착하기 직전에 싱크대에 버린 달걀과 문밖으로 형을 밀어낼 때 형이 들고 있던 피자를 생각한다. "조금 먹었어."

"진작 알았으면 내가 캐서롤을 만들어줬을 텐데." 어맨다는 매니큐어 바른 손을 흔들며 너털웃음을 짓는다. "아, 맞다. 나 요리 못하는 거 너도 알지? 진작 알았으면 중국 음식이라도 시켜줬을 텐데. 어쨌든 네가 전화해줘서 너무 기뻐."

"고마워." 난 거실을 가리키며 말한다. "내 집이다, 생각하고 편히 쉬어."

나는 어맨다가 도착하기 전 60분 동안 집을 치웠다. 우선 베개를 턴 다음 예쁘게 펴놨다. 조깅할 때 입는 반바지를 벗고 카키색 슬랙스로 갈아입고, 위에는 네이비 색 폴로셔츠를 입었다. 신발은 편해 보이는 로퍼를 신었다. 노력한다는 인상을 주고 싶지 않아서 너무 멋을 내진 않았다.

어맨다는 거실에 들어서서 한 차례 가쁜 숨을 쉬더니 곧장 전면창으로 걸어간다. 책상 뒤에 멈춰선 어맨다는 햇볕이 내리쬐는 창 앞에 선다. 빛을 받은 머리칼이 무지개색으로 빛난다. 걸치고 있는 드레스는 몸을 감싼 구름마냥 속이 많이 비친다. 이런, 이런, 이런. 어맨다 셰퍼드는 레이스 달린 빨간색 티팬티를 입고 있구나.

"강 바로 옆에 사는구나." 어맨다는 돌아보지도 않은 채 말한다. "집이 물에 떠 있는 것 같아."

"응."

"경치가 정말 매력적이다."

맞아. 정말 매력적이야.

어맨다가 창에 손바닥을 대자 햇빛을 받은 피부가 물을 머금은 듯 반짝인다. 어맨다는 판에 박은 미인인데, 지금까지는 그렇게까지 매력 있다는 생각을 해본 적이 없었다. 솔직히 너무 과하게 꾸미는 스타일이다. 하지만 지금 이곳, 바람난 내 아내 소유의 집에 서 있는 어맨다를 보니 이전에는 보지 못했던 색다른 면모가 눈에 들어온다. 맞바람 피기엔 더할 나위 없는 면모이다.

난 헛기침을 한 뒤 입을 연다. "그 경치를 보고 이 집을 샀어. 창문 하나하나를 예술작품으로 만들어주는 풍경이지. 날씨와 시간에 따라 강물 색이 바뀌는 거 알고 있니? 매일 보기 전까진 나도 몰랐어."

어맨다가 어깨 너머로 미소를 보인다. "제프리 하딘슨, 이 감성적인 친구야. 조금 있으면 나한테 시를 한 편 읊어주겠네."

강의 남쪽 끝에서 검은색 수색 보트 한 대가 상류로 거슬러 올라오고 있다. 꽤 많은 인원이 보트가에 서서 물속을 들여다보고 있다.

"이제 시작해볼까?" 난 어맨다가 보트를 보기 전에 소파를 가리키며 말한다. "이걸 마치면 사빈에 대한 새로운 소식이 있는지 확인하러 경찰서에 가야 해."

"나 조금 전까지 거기에 있다 왔어." 어맨다가 창가에서 한 걸음 물러서며 코를 찡그린다. "사빈의 차가 슈퍼1에서 발견됐다는 것 외엔 아무 말도 안 해주더라. 한마디로 아무 말도 안 해주겠다는 거지. 용의자는 누구야? 지금까지 어떤 단서가 있어? 파인블러프의 사람들은 진실을 알 권리가 있어, 제프리."

"나도 그렇게 생각해."

3인용 소파에 어맨다가 앉자, 나는 그 맞은편에 앉는다. 수색 보트는 강 한가운데 멈춰 있다. 불빛은 모두 한 지점을 가리킨다. 난 다이빙 슈트를 장착한 남자가 물속으로 들어가는 모습을 지켜본다.

"내가 카메라를 가져오는 걸 네가 허락해줬으면 좋았을 텐데." 가방에서 녹음기를 꺼내며 어맨다가 말한다.

난 고개를 젓는다. 우리 사이에 난초가 있어서 테이블 반대편으로 밀어버린다. "이미 말했지만, 난 경찰 수사에 지장을 주는 말을 하거나 행동을 해서는 안 돼."

어맨다는 탁자 중간 지점까지 팔을 뻗었다가 그대로 멈춘다. "그럼 이거 오프 더 레코드로 하는 거야?" 그렇게 물으며 허리를 꼿꼿이 세우고 녹음기를 들어 보인다. "이것도 안 돼?"

난 의자에 기대어 생각하는 척을 한다.

어맨다의 인내심은 2초 만에 바닥난다. "나를 부른 이유가 있을 거 아냐, 제프리. 장난 그만 치고 어서 얘기해봐."

"알았어. 내가 널 부른 건 네가 일을 바로잡아 줬으면 해서야. 그러니까 내가 영화를 한 편 봤는데, 어떻게 끝나는지 알아? 남편이 종신형을 선고받아."

"너 사고 쳤구나?" 어맨다가 장난치듯 가볍게 말한다.

"왜 이래, 어맨다. 우리가 알고 지낸 게 15년? 20년쯤 됐나?"

어맨다가 립글로스 바른 입술을 삐죽 내민다. "신고 안 할게."

다리를 꼬고 앉아 있던 어맨다는 엉덩이 뒤로 몰래 녹음 버튼을 누른다. 난 일부러 모른 척한다.

"그렇게 오래 알고 지냈으면 내가 뭘 할 수 있고 뭘 할 수 없는 사람인지 알 거 아니야? 내가 가끔 재수 없는 사람인 건 인정해. 하지만 사이가 조금 소원해졌다고 부인을 사라지게 할 인간은 아니잖아? 난 살인자가 아니라고."

사이가 소원해졌다는 말에 어맨다는 혀를 끌끌 찬다. "셸리 맥애덤스는 내 친구야. 혹시 궁금해할까 봐 말하는데, 지금 잘 못 지내고 있어."

의사의 부인. 그래. 나 말고도 호구가 한 명 더 있었지.

"셸리한테 악감정은 없는데, 너를 부른 이유 중 하나는 그 여자 때문이야. 경찰은 이 사건을 치정에 얽힌 범죄로 보고 있어. 하지만 나만 동기가 있는 건 아니지. 셸리가 안 그랬을 거라고 어떻게 장담해? 그러니까…… 그 여자도 복수하고 싶은 마음이 들 거 아냐?"

"셸리는 시카고에서 이혼 전문 변호사를 찾고 있어." 어맨다는 '미안하지만 난 걔 편이야'라는 듯한 미소를 보인다. "걔가 양육권을 다 가져가도 놀라지 마."

"그래, 그럼 다른 사람들 얘기를 해보자. 이 동네 범죄율 높은 건 알고 있지? 사빈은 돈이 많아. 예쁘고, 빈집에 혼자 가는 일이 많아. 그런데 길거리엔 미친놈들이 참 많지. 그들 중 하나가 한 짓이 아니라고 어떻게 장담해?"

"경찰이 그 부분도 생각할 거 같은데."

"아니. 지금 난 그 얘기를 하고 싶은 거야. 경찰은 나만 의심하고 있어."

"그럼 카메라에 대고 네가 결백하다고 말하는 게 어때?" 내가 대꾸하지 않자 어맨다가 계속해서 말한다. "긴장되면 내가 방송하는 요령을 가르쳐줄게. 그렇게 어렵지 않아."

"긴장되는 게 아니야. 그러니까 내 말은, 내가 아닌 다른 사람의 입을 통해야 더 의미가 있을 거 같다는 거지."

"무슨 말을 하려고?"

"아내에 대한…… 정보가 있어. 그 정보가 내 입을 통해 나오면 의심을 살 거야. 그런데 네 입을 통해 나오면 그건 뉴스가 되겠지."

어맨다는 마지막 말의 중요성을 깨닫고 자세를 고쳐 앉는다. 내 예상대로 흘러간다. 어맨다는 사람들에게 진짜 언론인으로 보이고 싶어 한다. SNS에 자기 프로그램을 홍보하는 데에 많은 시간을 할애하는데, 뉴스가 아닌 오락물로 보는 사람들의 공격을 받기 일쑤다. 어맨다에게 있어서 언론인이라는 칭호는 퓰리처상을 받는 것만큼이나 값지다.

"이렇게 하면 어때?" 난 다리를 꼬며 소파 깊숙이 몸을 기댄다. "네 녹음기를 탁자에 올려놓으면 내가 아는 걸 말할게. 내가 하는 말이 네 마음에 들고, 그걸 카메라에 앞에서 되풀이해 말하길 원한다면, 그건 그때 가서 얘기해보자."

이 시점에서 어맨다는 뼈다귀를 문 개나 마찬가지다. 더도 덜도 아닌 적당한 양의 고기가 붙어 있는 뼈다귀이기 때문에 일단 한번 물면 절대 놓지 않을 거다. 그런데 어맨다는 항상 배우처럼 과장하는 습관이 있어서 지금도 고민하는 척을 한다. 팔짱을 끼고, 눈을 날카롭게 뜨고, 반짝이는 입술을 깨물고 있다. 난 차분하게 그 연기를 감상한다. 몇 초 후, 어맨다는 녹음기를 탁자에 올려놓는다.

그럼 시작해볼까.

난 내가 아는 바를 차근차근 이야기한다. 사빈이 슈퍼1 주차장에 있다가 사라졌다. 차와 선불폰을 남겨두고 떠났는데, 가지고 간 아이폰의 위치는 경찰이 파악하지 못하는 상태다. 신고를 한 건 나였다. 사빈이 집에 오기로 한 시간으로부터 몇 시간이 경과된 후였다. 난 그 이후로 잠을 거의 못 잤다.

"그래서? 납치당한 거 같아?"

난 어깨를 으쓱거린다. "그럴 가능성도 있지. 하지만 자동차 주변에서 몸싸움한 흔적은 발견되지 않았어. 핏자국도, 타이어 자국도 없었어. 만약 다른 사람 차에 탔다면, 난 그게 사빈의 지인일 거라고 생각해. 하지만 내 생각에 사빈은……" 난 몸을 움찔거리며 카펫을 응시한다.

어맨다는 내 쪽으로 몸을 내빼고 앉는다. "사빈이 뭐?"

난 땅이 꺼지도록 한숨을 쉰다. "이 얘기를 꺼내는 것만으로도 내가 사빈을 배신하는 것 같은 기분이 들어. 하지만 사빈이 여기에 있었다면 이해했을 거야. 그리고…… 이 얘기는 너한테 처음 하는 거야. 그러니까 내가 말을 조금 더듬더라도 이해해줘. 2년이 조금 지났구나. 그때 사빈은 힘든 시기를 보내고 있었어. 어머님이 알츠하이머성 치매를 앓고 계셨는데, 사빈을 알아보지 못하시는 거야. 매번 그런 건 아니었는데, 처음 그런 일이 있었을 때 사빈은 심한 충격을 받았어. 그런데 그 무렵, 우린 사빈이 임신했다는 소식을 들었어. 큰돈을 들여서 가진 아이였는데, 심장이 뛰지 않는다는 거야. 그러니 얼마나 괴로웠겠어."

어맨다가 동정을 표하는 소리를 낸다. 하지만 얼른 이어서 말하기를 기다리는 눈치다.

"아이를 잃고 나서 사빈은…… 내가 감당할 수 없는 상태가 됐어. 먹지도 않고, 며칠을 침대에 누워 있기도 했지. 술에 의존하고, 집에 남아 있는 진통제를 털어 넣기도 했어. 나중엔 내가 약을 변기에 내려버리는 지경까지 갔지. 그러던 어느 날, 사빈은 괜찮아졌어. 아무 일도 없었다는 듯이 침대에서 일어나서 옷을 입고 직장으로 돌아갔어. 그 주에 집 세 채를 팔고, 두 채를 더 매물로 올렸지. 내 와이프가 이렇게 유능한 중개인이구나, 하고 생각했던 게 기억나네. 3주에 걸친 폐인 생활을 접고, 총 100만 달러 이상의 거래를 성사시켰으니까."

"어떻게 가능했을까?" 어맨다가 묻는다.

"나도 몰라. 운이 좋았을 수도 있고, 유산하기 전에 공을 들인 계약들이 때맞춰 성사된 걸 수도 있지. 중요한 건 마침내 내가 마음을 놓을 수 있었다는 거야. 난 상황이 좋아졌다고 생각했어. 사빈의 상태가 좋아졌다고. 그래서 안심했지." 난 말을 멈추고 속으로 셋을 샌다. "그런데 안심하지 말았어야 했어."

완벽하게 손질된 어맨다의 두 눈썹이 구겨진다. "잘 이해가 안 돼. 지금 하는 얘기들이 사빈이 실종된 것과 무슨 상관이 있어?"

"상관없을 수도 있고 결정적인 단서일 수도 있어." 난 폐에 공기를 채운 뒤 천천히 숨을 내쉰다. 어맨다는 숨죽인 채 기다린다. "그러니까 내 말은, 사빈이 전에도 이런 적이 있다는 거야."

어맨다의 눈이 휘둥그레진다. "그러니까 네 말은……"

난 고개를 끄덕인다. "2년 전 11월, 추수감사절 다음 날, 사빈은 버스를 타고 사라졌어."

베스

월요일 이른 아침. 이제 막 샤워로 뽀송뽀송해진 마르티나가 내 방문 앞으로 온다. "좋은 아침! 오늘 예뻐 보이네? 차 같이 타고 가자."

볼에 붉은빛이 도는 민낯, 때를 벗겨 보들보들한 피부, 마스카라가 필요 없는 짙은 속눈썹. 양 갈래로 땋은 머리를 양쪽 귀 뒤로 넘겨 '주님이 이곳에 근무하신다' 티셔츠 어깨 부분에 젖은 자국이 대칭을 이룬다. 전체적으로 편해 보이고, 어려 보이고, 사랑스럽다.

난 미소를 지으며 열쇠를 집는다. "좋은 생각이야. 내가 운전할게."

"내 거 벌써 가져왔는데." 마르티나가 열쇠 꾸러미를 얼굴 옆에 들어 보이며 짤랑짤랑 소리가 나게 흔든다.

"나 옆에서 잔소리 많이 하는 스타일이야." 복도로 나가려고 마르티나를 팔꿈치로 콕 찌르며 내가 말한다. "내가 조수석에 앉으면 피곤할 거야. 아마 돌아버릴걸? 그리고 나 운전하는 거 좋아해."

중요한 건 주도권을 쥐는 거다. 다른 사람이 운전하는 차에 나 자신을 포박하고 싶진 않다. 나를 어디로 데려갈 줄 알고. 전 재산을 허리에 찬 상태로는 더더욱 그럴 수 없다. 이제 막 뽑은 새 신분증과 현금을 내주고 싶은 생각은 추호도 없다. 내가 운전하는 차에선 내가 유리한 위치를 점하고 있으니 그런 일을 당할 확률도 줄어든다.

내가 결정권을 쥐고만 있다면 동행이 있어도 상관없다.

마르티나는 반박하려고 입을 뗐다가, 복도 반대편 끝에 문이 열리는 걸 보고는 금세 그쪽으로 정신이 팔린다. 화장실 문이 열리자 김이 빠져나오며, 얼굴이 벌겋게 달아오른 남자가 온몸이 젖은 채로 나온다. 내 방 맞은편에 사는 톰이라는 사람이다. 3분으로 제한된 샤워를 마치고 나오는 길인데 제대로 닦지 않은 모양이다. 사각형 모양의 상체에서 흘러내린 물기는 반바지를 타고 내려와 복도 바닥에 뚝뚝 떨어진다. 평소에는 정교하게 넘긴 이 대 팔 스타일을 고집하는데, 지금은 얇은 모발이 어깨 위에 늘어져 있다.

"안녕, 아가씨들." 톰이 말한다. "오늘 유난히 세련돼 보이네. 그 커플룩 마음에 들어."

저놈이 똥배 아래에 두른 테리 직물로 짠 천 쪼가리보다야 훨씬 낫지. 한 걸음 한 걸음 움직일 때마다 가운데 틈이 벌어져서, 애써 의식하지 않으려 해도 슬쩍슬쩍 안쪽이 보인다.

마르티나가 인상을 쓴다. "옷 좀 입어, 톰."

"일단 말려야지."

"수건은 뒀다가 뭐 하게?"

난 소리 죽여 혼잣말로 중얼거린다. "수건." 그래. 저런 걸 보통 수건이라고 부르지.

"수건은 너희들이 너무 설렐까 봐 가리는 용도야." 자기 방문 앞에 멈춰 선 톰은 우리에게 털이 무성한 등을 보인 채 열쇠를 돌린다. "내 몸은 자연 건조했을 때 컨디션이 제일 좋아. 그럼 둘 다 좋은 하루 보내." 그러고는 방에 들어가서 문을 닫는다.

마르티나가 걱정스러운 눈빛으로 나를 바라본다. "저 말 사실일까? 나도 이제부터 공기에 말려야 하나?"

난 웃음을 터트리며 계단으로 향한다. "가자. 지각하겠다."

우리는 1층 복도에서 미스 샐리와 마주친다. 머리에는 두툼한 분홍색 헤어롤을 말고 있는데, 느슨하게 걸친 꽃무늬 가운 역시 분홍색이다. 반쯤 열린 깃 사이로 보이는 풍만한 젖가슴은 딱 내 눈높이에 온다. 대체 이곳 사람들은 왜 다들 반쯤 벗고 다니는 걸까?

"너희들, 오늘 쌍둥이처럼 입었구나." 우리를 발끝서부터 머리끝까지 훑어보며 미스 샐리가 말한다. "마르티나가 일자리 소개해줬나 보네?"

난 미소 짓는 마르티나를 쳐다보며 말한다. "네. 평생 고마워할 거 같아요."

마르티나는 씩 웃으며 어깨로 나를 툭 민다.

"거기에 대한 좋은 얘기 많이 들었어. 내 친구가 일요일마다 나가거든. 걔는 맨 앞줄 한가운데 앉아. 십자가 바로 앞자리. 나보고 같이 가자고 하길래 귀찮게 하지 말라 그랬어." 미스 샐리의 시선이 내 가슴에 새겨진 글씨에 머문다. "너희들과 달리 내 영혼은 저주받았어."

"그런 말 마요." 내가 웃으며 말한다. "티셔츠 하나 걸쳤다고 무조건 구원받는 건 아닐 거예요."

미스 샐리는 농담이 통했다는 듯 깔깔대고 웃지만 난 마음 편히 웃을 수가 없다. 내가 어릴 적부터 믿어왔던 품위와 신념은 이제 부질없어졌다. 난 거짓말을 했고 사기를 쳤다. 이 모든 걸 끝마치려면 더심한 짓도 해야만 한다.

나를 당신만큼 나쁜 인간으로 보는 이들도 있겠지. 하지만 난 그렇게 생각하지 않아. 내가 한 행동들은 당신이 나에게 한 짓과는 근본적으로 달라. 당신은 나를 넘어트리고, 침을 뱉고, 숨도 못 쉴 정도로 배에 주먹질하고, 내 목을 붙잡고 졸피뎀 한 병을 다 삼키게 했어. "내가 이러고 싶어서 이러는 게 아니야." 당신은 늘 그렇게 말했지. "원인은 너한테 있어. 네가 나의 이런 면을 끄집어내는 거라고. 다른 여자와 살았다면 난 이러지 않았을 거야." 그러니 내가 하는 건 정당방위야. 나에겐 생존의 문제라고.

우린 미스 샐리에게 인사하고 문밖을 나선다. 간밤에 구름이 잔뜩 껴서 많이 습해졌다. 물을 뚫고 걸어가는 기분이다. 안개를 한 모금 들이마시니 폐가 차오르는 느낌이 묵직하다. 차 안은 더 습하다. 창문의 갈라진 틈새로 습기가 들어와 의자가 축축하다. 우리가 털썩 자리에 앉자 의자에서 온갖 냄새가 올라온다. 전에도 느낀 건데 뭐 하나 기분 좋은 냄새는 없다. 담배 냄새에, 암내에, 우유를 흘렸는지 시큼하고 썩는 냄새가 코를 찌른다. 난 시동을 걸고, 환기하기 위해 창문을 내린다.

"아, 너무 신나! 나 막 흥분돼!" 마르티나가 팔걸이를 손바닥으로 문지르면서 말한다. 농담하는 거겠지? 농담이든 아니든, 저 애가 운전하는 차는 타지 말아야겠다.

내가 핸드폰을 꺼내 지도 앱을 열자, 마르티나는 치우라는 손짓을 하더니 직접 길을 안내한다. 마르티나는 쉴 새 없이 떠든다. 거리는 우리처럼 출근하거나, 학교에 가는 학생들로 붐빈다. 저 사람들의 눈에는 우리가 어떻게 보일지 생각해본다. 그냥 보통 사람들로 보이겠지? 자신들과 같은 보통 사람.

고속도로에 들어선다. 이제부터는 아는 길이다. 마르티나는 의자에 기대더니 발을 흔들어 운동화를 벗어 던지고 대시보드에 양발을 얹는다. 발톱은 밝은 메탈블루로 칠했다. "그런데 너 왜 그래?"

너무나 광범위한 질문이다. 난 곁눈질하며 무엇에 관한 질문인지 가늠해본다. 하지만 옆모습만 봐서는 아무것도 알아낼 수 없다. 신호등을 가리키며 마르티나가 말한다. "파란불."

난 양쪽을 살피고 머뭇머뭇 가속페달을 밟는다. "왜 그러냐?"

"음, 그러니까, 네가 직접 운전하겠다고 고집 피웠잖아. 기분 나쁘게 생각하진 마. 솔직히 운전 잘 못 하잖아. 밤엔 악몽에 시달려서 비명까지 지르고. 네가 소리 지르는 거, 모건 하우스에 있는 사람들이 다 들었어. 다들 네 얘길 해. 조금이라도 개인적인 질문을 하면 넌 모호한 대답만 하고 주제를 바꿔. 심지어 어디에서 왔는지도 나한테 얘기 안 했어."

"오클라호마에서 왔어." 거짓말이다. 하지만 자동차 번호판에 그렇게 쓰여 있어서 어쩔 수 없다.

"오클라호마 어디?"

"아무도 모르는 동네야." 적어도 이것만큼은 사실이다. 파인블러프는 사람들이 범죄율에 관해 이야기할 때 딱히 언급될 만한 곳은 아니다. "내가 기억에서 지우려고 안간힘을 쓰는, 그런 동네야." 난 마르티나의 말문을 막고자 덧붙인다.

마르티나가 어깨를 으쓱거린다. "우린 다 무언가로부터 도망치고 있어. 그런데 우리가 친구가 되려면 어느 정도는 네 얘기를 해야지. 원래 그러는 거야. 너에 대해서 뭔가를 얘기해주면, 나도 내 얘기를 들려줄게."

맞는 말이다. 당연하다. 친구 관계는 그렇게 시작되는 거다. 하지만 우리 둘 다 친구가 되는 게 목적인지는 잘 모르겠다. 친구가 되고 싶었다면 나에게 말 한마디 없이 호르헤에게 사례비를 받지는 않았겠지.

그런데 만약…….

여기에서 친구를 사귀면 어떤 기분일까? 이 도시에서, 함께 웃으며 농담을 주고받을 친구, 정말 둘도 없는 친구가 생긴다면? 당신이 나를 고립시키기 전엔 나에게도 그런 친구들이 있었지. 난 마르티나가 좋다. 솔직히 친구가 있으면 너무 좋을 것 같다.

"난 내가 어디에서 왔는지 말했어." 마르티나가 상기시켜 준다. "몸 팔아서 마약 사는 데 쓴 우리 엄마 얘기도 했잖아. 아무한테도 안 한 얘기라고. 너도 너에 대해 솔직하게 얘기해야 하는 거 아냐?"

솔직하게. 이 말이 너무 웃기게 들린다. 억지로 웃음을 참으니 뱃가죽이 들썩인다. 뭘 솔직하게 얘기해? 여태까지 우리 둘 다 가슴에 손을 얹고 솔직하게 말하고 있진 않잖아. 내가 먼저 진실을 얘기할 일은 없을 거다. 이건 새로운 인생이다. 이 상태를 유지하려면 내 과거에 대해 누구에게도 사실대로 말해서는 안 된다.

난 운전대를 왼쪽으로 꺾어 주간고속도로 75호선에 들어선다. 모르는 사람이 보면 여기가 주차장인 줄 알 거 같다. 범퍼가 서로 닿을 정도로 다닥다닥 붙어 있는 차들이 빨간 브레이크등을 반짝이며 온 도로를 가득 메우고 있다. 차들이 배출한 배기가스는 파도처럼 일렁이며 대기로 퍼져 나간다. 난 속도를 줄여 큰 바퀴를 단 트럭 뒤에 멈춰 선다. 그러고는 몸을 틀어 마르티나를 바라본다.

"그레이디 병원에서 태어났다고 했지? 그런데 그 얘기할 때 네 억양은 멕시코에서 온 사람처럼 들렸어. 그리고 넌 사실상 호르헤의 고객임을 스스로 인정했어. 솔직하게 말하면 난 네가 한 얘기 중에 절반도 믿지 않는 거 같아. 미국에서 태어난 시민이라고 치자. 그럼 대체 호르헤 같은 사람한테 무슨 볼일이 있지? 혹시 사례비 때문에?"

마르티나가 미간을 찌푸린다. "사례비라니, 무슨 소리야?"

"나를 소개해주고 수고비 면목으로 받은 돈 말이야. 그 사례비를 말하는 거야. 사례비 얘기가 나와서 말인데, 진짜 친구라고 생각한다면 얘기를 해줬어야지. 아니면 그 돈을 나눠 갖거나. 나를 이용해서 돈을 버는 사람을 어떻게 친구라고 할 수 있겠어."

"무슨 소리야? 호르헤한테 수수료 안 받았어. 내가 받았다고 누가 그래?"

앞에 있는 트럭이 10센티 정도 굴러가서 나도 살금살금 따라간다. "호르헤가 그랬어. 다른 사람 데려오면 나한테 50달러 준다고 했다고."

"뭐? 50달러……" 볼이 빨갛게 달아오른 마르티나가 매섭게 노려보며 묻는다. "한 사람당?"

난 고개를 끄덕인다.

"말도 안 돼." 마르티나가 고개를 저으며 앉은 채로 방방 뛴다. "이건 말도 안 돼."

갑자기 화가 머리끝까지 난 마르티나는 스페인어를 따닥따닥 스타카토로 퍼붓더니, 뒷주머니에서 핸드폰을 꺼내 손가락으로 화면을 휙 긋는다. 난 그중 스페인어 욕을 두세 개 알아들었다. 전화를 받은 사람의 리듬감 있는 어투가 새어 나온다. 몇 초 후, 호르헤가 퉁명스럽게 전화를 받는다. "네?"

마르티나가 이번에는 영어로 말한다. 고음으로 날카롭게 따지는 투다. "호르헤, 나 마르티나야. 수수료, 어떻게 된 거야?"

핸드폰 스피커로 호르헤의 목소리가 들린다. "누가 그런 얘길해?"

"베스. 애한테 수수료 준다고 했다며? 내가 그동안 보낸 사람이 열 명은 넘는데! 설마 그 여자들이 너한테 안 갔다고 말하지는 않겠지?"

2초 정도 침묵 후 호르헤가 말한다. "수수료 주는 건 이제 막 시작했어. 새로 도입했다고."

"아하, 그런 거야?" 마르티나가 나를 보며 정말 어처구니없다는 표정을 짓는다. 처음으로 미안한 마음이 든다. "호르헤, 지금 장난해? 너 나한테 300달러 정도 빚진 거야."

"알았어, 알았어. 다음부턴 줄게."

"아니. 잘 들어. 나한테 빚진 거 주기 전에 다음은 없어. 이해가 안 돼? 돈 주기 전엔 소개 안 해준다고."

또 한 번 긴 침묵이 흐르고, 이어서 한숨 소리가 들린다. "알았어."

"그래. 그래야지." 마르티나는 호통 치며 전화를 끊더니, 핸드폰을 무릎에 던지며 괴성을 지른다. "어떻게 나한테 이럴 수 있지? 뱀 같은 놈. 더럽고 역겨운 뱀 같은 놈."

얼굴이 화끈거린다. 죄책감에 온몸에 열이 오른다. 이 중에 가장 뱀 같은 사람은 나다. 난 양손으로 운전대를 꼭 감싸 쥐고 몸을 움찔거린다. "나한테 한 제안을 당연히 너한테도 했을 줄 알았어, 마르티나. 네가 몰랐을 거라곤……" 난 고개를 저으며 곁눈질로 마르티나를 본다. "나 자신이 정말 쓰레기 같아."

마르티나가 손을 내저으며 말한다. "너 쓰레기 아니야. 호르헤가 쓰레기지. 그놈한테 화난 거야. 네가 아니라."

"그래도. 정말, 정말 미안해."

사과를 들은 마르티나는 화가 치밀었던 것만큼이나 빠르게 화가 풀린 눈치다. 이내 나를 향해 몸을 틀어 진심 어린 미소를 보인다. "봤지? 친구들이 하는 게 이런 거야. 사과하고 용서하는 거. 다음엔 같이 더 잘하면 되지. 문제 생기면 나한테 와. 같이 얘기해보자. 알았지?"

난 고개를 끄덕인다. "알았어."

"좋아. 이제 내 차례야." 마르티나는 코로 길고 깊은 숨을 들이마시더니, 한 번에 후, 하고 내뱉는다. "얘기할게. 가끔 네가 나를 기분 나쁘게 쳐다봐."

"내가 어떻게 쳐다보는데?"

"내가 너를 언제라도 덮칠 것처럼. 얼마가 들었는지는 모르겠지만, 네 허리에 차고 있는 걸 내가 노린다는 듯이 쳐다봐. 하지만 난 너한테 그런 짓 하지 않아. 넌 내 친구야." 마르티나가 내 얼굴과 자신의 얼굴을 손가락으로 가리키며 말한다. "난 친구를 그런 식으로 해치지 않아, 베스. 절대 그러지 않아."

마치 그렇게 정해진 양, 그것이 기정사실인 양 말한다. 이 애는 믿을 만한 사람이다. 우린 친구가 될 수 있다. 그렇게 갈색 눈으로 나를 몇 초 더 바라보는데, 난 마르티나의 마음이 내 안의 무언가를 끌어당겼음을 부인할 수 없다. 사실 난 마르티나가 좋다. 여태까지 한 말의 대부분은 믿지 않았지만, 어쩌면 지금 내가 느낀 것은 내가 보게 될 진실의 극히 일부인지도 모른다. 이 아이가 호르헤와 뒷거래를 한다는 건 나의 착각이었다. 애초에 의심을 한 것 자체가 나의 실수였는지도 모른다.

"너를 믿어." 놀랍게도 진심이다. 나는 내 돈을 가져가지 않겠다는 마르티나의 말을 믿는다. 내가 지금 실수하는 게 아니길 기도할 뿐이다.

뒤에 있는 차가 경적을 울린다. 난 미소 지으며 전진한다.

분명한 건, 친구가 있다는 건 참 좋다는 거다.

예상했던 상황은 아니지만, 어쨌든 좋다.

교회에 도착해 신도석을 정리하며, 마르티나는 자신이 스물여덟 살이라고 이야기한다. 우린 성경책과 찬송가집을 의자 사이에 있는 수납공간에 쌓아놓고, 저녁 예배를 위한 회보도 꽂아 넣는다. 마르티나의 가족은 배다른 남동생 카를로스를 제외하고 모두 세상을 떠났거나 다른 곳으로 이주했다고 한다. 이제 고등학교에 들어갈 나이가 된 카를로스는 그레이디에 입학할 예정이라는데, 마르티나가 태어났다고 주장하는 그레이디 병원과는 다른 곳인 것 같다. 두 사람의 아버지는 자식들을 전혀 돌보지 않고 여기저기 떠돌아다니는데, 마지막으로 연락이 닿았을 땐 서부 해안의 술집을 전전하며 드럼을 연주하고 있었다고 한다. 카를로스의 엄마는 나쁜 년이긴 하지만, 다행히도 술을 마시거나 자식들을 굶기지는 않았다고 한다. 그런 장점이 다른 모든 단점을 보완한다고 마르티나는 말한다.

나는 쉴 새 없이 말하는 마르티나를 굳이 방해하지 않는다. 떠드는 건 저 애가 하고, 난 그냥 듣기만 하면 된다.

한쪽 구역 거의 마지막 줄을 정리하고 있는데, 무언가 딱딱하고 덩어리진 것이 발에 밟힌다. 허리를 숙여서 주워보니 아기들이 무는 고무젖꼭지다. 지저분하고 망가져 있다. 분홍색 플라스틱 면에 달려 있어야 할 고리는 빠지고 없다. "이거 버려야 하나?" 내가 고무젖꼭지를 들어 보이며 묻는다.

마르티나는 내 손에서 그걸 가져가더니 빈 상자에 넣는다. "여기선 아무것도 버려선 안 돼. 절대로. 분실물 보관소에 갖다놔야 해. 이 낡은 플라스틱 쪼가리를 찾으러 오는 사람은 없겠지만, 그건 우리가 상관할 문제가 아니야. 앞으로 또 뭘 줍게 될지 몰라. 전화기, 열쇠, 껌종이든 뭐든. 한번은 다이아몬드 반지를 주운 적이 있어. 게다가 진짜였어."

"진짜인지 어떻게 알아?"

"여기에 오는 사람들 본 적 없구나?" 마르티나가 콧방귀를 낀다. "분명히 진짜였어."

난 이곳에서 첫날 만났던 금발의 접수원 샬린을 떠올린다. 실크 드레스에, 빛나는 보석을 주렁주렁 달고 있었다. 난 바로 수긍한다.

"그건 그렇고 오늘 저녁에 예배가 있잖아. 내일 아침에 여기에 와보면 깜짝 놀랄 거야. 여기 있는 팔천 개의 좌석에 팔천 명이 앉아 있다 간다고 생각해봐. 그중에 절반은 주머니에 있는 쓰레기를 흘려놓고 가. 그걸 줍는 건 우리 몫이고."

난 오늘 갓 뽑은 듯한 회보 다발에서 한 장을 집어 든다. "여긴 내가 다니던 데랑 너무 달라."

그 말을 내뱉는 순간 주워 담고 싶다. 의도치 않게 내 개인적인 이야기를 꺼낸 걸 마르티나가 들은 게 신경 쓰여서가 아니다. 마르티나는 바닥에서 쓰레기 조각을 주워 상자에 넣고 다음 줄로 이동한다.

"목사님 예배 참석해본 적 있어?"

마르티나가 고개를 끄덕인다.

"어때?"

"좋지. 다들 흥겨워서 손뼉 치고, 아주 해피해피해. 그런데 음악이 너무 과해. 무슨 콘서트 보는 것 같아. 시간이 금방 지나가지. 네가 원하면 오늘 같이 와보자. 하지만 수요일까지 기다리는 게 더 좋을 것 같긴 해."

"왜? 수요일에 뭐가 있는데?"

"예배가 끝나고 뷔페식 저녁 식사가 있어. 프라이드치킨, 라자냐, 으깬 감자 등등 네가 평생 본 음식보다 종류가 많을 거야. 온갖 고상한 척은 다 하는 인간들이 며칠 굶은 것처럼 음식에 달려드는데, 참 가관이야. 목사님이 식전 기도를 올리시는 동안 접시를 들고 테이블 사이를 왔다 갔다 하다가, '아멘'이라는 말이 떨어지기가 무섭게 총소리를 들은 달리기 선수들처럼 음식에 달려든다니까. 꼭 성경에 나오는 사람들 같아. 왜 있잖아…… 기근에 굶주린 사람들."

"가나안 사람들?"

"그래. 그 사람들. 어쨌든, 예배 보고 다 치우고 나면 맘껏 먹을 수 있어. 목사님이 초과근무 수당까지 주셔."

초과근무 수당에 공짜 식사까지. 마법의 조합이구나.

난 결정을 내리고 고개를 끄덕인다. "그럼 수요일까지 기다리자."

그렇게 말하고 대답을 기다리는데 마르티나는 내 어깨 너머로 어딘가를 응시하더니, 허리를 곧게 펴고 미간을 있는 대로 찌푸린다. "여기서 뭐 하는 거야?"

돌아보니 웬 여자가 우리를 향해 중앙 통로로 걸어오고 있다. 자세히 보니 아직 어린 티가 난다. 키는 180이 족히 넘을 것 같지만, 나이는 열여섯이나 열일곱 정도로 보인다. 구릿빛 피부, 자연스럽게 풀어 헤친 곱슬머리는 높게 솟은 광대뼈와 크고 초록빛이 도는 눈을 살짝 가리고 있다. 마르티나와 나처럼 카키색 바지에 '주님이 이곳에 근무하신다' 티셔츠를 입고 있는데, 우리 것과는 달리 저 애의 옷은 몸에 딱 달라붙는다. 게다가 옆 부분을 묶어서 매혹적인 구릿빛 옆구리 살이 훤히 드러나 있다. 가까이에서 보니 능글맞은 미소를 띠고 있다.

"뭐 하긴, 일하러 왔지. 그러는 넌 여기서 뭐 하는데?"

마르티나가 고개를 절레절레 저으며 주먹을 움켜쥔다. "넌 여기서 일 못 해. 내가 여기서 일하니까."

"아니." 여자애가 짧고 당당하게 말한다. "일할 건데."

"목사님 어디 계셔?" 마르티나가 여자애를 밀치고 지나간다. 다급하게 복도 반대편으로 가는 그 엄청난 기세에 난 뒤로 넘어질 뻔했다. "당장 목사님 찾아야 해."

여자애가 어이없다는 듯 눈알을 빙그르르 돌린다. "뭐라고 하게? 네가 내 돈 훔쳤다고 자백이라도 하려고?"

그 말을 들은 마르티나는 백팔십도 뒤로 돌아서더니, 분을 못 이기고 양팔을 부들부들 떤다. 난 마르티나가 지나갈 수 있도록 의자에 바짝 붙어 선다.

"내가 말했지? 네 돈 안 가져갔다고. 나를 도둑으로 몰기 전까지 너한테 돈이 있는 것도 몰랐어. 게다가 애초에 네 돈이 아니었잖아. 너한테 도둑질당한 그 창녀가 자기 돈 되찾으러 왔나 보지?"

둘은 엄청 시끄럽게 다툰다. 난 누가 듣지 않을까 주위를 둘러보지만 빈 좌석들뿐이다. 지금 이 공간엔 분명 우리 외에 아무도 없다. 하지만 난 저 둘이 난동을 멈췄으면 좋겠다.

여자애가 입술을 삐죽이며 말한다. "그 창녀가 찾아오긴 했지. 포주까지 데리고 왔어. 그놈들이 자기네 돈 훔쳐간 사람을 어떻게 하는지 알기나 해? 내가 살인당했음 넌 어쩔 뻔했냐?"

"지금 협박하는 거야? 난 네 돈 안 가져갔어. 여러 번 말하고 싶지 않아." 마르티나의 억양은 완전히 남쪽 국경 아래로 내려갔다. R 발음을 심하게 굴리고 다닥다닥 끊어서 말하는 게, 이제 영락없는 멕시코 사람이다.

여자애가 한쪽 눈썹을 치켜세운다. "조심해야지. 누가 들으면 멕시코에서 온 줄 알겠네."

마르티나는 외마디 비명과 함께 주먹을 단단히 쥐고는 팔을 뒤로 젖힌다. 나는 주먹이 여자애의 얼굴에 꽂히기 직전에 마르티나의 팔을 붙잡는다. 순전히 이타심에서 한 행동은 아니다. 평소엔 여자들 싸움에 개입하지 말자는 주의지만, 나에게 일자리를 소개해준 게 마르티나이다 보니 피를 보기 전에 말리는 게 상책이겠다는 생각이 들었다. 난 이제 막 들어왔기 때문에 아직 좋은 평판을 얻을 기회가 없었다. 마르티나가 손가락질을 당해서 좋을 건 없다.

난 두 여자 사이에 끼어들어 양팔을 들어 올린다. "너희 둘, 저기 십자가 안 보여? 싸울 거면 나가서 싸워." 마르티나가 반박하려 하는 찰나에 내가 먼저 입을 연다. "지금 근무시간이야. 여긴 교회고."

마르티나가 입을 다문다. 키 큰 여자애도 마찬가지다. 둘은 내 얼굴을 가운데 두고 서로를 노려본다. 마르티나가 복식호흡을 한다. 명상보다는 폭발하지 않으려는 노력에 가깝다. 내가 입을 떼려는 순간, 목사님의 목소리가 쩌렁쩌렁 울린다.

"거기 있었군." 우린 동시에 얼어붙는다. 나의 왼쪽에서 발걸음 소리가 들려온다. 돌아보니 단상을 가로질러 걸어오는 목사님의 모습이 보인다. 목사님이 무대 조명 아래에 서자, 이마가 젖은 유리처럼 빛을 반사한다. 목사님의 머리 위로는 한 가닥 빛줄기 안에서 춤추는 먼지 입자들이 보인다. "아, 잘됐네요. 벌써 아야나와 만났군요?"

마르티나가 나에게 당황한 눈빛을 보낸다. 어디까지 들으셨을까?

하지만 목사님은 15미터는 족히 떨어져 있다. 목사님이 저렇게 큰 소리로 말해야 들리는 거리이다. 목사님은 자애로운 미소를 띤 채 우리를 바라본다.

"괜찮으시다면 오늘 위층에 있는 행정실을 치워주셨으면 합니다." 우리 중 누구에게 하는 말인지는 나도 잘 모르겠다.

난 고개를 끄덕이고, 마르티나는 인상을 찌푸린다. "오스카한테 무슨 일 있어요?"

오스카는 비공식적으로 청소 인력의 대표 격인 사람이다. 등이 굽은 데다, 관절염 때문에 손가락이 울퉁불퉁해서 동화책에 나오는 난쟁이 같다. 나이는 80에서 150세 사이로 보인다. 내가 보기에 그 할아버지가 맡은 일은 행정실 책상에 천을 씌우는 게 전부다. 그 외에는 그곳을 지나가는 사람이면 누구든 붙잡고 잡담하는 것 정도? 아무나 불러다 시켜도 그 할아버지보다 두 배는 빨리 일을 마칠 수 있을 거다. 하지만 이 교회는 노인을 우대하는 곳이고, 덕분에 오스카는 편한 보직을 맡았다.

"오스카는 병든 어머니를 뵈러 플로리다에 갔어요. 우리에게 기도해달라고 부탁했죠."

난 겉으로는 걱정을 표하는 소리를 내지만, 속으로는 '그 할아버지의 어머니가 아직 살아 계시다고?'라고 생각하며 화들짝 놀란다.

"오스카가 돌아올 때까지 그 자리를 대신해줄 수 있겠어요?"

"물론이죠, 목사님." 마르티나가 그 어느 때보다 심한 남부 억양으로 대답한다. "베스와 함께 열심히 할게요."

목사님은 뒤꿈치에 체중을 싣고 서며, 혼자 파티에 초대받지 못한 아이를 보듯 아야나를 바라본다. "아야나도 데려가세요. 여기저기 구경시켜주고, 천장에 달린 로프 장식을 보여주세요."

마르티나는 대답하지 않는다. 목덜미가 빨개진 걸 보니 화를 억누르느라 안간힘을 쓰고 있나 보다.

난 미소를 지으며 단상 위에 올라간 목사님에게 말한다. "네, 걱정하지 마세요. 그렇게 할게요."

"좋습니다. 그럼…… 다들 2층에서 봐요. 아, 그리고 정말 고맙습니다. 주님이 세 자매님을 보내주셔서 너무 기뻐요. 말로 표현하지 못할 정도로 큰 은총을 받은 느낌이에요." 목사님은 주머니에 손을 넣고는 우리 셋을 통로에 남겨놓은 채 유유히 떠난다.

목사님이 시야에서 사라지자 마르티나는 휙 돌아서서 아야나에게 말한다. "주님께 맹세코 나를 계속 그런 식으로 쳐다보면, 네가 한 짓을 목사님께 말할 거야."

"이 친구가 뭘 했는데?" 내가 묻는다. 너무 궁금해서 더는 참을 수가 없다.

아야나는 팔짱을 끼고 마르티나의 쇄골을 바라본다. "목걸이 예쁘다. 무슨 돈으로 샀어?"

마르티나의 양쪽 볼이 자주색으로 변한다. 더는 못 참겠는지 교회에서 좀처럼 입에 담기 힘든 말을 내뱉더니, 그대로 돌아서서 빠른 걸음으로 중앙 통로를 지나간다.

나는 아야나를 쳐다본다. 아야나는 미소를 띠고 있다.

제프리

셰리던 로드의 낡은 1층짜리 쇼핑몰에 위치한 PDK 인사 관리 솔루션은, 위탁 판매점과 셀프 요구르트 가게 사이에 끼어 있다. 주차장에는 내 차 외에 몇 대가 더 있을 뿐, 휑하니 비어 있다. 간만에 단잠을 자는가 싶었는데, 아침 일찍부터 차를 몰고 찾아온 기자들이 채석장에 들어선 광부들처럼 시끄럽게 인사를 주고받는 바람에 일찍 눈이 떠졌다. 그리고 덕분에 이렇게 이른 시간에 출근했다. 여기까지 쫓아온 기자는 아직 없지만, 하루나 이틀 정도 지나면 바깥에 있는 인도가 북적거릴 게 뻔하다. 우리 회사 사장인 에릭이 미치려고 하는 모습이 눈에 선하다.

접수 데스크에 앉아서 다이어트 코크를 마시는 플로렌스가 유리문 너머로 보인다. 저 여자는 길 건너 도넛 가게에서 하루에 두세 번씩 음료수를 리필해온다. 난 저 여자가 이 회사에서 무슨 일을 하는지 모르겠다. 몇 년 전까지만 해도 플로렌스는 주부로서 행복한 삶을 살고 있었다. 남편이 죽자 '가만히 있으면 너무 힘들어서' 일을 시작했다고 한다. 지원서에 실제로 그 말을 적었다. 내가 직접 봐서 안다.

매사 대충대충인 에릭은 별로 개의치 않고 플로렌스를 고용했다.

나를 본 플로렌스의 눈이 커진다. "오, 제프리, 어쩌면 좋아요. 저 녁 뉴스에서 사빈 소식 들었어요." 플로렌스는 다급하게 책상을 돌아 나와 나를 끌어안는다.

직장 동료가 쭈글쭈글한 팔로 내 몸을 감싸고 있을 땐 얼마 동안 가만히 서 있는 게 적당할까? 난 속으로 셋을 세고 빠져나온다.

"걱정해줘서 고마워요, 플로렌스." 이 여자한테서 나던 담배 냄새 와 오일 오브 올레이 냄새가 나한테 옮겨왔다. "진심으로 고마워요."

"믿을 수가 없어요. 정말로 사라진 거예요? 경찰은 단서를 찾았 대요?"

주말 내내 내가 무시하려고 했던 질문이다. 집 창밖에서 득실대는 기자들, 전화기에 불이 날 정도로 연락하는 친구들과 이웃들, 한 주 쉬는 게 어떻겠냐고 간밤에 문자 보낸 사장까지 죄다 똑같은 소리를 한다. 매번 그 질문을 들을 때마다 벽돌로 머리를 맞는 기분이다. 단 서는 찾았대요? 나도 모른다고 이 새끼들아.

사빈의 행방을 찾는 건 어느새 흐지부지됐다. 자원봉사자들은 신 발에 묻은 진흙을 닦고 집에 있는 가족의 품으로, 본인들의 일상으로 돌아갔다. 경찰의 목표는 '실종자를 찾아라'에서 '실마리를 풀어라'로 바뀌었다. 어쩌면 경찰은 진행 상황을 꽁꽁 감추고 있는지도 모른다. 어쩌면 듀랜드 형사는 사빈의 머리칼을 한 움큼 찾아놓고 나에게 말 하지 않는 건지도 모른다. 토요일 오후에 형사가 사빈의 컴퓨터를 가 지러 집에 들렀는데, 그 이후에는 그자와 대화한 적이 없다.

어쩌면 내가 용의자여서 이야기해주지 않는 건 아닐까 생각해보 지만, 사실 난 그 질문에 대한 답을 이미 알고 있다.

그래서 난 주말 내내 소파에 앉아 노트북으로 뉴스를 검색하며, TV로는 넷플릭스를 계속 틀어놨다. 내가 찾은 것 중 대부분은 이미 다 아는 사실을 재탕한 기사였다. 근거 없는 소문을 추측인 양 보도하고, 그 추측을 범행 동기로 뻥튀기한 가십성 기사도 많았다. 사빈이 납치당했거나, 낯선 사람, 연인, 아니면 나에게 살해당했다는 내용이다. 탈주에 성공한 뒤, 몰래 이 동네를 떠났을 거라는 기사도 있었다.

몰래 떠났을 거라는 추측은, 따지고 보면 내가 어맨다에게 전화를 건 것에서부터 시작됐다. 어맨다는 내 집 소파에 앉아 사빈의 숨기고 싶은 과거에 대해 듣고 갔다. 작년에 있었던 가출 사건은 내가 조금 극적인 요소를 넣어 설명했을 뿐, 실제로 있었던 일이다. 사빈은 실제로 버스를 탔고 서쪽으로 향했다. 난 사빈이 멀리 가지 않았다는 걸 뒤늦게야 알게 됐다. 오클라호마 경계선까지 절반 지점에 갔을 때, 사빈은 요양소에서 전화를 받았다. 어머님이 넘어졌다는 내용이었다. 집을 나갔다는 사실을 우리가 알아채기도 전에 사빈은 집으로 돌아왔다.

여기에서 중요한 건 사빈이 집을 나가기로 마음을 먹었었다는 점이다. 사빈은 언니에게도 알리지 않고 몰래 떠나려고 했다. 그날 어머니가 자기 발에 걸려 넘어지지 않았다면 어떻게 됐을까? 얼마 지나지 않아 돌아왔을 수도 있겠지만, 영원히 돌아오지 않았을 가능성도 배제할 수는 없다.

이제 씨앗은 심어졌다. 사빈은 정서적으로 불안하고 가출한 경력이 있다. 남편은 죄가 없다. 이제부터 난 편하게 앉아서 싹이 자라는 걸 지켜보기만 하면 된다.

난 잽싸게 손목시계를 본다. 〈맨디와 아침을〉 방영까지 30분도 남지 않았다.

"경찰이 열심히 찾고 있는 것 같지 않아요." 난 고개를 저으며 플로렌스에게 말한다.

플로렌스는 울상을 하더니 주름진 손으로 내 이두박근을 찰싹 때린다. "무슨 말인지 알아요. 작년에 우리 집에 도둑이 들었는데 경찰은 아무것도 안 했어요. 문이 뜯겨나갔는데도 집에 찾아올 생각을 안 했어요. 와서 지문을 찾을 생각도 안 하더라고요. 사건 경위서를 작성해야 한다고 해서 내가 경찰서에 직접 찾아갔다니까요. 동쪽에 갱들이 활개를 쳐서 인력이 부족하다는 거예요. 평범한 도둑 잡는 데 쓸 시간이 없다고. 우리 집에 들어온 게 누구일 거 같으냐고 내가 물었죠. 누구긴 누구겠어요, 당연히 갱들이지."

말도 안 되는 소리를 지껄이고 있지만 난 짧은 탄식으로 동정을 표한다. 갱들이 문제인 건 사실이다. 하지만 갱들은 마약 밀매 같은 걸 주로 하지, 골동품이나 훔치자고 노인이 사는 집 문을 부수진 않는다. 그러고 보면 플로렌스는 대화의 주도권을 가져가서 자신과 관련된 하찮은 얘기로 주제를 바꾸는 데 능하다.

난 회의 통화가 있다고 대충 얼버무리고 복도를 지나간다.

월요일 아침. 업무 시작을 몇 분 앞둔 사무실은 아직 고요하다. 전화도 울리지 않고, 자판 두드리는 소리도 들리지 않고, 칸막이와 벽 너머로 목소리도 들려오지 않는다. 에릭이 출근하지 않은 모양이다. 출근했으면 복도 끝에 있는 자기 사무실에서 큰 소리로 명령하고 있겠지. 사무실이 잠시라도 조용해지면 "어디든 좋으니까 전화 좀 하세요!"라고 소리를 지른다. "이메일이라도 보내요!" 전화 한 번 걸 때마다 자기가 만든 쓰레기 소프트웨어가 하나씩 팔리기라도 하는 양 소리를 치지만, 한편으로는 에릭이 짜증 내는 것도 이해는 된다. 영업 사무실이 조용하다는 건 제대로 돌아가고 있지 않다는 뜻이니까.

난 내 사무실에 들어가 문을 닫고 아침마다 일상적으로 하는 행동을 한다. 컴퓨터를 켜고 이메일 수신함을 연다. 삭제, 삭제, 삭제, 무시.

밖에서 누군가가 문을 세게 두드린다. 1초 후, 문이 열리더니 에릭이 문 뒤에서 얼굴을 빼꼼 내민다. "여기서 뭐 해요?"

난 의자에 기대앉아 컴퓨터 화면 너머로 에릭을 바라본다. 에릭은 평소처럼 파스텔톤 셔츠에 살짝 구겨진 카키색 바지를 입고, 스웨이드 구두를 신고 있다. 마치 남학생 사교 클럽 회원이 사장 역할을 하는 것처럼 보인다.

"일하는데요."

에릭의 눈썹이 매섭게 올라간다. "출근하지 말라고 했던 거 같은데?"

"아뇨. 필요한 만큼 시간을 가지라고 했죠. 그런데 굳이 안 그래도 되겠더라고요. 난 일을 하고 싶어요. 저번 달에 뿌린 이메일들이 드디어 입질이 오네요. 지금 할 일이 태산이에요."

이 부서는 외근과 내근을 겸한다. 회사에서 제공하는 노트북과 VPN은 길에서도 접속할 수 있다. 굳이 사무실에 안 나와도 집에서 충분히 일할 수 있다는 걸 우리 둘 다 잘 알고 있다. 침대에 누운 채로도 일할 수 있으니, 솔직히 집에서 일하는 쪽이 훨씬 편하다.

에릭이 잠시 복도 쪽을 쳐다본다. 표정에서 뭔가 심상치 않은 기색이 느껴진다. 내가 나타나서 놀란 걸까? 아니면 짜증이 난 걸까? 에릭은 다시 나를 쳐다보더니 안으로 들어온다.

그러고는 문을 닫으며 말한다. "제프리, 사람들 사이에 지금 어떤 말이 오가는지……."

"어떤 사람들요?"

에릭은 '지금 장난하냐?'는 표정을 지으며 어깨를 살짝 들썩인다. "그러니까 내가 하려는 말은……"

"누구요? 누가 어떤 말을 하는데요?"

무슨 말을 하는지 나도 잘 안다. 사빈이 바람을 피웠대. 다른 남자랑 사랑에 빠졌대. 제프리 하딘슨은 멍청해. 여태 부인 들러리나 선거지. 저 자식은 호구 새끼야.

책상에 놓인 전화기가 울린다. 난 '방해하지 마세요' 버튼을 누른다. 전화기는 음성사서함 안내 멘트를 내보낸다.

"사람들이 아내분을 걱정하고 있어요." 에릭이 차분하게 얘기한다. "제프리도 걱정하고요." 에릭의 말은 내 속에 또 한 차례 불을 지핀다.

난 두 주먹으로 책상을 내려치며 고개를 내민다. "걱정한다고요? 내 기분은 어떨 거 같아요? 오늘이 엿새째예요. 사빈이 없어진 지 6일이 지났다고요. 그런데 아무런 진전이 없어요. 경찰은……" 난 제때 말을 끊고는 아주 천천히, 길게 호흡을 들이마시며 화를 누르려고 애쓴다. "지금 난 미칠 듯이 답답해요. 잠도 거의 못 잤다고요. 입맛도 없어요. 내가 어떤 스트레스를 받고 있는지 상상도 못 할 거예요."

"상상할 수 있어요. 그래서 시간을 가지라고 한 거고. 제프리가 출근해야 한다고 생각하는 사람은 아무도 없어요."

난 웃음으로 넘기려고 키득거린다. "사장님에게 일하지 말라는 말을 들을 거라곤 생각도 못 했네요. 사장님은 무엇보다 양을 중요시하는 줄 알았어요. 이렇게 느긋한 모습은 적응이 안 돼요."

에릭은 나의 유쾌함을 조금도 받아주지 않는다. 길고 괴로운 침묵이 감돈다. 에릭이 문에 어깨를 기대며 입을 연다. "정말 내 입으로 그 말을 듣고 싶어요?"

난 팔짱을 끼고 의자에 기댄 채 기다린다.

에릭은 한숨을 쉬더니 내 책상으로 다가온다. "사원들만 뒷얘기를 했으면 모르겠는데, 이제 고객들이 질문하기 시작했어요. 나한테만 묻는 게 아니라 자기들끼리도 얘기해요. 이제 이 소문은 걷잡을 수 없게 됐어요. 잠정적인 고객들이 소문을 들으면 어떻게 되겠어요? 안 그래도 요즘 힘든데."

난 헛기침을 한다. "그럼 시간을 가지라는 말은 제안이 아니었군요. 명령에 가까운 거죠?"

"둘 다예요."

"나를 해고하는 건가요?"

"왜 그래요? 내가 그럴 수 없다는 거 잘 알면서. 우리 둘 다 인사 관련 일 하는 사람들이잖아요." 노크 소리가 들리지만, 우리 둘 다 무시한다. "월급은 그대로 나갈 테니까 집에 가서 아내 일에만 신경 써요. 좀 잠잠해질 때까지만."

난 숨을 깊게 들이마신다. 이렇게 에릭을 앞에 두고 잠자코 앉아 있자니, 조금 전에 들은 말이 영 거슬린다. 좀 잠잠해질 때까지만. 사빈이 무사히 발견되고, 나의 결백이 밝혀지는 걸 말하는 건가? 아니면 내가 수갑 차고 여기에서 끌려 나가면 비로소 정당하게 해고할 수 있으니, 그때까지 두고 보자는 말인가? 어느 쪽이냐고?

또 한 차례 노크 소리가 들린다. 이번엔 더 크고 단호하다. 문 너머로 플로렌스의 목소리가 들린다. "제프리? 내가 전화했는데 '방해하지 마세요' 모드로 돼 있네요."

난 어이없다는 표정을 짓지만, 에릭의 시선은 조금도 흔들리지 않는다. "동의한 건가요?" 의미심장한 목소리로 나지막이 에릭이 묻는다. 난 사무적으로 고개를 끄덕인다. 솔직히 말하면 이깟 회사, 엿 먹으라 그래. 돈도 준다는데 나야 고맙지, 뭐. 유급 휴가 얘기가 나오니까 생각난 건데, 그 산부인과 의사 놈은 만날 하는 짓이…… 아니다. 그쪽은 생각하지 말자. 엿이나 먹어라, 트레버. 너도 먹어라, 에릭.

에릭이 한 걸음 물러서며 문을 열자, 마침 노크하려던 플로렌스의 울퉁불퉁한 주먹이 허공을 가른다. 에릭을 본 플로렌스는 어색하게 팔을 옆으로 내리더니, 나에게로 시선을 옮긴다. "아, 이런. 방해할 의도는 없었어요. 미안해요."

어금니를 너무 꽉 깨물었더니 목과 어깨까지 뻐근하다. 방해할 의도가 다분했으면서 왜 저러시나. 플로렌스는 내 사무실에 전화하는 것으로 시작해서 매번 노크하는 것으로 마무리를 짓는다. 괜히 '방해하지 마세요' 모드가 있는 게 아니다.

"괜찮아요, 플로렌스." 에릭이 말한다. "제프리와 대화 마쳤어요."

플로렌스의 시선은 냉동실에서 막 꺼낸 칼처럼 나를 벨 것만 같다. "형사님이 찾아오셨네요."

마커스

제프리의 사무실은 커피 향과 비싼 향수 냄새가 난다. 하지만 내가 문을 열고 들어설 때 당황하는 기색은 그 어떤 향기로도 가려지지 않는다. 난 접수 담당자와 사장에게 고맙다는 말을 하고, 그들이 나가기가 무섭게 문을 닫아버린다. 두 사람은 나가자마자 문에 귀를 대고 엿듣겠지. 갑작스럽게 사무실을 방문한 형사는 언제나 주목받기 마련이다. 그들은 매료된 동시에 공포감을 느낀다.

제프리는 책상 뒤에 앉아서 내가 의자에 앉는 걸 바라본다. 내 표정을 읽고 있는 거다. 하지만 난 아무런 힌트도 주지 않는다. 그래, 그렇게 진땀 흘려라. 난 가방과 열쇠 꾸러미를 내 옆에 있는 의자에 내려놓는다. 내가 여기에 오래 머물 거라는 제스처다.

"바쁘실 텐데 시간 내주셔서 감사합니다." 난 사무실을 둘러본다. 한쪽 벽에는 이 회사의 포스터가 붙어 있고, 다른 벽에는 영업 관련 숫자들과 메모가 적힌 화이트보드가 걸려 있다. 책상 가장자리에 놓인 명판에는 '오늘도 달려보자'라고 적혀 있다. "여기에서 정확히 무슨 일을 하시죠?"

"PDK 인사 관리 솔루션은 업무 효율을 높여주는 대화형 인사 관리 소프트웨어를 제공합니다. 채용, 성과 관리, 작업 속도 증진 등의 역할을 하죠. 그런데 솔직히 말씀드리면……" 제프리는 목소리를 낮추고 과장되게 속삭인다. "사지 마세요. 버그가 많거든요."

난 아무 흥미 없다는 듯 빤히 쳐다본다.

"혹시 저, 변호사를 구해야 할까요?" 제프리가 불쑥 내뱉는다. 그런데 곧바로 말을 주워 담고 싶어 하는 눈치다. 신경과민으로 둔해지고 불안한 상태인 것 같다.

"변호사를 원하세요?" 일이 재밌게 흘러간다. 나도 모르게 미소가 새어 나온다.

"형사님이 나에게 어떤 질문을 하러 왔느냐에 달렸죠."

"질문 리스트를 보고 싶으세요?" 난 내 무릎에 올려놓은 수첩을 가리킨다. "너무 악필이라 읽기 힘드실 겁니다. 제 글씨를 읽을 수 있는 사람은 세상에 단 한 사람, 제 아내밖에 없을 것 같아요." 아무 대꾸가 없어서 난 손을 내린다. "제가 하나하나 읽어드리는 건 어떨까요? 정곡을 찌르는 질문이 나오면 선생님이 알려주시고요."

자기 회사 소프트웨어를 비웃을 때 보였던 미소는 이제 찾아볼 수 없다. "내가 뭘 어떻게 해드리면 되는지 그냥 말씀해주시죠, 형사님."

난 수첩을 뒤진다. "아시다시피 저희는 아내분의 노트북에 있는 파일들을 샅샅이 뒤졌습니다. 그중에 선생님의 설명이 필요한 게 몇 가지 있어요. 예를 들면 은행 계좌 같은 거죠."

안도한 듯 제프리의 어깨가 내려간다. 자기가 답할 수 있는 질문이라고 생각한 모양이다.

"우리의 공동 계좌에 대한 질문은 아닐 것 같네요."

난 고개를 한 번 끄덕인다. "그렇습니다."

"그럼 어떤 거죠? 사빈은 자기 이름으로 된 통장만 세 개가 있어요. 대출 계좌, 입출금 계좌, 마스터카드 돈 빠져나가는 계좌. 입출금이랑 카드 계좌는 사업용이에요. 전 이쪽으론 아는 게 별로 없어요. 끽해야 세금 신고 도와주는 게 전부죠."

"전 사실 예금 계좌를 말하는 겁니다. 머니마켓펀드 계좌 두 개와 투자 전용 계정이요."

제프리는 얼어붙은 채 숨도 쉬지 않는다. 이 인간은 사빈의 컴퓨터를 샅샅이 뒤진 다음에야 나에게 넘겨줬다. 바보가 아닌 이상 그랬을 것이 분명하다. 하지만 이 계좌들은 컴퓨터에 저장된 엑셀 파일에 명시돼 있지 않았다. 그 어디에도 명시되지 않았다. 내가 그 계좌들의 존재를 아는 건 잉그리드가 말해줬기 때문이다.

"놀라신 것 같네요." 만족감을 애써 감추며 내가 말한다.

제프리가 이를 악문 채 대답한다. "언제부터죠?"

난 내 무릎 위에 있는 서류들을 참고해서 말한다. "어디 봅시다. 머니마켓 계좌는 2013년 1월 초, 3월 말에 하나씩 만들었네요. 투자 전용 계좌는 최근에 만들었어요. 작년 12월이죠. 이 계좌에 있는 돈을 다 합치면 대략 37만 9,385.29달러가 돼요. 그런데 투자라는 게 어떤지 아시죠? 숫자를 더하기도 전에 가치가 변해 있을 정도로 유동적이죠."

제프리는 대꾸하지 않지만, 난 그의 머릿속에 돌아가는 생각을 손바닥 읽듯 훤히 알 수 있다. 사빈은 남편에게 사십만 달러 가까이 들어 있는 계좌에 대해 말하지 않았다. 엄밀히 말하면 숨긴 거다. 그것도 몇 년씩이나.

"잠시 여유를 갖고 생각을 해보셔야 할 것 같으니 이 얘기는 잠시 후에 합시다. 작년 2월, 선생님은 벨몬트 드라이브 4538번지 자택의 선생님 명의의 지분을 아내 명의로 돌리셨습니다. 이후 16개월 동안 매월 빠져나가는 대출금은 선생님 월급이 아니라 아내분 월급에서 빠져나갔고요."

제프리는 최대한 태연한 척한다. "사빈이 나보다 훨씬 많이 버니까요. 계좌를 살펴봤으면 얼마나 더 버는지도 아시겠네요. 그렇게 하는 게 당연한 거 아닌가요?"

"그렇게 하자고 제안한 건 두 분 중 누구였죠?"

"누가 제안했는지는 기억 안 나요. 하지만 어차피 거의 매달 사빈이 저 대신 갚아나가고 있었어요. 굳이 그걸 우리 사이의 논쟁거리로 만들고 싶지 않았어요."

"혹시 그랬던 적이 있나요?"

"그랬던 적이라니, 뭐가요?"

"논쟁거리였던 적이 있냐고요? 제 아내와 저는 모든 걸 한 계좌에 퍼 넣거든요. 하지만 돈이 논쟁거리가 될 수 있다는 건 충분히 이해합니다. 제 아내도 예전엔 돈을 벌었거든요. 그런데 일을 그만두자 같은 계좌에서 돈을 빼 쓰는 걸 미안해하더라고요. 계좌에 돈을 넣는 건 저였으니까요. 시간이 지난 다음에야, 내 것은 곧 당신 것이고, 당신 것은 곧 내 것이다, 하는 신뢰를 아내에게 줄 수 있었죠. 아내는 다른 방식으로 가계에 기여해요. 무슨 말인지 아시죠? 하지만 사람마다 조금씩 다른 거니까요."

난 지금 착한 경찰 역할을 하고 있다. 재치 있고 친근한 경찰. 하지만 제프리가 눈을 어둡고 가늘게 뜬 걸 보니 나를 신뢰하지 않는 것 같다.

"사빈과 내가 다른 방향으로 간 건 사실이지만, 우리 사이에 악감정은 정말로 없어요. 난 월세도 내지 않고 우리 집에 얹혀사는 셈이죠. 하지만 공과금은 내가 내요. 식자재도 대부분 내가 사고요. 우리 부부가 쓰는 가계부 계좌도 보셨죠? 그건 다 내가 내고 있어요."

"좋은 거래 같네요."

"네." 제프리가 고개를 끄덕인다. "서로에게 좋은 거래죠."

난 수첩에 아무 말이나 휘갈겨 쓰고 다음 장으로 넘긴다. "아내분이 실종된 후, 선생님은 아내분에게 애인이 있다는 사실을 알았습니다. 정말 불편하셨을 것 같아요."

제프리가 냉소적으로 웃어젖힌다. "불편하다고 표현할 수도 있겠네요. 외도에 대해 알아가는 건 힘든 일이었어요. 네, 아주 고통스러웠죠. 하지만 놀랐냐고 물으신다면, 글쎄요, 별로 놀라진 않았습니다. 솔직히 우리 부부는 꽤 오래전부터 멀어졌어요. 사빈의 언니인 잉그리드에게 충분히 들으셨을 것 같네요."

"닥터 맥애덤스에 의하면 단순한 외도는 아니었다고 하네요. 무척이나 사랑하는 사이라고 말했습니다. 두 사람이 함께 살 수 있는 방법을 찾는 중이었다고 했어요."

"각자의 배우자를 떨쳐내는 걸 말씀하시다면, 예, 맞아요. 저도 잘 알고 있습니다. 잉그리드와 맥애덤스씨 둘 다 나에게 말해줬어요."

"의사분의 말에 의하면 아내분은 임신 중이었다고 합니다."

"예, 그 기쁜 소식, 저에게도 얘기해줬죠." 제프리는 한쪽 입꼬리가 올라간 채 말한다. 개똥이라도 밟은 듯한 어투다.

"그래서 어떻게 하셨어요?"

"주먹으로 때렸죠. 그걸 묻는 건가요? 그리고 너무 들뜨기 전에 사빈의 진료 기록을 살펴보란 얘기도 해줬어요."

"아내분이 거짓말했다고 생각하세요?"

"난 그 의사가 사빈의 진료 기록을 살펴봐야 한다고 생각합니다. 아내의 사생활 보호를 위해 이 이상은 말하고 싶지 않네요."

"아내분의 얼굴을 주먹으로 가격한 것으로 봐서 그렇게 존중한다고 보이진 않습니다."

제프리의 얼굴이 하얗게 질리더니, 이내 벌겋게 달아오른다. 이 정보의 출처가 잉그리드인 걸 이 사람은 알고 있다. 두 사람이 같이 내 사무실에 왔을 때, 제프리는 잉그리드에게 지금과 같은 표정을 보였다.

제프리가 검지로 책상을 꾹 누르며 말한다. "우선, 난 주먹으로 때린 적 없어요. 주먹이라뇨? 손등으로 가볍게 툭 친 거예요. 그 일이 벌어지자마자 난 정말 후회했어요. 그게 다예요."

"손등으로 때릴 정도였으면, 심하게 싸우신 모양이죠?"

"언쟁하다가 조금 과열이 됐어요. 사빈이 나를 밀었고 내가 손등으로 툭 쳤어요. 우린 서로에게 사과했고, 그렇게 끝났어요. 우린 다 잊고 넘어갔다고요."

"뭐 때문에 다투셨죠?"

제프리는 양손을 허공에 들며 크게 어깨를 으쓱인다. "몰라요, 형사님. 부부들이 뭐 때문에 싸우나요? 쓰레기통을 안 비워서, 옷을 바닥에 벗어놔서, 샴푸를 다 썼는데 새로 안 사놔서. 그중에 마음에 드는 거로 고르시면 되겠네요."

"선생님은 질투심이 많은 편인가요?"

제프리가 나를 노려보며 말한다. "내 아내가 바람을 피웠어요, 형사님. 충분히 질투할 권리가 있는 것 같은데요. 하지만 난 사빈이 사라지기 전까진 둘의 관계를 몰랐어요."

난 어깨를 으쓱인다. "아내분이 비밀이 많았던 건 사실이죠. 비밀 계좌도 있었고, 애인도 있었죠. 그 외에도 선생님께 감춘 게 있을지 궁금하네요."

난 질문이 허공에 맴돌도록 내버려두지만, 제프리는 미끼를 물지 않는다. 의사의 존재를 알게 된 이후 본인도 속으로 수백 번 수만 번 했을 질문이다. 그런 속담이 있었던 것 같은데. '답을 듣고 싶지 않거든 애초에 질문을 하지 마라'였나?

"잉그리드에 의하면 사빈은 변호사와 상담했다고 하네요." 내가 수첩을 뒤지며 말한다. "선생님께 머지않아 여쭤볼 계획이었다고……."

"이혼이요? 예, 알아요. 지난 주말에 알게 됐죠." 제프리는 의자에 기대앉는다. "그것도 잉그리드와 트레버가 얘기해줬어요."

난 제프리의 얼굴을 바라보며 볼을 긁는다. 그리고 기다린다. 숨을 마시고 내쉬길 세 번 반복한다. 아니, 네 번.

먼저 인내심을 잃은 건 제프리다. "왜요?"

"궁금해서 그럽니다. 만약 아내분이 이혼 얘길 꺼냈다면 집은 누구의 소유가 됐을까요? 재산을 어떻게 분배하셨을까요?"

"왜 이러십니까, 형사님. 내가 손해 보는 쪽이라는 건 너무 당연하잖아요. 하지만 좋아요. 대답해드리죠. 만약 사빈과 내가 이혼한다면, 난 아마 이사를 갈 거예요. 지금 직장도 막다른 골목이고, 내가 사는 곳도 별 가능성 없는 곳이에요. 다른 데 가면 더 좋은 기회가 있을 것 같아요."

난 고개를 끄덕인다. 지금으로서는 만족스럽다. "두 분이 싸우신

이야기로 돌아가 봅시다. 아내분이 선생님을 밀자, 선생님은 아내분을 주먹으로 구타했죠."

"손등. 손등으로 쳤죠." 제프리가 다급하게 말한다. "손등으로 톡 쳤어요. 주먹이 아니라. 그건 큰 차이라고요."

"손등으로 치신 다음엔 어떤 행동을 하셨죠?"

"사과했어요. 당연한 거 아닌가요? 사빈도 사과했고요. 우린 모든 걸 묻어두기로 하고 앞으로 나아갔어요."

"그 전에 과열된 감정이 담긴 문자를 주고받진 않으셨나요?"

제프리의 얼굴이 창백해지더니, 자신도 모르게 몸을 씰룩거린다.

"무슨 일이 있었나요? 아내분이 화장실 문을 걸어 잠그고 선생님을 못 들어오게 했나요? 제 아내가 가끔 그러거든요. 그러면 정말 답답해 미칠 거 같아요. 그런 상황이면 선생님이 평소 안 할 법한 행동을 할 수도 있거든요. 평소 안 할 법한 말을 하고. 하지만 똑똑한 사람이라면 글로 남기진 않을 거예요." 난 말을 멈추고 2초의 침묵이 흐르도록 기다린다. 이 침묵은 내가 이어서 할 말에 무게를 더해주고, 추가적인 의미를 부여한다. "물론 그게 진심이라면 얘기가 달라집니다만."

똑똑한 사람이라면 글로 남기진 않지만, 이놈은 바보라서 예외인가 보다. 난 제프리의 표정을 관찰한다. 턱은 힘이 풀렸고, 커다랗게 뜬 두 눈은 초점을 잃었다. 본인 스스로 바보라고 생각하는 것 같다.

나는 전에 끼워둔 종이 한 장이 나올 때까지 수첩을 뒤진다. 그리고 그 종이를 책상에 내려놓는다. 부부가 주고받은 문자 메시지를 인쇄한 거다. 난 제프리가 볼 수 있도록 종이를 돌려놓지만, 이자는 시선을 내리지 않는다. 그럴 필요가 없을 거다. 어떤 내용인지 다 아니까. 자기가 직접 쓴 내용이니까.

　당장 나와. 죽여버리기 전에.

"선생님. 혹시 무기를 소유하고 계십니까?"

　제프리에겐 .357 매그넘이 있다. 본인의 이름으로 허가받고 등록한 총기이다. 지금 거짓말을 하면 난 오늘 중으로 구속영장을 발부할 수 있다.

　제프리는 금방이라도 구토를 할 것 같은 표정을 하고 있다. 난 심장이 찌릿찌릿하며 뜨거워지는 걸 느낀다.

　이겼다.

"제가 변호사를 선임할 때가 된 것 같네요."

베스

행정실은 교회의 다른 공간들이 그렇듯 사람들의 감탄을 자아내는 데에 주안점을 두고 설계한 것 같다. 두껍고 단단한 벽, 넓은 몰딩, 화려하게 빛나는 창문, 이중 유리. 하지만 그와 대조되게 가구들은 굉장히 검소해 보인다. 이케아 카탈로그를 그대로 옮겼다 해도 믿을 것 같다. 기능적이고, 절제된 북유럽식 세련미. 이 신고딕 양식의 건물과는 전혀 어울리지 않는다. 마치 아야나가 이곳에 어울리지 않는 것처럼. 난 그 애가 몸 파는 여자라고 거의 확신한다. 아니면 최소한 전직 창녀임은 분명하다. 등에는 진공청소기를 메고 손에는 청소 도구를 쥐고 있지만, 누군가를 유혹하듯 끊임없이 엉덩이를 살랑살랑 흔들고 있고, 대로변에서 호객행위를 하듯 고개를 앞뒤로 까딱거리고 있다.

'창녀, 도둑, 도망자, 교회에 가다.' 실제 있는 일을 얘기하는 건데, 누가 들으면 뒤에 반전이 있는 농담을 하는 줄 알겠다.

"그만 좀 해." 마르티나가 씩씩거린다.

아야나가 허리를 곧게 펴더니 어깨 너머로 쏘아본다. "뭘 그만해?

아무것도 안 했는데."

"안 하긴 뭘 안 해. 교회에선 예절을 지켜. 여기엔 네 손님 없으니까."

아야나가 코웃음 친다. "그렇겠네. 교회엔 다 멀쩡한 사람만 오니까."

마르티나가 어이없다는 표정을 짓는다. 하지만 반박하진 않는다. 나 역시 아무 말도 하지 않는다. 목사님을 제외하고, 이곳에서 만난 사람들은 하나같이 멀쩡해 보이지 않는다. 내 생각에 목사님만 정상인 것 같다.

복도의 끝은 조명이 환한 예비용 주방으로 연결돼 있다. 마르티나가 지시 사항을 알려준다. "이 구역은 어디 한 군데 빼놓는 일 없이 구석구석 청소해야 해. 상황에 맞게 먼지를 털거나, 걸레로 닦거나, 진공청소기를 사용하면 돼. 전화기, 키보드, 마우스, 서랍 손잡이처럼 사람들이 많이 만지는 곳은 두 배로 신경 써. 청소용품 아낄 생각은 하지 말고 제대로 닦아. 한 명이 배탈이 나면, 우리 모두 배탈이 날 거야." 마르티나는 팔꿈치로 아야나를 문 쪽으로 민다. "넌 주방부터 시작해."

아야나가 반박하려고 허리춤에 손을 얹으려 하지만 진공청소기에 손이 걸린다. 하는 수 없이 짝다리 짚는 것으로 대신하며 있는 힘껏 쏘아본다. "넌 뭘 할 건데?"

"네가 알 바 아니지만, 베스와 난 목사님 사무실부터 청소할 거야."

"어째서 너희 둘은 같이 일하고 난 혼자 해야 하지?" 그 말을 들은 나는, 예상했던 아야나의 나이에서 두 살을 빼본다. 미성년자가 아니라면 이제 막 성인이 됐을 것 같다.

"그만 칭얼대고 가서 일이나 해." 마르티나가 말한다. "청소하면서 복도까지 와. 그럼 우리랑 중간에서 만나게 될 거야."

우린 입술을 삐죽 내민 아야나를 복도에 남겨둔 채 반대편에 있는 목사님의 사무실로 향한다. 목사님의 사무실은 그 자체로 굉장히 복잡한 구조를 띤다. 영국식 정원을 내려다보는 개인 집무실, 프로젝터를 사용하는 스크린과 14인용 테이블이 있는 회의실, 작은 주방, 소파 두 개와 작은 탁자가 놓인 거실이 있다. 벽에 설치된 평면 TV는 소리가 꺼진 채 폭스 뉴스에 채널이 맞춰져 있다. 밝은색 넥타이, 꽃무늬 드레스를 착용한 앵커들이 나란히 소파에 앉아 있는 뉴스 화면이 나온다. 구릿빛으로 태닝하고 두껍게 화장한 남녀가 소리 없이 입술만 움직이고 있다.

"거실은 내가 할게." 마르티나가 양동이를 탁자에 올려놓으며 말한다.

"나한테 정말 아무 설명도 안 해줄 거야?"

"뭘 설명해?" 마르티나가 허리를 숙여 양동이에서 분무기를 꺼내려는데, 목에 걸린 목걸이가 찰랑거린다. 아야나에게서 훔친 돈으로 산 걸까? 정말 그럴 수도 있겠다. 목걸이에 뭐라고 새겨져 있는지 보려 하지만, 자꾸 흔들려서 볼 수가 없다.

"당연히 너랑 아야나에 대한 거지. 서로 싫어하는 게 분명해 보이는데, 왜 그러는 거야?"

마르티나가 상체를 세우더니 몸을 부르르 떤다. 눈은 분노에 차 이글거린다. "나 걔 돈 안 훔쳤어. 됐지? 난 아무것도 몰랐어. 그리고 변기 탱크에 테이프로 돈을 붙여놓는 사람이 어딨어? 도둑이 제일 먼저 뒤지는 데가 그런 데 아냐? 이 중에 도둑이 있다면 그건 내가 아니라 그년이야. 그년은 아까 다른 창녀의 돈을 훔친 걸 인정했어. 너도 그 부분 들었지?"

난 고개를 끄덕인다. "들었어. 하지만 그건……."

"그런 년을 도우려 한 내가 잘못이지." 마르티나가 허공에 주먹질하며 말한다. "내 말은, 그 나이에 혼자 다니는데 어떻게 동정심이 안 들겠어? 아야나를 처음 봤을 때, 그 애는 열네 살이었어. 난 먹을 것도 챙겨주고 머물 곳도 마련해줬어. 난 내가 그 애의 멘토 같은 존재라고 생각했어. 내가 바보였지. 그러는 내내 그 애는 내 돈을 훔쳐 쓰고 있었어. 게다가 자기 몸을 산 남자들의 돈도 훔쳤지. 그런데 나한테 한 번도 고맙단 말을 안 했어." 마르티나는 돌아서서 세척제로 보조 테이블을 닦는다. '고마워요' 라고 적힌 카드 같은 건 바라지도 않아. 최소한 나를 도둑으로 몰진 말아야지. 왜냐하면 난 안 훔쳤거든. 난 도둑이 아니야."

마르티나가 격하게 테이블을 닦는 모습을 지켜보자니 무슨 말을 해야 할지 모르겠다. 나는 마르티나가 도둑이라고 거의 확신한다. 아야나는 돈을 변기 탱크에 붙여놨다고 말한 적이 없다. 직접 발견하지 않았다면 마르티나가 어떻게 그 사실을 알겠는가?

그리고 이 상황은 지금의 휴전 상태에 어떤 영향을 끼치는 거지? 마르티나가 내 돈을 훔치지 않으리라 생각했던 건 섣부른 판단이었을까?

노크 소리에 나는 생각에서 빠져나온다. 마르티나도 분노에 찬 걸레질을 멈춘다.

문밖에 처음 보는 남자가 서 있다. 하지만 난 대번에 그가 누구인지 알 수 있다. 목사님처럼 조깅으로 다져진 몸매에, 가만히 있어도 웃는 것처럼 보이는 초록빛 눈. 턱수염이 정돈된 것도 똑같지만, 목사님의 수염이 희끗희끗한 반면, 이 청년의 수염은 갈색이다. 청바지 위에 다림질한 셔츠를 입은 것도 아버지와 똑같다. 차이가 있다면 이 청년의 셔츠가 좀 더 모던하고 젊어 보인다. 아마도 명품인 것 같다. 머리 스타일도 옆과 뒤를 짧게 치고 위에는 길게 넘긴 것이 아버지와 똑같다.

"왜요?" 마르티나가 한 손에 분무기와 걸레를 들고 카펫 한가운데 조각상처럼 서서 쌀쌀맞게 묻는다.

"안녕하세요?" 마르티나의 무례함에 기분이 상했을까 봐 내가 웃으며 말한다.

청년은 들어와도 된다는 의미로 받아들이고 거실 안쪽으로 들어온다. 그가 몰고 온 향수 냄새가 표백제, 레몬 향 방향제, 백단향 냄새와 뒤섞인다. 목사님의 아들은 나를 향해 한 손을 내민다. "어윈 잭슨 앤드루스 4세, 이곳에선 다들 어윈 포라고 불러요. 존경받는 목사님의 외아들이자 가문의 대를 이을 장남이죠. 부담감이 엄청납니다."

난 소리 내서 웃으며 악수한다. "베스 머피예요. 이쪽은……."

"마르티나와는 여러 번, 아주 여러 번 봤어요. 안 그래요, 마르티나?" 그가 상냥한 미소를 보이지만 마르티나의 표정은 굳어 있다. 심지어 대답도 하지 않는다. 목사님 아들은 어깨를 으쓱거리며 나를 바라본다. "혹시……."

"아버지 여기 안 계세요." 마르티나가 말한다.

그러자 그가 마르티나에게 빈정대듯 말한다. "내가 오스카 못 봤냐고 물으려고 했을 수도 있잖아요?"

"오스카는 플로리다에 갔어요." 내가 말한다. 동시에 마르티나는 이렇게 묻는다. "정말 그러려고 했어요?"

어윈 포는 나를 바라보며 미소 짓더니, 이어서 마르티나에게도 미소를 보인다. 아닌데. 작은 소리로 장난치듯 한 말인데, 마르티나는 그 장난을 받아 주지 않는다.

마르티나는 획 돌아서더니 멀리 있는 벽 쪽의 셋톱박스를 닦는다. "목사님 어디 계신지 몰라요. 마지막으로 봤을 땐 예배당 강단에 계셨어요. 그런데 그건 30분 전이고 지금은 어디 계신지 몰라요." 마르티나 옆에 있는 TV에는 노부부가 손을 잡고 석양을 바라보는 시알리스 광고가 나오고 있다.

어윈 포는 청바지 주머니에 손을 넣는다. 손목에 찬 애플워치 플래티넘 모델이 반짝거린다. "혹시 아버지 보면 이메일 문제 고쳐놨다고 전해줘요. 최근 업데이트 때 컴퓨터와 핸드폰 동기화가 잘 안 돼서 그런 거니까. 그런데 이제 잘돼요. 내가 여기 IT 담당이거든요." 마지막 말은 나에게 한 것 같은데, 정보를 주기 위해 한 말인지 자랑하려는 말인지는 잘 모르겠다.

어윈은 우리 둘을 번갈아 바라보며 누구든 대꾸해주길 기다린다. 딱히 나갈 생각은 없어 보인다.

난 이 사람에게 무슨 말을 해야 할지 모르겠다. 성스러운 자의 아들인데, 옷차림, 시계, 한쪽 입술이 삐죽 올라가는 버릇없어 보이는 미소로 봐서는 조금도 성스러워 보이지 않는다. 불편한 침묵이 계속된다. 마르티나는 어윈 포와 나를 없는 사람 취급한다.

"뭐, 그럼……" 어윈 포가 눈치껏 거실에서 나간다. "만나서 반가워요, 베스. 마르티나도 좋은 하루 보내고. 다들 또 보자고." 그 말을 끝으로 목사님 아들은 한가로운 발걸음으로 복도 반대편으로 걸어간다.

"너 왜 그래?" 우리 둘만 남게 되자 내가 말한다. "저 사람한테 왜 그렇게 무례하게 굴어?"

"왜냐하면, 소름 끼치는 새끼니까. 그래서 그래." 마르티나가 TV에 윈덱스를 뿌린다. 난 빤히 보면서도 그래선 안 된다는 걸 굳이 말하지 않는다. 저렇게 하면 화학물질이 미세한 필름에 손상을 입혀서 픽셀이 왜곡된다. 당신이 나에게 알려줬지. 그러고는 자기 물건을 망가트린다며 주먹 쥔 손등으로 내 관자놀이를 가격했어.

"엄밀히 말하면 직장 상사의 아들이잖아. 친절하게 대해서 손해 볼 건 없지."

마르티나는 윈덱스를 내려놓고 깨끗한 천을 집어 화면을 닦기 시작한다. "예전에 그렇게 해봤는데 결과가 별로였어. 너도 될 수 있으면 멀리해. 걱정돼서 하는 말이야, 베스. 저놈은 문제를 일으켜."

이어지는 마르티나의 말은 점점 내 귀에 들어오지 않는다. 귀 주위에 맥이 빠르게 뛰는 게 느껴져서이다. 내 시선은 마르티나 등 뒤 화면에 나오는 전국적 뉴스 속보에 고정된다. 여자의 얼굴이 큰 화면을 가득 메운다. 뜨거운 담즙과 함께 공포감이 목구멍으로 올라온다. 난 미친 듯이 걸레질하는 마르티나 옆으로 한 걸음 다가가 화면 전체를 본다. 화면 아래로 붉은 배경색에 대비되는 흰 글자들이 지나간다.

실종 사건 : 사빈 스탠필드 하딘슨

등골이 서늘하다. 뱃가죽과 폐가 푹 꺼지는 것만 같다. 난 계속해서 화면을 응시한다. 사진이 작아지며 오른쪽 위 구석에 고정되고,

이젠 아나운서의 얼굴이 크게 나타난다. 여자 아나운서의 눈썹은 눕혀놓은 쉼표 두 개처럼 잔뜩 찌푸려 있고, 분홍빛 입술은 무성영화 배우처럼 과장되게 움직인다. 리모컨을 찾고 싶지만, 화면에서 눈을 뗄 수가 없다.

은신 생활을 하는 내내, 난 파인블러프에서 실종된 여자에 관한 뉴스를 찾아왔다. 그런데 막상 이렇게 보고 있자니 숨을 쉴 수가 없다. 방이 빙글빙글 돌고, 단어들이 내 눈앞에서 춤을 춘다.

마르티나는 화면에서 한 걸음 물러나 나의 얼굴을 바라보더니, 고개를 돌려 TV를 보고는 인상을 찌푸린다. "왜 그래? 저게 누군데?"

"저 여자 이름은 사빈 하딘슨이야." 한껏 격양된 내 목소리는 비명이 되어 돌아와 내 귀에 메아리친다.

마르티나가 내 옆으로 다가와 고개를 갸웃거리며 유심히 화면을 본다. "저 여자 진짜 예쁘다. 아는 사람이야?"

아는 사람. 대답을 해보려 하지만 폐가 콘크리트처럼 굳어버린다. 고개를 젓는 것 외엔 아무것도 할 수 없다.

"그럼 왜 그런 표정을 하고 쳐다봐?"

머릿속이 요란하게 굴러간다. 난 어색하게 흐르는 침묵을 만회할 만한 대답을 필사적으로 찾는다. "내 표정이 어떤데?"

"금방이라도 토할 것 같아."

화면 아래로 새로운 글귀가 지나간다 : 파인블러프, 아칸소. 마르티나는 소리 내서 읽진 않지만, 그걸 보고는 내 반응을 살핀다. 마르티나의 시선이 내 옆얼굴을 천천히 훑는다. 햇볕을 너무 오래 쬔 것처럼 눈과 볼이 따갑다. 마르티나는 두 눈이 멀쩡히 달린 데다 바보도 아니다. 퍼즐을 풀 듯 나를 관찰하는 이 시선을 견디기 힘들다.

호흡이 점점 가빠진다. 마르티나가 사빈의 얼굴을 봤다는 사실을 잊게 만들어야 한다. 그 이름도, 화면 아래로 지나간 끔찍한 단어들도 모두 잊게 만들어야 한다. 그러려면 감정을 추스르고 하던 일을 해야 한다. 난 화면에서 물러나 양동이를 들고 다음 방으로 가며, 마지막으로 TV 화면을 재빠르게 쳐다본다. 아나운서는 다음 주제로 넘어갔고, 사빈의 사진이 있던 자리엔 눈을 반짝이며 가식적인 미소를 짓고 있는 늙은 정치인의 사진이 있다.

사빈의 사진은 화면에서 사라졌지만, 내 눈에는 아직도 그 잔상이 보인다. 아마 계속 날 따라 다니겠지. 난 마르티나가 금세 잊어버릴 거라 믿을 만큼 낙천적이지 않다. 한 번만 잘못된 행동을 하거나 수상쩍은 대답을 하면 다시 질문할 게 뻔하다. 조금 전 마르티나의 질문은 과녁의 정중앙을 살짝 비껴갔다. 명중하는 건 시간문제다.

인간은 의지만으로 지구의 표면에서 사라질 수 없다. 인간은 달리고 숨지 않으면 결국 잡히게 돼 있다.

그 사실을 명심해야 한다. 그렇지 않으면 잡힐 테니까.

마커스

"마커스 삼촌!" 뒤에서 누가 나를 부른다. 지금 엄마의 작은 벽돌집에 비집고 들어가 있는 다른 열 명보다 두 옥타브 높은 음성이다. 목소리의 주인공은 오늘 생일을 맞은 나의 조카 애나벨이다. 보통 사람이라면 일을 하고 있을 시간인데도 이렇게 온 가족이 모인 건 애나벨의 생일을 축하하기 위해서다. 애나벨이 생일 파티를 낮 3시에 하고 싶어 하면, 그냥 낮 3시에 하는 거다.

난 달려오는 아이가 내 무릎에 닿기 직전에 잡아서 높이 들어 올린다. "생일 축하해, 애나-바나나-벨. 여덟 살 된 기분이 어때?"

애나벨의 눈이 만화 캐릭터처럼 커진다. "나 아홉 살인데."

"그런가?" 난 손바닥으로 내 이마를 때린다. "아이쿠, 바보 삼촌 맴매해야겠다."

애나벨이 깔깔대고 웃는다. 내 조카는 나이는 아홉 살인데, 체중은 거의 안 나가는 거나 마찬가지다. 백혈병에 걸린 애나벨을 돌보느라 누나는 심한 우울증을 앓았었다. 육아에 제대로 신경 쓰지 못할 지경까지 가서, 아이는 또래에 비해 심하리만치 성장이 더뎠다.

난 조카의 허리를 잡고 거꾸로 뒤집어, 앙상한 발목을 잡은 채 부엌으로 향한다. 가는 길에 엄마와 마주치자, 난 허리를 숙여 볼에 입을 맞춘다.

"애를 그렇게 휙휙 던지지 말라고 몇 번을 얘기하니?" 엄마가 큰 소리로 우리를 나무란다. "그러다 어깨 빠지면 어쩌려고 그래?"

난 공중에서 애나벨을 돌려 부엌 바닥에 아이의 발을 착지시킨다. 아이의 눈은 반짝이고, 분홍빛이 도는 양쪽 뺨은 행복에 물들어 있다. 어쩌면 거꾸로 뒤집을 때 피가 쏠려서 볼이 빨간지도 모르겠다. 아이는 입을 다문 채로 웃는다. 너무 안타깝다. 앞니 두 개를 빼기 전에 입을 활짝 벌리고 웃던 그 귀여운 모습을 당분간 볼 수 없다니.

"혹시 삼촌 때문에 어깨 빠졌니?"

애나벨이 고개를 젓는다. 뒤로 묶은 머리가 찰랑찰랑 흔들려 양쪽 귀를 번갈아가며 때린다. 애나벨의 머리는 갈색이었고 바늘처럼 꼿꼿한 직모였다. 그런데 항암치료 이후에는 치토스 매운맛 색깔의 곱슬머리가 나왔다. 조카가 두 다리를 곧게 펴고 팔을 뻗으며 말한다. "또 해줘."

내가 애나벨의 손목을 잡자, 아이는 원숭이처럼 내 몸을 타고 올라오더니, 내 턱을 발로 딛고 고개를 뒤로 젖혀 마구잡이로 공중제비를 돌려고 한다. 난 애나벨이 땅에 떨어지기 직전에 두 팔로 받는다. 아이는 감자 부대처럼 내게 안겨 깔깔댄다.

"너 지금 그 애 손가락 쥐고 있는 거 알아?" 나의 누나 카밀이 주방에 있는 조리대 스툴에 앉은 채로 말한다. 누나는 조리대에 팔을 괴고 앉아서 백포도주가 담긴 잔을 들고 있다. 애나벨이 아팠을 때

생긴 습관 중 하나다. 그때부터 누나는 저렇게 밤낮없이 술을 끼고 산다.

"이 가족 사람들은 애나벨을 너무 유리처럼 다뤄." 다른 조카들이 있는 곳을 향해 아이를 내려놓으며 내가 말한다. 애나벨의 두 오빠와 사촌들은 거실을 난장판으로 만들고 있다. "애들은 다치면서 크는 거야. 다른 아이들처럼 뛰어놀게 해줘."

누나는 혼잣말로 중얼거리더니 유리잔 너머로 날 관찰한다. "너 피곤해 보여."

당연히 피곤하지. 피곤해 죽을 지경이다. 사빈 하딘슨의 실종 건 때문에 일주일째 하루도 못 쉬고 일만 한다. 난 냉장고에서 맥주를 꺼낸다.

"상황이 안 좋구나." 누나는 서랍에서 병따개를 꺼내 나에게 건넨다. "아직도 단서가 없어?"

"누나한테 말해줄 수 있는 건 없어." 누나뿐만 아니라 누구에게도 말해줄 수 없다.

이 동네 사람들이 다 그렇듯, 누나는 뉴스에서 본 대로만 알고 있다. 사빈은 슈퍼1 문을 열고 나온 이후 연기처럼 사라졌다. 은행 거래 내역도, 페이스북이나 인스타그램에 접속한 기록도, 이메일이나 문자를 주고받은 기록도 없다. 이제 언론은 제프리의 증언에 충분히 흠집을 내놨다. 그를 불쌍한 남편이라고 생각하던 대중들은 이제 그를 유력한 용의자로 바라보고 있다. 과거에 제프리가 자기네 개를 치어 죽였다느니, 구두로 한 약속을 파기했다느니, 그의 행실에 대한 안 좋은 소문도 속출하고 있다. 그 이야기들은 점점 살이 보태져, 더 어둡고 악질적으로 변해간다.

그리고 제프리는 얼마 전 〈맨디와 아침을〉에 출연해 한바탕 연기를 펼쳤다. TV에 나와 실종된 아내에 대해 부정적인 얘기를 늘어놓는 것도 모자라, 방송인과 바람까지 피운다? 카밀처럼 집구석에서 TV만 보는 주부들이 좋게 봐줄 리 없다. 그 여자들은 애들을 학교에 보내고 커피숍, 헬스장에서 가서 소문을 퍼트리고 부풀리기 좋아한다. 제프리가 생각이 있는 인간이었다면 맨디의 방송에 나와서 우는 연기를 하지 않았을 것이다. 그 사랑에 미친 의사 놈도 별반 다르게 없다. 그 인간은 다른 프로그램에 출연해서, 부탁이니 자기 애인을 돌려보내 달라고 사빈을 데려간 사람에게 애원했다. 지난주 트레버의 눈물과 잉그리드의 집요한 모습이 방송을 타자, 전국 뉴스도 이 사건에 주목하기 시작했다.

누나는 냉장고에서 술병을 꺼내 잔을 도로 채우고 얼음을 몇 조각 넣는다. "난 남편이 그런 거 같아. 아주 오래전에 그 사람 만난 적 있어. 맥길리커티의 집들이였는지 생일이었는지 잘 기억은 안 나는데, 내가 부엌에 들어갔을 때 둘이 싸우고 있더라고. 아니지. 그놈이 소리를 지르고 부인은 울고만 있었어."

"그래?" 난 병뚜껑을 따고 길게 한 모금 마신다.

나의 성의 없는 대꾸에 누나는 불쾌하다는 표정을 짓는다. 이 사건을 맡은 형사로서, 난 조율자의 역할을 해야 한다. 이 역할은 절묘한 균형감을 요구한다. 대중의 관심을 끌도록 적당히 가십거리를 제공하되, 그들이 희망을 저버릴 정도로 많은 정보를 풀면 안 된다. 대중에게 정보라는 먹이를 던져줘서 수사의 연료로 때는 건 좋지만, 나에게 방해가 될 정도여서는 안 된다. 내가 할 일은 어디까지나 단서를 찾는 거다. 자경단이나 방구석 탐정 같은 건 아무 도움도 안 된다.

"마커스. 그 두 사람이 이혼할 예정이었다는 건 세상이 다 알고 있어. 내가 그 여자의 일급비밀을 누설한 것처럼 대하지 마. 그 여자는 바람을 피웠어. 그리고 솔직히 그 여자의 입장이 되면 누가 안 그러겠니? 그 남편은 진짜 재수 없는 새끼야."

틀린 말이 아니다. 둘의 결혼생활이 평탄치 않았다는 건 누구나 아는 사실이다. 누나 외에도 수많은 사람이 사빈의 실종에 남편이 개입했으리라 생각한다. 강가에서 책을 읽었다는 거짓말을 믿는 사람은 나를 포함해서 아무도 없다. 실종 당일 오후에 제프리가 무엇을 했는지를 파헤치느라, 난 정작 수사에 써야 할 귀중한 시간을 너무 많이 빼앗겼다.

"그래. 경찰이니까 비밀을 지켜야지. 하지만 네가 일등으로 좋아하는 이 누나한테만 살짝……."

"누나가 한 명밖에 없는데 무슨 소리야."

"어쨌든. 나한테 얘기해줘. 내가 두 번째로 좋아하는 남동생아."

옆방에서 한바탕 웃음소리가 들린다. 누나는 모퉁이로 고개를 빼고 우리의 대화를 듣는 사람이 없는지 확인한다. 누나는 누가 듣는 게 신경 쓰이는 게 아니라, 내가 얘기해주지 않을까 봐 걱정하는 거다. 누나는 예전부터 자기만 비밀을 모르는 걸 참 싫어했다. "네 촉은 어때? 사빈을 찾을 수 있을 거 같아?"

"아니."

누나의 눈이 휘둥그레진다. "정말? 무슨 일이 일어났을 거 같아? 감이 잡히는 게 있어?"

"솔직하게 말해줄까?" 난 맥주를 끝까지 비우고 병을 재활용 쓰레기통에 던진다. "난 사빈이 죽었을 것 같아."

내 남동생 듀크가 고기찜이 담긴 접시를 들고 와 자리에 앉는다. 김이 모락모락 피어오르는 접시에는 고기와 채소가 가득하다. 식탁은 이미 엄마가 만든 요리로 포화 상태이다. 늘 그렇듯, 엄마는 일개 부대가 먹고도 남을 정도로 요리를 많이 하셨다. 다 먹고 남은 음식은 지퍼백에 담아 가는데, 모두가 일주일을 넘게 먹고도 남을 양이다. 아직도 부엌에서 지지고 볶는 소리가 들린다. 엄마는 쉴 새 없이 혼잣말하며 요리하신다. 드레싱을 더 뿌려야지. 버터는 어디 갔니? 마늘빵을 빠트리면 안 되지.

"엄마. 빨리 와요!" 내가 소리친다. 고기에, 감자에, 뒷마당에서 딴 채소까지, 음식 냄새가 진동한다. "우리 다 죽겠다고요!"

난 식탁 맞은편에 있는 애나벨에게 윙크한다. 조카는 접시에 있던 소시지 하나를 빼돌려 손 안에 숨기고 있다. 음식을 몰래 먹는 건 애나벨에게만 허용된 일이다. 조카가 아픈 이후로 엄마는 그 애를 편애하신다. 집안 규칙을 어기고도 잔소리를 듣지 않는 건 나를 제외하면 애나벨뿐이다. 다른 이들은 절대 이 규칙들을 어길 수 없지만, 나와 애나벨은 어느 정도 엄마가 눈감아 주신다. (1) 욕, 말대꾸 금지. (2) 모두 식탁에 앉아 기도하기 전엔 음식에 손댈 수 없음. (3) 불을 끌 것. 내가 전기 회사 사장인 줄 아니?

엄마가 앞치마를 두른 채 식탁 쪽으로 오신다. 주름 장식이 많고 꽃이 그려진 저 앞치마는 내가 아주 어렸을 때부터 집에 있던 거다. "다들 마실 거 챙겼니?"

여기저기서 고개를 끄덕이고, 예, 하고 대답한다. 내 맥주병은 이미 비어 있지만 그래도 예, 하고 대답한다. 냉장고에서 새로 꺼내오는 시간만큼 식사가 지연될 텐데, 안 그래도 배고파 죽을 지경인 가족들에게 원성을 듣고 싶진 않다. 웬만해선 저들의 심기를 건드려선 안 된다.

엄마가 자리에 앉으시더니, 식탁 맨 끝에 비어 있는 자리를 보고는 놀란 표정을 지으신다. 놀란 표정은 이내 화난 표정으로 바뀐다. 엄마의 시선이 식탁에 앉은 이들의 얼굴을 훑는다. 머릿속에 있는 출석부에서 한명 한명을 확인하는 중이다. 어른이 된 자식 셋과 각자의 배우자들. 듀크와 조니의 자식인 쌍둥이들. 카밀과 숀의 자식인 말썽꾸러기 사내놈들과 애나벨. 엄마의 시선이 나를 향하는 건 시간문제다.

"마커스, 에마는 어딨니?"

불참한 내 아내를 찾으시는 거다. 엄마가 사랑하는 며느리. 지난 크리스마스 때 친딸이나 다름없다고 했던 며느리. "저기, 엄마." 그 당시 카밀이 말했다. "엄마 딸 여기 있는데?" 엄마는 누나의 손을 쓰다듬으며 말씀하셨다. "무슨 말인지 잘 알잖니." 엄마는 너무 바쁜 나머지 내가 에마 없이 혼자 온 걸 이제야 아신 거다.

난 식기 아래에 깔린 냅킨을 펼쳐서 무릎에 깐다. "집에 누워 있어요. 못 와서 죄송하다고 전해달래요."

여기에 있는 모두가 그렇듯, 엄마도 내 아내가 허약 체질인 걸 잘 알고 계신다. 에마는 늘 두통이 있거나, 배가 아프거나, 귀가 아프거나, 어지럽다고 한다. 나는 아내가 가족들과 함께하는 식사나 아이들 축구 경기에 빠지는 거에 크게 신경 쓰지 않는다. 하지만 오늘은 예외다. 듀랜드 가족의 일원으로서 생일 파티에 빠진다는 건 있을 수 없는 일이다. 예전에 카밀은 모두가 후식까지 다 먹은 다음에야 산통이 찾아왔다고 말했다.

"아팠어요." 내가 말한다. "에마는 아팠어요. 요즘 유행하는 장염에 걸렸었거든요."

"장염이라니?" 카밀이 사람들을 둘러보며 말한다. "장염이 유행한다는 얘기는 처음 듣는데. 언제부터? 어떤 종류야?" 누나가 듀크를 향해 미간을 찌푸려 보이고 남편인 숀에게로 시선을 옮긴다. "장염 얘기 들어본 사람 있어?"

엄마가 인상을 쓰신다. "네 말대로 '아팠다면' 지금은 다 나았다는 얘긴데 왜 같이 안 왔니?"

"엄마, 진정하세요. 에마는 많이 좋아졌어요. 하지만 아직 백 퍼센트 나은 건 아니에요. 오늘 집에서 자면서 쉬고 싶다고 했어요. 솔직히 전염성 장염일까 봐 우리 둘 다 많이 걱정했어요. 위험을 감수하고 싶지 않았다고요. 특히 오늘처럼 아이들이 다 모이는 날엔." 난 의미심장한 눈빛으로 애나벨을 바라본다. 애나벨의 면역체계는 아직 불안정한 상태이다.

엄마를 설득하는 데엔 성공했다. 엄마는 감정을 털어내고 의자를 끌어당기신다. "냉동실에 내가 직접 만든 닭고기 수프가 있다."

"이따 챙길게요."

엄마는 내 말을 들은 체도 안 하고 그 자리에 선 채로 말씀하신다. "해동시켜야 하니 꺼내 놓을게. 얼마 안 걸릴 거야."

누군가가 끙 앓는 소리를 낸다. 식탁 제일 끝에 아이들이 있는 쪽에 앉은 카밀의 첫째 아들놈 같다. 엄마 집 냉동실은 블랙홀이다. 한 번 들어간 음식은 좀처럼 나오는 일이 없다. 그러다 1년에 한 번, 엄마는 그 음식들을 들고 시내에 있는 노숙인 쉼터에 찾아가신다. 냉동실 안에 있는 닭고기 수프를 찾으려면 몇 주는 족히 걸릴 거다.

누나가 눈을 부릅뜨고 나를 처다본다. 기차가 떠나기 전에 붙잡으라는 신호다. 누나의 오른쪽으로 나란히 앉은 아이들은 포크를 쥔 채 공황 상태에 빠진 사나운 눈길로 나를 처다본다. 오직 애나벨만 의자에 기대고 앉아 음식을 씹고 있다. 소시지를 입안 가득 물고 있는 모습이, 꼭 빨간 꼬리가 달린 스누피 같다.

"엄마!" 엄마는 부엌문 앞에서 멈추신다. 난 부드러운 어투로 바꿔서 말한다. "에마가 닭고기 수프를 보면 정말 좋아할 거 같아요. 그런데 제발, 제발 부탁이니 나중에 꺼내는 게 어떨까요? 그래 주시면 안 돼요? 저기 앉은 꼬맹이들이 폭동을 일으킬 것 같은데요?"

"맞아요." 누군가가 속삭인다. 누나가 옆구리를 쿡 찌르는 거로 봐서 매형인 것 같다.

엄마가 꼬마들을 처다보신다. 아이들은 고개를 까딱거린다. "할머니, 배고파 죽겠어요." 아이 중 하나가 말한다.

엄마는 가슴 한쪽을 손으로 지그시 누르더니 자리로 돌아오신다. 그러더니 라디오 광고 후반부에 빠른 속도로 읊는 보험 약관처럼 잽싸게 기도를 하시고는, 마침내 우리가 그토록 기다렸던 말을 내뱉으신다. "다들 꼭꼭 씹어 먹어라."

한차례 대폭발이 일어나듯 몸짓과 목소리가 난무한다. 여기저기 바쁘게 접시를 주고받는 손들. 숟가락으로 음식을 푸고는 한 주 내내 굶주린 사람들처럼 접시에 코를 박고 음식을 흡입한다. 에마는 이 광경을 보고 '듀랜드 가족의 푸드파이터 먹방'이라고 말했다. 한바탕 난동이 일어나는 바람에, 나는 허리춤에 진동이 울리는 것도 놓칠 뻔했다.

발신자의 이름을 보는 순간 온몸에 아드레날린이 솟구친다. 내가 경찰이 된 데에는 수십 가지 이유가 있다. 우선 내 첫아이에게 통제와 규율을 가르치고 싶었다. 감옥을 제집처럼 드나들다가 14년 형을 살던 중 돌아가신 우리 아버지의 영향도 컸다. 생명보험금 따위 없이 돌아가신 아버지의 공백을 메우기 위해 난 최소 두 개의 직장이 필요했다. 하지만 무엇보다도 무언가 실마리가 풀렸을 때의 기분, 온몸에 기운이 솟구쳐 심장이 터질 듯한 그 맛 때문에 난 이 일을 그만두지 못한다. 코카인만큼이나 중독성이 강하다.

난 허리춤에서 핸드폰을 뽑아 들고, 내 귀 옆에 대고 흔들어 보인다. 엄마는 얼른 받아보라며 손짓하신다.

어떤 엄마들은 아들이 성직자가 되길 바란다. 그런데 우리 엄마는 경찰을 가장 명예로운 직업으로 생각하신다.

난 세 걸음 만에 부엌에 도달한다.

"뭔가 찾았어." 찰리가 골초 특유의 걸걸한 목소리로 말한다. 목소리만 들으면 언제 가슴을 부여잡고 쓰러져도 이상하지 않을 것 같다.

기다리다 죽는 줄 알았네.

전직 경찰인 찰리는 찾을 수 없는 것들을 찾아내는 데에 특화된 사설탐정인데, 내 비밀 병기라고 할 수 있다. 찰리의 수사 방식에 미심쩍은 부분이 있는 건 사실이다. 특히 우리 서장은 무척이나 미심쩍다고 한다. 동시에 찰리는 매사 조심스럽고 사건 해결 능력이 뛰어나다. 난 그에게 사비로 뒷돈을 챙겨준다. 여태까지는 찰리에게 쓴 돈이 조금도 아깝지 않다.

난 유리로 된 미닫이문을 열고 엄마 집 뒷마당이 내려다보이는 발코니로 나간다. 나뭇가지 사이로 내리쬐는 늦은 오후의 햇살은 엄마가 텃밭에 심어놓은 토마토, 풋강낭콩, 그 밖에 비닐하우스에서 싹을

틔우는 온갖 것들을 비춘다.

"털사에 있는 아파트에 입주 신청서를 넣은 걸 찾았어." 찰리가 말한다. "거기 이름이……" 종이 부스럭대는 소리가 들린다. "리버 벤드에 있는 '더 디스트릭트'라는 아파트 단지야. 곤봉으로 일일이 때려잡기도 힘들 정도로 힙스터들이 많이 사는 동넨데, 그래, 그런 놈들은 곤봉으로 때려잡으면 속이 후련하겠어. 아무튼, 임대 담당 매니저가 뒷조사를 좀 했나 봐. 너희 사모님, 임대계약서에 서명하기도 전에 사라졌대."

찰리의 말에 나는 관자놀이에서 톡 소리가 날 정도로 이를 세게 악문다. 내가 찾는 '사모님'은 계획적으로 그 신청서를 작성했다. 운전면허증, 주민등록번호 등 신분 확인에 필요한 서류를 넘기는 순간, 그것들이 일종의 봉화가 되어 자신의 위치를 알리리라는 것을 정확히 알고 있었다. 한마디로 경찰에게 자신의 위치를 알리는 온라인상의 발자취를 남긴 것이다.

"낚시질을 한 거네." 내가 말한다. "지금 한창 달리고 있겠어."

찰리는 꿀꿀대는 소리로 동의를 표한다. "임대 담당 매니저에게 참고용으로 준 번호 두 개로 전화해봤어. 둘 다 퀵트립으로 연결되더라고. 하나는 털사 지점, 하나는 오클라호마시티에 있는 주유소야. 이 두 위치는 200킬로미터 떨어져 있어. 이거, 좀 웃기지 않아?"

"웃겨 죽을 지경이네."

"하필이면 둘 다 막다른 길에 있어. 너무 뻔하네."

뻔하지. 난 폐가 터질 정도로 숨을 들이마신 뒤, 10초를 세며 천천히 내쉰다. 범죄심리학자에게 배운 기술이다. 유뱅크스 서장은 강제 휴직에 처하겠다 협박하며 나에게 상담사를 만나보길 권했는데, 그 사람도 이 호흡법을 가르쳐줬다. 그런데 이렇게 숨을 쉬어봐야 짜증만 날 뿐 달라지는 건 없다.

"서쪽으로 흔적을 남겼으니까 아마 동쪽으로 갔을 거야." 내가 말한다. "억양이 튀기 때문에 서부는 벗어나지 않을 거고."

"멤피스?"

"아니. 너무 가까워. 하루에서 이틀은 차를 몰고 갔을 거야. 일단 도시부터 시작하자고."

"알았어."

"아, 그리고 또 한 가지."

"얘기해."

"지금쯤이면 자취를 남겼을 것 같아. 분명 무언가를 흘렸을 거야. 그게 뭔지는 나도 모르겠지만 찾아줘."

"알았어."

찰리가 전화를 끊는다. 나는 핸드폰을 주머니에 넣고 그 자리에 한참을 서 있었다. 긴장감을 달래려 괜히 난간을 움켜쥐어 보고, 새가 흙에서 지렁이를 낚아채는 모습도 지켜본다. 지렁이는 흙을 떠나지 않으려 안간힘을 써보지만, 새가 흙째 움켜쥐고 날아오르는 걸 막을 길은 없다.

"마커스 삼촌?"

돌아보니 애나벨이 서 있다. 예쁜 얼굴에 근심이 가득 차 있다. 뒤에 있는 미닫이문은 아이가 간신히 통과할 수 있을 정도만 열려 있다.

"안녕, 공주님." 난 애나벨에게 미소 지으며, 속으로는 이 애가 여기에 서서 얼마나 들었을지 표정을 읽어 파악하려 한다.

애나벨은 고개를 뒤로 젖히고 실눈을 뜬 채 태양을 본다. "삼촌 나쁜 말 했어."

난 통화 내용을 복기하며 내가 무슨 말을 했는지 기억하려 애쓴다. 어떤 나쁜 말을 얘기하는 거지? 여러 개 중 어떤 것인지 알 수 없다. 난 허리를 숙여 눈높이를 맞춘다. "삼촌이 그랬니?"

애나벨이 끄덕인다. "삼촌이 씨……."

"어헛. 하지 마." 난 손으로 아이의 입을 막는다. "너희 엄마가 들으면 우리 둘 다 밧줄로 꽁꽁 묶어서 천장에 매달 거야. 엄마 얘기가 나와서 말인데, 경찰 아저씨들이 하는 중요한 얘기 엿듣지 말라고 엄마한테 안 배웠어?"

애나벨은 꼼지락대며 내 손을 뿌리치고 씩 웃는다. "삼촌 무슨 얘기하는지 엿들으라고 엄마가 시켰는데."

난 웃음이 터져 뒷목과 허리에 긴장이 풀린다. "식탁에 음식 남았어? 아니면 네놈들이 다 먹어치웠니? 이 야만인들 같으니라고!"

애나벨이 미소 짓는다. "할머니가 삼촌 먹으라고 접시에 덜어놨어. 엄청 많이."

난 아이의 발목을 낚아채서 한 바퀴 돌려 어깨에 짊어진 뒤 문으로 향한다. 애나벨은 꽤액 소리를 지른다. "잘됐네. 배고파 죽는 줄 알았거든."

베스

TV에서 본 실종 사건 보도가 온종일 뇌리에서 지워지지 않는다. 난 처음으로 집을 떠나려 했던 때를 떠올린다. 결혼한 지 몇 년 안 됐을 때다. 당신은 앞으로 달라지겠다며 사과하고 약속했어. 하지만 다 소용없다는 걸 깨닫기에 이미 충분한 시간이 흐른 뒤였지. 한편으로는 나에게도 어느 정도는 통제권이 있다고 믿었으니, 아직 아무것도 모를 때였나 봐. 난 무모한 용기를 앞세워 물건들을 가방에 때려 넣었어. 그길로 차를 몰고 언니 집으로 갔지. 그보다 한 주 전에, 목과 갈빗대에 난 상처를 본 언니가 집 열쇠를 주며 언제든 오라고 했었거든. 밤이든 낮이든.

하지만 내 자유는 4시간 만에 끝이 났다.

언니를 떠올리자 그때의 고통이 다시금 떠오른다. 당신이 그 집 현관 앞에 서 있는 걸 봤을 때 언니의 표정이 생각나. 당신은 꽃다발과 다이아몬드 목걸이를 들고 왔어. 무슨 돈으로 산 목걸이인지는 아직도 모르겠네. 내가 당신을 따라 차에 탈 때 언니는 걱정스러운 표정을 지었어. 당신이 무슨 말을 하고 나를 데려갔는지 기억해? 기억하냐고? 난 한 마디도 빼놓지 않고 기억해. 당신은 대 팔을 움켜쥐었어. 내 귀에 속살일 때 뜨거운 입김이 느껴졌지. 언니는 나보고 집에 들어가라며 소리쳤어.

"당장 저 빌어먹을 차에 타지 않으면," 당신은 소름 끼치도록 침착하게 말했지. "네 언니를 조각조각 썰어버릴 거야. 네가 보는 앞에서."

난 당장 그 빌어먹을 차에 탔다.

그 이후 난 언니와 몇 개월 동안 연락하지 않았다. 당신이 어떤 말을 했는지 언니한테 솔직히 털어놓을 수 없었으니까. 내 뼈를 부러트리고 심장을 도려내는 사람의 집으로 돌아가는 이유를 언니는 이해하지 못했다. 언니는 내가 사랑에 눈이 멀어 이성적인 판단을 못한다고 말했다. 난 언니에게, 이건 사랑과는 아무 상관이 없다고 말해주지 못했다. 그날 당신을 따라 집으로 돌아갔던 건 당신의 말이 진심인 걸 알았기 때문이야. 미안하다, 상담을 받겠다, 다시는 나에게 손대지 않겠다는 말들과 달리, 언니에 대한 협박은 빈말이 아니라는 걸 알았어. 당신은 눈 하나 깜짝하지 않고 언니를 토막 냈을 거야.

그날 깨달은 점이 또 한 가지 있다. 내가 떠나는 건 단지 나만의 문제가 아니라는 불길한 예감. 당신은 당신을 막아서는 사람이면 그게 누구든 상관하지 않고 죽일 거야.

"안녕하세요, 베스?" 목사님의 목소리가 바로 등 뒤에서 들린다. 하지만 같은 말을 두 번 더 들은 후에야 그게 나에게 하는 말이라는 걸, 내가 베스라는 걸 깨닫는다.

난 깜짝 놀라며 상체를 세우다가 캐비닛 장식장 위쪽 선반에 머리를 부딪친다. 눈앞에 별이 보인다. 난 욱신거리는 부위를 손바닥으로 톡톡 두드리며 장식장 밖으로 기어나간다.

목사님은 손을 모으고 가볍게 묵례하신다. "무슨 일을 하든지, 사람이 아니라 주님을 위하듯, 진심으로 하십시오. 골로새서 3장 23절."

이런 말에는 어떻게 대답해야 할지 모르겠다. 내가 일자리를 수락함으로써 이 성스러운 사람은 위험에 빠졌다. 그런 사람에게 난 무슨 말을 해야 할까. 당신이 나를 찾아오는 길에 죽일 사람 중 한 명이겠지. 부수적 피해. 당신은 그 사람들을 그렇게 부를 거야.

난 가시 돋친 공포심을 떨쳐버리고 목사님의 미소에 집중하려고 노력한다.

"잠시 얘기할 수 있을까요?" 목사님이 말한다. "위층 제 사무실에 있는 책꽂이를 손봐 주셨으면 해서요."

난 몸을 일으켜 세운 뒤 바지에 묻은 먼지를 털어낸다. "물론이죠. 뭘 하면 되죠?"

"책들이 아무렇게나 놓여 있어요. 글자에 따라 배열한 것도 아니고, 그렇다고 별다른 이유가 있는 것도 아니죠. 누군가가 정리를 해주면 좋겠어요. 어떤 순서로 정리하면 좋을지 생각해주시겠어요? 정말 중요한 일이거든요. 아마 오늘 퇴근 시간에야 끝날 거예요."

이해가 안 된다. 지금까지 나, 마르티나, 아야나는 농작물을 훑고 지나가는 메뚜기 떼처럼 팀으로 움직이며 쓸고 닦았다. 그런데 지금 목사님은 나더러 혼자 일하라고 하신다. 내 시선은 놀이방 반대편에 얼어붙어 있는 마르티나를 향한다. 한껏 찌푸린 미간을 보니 더 긴장된다.

난 태연한 척 마르티나가 있는 쪽을 가리킨다. "지원군을 데려가도 될까요?"

"아주 좋은 생각입니다만 오늘 저녁에 아이들이 오기 전까지 놀이

방도 준비가 되어 있어야겠죠." 목사님이 미소 지으며 두 사람을 바라본다. "두 분은 여기를 마무리한 다음에 베스를 돕기로 하죠. 그러는 동안 난 2층에서 베스에게 설명을 할게요."

마르티나의 미간 주름이 더 깊어진다. 나에겐 양동이를 들고 목사님을 따라가는 것 외엔 선택의 여지가 없다. 한껏 커진 피해의식을 떨쳐내려고 애서 본다. 왜 나만 2층으로 데려가는 걸까? 면허증, 주민등록증, 그 밖에 모든 게 가짜란 걸 눈치챈 걸까?

친근한 말투로 봐선 그렇지 않은 것 같다. 2층으로 가는 내내 목사님은 책 목록에 관해 설명하신다. 강해 설교 지침서, 그동안 수집한 골동품 성경 등이 있고, 매해 크리스마스 때마다 장난치기 좋아하는 교우가 목사님의 양말에 넣어 놓는 '바보들을 위한 설교' 시리즈가 선반 한 줄을 채우고 있다고 한다.

"문제는 우리 신도들이 빌린 책을 깜빡하고 반납하지 않는다는 거예요. 작년에 제 아내는 도서관에서 사용하는 스티커를 모든 책에 붙였어요. 하지만 돌려받을 거라고 장담할 수는 없죠."

"도서 대출 대장을 만드시는 건 어때요?"

운영진 사무실의 양쪽으로 열리는 문을 들어서며 내가 제안한다. "도서관 가면 있는 것처럼요. 대여 기간 2주가 지나면 반납하는 거예요. 반납하지 않을 시에는…… 글쎄요, 영원한 고통에 처해야 할까요?"

목사님이 껄껄대고 웃으며 문을 연다. "책이 사라지는 걸 막을 수 있다면, 글쎄요, 지옥행을 놓고 협박하는 건 좀 심한 것 같고, 연옥행 정도면 나쁘지 않겠네요."

접수 데스크에 앉아 통화하던 샬린은 우리가 들어오자 미소를 보인다.

"대여 기록을 작성하는 건 좋은 생각 같아요." 복도 반대편으로 나를 안내하며 목사님이 말씀하신다. "혹시 만들어주실 수 있나요?"

난 목사님의 표정을 살핀다. 진심으로 하는 말인가? 왜 부탁하는 거지? 그것도 비서가 아닌 청소부에게? 난 목사님의 표정을 관찰하며 그 질문의 동기가 뭔지를 가늠해본다. 하지만 아무리 생각해도 모르겠다. 난 태연해지려 애쓰며, 침착하고 따뜻한 표정을 유지한다. "물론이죠. 컴퓨터와 프린터만 있으면 돼요."

"제 걸 쓰세요. 비밀번호는 ErwinGrace2예요." 자식들의 이름이다. 목사님은 자랑스러운 듯 미소를 짓는다. "어윈 포한테는 얘기하지 마세요. 와서 아는 체할지도 모르니."

목사님의 사무실에 도착한 우리는, 바닥부터 천장까지 솟은 윤이 나는 원목 책장 앞에 선다. 책장은 종교 서적과 성화들로 가득하다. 책장이 엉망이라는 목사님의 말은 농담이 아니었다. 크기도 제각각인 성경책, 격언집, 전도서 등의 책들이 어지러이 뒤섞여 있다. 순서 같은 건 없어 보인다. 어떤 선반은 이유 없이 절반이 비어 있기도 하고, 어떤 부분은 책들이 눌어붙을 정도로 빽빽이 꽂혀 있다.

"이것 좀 봐요." 목사님이 중간 선반에서 낡은 책 한 권을 꺼내며 말씀하신다. "앤드루스 가족 성경이에요. 저의 고조할머니께서 당신의 아들인 어윈 잭슨 앤드루스 1세에게 결혼 선물로 준 거죠." 목사님이 가죽 커버를 열고 조심스럽게 색 바랜 책장을 넘긴다. 맨 뒤에 있는 페이지는 형형색색으로 꾸며져 있다. 가계도인데, 각 가지의 끝에는 손 글씨로 이름, 태어난 날짜, 사망한 날짜, 결혼한 날짜가 적혀 있다. 목사님은 맨 아래에 있는 이름 두 개를 손가락으로 톡톡 두드리며 말씀하신다. "어윈 포와 그 애의 누나인 그레이스예요. 언젠가 주님의 뜻에 따라 자기 아이들에게 이걸 물려주겠죠."

"이렇게 아름다운 가보를 물려받다니, 정말 좋겠어요." 내가 말한다. "이건 선반 하나를 온전히 써야겠어요. 가운데 칸으로요. 조명을 비춰도 좋겠네요."

"거봐요. 내가 적임자를 찾았다니까." 주머니 안쪽에서 음악 소리가 들려오자, 목사님은 나에게 성경책을 건넨다. "제 아내입니다. 잠시만 통화하고 올게요."

목사님이 복도로 나가시자 나는 성경책을 들고 책상으로 가서 컴퓨터 옆에 조심스럽게 내려놓는다. 난 신의 존재를 전적으로 믿지는 않는다. 어쩌면 혼돈 속에 질서를 세우는 어떤 거대한 힘이 있다고 막연하게 믿는지도 모르겠다. 컴퓨터가 있고 쳐다보는 눈이 없는 2층 서재로 목사님이 나를 데려온 건, 내가 알지 못하는 힘이 작용해서일지도 모른다. 어쩌면 우주는 나에게 생존에 필요한 요소들을 제공하고, 나는 그저 운명이 가리키는 방향을 따라 걸어가고 있을 뿐인지도 모른다.

나는 틈만 나면 화장실에 들어가 몇 분이 채 안 되는 시간을 할애해 작은 핸드폰 화면으로, 그것도 값비싼 데이터를 소진해가며 뉴스를 검색했다. 그런데 지금 난 컴퓨터 옆에 서 있고, 비밀번호도 알고 있다. 내 뇌 속의 교활한 부분이 깨어나며 온몸이 저릿저릿해 온다.

그런데 만약 이게 일종의 시험이라면? 하지만 반대로 생각하면, 나에 대한 목사님의 불신을 뒤집어 나를 신뢰하게 만드는 기회로 삼을 수도 있다.

이제 목사님의 목소리는 아래층으로 잦아들어 들리지 않는다. 난 손목시계를 보며 아래층에 있을 마르티나와 아야나를 떠올린다. 플라스틱 장난감을 산처럼 쌓아놓고 하나하나 세균을 닦아내고 있겠지. 앞으로 한두 시간은 바쁠 것이다. 그렇다면 목사님이 통화를 끊고 돌아오기까지는 얼마나 걸릴까? 몇 초가 될 수도 있고, 운이 좋으면 몇 분이 될 수도 있다.

의자에 앉자 심장이 요동친다. 나 자신에게, 이건 나쁜 짓이 아니라고, 인터넷에 접속하는 건 범죄가 아니라고 말한다. 목사님은 다정하고 붙임성 좋은 분이다. 고향 소식을 확인해봐도 좋을지 물어보면 흔쾌히 허락하실 것이다.

난 마우스를 움직인 뒤 키보드로 목사님의 비밀번호를 입력한다. 잠금 화면이 넘어가며, 높은 곳에서 찍은 예수 열두 사도의 교회 사진이 나온다. 헬리콥터에서 찍은 것 같다. 아니면 드론인가? 교회 꼭대기에 있는 십자가가 구름 한 점 없는 파란 하늘을 배경으로 빛나고 있다.

복도 쪽에서 언젠 들려올지 모를 사람들 소리에 바짝 귀를 기울인다. 발걸음 소리, 키보드 두드리는 소리, 누군가를 부르는 소리, 통화하는 소리. 그 어느 것도 들리지 않는다. 누군가 재채기를 한다. 그러고는 다시 조용해진다. 다들 점심을 먹으러 간 것 같다.

난 인터넷 창을 열고 온종일 내 뇌리에 맴돈 단어들을 친다. 사빈 하딘슨 실종.

수천에 달하는 조회수. 딱히 놀랄 이유는 없다. 인터넷에서 뉴스는 다른 매체와 비교했을 때 빠르게 퍼진다. 다른 주에서 TV를 틀어 이 이야기를 접할 수 있을 정도라면 온라인상에서는 더 많이 퍼져 나갔다는 얘기다. CNN, 폭스 뉴스 등 주요 언론이 이 사건을 기사로

냈다.

검색 결과를 쭉 내려보니 익숙한 TV 프로그램 제목이 눈에 들어온다. '맨디와 아침을 - 사빈의 친언니와 연인이 말하는 치명적인 진실. 사전 녹화방송'. 늘 그렇듯 맨디는 추측성 보도를 서슴지 않는다. 이 제목은 기존의 홍보 방식과 마찬가지로 사람들이 많이 조회하도록 유도하는 미끼용이다. 파인블러프 사람들은 대부분 맨디를 좋아하지만 난 별로 안 좋아한다. 난 그것 대신 지역 신문인 '파인블러프 커머셜'을 클릭한다. 기사 제목은 '파인블러프의 실종된 여자, 단서를 찾는 경찰'이다.

순간 몸속 깊은 곳에서 올라오는 메스꺼움을 느낀다. 천천히 숨을 쉬며 안정되길 기다려본다.

난 인터넷을 계속해서 뒤지며, 곁눈질로는 아무도 없는 문 쪽을 살핀다. 뉴스는 하나같이 일차원적인 사실들만 보도한다. 수요일에 마지막으로 모습을 드러냈다, 자동차는 훼손되지 않은 상태로 버려졌다, 단서는 없다, 목격자도 없다. 기사를 몇 개 더 열어보지만, 이제 새로운 정보도 없고, 별 의미가 없다는 생각이 든다. 이제 사건의 근원지로 들어가 봐야겠다.

난 떨리는 손으로 페이스북 주소를 입력한다. 목사님의 개인 페이지가 스크린을 채운다. 오늘의 성경 말씀, 음식 사진, 휴가지에서 찍은 사진, 비싼 운동화 광고 등이 있다. 난 의자에 기대어 앉아 표백제 냄새가 나는 엄지손톱을 물어뜯으며, 목사님의 사생활을 침해하고 있는 나 자신을 꾸짖는다. 목사님 계정에서 로그아웃하고 새로운 계정, 베스의 가짜 계정을 만드는 게 나을 것 같다. 하지만 그런 생각이 들기가 무섭게, 그래서는 안 된다는 경각심이 든다. 난 목사님의 비밀번호를 모른다. 따라서 다시 목사님 계정으로 로그인할 방법은 없다. 조금 있으면 컴퓨터를 손대기 전 상태로 돌려놔야 한다. 내가 여기에 앉았었다는 흔적을 남겨서는 안 된다.

"난 아마 지옥에 갈 거야." 난 나직이 속삭인다.

목사님의 페이스북 계정으로 로그인을 유지한 채, 이번엔 파인블러프 경찰서 페이지를 연다.

사빈의 실종과 관련된 제보를 받는 전화번호와 더불어, 인터넷상으로 제보를 받는 링크가 맨 위에 고정돼 있다. 게시물을 훑어보지만 새로운 건 없다. 경찰이 증거나 단서를 찾았다 해도 여기에 노출할 일은 없을 거다.

계속해서 페이지를 내려가니 직원용 알림 게시물을 지나, 운전 중에 핸드폰 메시지를 보내는 게 얼마나 위험한지를 알리는 게시물이 있다. 조금 더 마우스 휠을 돌리다가 페이지 맨 아래에서 멈춘다. 사빈에 관한 제보를 받는 전화번호가 한 번 더 나와 있고, 사진과 함께 제목이 적혀 있다. 그걸 읽는 순간, 머리에서 폭발이 일어난 듯 눈앞이 캄캄해진다.

실종된 여인, 사망한 것으로 추정.

복도에서 인기척이 들려온다. 이어서 문이 벽에 부딪히는 소리와 함께 목사님의 목소리가 들려온다. "샬린, 그리스도 우리의 왕 성당의 피트 신부님을 연결해줄래요? 책상에서 통화할게요."

이런 젠장.

난 더듬더듬 마우스를 쥐고 미친 듯이 사이트에서 빠져나온 뒤, 인터넷 익스플로러를 닫고, 교회 배경 사진으로 돌아온다. 인기척이 점점 가깝게 들린다. 난 책장을 쳐다본다. 아직 엉망이고 손도 안 댄 상태다. 그럴듯하게 둘러댈 말이 필요하다. 난 워드프로세서 아이콘을 두 번 클릭한다. 책상 밑에 있는 컴퓨터 본체가 요란하게 윙윙거린다.

젠장.

난 의자에서 벌떡 일어나 양동이에서 분무기와 천을 꺼내 든다. 책상에 용액을 마구 뿌리는 순간, 목사님이 들어오신다.

"좀 진전이 있었나요?" 목사님이 떠날 때와 조금도 달라진 게 없는 사무실을 둘러보며 물으신다. 책장은 여전히 책으로 가득하고 프린터는 조용하다. 난 가장 무난한 대답을 한다.

분무기로 화면을 가리키며 내가 말한다. "컴퓨터가 다운된 거 같아요. 목사님이 나가시자마자 워드를 열려고 했는데, 앗, 이것 좀 봐요. 이제 되네요."

목사님의 미소를 보자 입안에 침이 바싹 마른다. "잘됐네요. 그런데 책장부터 부탁드려도 될까요? 내가 지금 책상에 앉아서 할 일이 있거든요. 이제 곧 전화가 올 건데, 컴퓨터에서 파일을 열어야 하거든요."

바로 그때 책상에 놓인 전화가 울린다.

나는 마지막으로 걸레질을 한 차례 더 한 뒤 책상에서 물러난다. "마음껏 쓰세요."

목사님은 의자에 앉고, 나는 책장으로 이동한다. 내 심장은 전장의 북처럼 세차게 울린다. 난 책들을 바라보며 어떻게 정리할지 생각하는 척한다. 또 한편으로는 통화를 엿듣지 않으려고 신경 쓴다. 시내에 있는 수프 가게에서 있을 합동 봉사에 관한 내용인데, 난 목사님의 목소리에만 집중하려고 노력한다. 목소리의 음가가 올라갔다 내

려가는 거에만 집중해보자. 그래야 저분의 신뢰를 저버린 죄책감을
잠시라도 잊을 수 있으니까.

"작년에 메모해둔 게 어딘가에 있을 거예요." 목사님이 말하는 동
안 난 제일 위에 있는 선반을 비우고 책들을 바닥에 쌓는다. 깔끔하
게는 쌓았는데 한쪽으로 기울어 있다. "제가 찾아서 보내드릴게요.
잠깐만 기다려요."

등 뒤에서 목사님이 키보드 두드리는 소리가 들린다. 그제야 난 깨
닫는다.

방문 목록을 지우지 않았구나.

마커스

파인블러프 경찰서 건물의 낮은 쪽 구석에 있는 컴퓨터 법의학 부서는 창문이 없는 공간으로, 청소 도구 보관실을 겸하고 있다. 이 부서의 유일한 직원인 제이드는 다수의 컴퓨터와 모니터, 과열된 기기를 냉각시키는 거대한 공업용 에어컨이 빼곡히 들어선 공간에서 거의 움직이지도 못하고 일한다. 이 여자는 좁아터진 공간과 살이 에는 추위 속에서 근무하면서도 딱히 불평한 적이 없다. 교도소보다는 나은 환경이어서 그런지도 모르겠다. 이곳에 오기 전에 제이드는 국제 보안 프로그램을 해킹해서 감옥에 갈 뻔한 적이 있다.

내가 문틀을 두드리자 제이드가 의자를 돌려 나를 본다. "그 위에 있는 거 치우고 앉아." 그러면서 쓰레기가 1미터는 족히 쌓인 의자를 가리킨다. 의자 위에는 서류철, 봉투도 뜯지 않은 우편물, 진흙이 묻은 낡은 장화 한 짝이 보인다. "거의 다 끝나가니까."

금발과 갈색이 섞인 제이드의 머리는 언제나처럼 뒤로 가지런히 묶여 있다. 짧게 자른 곱슬기 있는 앞머리는 맞춘 지 수십 년은 돼 보이는 안경 위로 이마를 덮고 있다. 옷차림은 늘 입는 그대로이다.

80년대 엄마들이 입던 청바지에 과도하게 큰 스웨터를 걸치고, 플라스틱으로 만든 커다란 형광 귀걸이를 하고 있다. 길가에서 마주친다면 입을 열기 전까지는 학교 선생님이나 도서관 사서라고 생각할 것 같다. 이 여자는 뱃사람처럼 입이 거친데, 막상 들어보면 본인 나이의 절반 정도라고 해도 믿을 것 같은 어휘를 구사한다.

난 의자에 쌓인 쓰레기를 바닥에 내려놓고 책상에 바싹 당겨 앉는다. 여섯 개의 모니터가 제이드의 머리 반대편 벽에 걸려 있다. 난 모니터에 나온 내용을 파악하려 해본다. 긴 컴퓨터 코드들이 화면을 가로질러 기어간다. 제이드는 제프리와 관련된 걸 보여주겠다며 나를 이리로 불렀다. 그런데 막상 와보니 설명 없이는 뭐가 어떻게 돌아가는지 하나도 모르겠다. "이게 대체 뭐지?"

"마법." 제이드가 엔터키를 누르며 말한다. 책상 아래 어딘가에서 프린터 작동하는 소리가 들린다.

제이드는 의자를 돌려 미소를 보낸다. 전혀 어울리지 않는 주황색 립스틱을 바른 입술이 한껏 올라간다. "일단, 정말 운 좋게도 제프리가 쓰는 핸드폰 통신사가 버라이즌이야. 다른 회사보다 훨씬 뚫기 쉽지."

"합법적으로 하는 거지?"

"하, 여긴 아칸소야. 혹시 잊으셨나? 영장 따위 필요 없다고. 버라이즌 쪽 사람들한테 사빈의 이름을 댄 이후에 일이 수월해졌지. 조금도 까다롭게 굴지 않았어."

그런데 뭐가 어쩌고 저째서 잘 안 됐다고 하겠지. 난 말없이 다음 말을 기다린다.

"너무 흥분하기 전에, 지리적 위치는 백 퍼센트 정확하지 않다는 걸 미리 말해주고 싶어. 만약 찾고 있는 사람이 쇼핑몰에 있으면 그 사람이 커피숍에 있는지 반대쪽 잡화점에 있는지는 알 수 없어. 어쩌면 옆에 있는 아파트 단지에 있을 수도 있고."

나는 사빈이 사라진 날 오후, 제프리가 꿰매 이은 시나리오를 떠올린다. 그자는 리틀록에 있는 이탈리아 식당에서 점심을 먹고, 강가에서 홀로 시간을 보냈다고 했다. 제이드의 기술로 정확한 위치까지 파악할 필요는 없다. 다만 그 부근에 있었는지 없었는지만 확인하면 된다. 제프리는 혼자 사색을 즐길 성격으로 보이진 않는다. 전혀 다른 곳에 있었다고 나는 확신한다.

"어느 정도 범위까지 파악할 수 있어?"

제이드가 어깨를 으쓱인다. "핸드폰 기종에 따라 다르지. 모든 GPS 칩이 똑같게 만들어진 건 아니잖아? 거지 같은 칩을 탑재한 오래된 기종이라고 핑이 안 잡히는 건 아니야. 이 남자가 강가 벤치에서 책을 읽었다고 했다며? 그런데 지도에 물이 있는 지점에 핑이 잡힐 수도 있어. 그럼 이 아저씨가 바지를 걷어 올리고 물에 들어갔다는 뜻일까? 그건 알 수 없어. 하지만 최소한 그 근처에 있었다는 건 확신할 수 있다는 거야."

"놈이 거기에 있었어?"

제이드가 씩 웃는다. "아니, 없었어."

이 거짓말쟁이 새끼. 가슴에 뜨거운 피가 돈다. 익숙한 기분이다. 나도 모르게 주먹을 쥐고 있다. 이 건은 내가 생각했던 것보다 훨씬 쉽게 끝낼 수 있을 것 같다.

"마이크로셀이 뭔지 알아?" 제이드의 질문에 나는 고개를 젓는다. "마이크로셀은 통신사가 인구 밀집 지역에 서비스 양을 증가시키기 위해 설치하는 작은 상자야. 주차 구역, 쇼핑몰, 사무실이 많은 고층 건물 같은 데에 설치하는 거지. 건물 안에 작은 통신 타워가 있는 거라고 생각하면 돼. 그게 없으면 전화가 잘 안 터져. 마이크로셀은 위치 데이터를 정교하게 기록해. 핸드폰이 켜져만 있다면 어디에 있는지 알 수 있어. 어떨 땐 센티미터 단위까지 알 수 있지."

"가만. 지금 그 말은…… 혹시 내가 지금 생각하는 그거야?"

"네가 뭘 생각하는지 내가 어떻게 알아? 그놈이 마이크로셀이 있는 건물에 들어갔었다고 생각하는 건가?" 제이드가 짓궂은 미소를 띠며 말한다. "그런 거라면 맞아."

제이드의 양쪽 귀를 붙잡고 진하게 키스해주고 싶다. 사건 당일, 제프리의 의문의 2시간은 이제 해결됐다.

제이드는 프린터에서 종이를 낚아채 책상 위에 올려놓은 뒤, 내가 볼 수 있도록 반대로 돌린다. 여기저기 시간이 표시된 리틀록의 지도이다. 제이드는 한 지점에 손가락을 내려놓는다. 공항 한복판이다.

"12시부터 시작했어. 그놈이 탄 비행기가 리틀록에 착륙하기 직전 시각이지. 그 지점부터 오후 6시까지 추적했어. 이웃에 사는 여자가 파인블러프에 있는 그자의 집에 차가 들어오는 걸 봤다고 한 시각이 오후 4시 10분, 즉 그로부터 2시간 후까지의 기록이야. 이 지도에는 10분 간격으로 표시해놨어. 하지만 시간 차를 좁혀주길 원한다면 그렇게 해줄게. 대신 새로 프린트하려면 몇 분 걸릴 거야."

"우선 이것부터 설명해줘. 새로 뽑을지는 그다음에 결정할게." 난 지도를 훑어보며 시간이 표시된 지점들을 확인한다. "공항에는 1시 15분 전까지 있었나 보네."

"정답. 정확히는 오후 12시 48분. 그자는 차에 올라 440번 고속도로를 타고 서쪽으로 가다가 30번으로 갈아탔지. 그러고는 강을 건너자마자 141B 출구로 빠진 거야." 제이드는 손톱을 짧게 깎은 손가락으로 그 지점을 가리킨다.

다음 핑은 한 블록 떨어진 곳에 표시돼 있다. 난 미간을 찌푸리며 글자를 들여다본다. "올리브 스트리트에는 뭐가 있지?"

"비니스 리틀 이탈리아. 여긴 마이크로셀로 잡은 게 아니고 통신 타워로 잡은 거야."

난 고개를 끄덕이며 지도를 관찰한다. 그럼 이탈리아 식당에서 점심을 먹은 건 사실이군. "강까지 건너서 간 걸 보면 비니스가 음식을 참 잘하나 보네. 20분 정도 길에서 벗어난 건가?"

"그 정도 되지. 그런데 여긴 그냥 동네에 있는 허름한 식당이야. 최근 위생 검사에서 76점을 받았어. 주방장에게 목숨을 맡기고 먹는 거나 마찬가지지. 이건 뭐, 토하기 위해 먹는 수준이랄까? 여기에서 2시 직전까지 머물렀어."

"그다음에 간 데가 설마 저기야? 저렇게 오랫동안 화장실에 있었다고?"

"그럴 가능성도 있어." 제이드는 오후 2시 지점을 가리킨 뒤, 경로를 따라 남쪽으로 손가락을 옮겨 강을 다시 건너서는 서쪽으로 향한다. 오후 2시 10분, 제프리는 다시 한 번 고속도로 출구를 빠져나와 북쪽에 있는 유니버시티 애비뉴로 향했다. 제이드의 손가락은 표시된 지점이 여러 개 모여 있는 지역에서 멈춘다. 점들은 모두 작은 정사각형 안에 들어가 있다.

"이건 뭐야?" 내가 고개를 들며 묻는다. "왜 이 점들은 여기에 이렇게 퍼져 있어?"

"큰 건물이어서 그래. 이 블록 전체가 세인트 빈센트 가톨릭 병원

이야. 마이크로셀이 있는 병원이지. 그자는 2시 23분에 입구로 들어가 건물 남서쪽으로 향했어. 여기서부터가 좀 애매한데, 이 병원은 지하까지 포함해서 10층짜리 건물이야. 어디로 갔는지는 볼 수 있지만 몇 층인지는 알 수 없어. 하는 수 없이 탐정 놀이를 좀 했지."

"합법적인 탐정 놀이야?"

제이드가 어처구니없다는 듯 눈알을 빙그르르 돌린다. "이놈이 어디 갔는지 알고 싶은 거 맞아?"

"그냥 말해줘."

"건물 도면을 보면서 하나씩 제거해나갔지. 창고, 화장실, 영안실이 있는 4층은 바로 지워버렸어. 입원실이 있는 층은 그다음으로 지웠어. 병실들이 작아서 벽을 통과하지 않고서야 그 짧은 시간 안에 이동할 수는 없을 테니까. 더 트여 있는 공간이어야 말이 되지. 그 정도로 넓은 공간이 있는 건 2층밖에 없어. 정확히는 203호실."

"거기가 뭐 하는 덴데?"

"비뇨기과. 담당 의사는 패트릭 R. 리."

"확실한 거지?"

"백 퍼센트." 제이드가 말을 멈추고 아랫입술을 깨문다. "그런데 내가 그렇게 말했다고 어디 가서 얘기하지는 마. 그냥 그렇다고만 믿어줘."

난 웃음이 터진다. "카메라 해킹했구나?"

대답이 없는 것으로 미루어 그런 것 같다.

솔직히 정보를 어떻게 얻었는지는 관심 없다. 문제는 제프리에게 알리바이가 있다는 건데, 식중독이 아니라 아랫도리에 문제가 있는 거다. 왜 거짓말을 했을까? 결국에는 내가 진실을 밝혀내리라는 걸 알았으면 좋으련만. 강가에서 책을 읽었다는 말도 안 되는 거짓말 때문에 벌써 얼마나 많은 시간을 허비했나? 그 시간을 실종자를 찾는 데 썼으면 훨씬 나았을 거라는 생각은 하지 못한 걸까?

"이 사람 계좌 추적해봤어?" 제이드가 앞머리를 입으로 불어 올리며 묻는다. "청부업자를 썼을지도 모르잖아."

"나도 그 생각을 했어. 다시 한 번 살펴볼게. 그런데 계좌는 대부분 여자 거야. 여자가 두 배는 더 벌어. 벌써 재산 대부분을 빼돌려 놨더라고. 부인만 없어지면 이 자식은 아주 부자가 되지. 집도 여자 이름으로 돼 있어."

제이드가 한쪽 눈썹을 치켜세운다. "계속 파볼까? 사빈이 사라진 이후부터 일거수일투족 추적할 수 있어. 수상한 점이 있나 살펴볼게."

"없을 거야. 집 근처만 오가면서 조심히 지냈어."

"이메일이나 문자 같은 건?"

"네가 지금 제안한 거, 못 들은 걸로 할게. 우린 영장도 없다고. 아직은 없잖아." 난 손가락으로 책상을 두드리며 나의 다음 수를 생각해본다. "사실 부탁하고 싶은 게 있어. 경찰서 사이트를 주의 깊게 봐 줘. 웹사이트, 페이스북, 트위터 등에 로그인한 기록 같은 거 말이야. 찾을 수 있는 건 뭐든 찾아줘. 뭔가 이상한 낌새가 없었는지 알고 싶어서 그래."

"이상하다는 건 뭘 의미하지?"

"파인블러프가 아닌 곳의 IP로 연쇄적으로 접근한 기록이 있는지. 특히 남쪽을 알아봐 줘."

제이드가 의심스러운 눈으로 나를 본다. "사빈이 도주 중이라고 생각해?"

"그럴 수도 있어. 제프리는 그 여자가 불안정한 상태일 수도 있다고 암시했거든. 그리고……."

"왜 그래? 설마 〈맨디와 아침을〉에 나와서 지껄인 얘기를 믿는 건 아니지?"

"그런 건 아니야. 하지만 사빈은 전에도 집을 나가려 했던 적이 있다고 그 언니에게 들었어. 약을 처방받은 것도 어느 정도 관련이 있어 보이거든."

나는 제프리가 마지막에 준 힌트에 대해서는 언급하지 않는다. 사빈이 임신하지 않았을지도 모른다고 그가 조심스럽게 이야기한 것도 말하지 않는다. 난 사빈의 노트북에서 오래된 의료 기록을 발견했다. 수차례 임신에 실패한 기록이 있었고, 지역 약국에서 약을 탄 기록도 있었다. 그것에 대해서는 아직도 조사 중이다.

난 의자에서 일어난다. "내가 말한 사이트 주의 깊게 봐줘. 같은 장소에서 여러 번 조회한 기록이 있으면 얘기해주고. 뭐라도 건지면 즉시 연락 줘."

"알았어." 제이드는 포스트잇에 무언가를 끄적이고는 다시 모니터를 바라본다. "이제 나가줄래? 일 좀 하자."

난 책상에 있던 지도를 챙겨서 복도로 나간다. 핸드폰이 진동해서 보니 찰리에게 메시지가 와 있다. 난 화면을 열고 문자를 읽는다. 간결하고 필요한 말만 적혀 있다. 빙고. 찰리는 말수가 적은 편인데, 이번엔 내가 듣고 싶은 말을 했다. 난 계단을 오르며 찰리에게 전화한다.

"계좌를 하나 찾았어." 찰리는 인사도 생략하고 바로 본론으로 들어간다. "웰스 파고 은행. 개설 시기는 3주가 조금 넘었고, 텍사캐나에 있는 지점이야. 첫 예치금은 천 달러, 현금으로 입금한 것 같아. 그 이후로는 들어온 돈이 없어."

너무 신이 난 나머지 목구멍이 조여온다. 이어서 썩 유쾌하지 않은 생각이 밀려온다. 천 달러어치 현금이면 꽤 큰돈이다. 달리 손을 쓰지 않고서는 하루아침에 구할 수 있는 돈이 아니다. 눈에 띄지 않고 빼돌리려면 몇 달은 걸릴 액수이다.

"출금 기록은?" 분명 출금 기록이 있을 거라는 생각에 나는 이를 앙다문 채 묻는다.

"지난주에 500을 찾았어. 그 이후에는 20, 30씩 여러 번 뽑았어. 위치는 다 제각각이야. 노스플랫, 네브래스카, 렉싱턴, 켄터키, 애머릴로, 텍사스, 보이시, 피닉스, 샬럿, 피츠버그, 콜롬……."

"우릴 따돌리려는 거야."

"그런 것 같아." 찰리도 동의한다. "이런 페이스면 3주 반 후에 잔액이 바닥날 거야. 계속 추적할까?"

난 고개를 숙여 계단참 바닥을 응시한다. 장판이 더러운 게, 청소한 지 백년은 더 돼 보인다. 소리를 지르고 싶은 충동을 느끼지만, 가까스로 억누른다. 관자놀이의 맥박이 빠르게 뛴다. 입출금 내역이야 얼마든지 추적할 수 있지만, 인출기에서 카메라에 찍힌 건 보나마나 딴사람일 거다. 이건 나를 반대 방향으로 따돌리기 위한 계책이다.

다행히도 난 그렇게 멍청하지 않다.

"계좌를 잘 감시해줘." 나는 찰리에게 말한다. "착수금 받기 전까진 너무 들뜨지 말고. 감시 카메라 기록도 잘 살펴봐. 동시에 그 여자의 다음 수가 뭘지도 생각해보고. 왜냐면 분명히 이게 다가 아니거든.

뭐라도 찾으면 연락해."

"알았어." 그 말과 함께 통화는 끝이 난다.

나는 오후 내내 단서를 쫓으며 시간을 보낸다.

처방 가능 약물에 대한 데이터베이스를 조회하던 중 아칸소 보건부에 알아보니, 사건 번호와 사유를 제시하면 굳이 영장이 없어도 된다고 한다. 한편 사빈의 산부인과 의사와 가족의는 별로 협조적이지 않다. 둘 다 영장을 들고 오라는 말부터 꺼낸다. 다음으로 연락한 곳은 203호의 비뇨기과 의사인 닥터 리다. 80킬로미터 떨어진 장소인 슈퍼1에서 아내가 사라진 그 순간, 제프리는 바로 이 병원에서 소변을 컵에 받고 있었다. 닥터 리 역시 나에게 아무 말도 해주지 않는다.

이제 남은 건 제프리뿐이다. 난 길모퉁이에 차를 세우고 집을 살펴본다. 삼나무 원목과 돌로 꾸민 외관, 잘 정돈된 잔디밭, 훌륭한 목공 솜씨가 돋보이는 2층의 지붕창. 부지는 대략 110에서 150평 정도로 보인다. 두 명이 살기엔 터무니없이 넓은 공간이다. 머지않아 이 화려하고 거대한 저택과 저 안에 있는 모든 것이 그자의 소유가 된다.

난 초인종을 누른다. 밝았던 제프리의 표정은 나를 보는 순간 어둡게 변한다.

"기자들이 철수해서 다행이네요." 앞마당 잔디밭 가장자리에 풀이 밟혀 죽은 부분을 가리키며 내가 말한다. "파인블러프의 형사, 대낮에 제프리 하딘슨을 추궁하다. 9시 뉴스 머리기사로 제격이네요."

"제 변호사와 이야기하시죠."

제프리가 문을 닫으려 하자 난 발을 끼워 넣어 저지한다.

"설명해주세요." 문틀에 어깨를 기대며 내가 묻는다. "아내의 행방을 찾는 형사에게 남편은 가짜 알리바이를 댑니다. 이미 알리바이가 있는데도요. 쉽게 진위를 파악할 수 있는 진짜 알리바이죠. 도무지 이 수수께끼가 풀리지 않네요. 남편이 뭔가를 숨기려 했다면 얘기가 달라지겠지만."

제프리의 얼굴에 일순간 '망했구나' 하는 표정이 스치더니, 이내 눈을 깜빡이며 표정을 바꾼다. "형사님은 원래 말을 그렇게 돌려서 하시나요?" 비꼬듯 하는 말투인데 좀 밋밋하다. "여기에 온 이유를 바로 대면 얘기가 빨리 끝나잖아요."

"닥터 리." 내가 그 이름을 말하자 제프리의 얼굴이 창백해진다. 내가 정곡을 찔렀구나. "아내분이 사라진 날 오후, 선생님은 리틀록에 있는 그 의사를 찾아갔습니다. 왜죠? 아래쪽에 무슨 문제라도 있나요?"

제프리의 얼굴은 발진이 일어난 듯 새빨갛게 달아오른다. "그건 당신이 상관할 바 아냐."

"영장을 발부할 수도 있어요. 선생님 진료 기록을 슬쩍 보는 건 일도 아니죠."

"영장 없이는 내 기록 절대 못 봐. 이 주소 앞으로 발부된 영장을 들고 온 게 아니면 당장 내 집에서 사라져. 내 사유지에서 꺼지라고."

'꺼지지 않으면 당장 무언가를 하겠다'는 말이 곧 튀어나올 것 같은 분위기다. 난 이 악취와도 같은 분위기를 깊게, 천천히 들이마시며 침묵이 흐르게 내버려둔다. 사실 난 이놈이 어디가 어떻게 안 좋은지 아무 관심 없다. 다만 약을 올리기에 너무나도 좋은 수단이다. 궁지에 몰린 쥐는 실수하게 마련이다.

256

"이런 속담이 있죠. 고양이의 가죽을 벗기는 데엔 여러 방법이 있다." 난 뒤로 물러나 현관 계단 가장자리에 뒤꿈치를 고정하고 선다. "그 순간 그곳에서 아내분을 목 졸라 죽이지 않았다고 해서 선생님이 살인자가 아니라고 단정할 수는 없어요. 누구에게 돈을 줬을까? 사빈의 살인을 청탁하며 그 사람에게 얼마를 줬죠?"

이제 제프리의 얼굴은 너무 익은 자두처럼 빛나는 자줏빛을 띤다. 그는 내 면전에서 문을 닫고 집 안으로 들어간다.

베스

열두 사도 교회에서의 일은 고되다. 근무시간도 길고, 늘 북적거려서 더더욱 그렇다. 예배에 이어지는 각종 소모임, 성경 공부 모임, 아침 기도, 결혼생활 상담, 어린이 활동, 어린이집 운영, 2시부터 3시까지 어린이 예배. 당신은 이렇게 말했을 거야. 저 어린 것들은 자기들이 미끼라는 걸 알까?

그리고 그 모든 것이 돌아갈 수 있도록 뒤에서 뛰어다니는 사람들이 있다. 목사님과 여직원들, 각 부처의 책임자들, 자원봉사자 부대. 이 사람들이 가는 곳이면 어디든 지문과 신발 자국이 남고, 주머니에서 흘린 열쇠가 굴러다닌다. 그걸 쓸고 닦고 줍는 건 오롯이 우리의 몫이다.

짧은 시간이지만, 이제 이곳 사람들이 어느 정도 친숙해졌다. 복도에서 지나칠 때, 사람들은 편안하고 즉각적인 미소를 보낸다. 목사님의 말씀처럼 나도 그들 중 한 명이 됐나 보다.

그런 생각이 들자 새로운 걱정이 밀려온다. 이곳이 너무 편해지면 어쩌나, 하는 걱정. 어쩌면 이미 너무 편한지도 모른다. 처음 문을 열고 이곳에 들어올 때 나는 두려움에 사로잡혀 있었다. 이곳은 도망치는 데에 지친 나에게 안도감을 줬다. 엉망이 된 나의 내면을 차분하게 가라앉혔다.

도무지 끝을 알 수 없는 이곳의 평화로움은, 나에게는 사치에 불과한 안전감을 주고 있다. '사빈의 실종'에 관한 기사는 이제 아칸소뿐만 아니라 조지아 너머 다른 주까지 퍼져나갔다. 나는 그것이 무엇을 의미하는지 잘 안다.

그건 당신이 다가오고 있음을 의미해.

갑작스럽고 강렬하게 밀려오는 두려움에, 난 무릎을 꿇고 심호흡하며 내 심장에게 진정하라고 말한다. 당신은 뱀처럼 소리 없이 움직여. 당신은 교활해. 그러니 난 게을러서는 안 돼. 당신이 내 앞에 모습을 드러내기 전까지, 난 당신의 존재를 감지하지 못할 것이다.

스펀지를 양동이에 담그고 휘휘 젓는다. 카펫이 분명 내 무릎과 닿아 있는데도 허공에 떠 있는 기분이다. 지난 며칠 동안은 잠들기가 힘들었다. 피로해서 정신이 온전치 않다. 생각해야 할 것들이 너무 많다. 한 가지 생각에 집중할 수 없다.

여기엔 아무도 없다. 나 혼자다. 목사님의 사무실은 조용한 오아시스와도 같다.

오스카가 목사님께 전화해 앞으로 계속 플로리다에 머물겠다고 알린 이후, 난 그 보직을 물려받았고, 그때부터 일과 시간 내내 이곳에 있다. 책장을 잘 정리했다며 목사님이 나를 칭찬할 때마다 마르티나는 못마땅한 표정을 짓는다. 목사님은 내가 주제별로 책을 잘 나눴고, 저자 이름을 알파벳 순으로 정리했으며, 바보가 아닌 이상 누구나 사용할 수 있는 대여 시스템을 만들었다며 입이 닳도록 칭찬하신다. 마르티나는 자기가 모르는 뭔가가 있다며, 목사님이 나를 감싸는 데에는 분명 어떤 이유가 있을 거라고 말한다. 나는 딱히 그 말에 반박하지 않는다. 어쩌면 첫날 내가 보인 눈물 때문일 수도 있고, 컴퓨터에 남아 있는 인터넷 방문 기록 때문일 수도 있다. 즉, 나를 보호하고 싶은 마음에 가까이 두는 것일 수도 있고, 내가 의심스러워서일 수도 있다. 목사님이 딴 곳을 보고 있을 때 난 그분의 얼굴을 관찰한다. 하지만 선한 마음 외에는 아무것도 느껴지지 않는다.

마르티나는 내가 자신을 배신했다며 비난한다. 틀린 말은 아니다. 마르티나와 아야나 사이에 내가 끼어 있지 않으면, 둘은 언제 터질지 모르는 압력솥과 다름없다. 두 사람은 첫날 내 앞에서 싸운 이후 원수가 됐다. 하루에 8시간씩 함께 바닥을 닦아도 둘의 관계는 조금도 나아질 기미가 보이지 않는다. 난 두 사람 사이의 문제에 관여하지 않으려 하지만, 마르티나는 차를 타고 함께 출퇴근할 때마다 나더러 누구 편이냐고 물으며 중학생처럼 군다.

"네 편이지." 오늘 아침 운전을 하며 내가 말했다. "당연한 걸 뭐 하러 물어."

그런데 그 말은 사실에 가깝다. 잘은 모르겠지만 그런 것 같다. 마음을 열고 대화한 적은 없지만, 마르티나는 내 편 같다는 생각이 든다. 최소한의 은혜는 갚는 게 도리라고 생각한다.

이제 나의 일상은 며칠 전까지 오스카가 보냈던 일상과 거의 비슷하다. 이미 깨끗한 책상들을 닦고 나면 복도를 따라 길게 있는 사무실에서 샬린을 비롯한 여섯 명의 교회 여직원들과 수다를 떤다. 직원회의와 부엌에서 열리는 오후 모임 때 사람들이 먹을 간식을 준비하는 것도 내 몫이다. 또 직원들의 휴지통을 비우고 주머니에서 흘린 종이 쪼가리를 줍기도 한다. 여직원들은 대체로 수다스럽다. 일과 중 전화를 붙잡고 잡담을 하거나 키보드를 두들길 일이 없어서 심심해지면 나를 찾아와 날카로운 질문을 던지곤 한다.

어디에서 왔어요? 서쪽이요.

싱글이에요? 네, 모태 솔로예요.

애틀랜타에는 무슨 일로 왔어요? 살기 좋은 곳 같아서요.

순수한 호기심에서 묻는 것 같지만, 난 언제나 상대에게 대화의 주도권을 넘긴다. '언니한테 돈 관련된 문제가 있는데 어떻게 해야 할지 자세하고 길게 알려주세요'라든가, '네 살짜리 쌍둥이가 다니기에 좋은 사립학교를 추천해주세요' 같은 질문을 한다. '애틀랜타의 공립학교들은 경건함과는 거리가 멀다', '자기 애들을 그런 곳에 보내는 사람들은 신앙심이 없다' 하고 그들이 대답하면 난 크게 충격받은 듯 연기한다. 공립학교 학생들 평균 점수로는 데브리 대학에도 못 들어간다는 얘기를 들으면, 난 경악하며 고개를 젓는다. 난 그레이디 고등학교에 다니는 마르티나의 이복동생에 관해서는 굳이 이야기하지 않는다. 그 아이는 사립학교에 들어갈 점수가 된다 해도, 등록금이 없어서 어차피 갈 수 없을 거다.

그들이 건네는 호의와 오가는 길에 주고받는 대화에 큰 의미를 두는 것은 아니다. 점심시간이 되면, 그들은 어깨에 가방을 메고 문밖으로 나가 누가 운전할 차례인지, 샐러드를 먹을 건지 샌드위치를 먹을 건지를 놓고 티격태격한다. 하지만 나에게 함께 가겠느냐고 묻는 사람은 없다. 그들은 이곳의 지배계층이고, 난 어디까지나 하녀에 불과하다.

어쩌면 그들은 내가 보여주는 모습이 진짜가 아니라고 생각할지도 모른다.

목요일 오후, 난 목사님 사무실 문 앞에 서서 청소할 데가 없는지 살피고 있다. 바닥도 닦았고 책상도 정리했다. 서류철이 있는 책장은 색깔로 식별할 수 있게 정리했고, 사진이 들어간 액자는 광이 나게 닦았다. 종이 클립은 모두 빼서 모아뒀고, 잉크를 다 쓴 볼펜은 폐기 처분했다. 오스카는 여기를 어떻게 치웠을까? 난 그 노인과 달리 하는 일 없이 하루를 보낼 수 있는 성격이 아니다. 이미 깨끗한 곳도 한 번 더 닦아야 직성이 풀린다. 누군가가 들어와서 서류 가방을 뒤집거나 커피가 가득 든 주전자를 카펫에 쏟아줬으면 좋겠다. 뭔가가 엎어지거나 쏟아지지 않는 이상 할 일은 없어 보인다.

내 뒤에서, 아니, 아래층에서 한바탕 소란이 인다. 다급한 발걸음 소리와 목소리가 한꺼번에 들려온다. 위급한 상황인지, 사람들은 누구 할 것 없이 동시에 말을 쏟아낸다. 그중 한 단어가 접착제를 바른 듯 허공에 달라붙는다. 돈.

돌아서서 복도 쪽을 보니 교회 여직원 무리가 다가오고 있다. 공황 상태에 빠진 여자들은 얼굴이 분홍빛으로 달아오른 샬린 주위에 모여 있다. 난 걱정에 찬 샬린의 눈을 본다. 양쪽 볼은 홍조가 일어난 듯 빨갛게 빛나고 있다.

"목사님 어디 계세요?" 샬린이 한껏 격양된 목소리로 묻는다. "지금 당장 목사님을 만나야겠어요."

"회의가 있었어요. 이제 곧 돌아오실 거예요. 무슨 일이에요? 뭐가 잘못됐나요?"

"없어졌어요!" 샬린이 소리친다. "돈을 모아놓은 게 없어졌다고요!"

"확실해요?" 여직원 중 한 명이 묻는다. "다른 데 놓고 깜빡한 건 아니고요?"

"다른 데 놓고 깜빡했을 리가 없잖아요." 샬린이 앙상한 자신의 엉덩이를 주먹으로 친다. "분명 거기에 있었어요. 내 책상 서랍 제일 위칸에. 그런데 없어졌어요. 누가 가져갔어요. 누가 훔쳐갔다고요."

그 말은 생화학 무기를 탑재한 폭탄처럼 복도에 떨어진다. 내 머릿속에 두 가지 생각이 동시에 스친다. 첫째, 난 샬린의 이토록 인간다운 면모를 여태껏 보지 못했다. 머리는 산발이 됐고 립스틱 자국은 여기저기 번져 있다. 새 두 마리가 교회에 들어와 성경 공부하는 여자들이 있는 곳에 수직 낙하했을 때도 이러진 않았다. 샬린은 침착하게 주방에서 오븐 장갑을 가져와 양손에 끼고, 허공을 나는 새들을 잡아 깃털 하나 날리지 않고 밖으로 보내줬다.

그리고 둘째, 이런 사건이 이제야 터졌다는 사실에 놀랐다. 현금 다발을 책상 서랍에 넣어놓는 바보가 있다니. 아무리 교회여도, 아무리 신실한 사람들에게 둘러싸여 있어도 누군가가 훔쳐가는 건 시간문제였다. 심지어 성경책에도 도둑은 등장한다.

샬린을 둘러싼 여직원들은 과장되게 충격받은 모습을 보인다. 그들 중 몇몇은 샬린보다 멋진 직함을 갖고 있다. 청년부 대표, 자원봉사 코디네이터, 상담실 실장. 하지만 그들의 대장은 샬린이다. 책상 서랍에 있던 돈을 누가 훔쳐갔다고 샬린이 말하면, 더 들어볼 것도 없이 누가 훔쳐간 거다.

"누가 가져갔는지는 모르겠지만…… 어쩌면 더 안전한 곳에 옮겨놓은 건지도 모르죠." 은행처럼 말이에요. 난 속으로 생각할 뿐, 말하지는 않는다.

그들 뒤 복도 반대쪽에서 목사님이 양옆으로 문을 열고 들어오신다. 오늘은 정장 차림이다. 페이즐리 무늬 타이를 어찌나 꽉 조여 맸는지, 숨은 어떻게 쉴까 궁금할 지경이다. 목사님이 나를 향해 손을 흔드신다. 언제나 그렇듯 다정하고 쾌활하다. 목사님이 곧 이 사건에 대해 들을 생각을 하니…… 상상도 하기 싫다.

"내 책상 서랍은 흠잡을 데 없이 안전해요." 샬린이 나에게 말한다. 목사님이 재빨리 여직원 무리에 끼어들지만, 샬린은 등지고 있어서 알지 못한다. "잠겨 있었어요. 열쇠를 갖고 있는 사람은 목사님과 나 둘뿐이에요."

"내가 뭘요?" 목사님의 말씀에 여직원들은 숨을 죽인다. 다른 날, 다른 상황이었다면, 다들 눈을 동그랗게 뜨고 동시에 목사님을 향해 돌아섰을 텐데. 상상만 해도 웃음이 터질 것 같다. 여직원들의 표정을 본 목사님은 이내 미소를 거둔다. "이런, 뭐가 잘못됐나요?"

샬린은 목사님에게 사라진 돈에 대해 설명한다. 샬린의 불안감이 커질수록 목사님은 침착해진다. 목사님은 자신의 턱을 손으로 감싼 채 귀 기울여 듣는다.

"액수가 어떻게 되죠?" 샬린이 말을 마치자 목사님이 물으신다.

얼굴이 초록빛으로 변한 샬린은 금방이라도 토할 듯이 울상을 짓는다. "2천 달러가 조금 넘어요."

목사님은 그 말을 듣고도 표정 하나 변하지 않는다. "그렇군요. 그건…… 꽤 큰돈이네요. 안 그래요? 마지막으로 본 게 언제죠?"

샬린은 검지로 입술을 누른 채 한참을 생각한다. "그러니까, 월요일 밤에 모인 돈을 오늘 아침에 돈 가방에 넣었어요. 목사님이 잔돈통에서 빌려 가신 20달러 두 장까지 포함해서요. 점심 먹고 확인했을 때도 돈 가방은 지퍼가 닫힌 채로 그 안에 있었어요. 하지만 열어보진 않았죠. 그냥 있을 거라고 짐작했던 거죠. 그런데 조금 전에 은행에 가져가서 입금하려고 열어보니까 돈이 없는 거예요. 가방이 비어 있었어요."

"그러니까 내가 제대로 이해한 거라면, 그 안에 돈이 있다고 확신할 수 있는 건 오늘 아침이 마지막이었네요. 맞나요?" 목사님이 물으신다.

"네, 그래요. 20달러짜리 지폐를 넣었을 때죠."

"그 이후에 서랍을 잠근 게 확실한가요?"

"저는 항상 서랍을 잠가요. 습관적으로 잠가요. 아침에 눈 뜨면 이 닦는 것처럼 생각할 필요도 없이 하는 그런 습관 있잖아요. 그런 식으로 그냥 하는 행동이에요. 깜빡했을 리가 없어요." 샬린의 대답은 즉각적으로 튀어나왔지만, 확신에 찬 말투로 들리지는 않는다.

목사님이 나를 바라보신다. "제 책상 서랍에 아직 샬린의 열쇠가 있나요?"

"그건 잘……" 난 샬린을 바라본다. 이제는 정말로 눈물을 흘리고 있다. 샬린은 잘 모르겠다는 듯 어깨를 으쓱거린다. "목사님 서랍엔 열쇠가 아주 많아요. 그중에 어떤 거죠?"

"파란 거요. 술 장식이랑 플라스틱 운동화 열쇠고리가 달려 있어요. 나이키죠, 아마?"

"그럼 맞네요. 오늘 아침 책상을 정리할 때 봤어요."

샬린이 나를 향해 눈살을 찌푸린다. "이제 어쩌죠?" 그러더니 목사님을 바라본다. "경찰을 불러야 할까요?"

경찰이라는 말에 난 심장이 두근거리고 얼굴이 화끈거린다. 목사님이 동의한다면, 난 저분이 핸드폰을 꺼내기도 전에 달려 나가 내 차에 타야 한다. 고개를 끄덕이려는 기미가 보이는 즉시 문을 열고 나가야 한다.

나를 떠나는 게 그렇게 쉬울 줄 알았어? 당신의 목소리가 귓가에 들려. 넌 단순히 나에게서 도망치는 게 아니야. 이제 경찰에게도 쫓기는 신세가 될 테니까. 다들 너를 잡으려고 안달이 났는데 어디까지 달아날 수 있을 것 같아? 누가 먼저 찾을까? 놈들일까? 아니면 나일까?

인정하고 싶진 않지만 당신 말이 옳다. 지금 내가 도망간다면, 여기에 있는 누군가가 나를 추격하자고 제안한다면 하나였던 문제가 두 개로 늘어난다. 그때부턴 전혀 다른 얘기가 되는 거다. 지금 허리에 차고 있는 전대는 어쩌고? 이걸 보면 뭐라고 생각할까? 목사님은 어떻게 생각하실까? 목사님의 대답을 기다리려니 등줄기에 땀이 흐른다.

"사람들은 주린 배를 채우려 도둑질한 자를 멸시하지 않는다. 잠언 6장 30절. 그 돈을 가져간 사람이 누구든, 그 사람의 영혼이 얼마나 굶주렸을지 우리 모두 생각합시다."

샬린은 고개를 끄덕이더니 다시 미간을 찌푸린다. "그냥 갖게 내버려두시려고요?"

"그런 건 아닙니다. 제안을 하나 하죠. 책상 서랍을 열어둔 채, 며칠 동안 그 근처에 가지 않는 겁니다. 자신의 행동을 돌이켜보고 돈을 가져갔던 곳에 되돌려놓을 기회를 도둑에게 주고 싶어요. 내일 일과 시간이 끝나기 전까지 돈이 원래 위치로 돌아온다면 우리 모두 이 일을 잊도록 합시다."

"하지만 그렇지 않으면요?" 샬린이 말한다. 모두가 하고 싶은 질문이다. "돈을 원래 자리에 갖다 놓지 않으면요?"

목사님은 복도에 모인 사람들을 둘러보며 여자 한명 한명과 눈을 마주친다. 나와 눈이 마주치는 순간, 난 심장이 터질 것만 같다. "그렇게 하기를 기도합시다."

마커스

닥터 트레버 맥애덤스가 사는 컨트리 클럽 레인은 모든 게 좀 과하다. 일단 저택을 보면, 벽돌로 된 벽 네 면이 모두 담쟁이덩굴로 뒤덮여 있고, 넓은 실내 공간들 위로는 온통 슬레이트 지붕 타일이 덮여 있다. 골프 코스로 눈을 돌리니 반바지를 멋지게 빼입은 남자들이 채를 휘두르고 서로의 어깨를 토닥인다. 저들은 아마도 파인블러프의 일자리를 멕시코에 외주를 줄지, 아니면 아시아에 줄지를 논의하고 있겠지. 그래도 내가 하는 일은 외주를 줄 수 없을 거다. 이 도시가 시궁창이 되어 갈수록 내가 잡아야 할 나쁜 놈들도 많아질 테니까.

그렇다고 트레버 맥애덤스가 나쁜 놈이란 얘기는 아니다. 내가 아는 한 그 의사는 실종된 연인을 그리워하다 병든 강아지에 불과하다. 그자가 보인 눈물이 모두 연기였다면, 당장 남우주연상 트로피를 쥐어줘야 한다.

난 초인종을 누른다. 내 얼굴에 모공 하나하나까지 보여주는 카메라가 달린 첨단 장비다. 실내에서는 개가 미친 듯이 짖어댄다.

이 의사는 한 가지 생각밖에 없는 투우처럼 사빈을 찾는 데에 혈안이 돼 있다. 그런 점은 사빈의 언니와 비슷하다. 트레버는 이 실종 사건을 시청률 높은 TV 드라마로 둔갑시켜 놨다. 이 드라마는 세간의 이목을 끌기에 더할 나위 없는 재료들을 갖추고 있다. 이웃에 사는 젊고, 매력적이고, 돈 많은 여주인공. 음울하고 인기 없는 남편과 맞서는 그녀의 잘생긴 애인. 방구석 탐정들이 열을 올리기에 더할 나위 없이 좋은 추리극이다. 이 사건에 열광하는 이들은 하나같이 떠들기 좋아하고, 자기 말만 옳다고 우겨댄다. 그놈들은 의사의 트위터를 팔로우하며, 그의 계정에 수만 개의 답 없는 질문을 남긴다. 남의 피를 빨아먹고, 남의 불행에 쾌감을 느끼는 미국의 일부 국민들에겐 더할 나위 없이 좋은 먹잇감이다.

하지만 나와 서장은 죽을 맞이다. 서장은 언론의 지속적인 관심이 수사를 방해한다고 생각하고, 나도 어느 정도는 동의한다. 사빈이 실종되기 전부터 파인블러프 경찰 당국은 과잉 업무와 인력 부족에 시달리고 있었다. 난 이 실종 사건 외에도 맡은 일이 많다. 언론인들 비위나 살살 맞추는 것 말고도 할 일이 많단 말이다.

문이 열리며 드라마의 주인공이 나온다. 하지만 다 떨어진 수술복을 입고 맨발인 모습만 봐서는 전혀 그런 역할로 보이지 않는다. 며칠 동안 제대로 못 잤는지 우중충해 보인다. 샤워도 안 한 것 같다. 얼굴은 창백한 데다 꾀죄죄하고, 머리는 떡이 져서 눌려 있다.

"좋은 아침입니다, 형사님. 들어오시죠." 의사는 개를 안고 있지 않은 팔로 나를 안내한다. 흰 털이 북슬북슬한 개는 이를 드러내고 나를 노려본다.

의사가 문을 닫고 개를 내려놓자, 개는 골프장 7번 그린이 내려다

보이는 모던풍의 부엌으로 방정맞게 달려간다. 화강암 식탁 위에는 아침을 먹은 흔적이 널려 있다. 빵 한 조각, 절반이 비어 있는 달걀판, 유기농 잼 두 종류와 버터. 의사는 장식장에서 유리잔 두 개를 꺼내더니, 오렌지 주스가 담긴 커다란 주전자를 들고 따른다. "다른 걸 드릴까요?"

"아뇨. 얼마 안 걸릴 겁니다."

"제발 새로운 소식을 알려주러 오신 거라고 말해주세요."

"새로운 소식이 있긴 합니다만, 아마 듣고 싶으신 얘기는 아닐 겁니다."

"벌써 8일이 지났어요, 형사님."

며칠이 지났는지는 나도 잘 안다. 의사는 매일 나에게 전화해서 정보를 알려달라고 졸랐고, 난 그때마다 하던 일을 중단해야 했다. 사빈의 핸드폰을 추적하고 있나요? 현장에서 지문은 찾아봤나요? 사빈의 고객들에게 질문해봤나요? 동료들은요? 내가 무슨 풋내기인 줄 아나? 내가 그렇게 무능해 보이냐고? 당연히 핸드폰도 추적하고 지문도 찾고 질문도 했다. 이건 영화가 아니다. 난 동네에서 어슬렁거리는 멍청한 경찰 나부랭이가 아니란 말이다.

의사는 잔을 들며 따라오라고 몸짓한다.

우리는 저택의 뒤쪽에 있는 작은 응접실로 가는 문 앞에 멈춰 선다. 한쪽 벽에는 벽면을 가득 채우는 TV가 걸려 있고, 속이 빵빵하게 차 있는 가죽 소파에는 두 아이가 앉아 있다. 의사의 얼굴을 닮은 남자아이와 여자아이이다. 인형처럼 생긴, 전형적인 상류층의 아이들이다. 의사는 탁자에 잔을 내려놓는다.

"얘들아, 나는 일광욕실에서 형사님과 얘기 나누고 있을 거야. 우리가 돌아올 때까지 너희는 여기에 있어. 알았지?"

아이들이 동시에 고개를 끄덕인다. 남자애는 다시 TV 화면으로 고개를 돌리고, 여자애는 나를 쳐다본다. 아이의 시선은 아래로 내려와 내 허리춤에 있는 권총집에 머문다. 아이는 눈을 크게 뜨더니, 소파 깊숙이 앉아 몸을 숨긴다. 그럼 그렇지. 의사는 총을 존경의 대상이 아닌 공포의 대상으로 가르치는, 그런 유의 부모이다.

우리는 지붕이 있는 베란다에 들어선다. 햇볕은 슬레이트 지붕을 내리쬐어 이 공간을 용광로처럼 달군다. 의사는 리모컨을 잔뜩 모아 놓은 커다란 대왕조개 껍데기를 뒤지더니 그중 하나를 집어 든다. 그걸 머리 위로 들고 버튼을 누르자 고리버들로 짜서 만든 선풍기가 돌아가기 시작한다. 난데없이 밖에 있는 골프장에서 쇳덩이로 공을 때리는 소리가 들린다.

"더우시죠? 죄송하지만 다른 데서 얘기를 하면 아이들이 몰래 들을 수도 있거든요. 부모가 별거하는 바람에 애들이 힘든 시기를 보내고 있어요. 애들 엄마와 제가 이혼 준비 중이라는 얘기는 들으셨으리라 생각합니다. 애들 엄마는 애들을 데리고 처가가 있는 솔트레이크 시티에 가고 싶어 해요. 진흙탕 싸움이 될 거 같네요."

"힘드시겠군요." 선풍기가 공기를 휘저어 바람을 일으킨다. 에마가 샤워하고 나와서 헤어드라이어로 머리를 말릴 때처럼 뜨겁고 눅눅한 바람이 피부에 닿는다. 아까부터 등줄기에 땀이 줄줄 흐르고 있다. "따님이 제 조카 애나벨과 많이 닮았어요. 아, 항암치료를 받기 전 모습과 닮았다는 얘기였습니다. 치료 후에 빨간 곱슬머리가 자라 났죠."

의사가 고개를 끄덕이며 내 맞은편 의자에 앉는다. "항암치료 후에 곱슬머리가 나는 경우가 종종 있죠. 색이 변하는 것도 흔히 있는 일입니다. 그런데 빨간 머리가 난 사례는 못 들어본 것 같네요. 하지만 항암제 투여 종료 후 다시 자란 모발의 색은 이전과는 다를 수 있으니 충분히 가능한 얘기입니다. 담당 의사가 누구였나요?"

"애니 케이펠루토 선생님이요."

"애니라면 이 지역에선 최고죠. 하지만 파인블러프가 세계의 중심은 아니잖아요? 조카와 관련해서 필요한 게 있으시면 언제든 연락 주세요. 제가 노스웨스턴 대학병원에서 레지던트를 했거든요. 아직도 그쪽에 아는 친구들이 몇 있어요. 시카고 정도면 그렇게 먼 거리는 아니잖아요?"

이 의사처럼 외지에서 온 놈들의 문제점이 바로 이런 거다. 가방 끈 길고 돈깨나 있는 놈들이 동네에 흘러 들어와서는, 나 같은 사람이 이런 똥통에 와줬으니 너희들은 고마운 줄 알아야 한다는 식으로 말한다. 난 이 의사한테 도움을 구하지 않았다. 케이펠루토 선생님은 이미 한 차례 애나벨의 목숨을 구해주셨다. 한 번 살려줬는데 두 번은 못 한다고 누가 감히 말할 수 있냐 말이다.

의사가 손바닥으로 자신의 허벅지를 쓸며 말한다. "다른 방법이 없다면 나도 솔트레이크시티로 이사 가야죠. 하지만 아직은 가고 싶은 마음이 안 들어요. 여기를 떠날 수 없어요. 형사님이 사빈을 찾아주기 전엔 못 갑니다." 의사는 기침과 흐느낌 중간 소리를 낸다.

난 수첩을 꺼내 깨끗한 페이지를 찾은 뒤, 의사가 진정하기를 기다린다.

"제프리는요?" 의사가 증오에 찬 목소리로 난데없이 그 이름을 언급한다.

"그 사람이 뭐요?"

"그 사람이 유력한 용의자라고 제발 말씀해주세요. 그 인간은 난폭하고, 다혈질이에요. 게다가 사빈이 실종된 날, 2시간 동안 어디에서 뭘 했는지 명확하지 않잖아요? 내가 사빈한테 현관 번호를 바꾸고 접근 금지 명령을 요청하라고 그렇게 얘기했는데 듣지를 않더라고요. 사빈은 그놈을 무서워했어요. 형사님도 잘 아시죠?"

"저희가 제프리 하딘슨 씨를 예의주시하고는 있습니다만, 자세한 부분은 말씀드릴 수 없는 점 양해 바랍니다. 지금은 선생님과 실종자의 관계에 관해서만 얘기하고 싶습니다."

이 의사가 투우 같다고 한 건 바로 이런 점 때문이다. 난 아직 별 얘기를 꺼내지도 않았는데, 트레버는 한껏 격양된 목소리로 숨도 쉬지 않고 이야기한다.

"이혼 소송 직전에 사빈이 사라져버리다니, 그 인간 입장에서 보면 이보다 편리할 수 있겠습니까? 이제 그놈은 사빈의 집에 살면서 사빈의 돈을 쓰고 있어요. 그 사람 이메일이랑 컴퓨터 파일 조사해보셨습니까? 인터넷 검색 기록은 보셨어요? 그러니까 제 말은, 너무 뻔한 거긴 하지만, 캐시 삭제하는 걸 깜빡했을 수도 있잖아요? 그런 경우 허다한 거 형사님도 잘 아시죠? 멍청한 것들이 꼭 구글 검색 잘 못 해서 잡히잖아요. 검색창에다 떡하니 '시체 묻는 곳'이라고……."

의사는 말끝을 흐리더니 금방이라도 울 것 같은 표정을 짓는다. "결국 그렇게 된 건가요? 그렇다면 사실대로 말씀해주세요, 형사님. 제발 나를 이 악몽에서 깨워줘요. 나도 희망을 갖고 싶어요. 하지만 사람이 순식간에 사라졌다가 8일 후에 멀쩡하게 살아서 나타나진 않잖아요. 그러니까 누군가가 뭔가를 본 거죠? 그렇죠?"

"만약 뭔가를 본 사람이 존재한다 해도 아직 수면 밖으로 나오지는 않았습니다."

의사 뺨에 눈물방울이 또르르 굴러 내린다. 이어서 그는 양손으로 머리를 감싸고 어깨를 들썩인다. 일이 이렇게 될 거란 걸 예상했어야 했는데. 저 인간은 기자들이 얼굴에 카메라를 들이댈 때마다 저렇게 온 세상이 볼 수 있도록 울어댄다. 저게 연기라면 정말 타고난 배우다. 그 점은 인정해주고 싶다. 사빈의 실종 사건은 이자의 울음 덕에 전국적인 뉴스가 됐다.

"사빈이 렉사프로를 복용하고 있었던 걸 아시나요?"

나의 질문에 의사는 갑자기 고개를 든다. 두 눈을 동그랗게 뜨고 턱은 아래로 늘어뜨리고 있는 모습이 꼭 만화에 나올 법한 표정이다. "렉사프로를요? SSRI, 즉 선택적 세로토닌 재흡수 억제제를 말씀하시는 거죠? 그건 불안 및 우울증 환자에게 처방하는 강력한 약이에요. 그런데 그걸 언제부터 복용했죠? 누가 처방해줬나요?"

"자세한 부분은 말씀드릴 수 없습니다. 하지만 처방약 모니터링 프로그램에 조회해보니, 수년 동안 복용한 것으로 나왔습니다."

"아." 트레버가 확신 없이 대답한다. 이어서 더 큰 한 방이 나올지도 모른다는 생각에 마음을 놓지 못하는 눈치다. 처방전 외에도 내입에서 더 나올 말이 있다는 듯이. "사빈은 우울해 보이지 않았어요. 그랬다면 내가 알았겠죠. 난 사빈과 그렇게 붙어 지내면서 약 먹는 걸 본 적이 없어요."

"작년부터 복용했어요." 난 수첩에서 한두 페이지를 뒤로 넘긴다. "작년 2월에 사빈은 임신했었는데, 약이 태아를 해칠까 봐 걱정했습니다."

의사가 고개를 끄덕인다. "걱정할 만하죠. SSRI은 신생아의 지속성 폐동맥 고혈압증을 야기할 수 있으니까요. 담당 의사가 복용을 멈추도록 권했을 겁니다. 아마 웰부트린 같은 부프로피온 종류로 대체했을 확률이 높아요."

"그럴지도 모르죠. 하지만 사빈은 의사의 말을 따르지 않았습니다. 약국에서 약을 준비해줬지만 사빈은 찾아가지 않았어요." 사빈의 노트북에 있던 이메일에 의하면 이 부분만큼은 사실이다. 약사는 너무 빨리 약을 끊지 말라고 충고했다.

트레버는 직업적 본능으로 내 말의 요지를 알아챘는지 눈썹을 있는 대로 치켜세우며 나에게 묻는다. "설마 바로 끊은 건 아니겠죠?"

"바로 끊었습니다."

사빈의 노트북에서 이메일을 읽었을 때, 나는 바로 약을 끊는 게 어떤 영향을 주는지 알지 못했다. 그런데 의사는 잘 아는 모양이다. 트레버는 자리를 박차고 일어나 욕설을 퍼부으며 다급하게 서성인다. "어떤 일이 있을지 아무도 사빈에게 말해주지 않았나요? 인터넷에 검색만 해봐도 알 수 있는 건데? 사빈은 죽을 수도 있었어요!"

난 대꾸하지 않는다. 식품의약국이 렉사프로 같은 약에 경고문을 기재하는 데엔 다 이유가 있다. 이런 약물과 관련해, 사빈 같은 사람들이 욕조에서 손목을 긋는 사례가 너무나도 많기 때문이다.

물론 이 의사는 그러한 사실들을 모두 알고 있다.

그는 자리에 멈춰 서더니 인상을 쓰며 나를 쏘아본다. "왜 나한테 이런 얘기를 하는 거죠? 지금 사빈에게 벌어진 일하고 무슨 상관이 있어요?"

"아직은 모릅니다. 상관없을 수도 있죠. 결정적인 원인일 수도 있고요."

"제가 듣기에 지금 형사님은 피해자를 탓하시는 것 같네요. 사빈이 혼란하고 불안정한 상태였던 것처럼 보이게 하려고요."

"실종자분이 어떤 상태였는지 명백하게 하기 위함입니다."

"혹시 제프리가 〈맨디와 아침을〉에 나와서 지껄인 말도 안 되는 얘기와 상관이 있나요? 안 그래도 그때 무슨 일이 있었는지 잉그리드가 얘기해줬거든요. 사빈이 그놈을 떠나려 했던 건 사실이지만, 잠적하려 했던 건 아니에요. 잉그리드는 사빈이 어디에 있는지 알고 있었어요."

"네, 저에게도 그렇게 얘기했습니다." 정확히는 두 번 얘기해줬다. 맨디의 프로그램이 방영된 직후에 음성사서함으로 알려줬고, 이후 경찰서에 들러 한 번 더 얘기해줬다.

의사가 눈을 찌푸려 뜨며 묻는다. "왜 그런 식으로 말하죠?"

"네?"

"잉그리드의 말을 못 믿겠다는 것처럼 말씀하시잖아요. 사빈이 불안정한 상태였다고 생각하시는 것처럼."

"우린 조금 전에 실종자가 항우울제를 복용했다는 이야기를 나눴습니다."

의사는 복부를 걷어차인 양, 어깨를 축 늘어뜨리며 다시 의자에 앉는다. "그때 사빈이 힘든 시기를 보낸 건 맞아요. 태아를 잃은 상태인데 약사는 형편없는 조언이나 해주고, 어쩌면 조언 자체를 안 해줬을 수도 있죠. 하지만 그건 아주 오래전 얘기잖아요. 내가 아는 사빈은 우울증 같은 거 없어요. 감정 기복도 별로 없고요. 기력도 정상이고 수면 패턴도 일정해요. 제가 본 유일한 증상은 2주 전에 있었죠."

의사의 눈에 다시 눈물이 맺힌다. 난 그것이 임신에 관한 이야기임을 알 수 있다.

"때맞춰 그 얘기를 꺼내주셨네요. 왜냐하면⋯⋯."

"하지만 구토 증상은 오래가지 않았어요. 토를 하더라도 10분 후엔 식욕이 돌아와 식품 창고를 뒤졌죠. 그에 비하면⋯⋯" 의사는 말을 멈추더니 얼굴을 찡그린다. 난 그가 애인의 임신과 아내의 임신을 비교하려 했다는 걸 직감한다. "결론을 말씀드리면, 사빈의 식욕은 정상이었다는 거예요."

"사빈이 임신한 상태라고 확신하시는군요." 질문처럼 말하진 않지만, 사실은 질문이다. 난 같은 질문을 사빈의 산부인과 의사와 가족의에게도 했었다. 특히 그 산부인과 의사는 사빈의 최근 임신을 담당했던 의사다. 두 사람 모두 대답하기를 거부했다.

트레버는 제대로 모욕당한 표정이다. "뭐요? 당연히 사빈은 임신했죠."

"임신 테스트를 직접 하셨나요?"

"사빈이 임신 테스트기에 직접 소변을 묻혔어요. 그런 테스트기는 정확도가 99퍼센트에 달합니다."

"양성 반응이 나타난 걸 두 눈으로 직접 보셨나요?"

"무슨 뜻으로 말씀하시는 겁니까?" 의사는 슬슬 짜증을 낸다. 목소리가 높아지고 근육은 경직된다. 금방이라도 공격을 할 듯 똬리를 튼다. "사빈이 거짓말이라도 했다는 건가요? 임신했다는 게 거짓말이라는 거냐고요?"

난 목소리를 낮고 평탄하게 유지한다. "별다른 뜻 없습니다. 그저 진실을 알고자 하는 겁니다."

"임신이 거짓이었다는 걸요?"

"남편분의 증언에 의하면, 사빈은 임신하는 것과 임신 상태를 유지하는 데에 곤란을 겪었다고 하더군요. 9년에 걸친 결혼생활 동안 일곱 번 유산했다고 합니다. 그것도 여러 번의 체외수정을 통한 임신이었죠."

"문제는 남자에게 있을 수도 있죠. 그놈 정자에 문제가 있을 수 있다는 겁니다."

"아니면 이미 여러 차례 실패를 통해 이번 임신이 어떻게 끝날지를 알았을 수도 있죠. 만약에 임신했다고 해도 유산할 확률이 높습니다. 기록에 의하면 10주에서 14주 사이에 일어날 확률이 높죠."

"만약에라뇨? 왜 그런 거짓말을 하겠어요?"

"저도 그 점을 알아내려는 겁니다."

트레버는 팔꿈치를 무릎에 대고 몸을 앞으로 숙인다. "이 점을 짚고 넘어갑시다. 형사님은 나와 사빈의 관계가 궁금한 게 아닌 것 같네요. 언제 시작됐고, 어떤 계획이 있는지, 지난 5개월 동안 주고받은 수백만 개의 메시지에 관해 얘기하고 싶은 게 아니에요. 형사님은 사빈의 정신 상태에 대해, 또 임신 여부에 대해 내가 의심하기를 원하시는 것 같네요. 마치 내가 사랑한 여인이 전혀 다른 사람이라고 생각하도록 세뇌하려는 것 같아요."

"저는 실종된 사람을 찾기 위해 빈칸을 채우고 싶은 것뿐입니다. 실종자가 어떤 사람이었는지 알아야만 해요."

의사의 얼굴은 핏기가 빠져나가는 듯 창백해진다. "어떤 사람이었는지?"

"사람인지." 난 최대한 확신에 찬 목소리로 말한다. 다시는 이런 실수를 해서는 안 된다. "저는 사빈이 살아 있다는 전제하에 수사하고 있습니다. 하지만 실종자를 찾으려면 먼저 밑그림을 완성해야 해요."

"밑그림을 완성해요? 좋아요. 그럼 내가 말해주죠. 사빈 하딘슨은 다정하고, 사랑이 많고, 재미있고, 정직하고, 의리 있고, 이타심이 넘치는 여자예요. 난 온 마음으로 그 여자를 사랑해요. 사빈이 나에게 렉사프로와 유산에 대해서는 말해주지 않았지만, 그렇다고 해서 거짓말을 한 건 아니잖아요? 과거가 있는 한 인간일 뿐이죠."

"좋습니다. 이제 선생님 아내분 얘기를 해보죠."

의사는 허리를 꼿꼿이 세운다. "셸리요? 그 여자는 왜요?"

"지금 시카고에 계신다고 들었습니다. 언제부터 거기에 계셨죠?"

"지난 수요……" 의사는 말을 멈추더니 고개를 저으며 다시금 허리를 꼿꼿이 세운다. 그는 방금 수요일이라고 말하려 했다. 사빈이 사라진 날이다. "아니야. 셸리가 그랬을 리 없어. 그럴 사람이 아니야. 셸리가 상처받고 화가 많이 난 건 사실이지만 괴물은 아니에요. 내 아이들의 엄마라고요. 말도 안 돼."

"아내분과 만나서 직접 이야기를 듣고 싶습니다. 언제 돌아오시나요?"

"몰라요."

"아내분께 메시지를 남겼어요. 저에게 전화하라고 선생님께서 직접 말씀해주시는 건 어떨까요?"

의사는 차갑고 날카로운 시선으로 나를 쏘아본다. "다른 데를 조사하세요, 형사님. 내 아내는 이미 힘든 일을 많이 겪었습니다."

내 아내. 난 그 말이 습한 공기 중에 한참을 떠다니도록 내버려둔다. 의사는 이내 멋쩍어한다. 이 사람은 소유욕이 강한 성격이다.

난 속으로 의사의 이름 옆에 작대기 하나를 더 긋는다.

단지 자신이 부탁했다는 이유로 내가 시카고에 있는 아내를 못 본 체하고 넘어갈 줄 알았다면 이놈은 정말 미친놈이다.

의사 등 뒤로 문이 열린다. 시원한 바람이 불어와 땀에 젖은 내 피부에 닿는다. 시원하다고 하기엔 부족하지만, 나에게도 의사에게도 어느 정도 환기가 되는 바람이다. 의사는 때마침 방해해줘서 고맙다는 듯 뒤를 쳐다본다.

"아빠, 배고파요." 딸아이가 말한다. 그런데 아이의 시선은 나를 향하고 있다.

의사는 일어서서 문 쪽으로 걸어가 딸의 손을 잡는다. 그의 시선 또한 나에게 고정돼 있다. "형사님은 현재 사빈을 찾기 위해 뭘 하고 계시나요? 어떤 절차를 밟고 계시죠? 어떤 단서들을 파헤치고 계십니까?"

"죄송합니다, 선생님. 하지만……."

"세부적인 건 이야기할 수 없다고요. 네, 알아요. 좋습니다." 의사는 딸아이를 대번에 들어 올려 능숙하게 안는다. "여기에 앉아서 저에게 말도 안 되는 질문을 하는 대신, 나가서 사빈을 찾아보는 게 낫지 않을까요?"

의사는 거기에서 말을 멈춘다. 그의 어투에는 분명 협박의 무게가 느껴진다. "제 생각이 틀렸기를 바랍니다만, 혹시 지금 경찰관을 협박하시는 겁니까?"

"본인의 할 일을 하세요, 형사님. 일을 하라고요. 안 그러면 사빈을 찾을 수 있는 사람을 직접 구할 테니까."

베스

그 이후로 사람들은 계속 사라진 돈에 대해서만 이야기한다. 어디로 갔을까, 언제 사라졌나, 내일 정해진 시간 전까지 샬린의 책상 서랍에 마법처럼 돈이 돌아와 있을 것인가. 하지만 대부분은 우리 중 누가 가져갔을지를 놓고 이야기한다.

상식적인 사고를 하는 사람이라면 당연히 나를 유력 용의자로 지목할 것이다. 낮에 수많은 사람이 운영진 사무실을 들락거리는 건 사실이다. 그렇지만 교회 여직원들 외에 온종일, 오전 8시부터 문 닫는 시간까지 이곳에 있는 사람은 나뿐이다. 목사님 외에 목사님 책상 서랍을 열 수 있는 사람도 나밖에 없다. 나를 향한 사람들의 시선이 달라졌다. 친근하게 미소를 보내던 모습은 오간 데 없고, 텃세를 부리듯 차갑게 대한다. 내가 훔쳤을 거라는 생각을 지울 수 없나 보다.

샬린의 책상 근처에 가는 사람은 아무도 없다. 아마도 도둑(나)에게 죄를 뒤우치고 돈을 돌려놓을 기회를 주기 위해서인 것 같다. 하지만 작전을 잘 짠 것처럼 보이지는 않는다. 오후 내내 그들은 사무실을 어슬렁거리며 교회 업무와 관련된 이야기를 하는 척하는데, 그들 중 한 명은 매의 눈으로 접수부를 지켜보고 있다. 샬린의 책상 반경 5미터 이내에 누가 접근하기라도 하면, 그들은 연기하던 것을 중단하고 책상으로 우르르 몰려간다. 아마도 이 교회가 세워진 이래 가장 흥미진진한 사건이 아닐까 싶다.

이 소식은 치명적인 바이러스처럼 온 교회에 퍼져나갔고, 직원들은 '헝거 게임'에 나오는 것 같은 공포감, 즉 한 사람이 다른 모두를 죽음으로 몰 거라는 그런 공포감에 빠지기 시작했다. 내가 그걸 아는 이유는 마르티나가 오후 내내 문자를 보내줬기 때문이다. 주로 '지금 아래층 분위기 험악하다', '다른 청소부들이 다 너를 손가락질한다' 같은 내용이다.

다들 네가 가져갔다고 확신하는 것 같아. 아야나만 빼고. 그런데 걔가 교회에서 똑똑한 편에 들진 않잖아. 우리 다 잘리기 전에 돈 갖다 놓으라고 너한테 전하래.

나를 쉽게 범인으로 몰고 가는 것에 상처받지 않으려고 애쓴다. 마르티나 외에 다른 사람의 의견은 중요하지 않다고 나 자신에게 말한다. 다른 사람들은 나를 모른다. 내가 처한 상황도 모르고 내가 무슨 생각을 하는지도 모른다. 그러면서 나를 범인이라 단정 짓는다.

너는? 내가 답장한다. 넌 어떻게 생각해?

마르티나의 답장이 오며 화면이 밝아진다.

몰라. 아직 생각 중.

문 쪽에서 둔탁한 소리가 들린다. 돌아보니 발 하나가 튀어나와 한쪽 문이 닫히지 않도록 막는다. 목사님이 문틈으로 어깨를 구겨 넣으며 자신의 몸 절반 크기의 종이 상자를 들고 들어오려 하신다. 위로 흘끗 머리칼이 보일 뿐, 상체와 얼굴은 상자에 가려 보이지 않는다. 하지만 난 아까 갈아 신은 운동화를 보고 대번에 목사님인 걸 알아챈다. 목사님이 아끼시는 운동화 위로는 군청색 정장 바짓단이 보인다. 난 핸드폰을 뒷주머니에 넣고 달려가서 문을 잡는다.

"고마워요, 베스." 목사님이 상자 옆으로 고개를 내밀며 환한 미소를 지으신다. "정말 친절하시네요."

목사님이 나를 의심할 이유는 많다. 인터넷 방문 기록을 봤을 수도 있고, 다른 사람들처럼 내가 샬린의 책상에서 돈을 꺼내 갔다고 생각할 수도 있고, 내가 연기하고 있는 나라는 사람 자체를 의심할 수도 있다. 하지만 나를 쳐다보는 시선에서는 조금도 그런 기색이 느껴지지 않는다. 예배 시간에 강단에서 여느 신도들을 바라볼 때와 아무런 차이가 없다. 사람들의 어깨를 토닥이거나, 합장하고 기도할 때의 표정과 전혀 다르지 않다. 마치 나를 구원해야 할 길 잃은 양으로 보는 듯한 표정이다.

목사님이 경찰을 부르기로 한 건 내일 낮이다. 이런 목사님을 뒤로 하고, 그 직전에 내가 뒷문으로 사라진다면 상황이 많이 어색해질 것 같다. 호르헤의 실력이 뛰어난 건 사실이지만, 사실 그렇게까지 대단한 기술자는 아니다. 내 면허증을 보는 순간, 경찰은 분명 내 손목에 수갑을 채우려 할 것이다.

목사님은 바보가 아니다. 내가 사라진다면, 이곳에 있는 다른 사람들과 마찬가지로 대번에 결론을 내릴 것이다.

내가 죄를 지었기 때문에 달아난 거라고.

그 이후에는 어떻게 될까? 목사님이 사무실에서 설교 연습하시는 걸 들은 적이 있다. 불신과 은총에 관한 내용이 있었고, 다른 뺨을 마저 내주는 것에 관한 내용도 있었다. 목사님은 나도 그렇게 대하실까? 내가 가도록 내버려두실까, 아니면 서류에 적힌 내 주소를 경찰에게 알려줘서……. 그러고 보니 내가 지원서에 쓴 주소는 모건 하우스로 되어 있다. 이런 바보 같은 실수를 하다니. 게다가 월세 납부일이 다음 주로 다가왔다. 나는 샬린의 서랍 맨 아래에 묻혀 있게 될 내 봉급을 상상한다. 일주일치 봉급이 그대로 날아가게 생겼다. 난 그 돈이 필요하다. 매우 절실하게 필요하다.

"잠깐 따라오시겠어요?" 목사님이 말씀하신다. "새로 온 신자들에게 줄 환영 선물 가방을 준비하려는데, 베스가 도와주면 좋겠네요."

난 목사님을 따라 사무실로 들어간다. 목사님은 종이 상자를 회의용 테이블에 올려놓으신다. 빛나는 형형색색의 안내 책자와 포장지가 테이블 위에 깔끔하게 정돈된 채 쌓여 있다. 목사님은 하나하나를 손으로 가리키며 설명하신다. "목회자의 편지, 교회 책자, 각종 모임 초대장, 작은 성경책, 설문지. 지금부터 베스는 이걸 하나씩 모아서 클립으로 집은 다음 봉투에 담아주세요." 목사님이 상자에서 봉투 한 다발을 꺼내 나에게 건네주신다.

"간단하네요." 난 웃으며 대답한다.

"이 단계를 마치면 그 봉투를 이 안에 넣으세요." 목사님은 상자에서 하얀 천 가방 하나를 꺼내 흔들어 보이신다. 가방에는 교회 건물 윤곽 스케치가 프린트돼 있고, 그 아래에는 내가 입고 있는 티셔츠와 마찬가지로 '주님이 이곳에 근무하신다'라는 글귀가 있다. "가방마다 머그잔, 볼펜, 냉장고에 붙이는 자석이 하나씩 들어갈 거예요. 다 이 상자 안에 들어 있죠. 물품이 모자라거나 궁금한 점이 있으면 사무실에 있는 여직원들 중 아무에게나 물어보세요. 나는 동네 건너편에 몸이 아픈 교구 주민을 방문해야 하거든요."

목사님은 개인 물품을 챙기시고, 난 자리에 앉아 일을 시작한다. 하나씩 모아서, 접어서, 집어 넣는다. 느리고 단조로운 노동이지만, 앉아서 할 수 있으니 바닥을 닦는 것보단 낫다. 난 아래층에서 장난감을 소독하고 있을 마르티나와 아야나를 생각한다. 나에 대한 불신을 계기로 두 사람이 대화하고 있을 걸 생각하니 정신이 번쩍 든다. 나라도 내가 싫을 것 같다.

"그럼 내일 봐요." 목사님이 말씀하신다.

고개를 들어보니 목사님이 문 앞에 서 계신다. 팔에는 코트가 접힌 채 걸려 있고, 손가락에는 가죽 구두가 걸려 있다. 목사님이 미소를 지으셔서 나도 미소로 답한다. 내가 할 수 있는 건 이렇게 웃는 것밖에 없구나.

"내일 봐요."

선물 가방을 정리하고 있는데 마르티나가 소리 없이 회의실 문을 열고 들어온다. 고개를 들어보니 마르티나가 문 안쪽에 서서 나를 바라보고 있다. 난 미소를 지어 보이지만 마르티나는 아무런 반응도 하지 않는다.

난 개의치 않고 손에 쥐고 있는 종이 다발을 클립으로 고정한다. "말 안 해도 알아. 나한테 얘기해보라며 너를 보낸 거지?" 난 청소부들이 마르티나를 휴게실 구석으로 몰아넣는 모습을 상상한다. 그런데 그렇게 몰아넣고 무슨 말을 했을까? 나를 찾아가서 뭘 어쩌라고? 몸수색이라도 하라고? 난 계속해서 하던 일에 집중한다.

마르티나는 문을 닫는다. "네가 그 사람들을 탓할 수 있겠어? 대부분은 호르헤 같은 업자들과 뒷거래를 한 사람들이야. 무슨 말인지 알지? 지금 다들 긴장하고 있어. 나도 마찬가지야. 너도 그래야 정상이겠지."

난 미간을 찌푸리며 마르티나를 쏘아본다. "내가 긴장하지 않는다고 누가 그래? 나를 가르치거나 비난하러 올라온 거라면 지금 당장 나가줘. 여직원들은 일과 시간 내내 나한테 눈총을 보냈어. 안 그래도 기분 안 좋다고."

"이건 소꿉장난이 아니야, 베스. 너한테 일자리를 소개해준 건 나야. 내가 너의 보증인이라고. 네가 허리에 찬 그 가방에서 2천 달러가 나오면 목사님이 나를 어떻게 생각하실까?"

"너도 내가 가져갔다고 생각하는구나." 난 두 손을 허공에 들었다가 세게 테이블을 내려친다.

"여직원들은 아침에 성경 공부에 참여했었어."

"그게 뭐?"

"그래서 사무실이 비어 있었지. 너한텐 기회가 있었어. 난 네가 어디에 돈을 넣어두는지 알고 있어." 마르티나의 시선이 내 허리로 향한다. "그건 그렇고, 그 안에 얼마나 들었어?"

난 자리에서 일어나, 언제든 마르티나를 밀치고 문밖으로 나갈 수 있도록 무릎을 살짝 구부리고 자세를 잡는다. "네가 알 바 아냐. 그런데 너와 아야나는? 너희들은 서로 누가 더 많이 훔쳤는지를 놓고 싸웠잖아? 난 너희들이 샬린의 책상 근처에 지나 다니는 거 다 봤어."

"그래. 하지만 우린 목사님의 열쇠에 손댈 권한이 없잖아." 마르티나는 잠시 말을 멈춘다. 난 다음 말이 뭘지 알고 있다. "너한텐 있지."

난 속이 울렁거리는 걸 감추려고 고개를 젓는다. "잘못한 게 없는데 왜 내가 너한테 일일이 설명해야 하지? 게다가 아야나의 돈을 훔친 건 네가 맞는 것 같은데, 아니야?"

마르티나가 나를 쏘아보며 말한다. "말했잖아. 난 도둑질 안 해."

"그러면 누가 훔쳤는데?"

마르티나가 양손을 들며 말한다. "그걸 어떻게 알아? 아야나가 사는 아파트엔 하루에 수만 명씩 왔다 갔다 해. 그리고 걔가 돈을 숨긴 장소는 그렇게 비밀스럽지도 않아. 내가 발견했다면 다른 사람들도 쉽게 발견했을 거라고."

난 봉투 다발을 집으며 마르티나의 대답에 대해 생각해본다. 저 애의 목소리에선 진정성이 느껴진다. 하지만 그것만으로는 변기 뒤쪽을 뒤진 이유가 설명되지 않는다. 훔칠 생각이 없다면 뭐 하러 돈이 있을 만한 곳을 뒤지겠는가?

마르티나는 한숨을 내쉬며 벽에 기대더니 주위를 둘러본다. "그런데 너 여기에서 하루 종일 하는 게 뭐야?"

"지루함과 싸우는 거."

"왜 목사님은 너를 여기에서 일하게 했을까? 이유가 뭐지?"

"나도 몰라. 아마도 책장 때문이겠지. 목사님이 어떤 분인지 너도 알잖아. 사람들을 돌봐주는 걸 좋아하서." 난 첫날 갑작스럽게 쏟아진 눈물을 떠올린다. 목사님은 나에게 이곳이 안전하다고 말씀해 주셨다. 그 이후 오늘까지, 목사님은 그 약속을 잘 지키셨다.

"나는 그런 식으로 돌봐주신 적 없는데."

우리 둘 사이의 공기에 어떤 질문이 떠오르지만, 난 굳이 그걸 소리 내서 말하지 않는다. 마르티나는 내가 왜 특별대우를 받는지 알고 싶어 한다. 타당한 질문이다. 목사님은 나를 지목하셨는데, 나는 그 이유를 모른다. 그리고 그 이유에 대해 생각하고 싶지 않다. 왜 쟤가 아니고 나일까?

마르티나는 벽을 딛고 몸을 세우며 나를 뚫어지게 바라본다. 나는 반사적으로 허리에 찬 전대를 감싸 안는다. 손바닥은 있는 힘껏 펴져 있고, 손가락으로는 전대의 모서리를 감싼다.

"네가 훔친 게 아니라고 말해줘, 베스. 내 눈을 보고 네가 아니라고 말해줘."

"나한테 그런 말을 하다니, 믿을 수가 없네."

"말해."

박쥐 떼가 내 심장 속에서 날갯짓하듯 당혹감이 밀려온다. 난 가까스로 감정을 추스른다. "로사와 스테판이 누군지 말해주면 나도 말해줄게."

마르티나의 목에 달린 원반에 필기체로 새긴 이름들이다. 갑작스럽게 정곡을 찔린 마르티나는 얼굴이 창백해진다. 내 심장은 미친 듯이 두근거리다가, 크게 호흡을 머금음과 동시에 일순간 정지한다. 마르티나가 내 눈을 쳐다보고 솔직하게 말한다면, 즉 진실을 말할 만큼 나를 신뢰한다면, 나도 마찬가지로 대할 것이다. 함께 자리에 앉아 나의 슬프고도 추악한 이야기를 처음부터 끝까지 들려줄 것이다.

마르티나가 나에게 다가온다. 너무 가까워서 형체가 흐릿하게 보인다. "제자리에 갖다 놔, 베스. 일이 잘못되면 너 혼자 대가를 치르는 게 아니야. 돈을 제자리에 갖다 놔."

마커스

파인블러프에 정식 허가받은 핸드폰 소매업자는 수십 명 정도가 있다. AT&T나 스프린트 같은 무선기기 전문 업체부터 월마트 같은 대형 매장 등 그 형태도 다양하다. 법을 준수하는 사람들이 핸드폰을 살 때 가는 그런 곳에는 고객 서비스 부서가 있고 감시 카메라도 달려 있다.

한편 정식 허가를 받지 않은 곳도 있다. 아웃렛이나 수리점 외에도 몰래 핸드폰을 사고파는 소형 상점들이 있다. 나는 마을 북쪽에서 시작해서 남쪽으로 훑고 내려간다.

그런 매장에 갈 때마다 매번 이런 대화가 반복된다.

나 : (경찰 배지를 보여주며) 파인블러프 경찰서 소속 마커스 듀랜드 형사입니다. 30대 초반 여자를 찾고 있습니다. 갈색 머리, 갈색 눈동자, 키는 176센티, 날씬한 체형입니다.

점원 : 물론 도와드려야죠, 형사님. 그런데 여기에 오는 여자의 절반은 그런 외모예요.

나 : (사진을 보여주며) 이 얼굴을 기억하시리라 생각합니다.

점원 : (휘파람을 불며) 와! 예쁘네요.

나 : 선불폰을 여러 개 샀을 거예요. 결제는 현금으로 했고, 거래 시점은 한 달 전쯤으로 추정됩니다.

점원 : 죄송해요, 형사님. 저희는 하루에 거래가 수십 건, 오십 건, 수백 건씩 있어요. 손님을 일일이 기억하는 건 불가능하죠.

나 : (50달러 지폐를 건네며) 컴퓨터를 확인해보시겠어요? 이 여자가 여기서 거래를 했다면 금방 찾을 거예요. 평소보다 큰 금액이었을 테고, 전액 현찰로 냈을 테니 찾기 쉬울 겁니다.

점원은 50달러를 주머니에 넣고 슬금슬금 뒤쪽으로 간다.

검색하는 데 2분, 혹은 그 이상이 소요된다. 점원은 매번 고개를 절레절레 저으며 돌아온다. 난 수확 없이 매장을 빠져나온다.

그런데 이번엔 예외다.

이번 점원은 바보처럼 히죽대며 걸어 나온다. "5월 24일, 오전 10시 24분. 그 여자가 네 개를 샀네요. LG K8 두 대, 중고 모토롤라 두 대요. 세금 포함 다 합쳐서 407.73달러예요."

난 뜨거운 한숨을 내쉬며 불길이 가라앉기를 기다린다. 하지만 화는 좀처럼 가시질 않는다. 이런 거지 같은 곳에서 쓰기에 400달러는 큰돈이다. 이곳은 계산대 아래에 총이 비치돼 있고, 차 타고 지나가는 사람들에게 만만하게 보이지 않으려고 창문에 철창을 설치해놓은 그런 가게이다. 주로 훔친 돈과 장물을 맞바꾸는 장소이다.

"숫자를 기록해야겠네요." 난 이를 악문 채 말한다. 턱이 바위처럼 무거워져 어금니가 부서질 것만 같다.

점원이 미간을 찌푸리며 악랄한 표정으로 말한다. "방금 숫자 불러 줬잖아." 점원은 손에 쥔 종이를 쳐다본다. 찌꺼기가 잔뜩 나오는 파란 펜으로 휘갈겨 쓴 숫자가 보인다. "여기. $407.73."

"전화번호." 난 어느새 주먹을 쥐고 있다. 주먹을 휘두르고 싶은 충동을 억제하느라 온몸의 근육이 떨린다. 나를 우습게 보는 이 멍청한 놈을 한 대 쥐어 패야 직성이 풀리겠다.

놈은 주머니에 손을 꽂더니 짝다리를 짚고 서서는, 친절함이라고는 조금도 느껴지지 않는 표정으로 째려보며 말한다. "도와드리고는 싶은데, 형사님, 개인의 전화번호를 아무한테나 알려줄 수는 없잖아."

"내가 경찰인데도? 경찰인데도 못 주겠다는 건가?"

점원은 어깨를 으쓱인다. "그러고 싶은 마음이 생기면 도와줄 수도 있고."

쉽게 말해 50달러를 더 내라는 얘기다.

"진짜 그러고 싶어? 뇌물 요구로 지금 당장 체포할 수 있어. 아니면 네가 한 모든 거래에 대해 영장을 발부할 수 있어. 어느 쪽으로 할래?"

점원의 의기양양한 표정은 사라진다. "지금 들어가서 번호 뽑아올게요."

"그래. 잘 생각했어."

난 손가락으로 카운터를 두드리며 거친 호흡을 내뱉는다. 가게 끝쪽에서 미성년자로 보이는 놈이 블루투스 이어폰을 주머니에 집어넣는다. 저렇게 형편없는 도둑은 처음 본다. 너무 대놓고 집어넣는다. 그것도 경찰이 5미터 거리에 있는데. 이건 뭐, 대놓고 잡아가라는 것도 아니고. 하지만 빠른 거 하나는 인정한다. 문 열고 들어와서 나가는 데까지 30초밖에 안 걸렸다.

허리에 찬 핸드폰이 진동한다. 액정을 보려는데 점원이 사무실에서 돌아온다. 엄마한테서 온 전화다. 난 음성사서함으로 넘긴다. 점원은 끙 소리를 내며 나를 향해 종이 두 장을 내민다. 복사기에서 방금 나와 아직도 온기가 느껴진다. 그걸 본 나는 미소를 짓는다. 영수증 네 개에는 각기 다른 전화번호가 적혀 있다. 지금쯤이면 두 개, 아니면 세 개를 개시했겠지. 운이 좋으면 하나는 추적할 수 있을 것이다. 나를 그 여자 앞으로 데려가 줄 하나만 남아 있으면 된다.

난 종이를 카운터에 흩어놓고 하나씩 사진을 찍는다. 이메일에 사진을 첨부해서 전송하려는 순간, 또 한 차례 엄마에게서 전화가 온다. 두 번이나 음성사서함으로 넘기면 화를 내시겠지? 우선 제이드에게 사진을 보내 추적하라고 한 다음 엄마와 통화를 하자. 난 전송 버튼을 누르고 종이를 한데 모아서 차로 가져간다. 그제야 난 엄마의 번호로 전화를 건다.

신호음이 한 번 울리고 엄마가 전화를 받는다. 화가 난 것 같다. "마커스, 지금 대체 이게 무슨 일이니?"

난 한숨이 나오려는 걸 애써 억누른다. 엄마에게 잔소리 들을 때는 정신 무장을 단단히 해야 한다. "무슨 일이냐고요? 지금 실종된 사람을 찾고 있어요. 바빠요."

난 차에 탄다. 그늘에 세워놔도 섭씨 37도까지는 쉽게 올라간다. 시동을 걸고 에어컨 방향을 내 얼굴로 맞춘다.

"내가 지금……" 엄마가 말한다. "그러니까……."

핸즈프리로 바뀌면서 잠시 엄마 목소리가 들리지 않는다. 이삼 초 동안 침묵이 흐른다.

"엄마, 전화 끊었어요?"

"뭐? 아니. 여기 있다. 하루 종일 여기에 있었어."

"그게 무슨 말이에요?"

엄마가 한숨을 내쉰다. 짜증 섞인 한숨이다. "네 집 말하는 거였어."

"집이 뭐 어쨌는데요?"

"집 꼬라지가 이게 뭐니?"

찜통 같은 더위에도 난 온몸이 얼음처럼 차가워진다. 엄마가 우리 집에 갔다. 난 후진 기어로 바꾸고 있는 힘껏 가속페달을 밟아 다시 주차장으로 돌아간다. "지금 정확히 어디에 계세요?"

"방금 말했잖니. 네 집에 있다고."

"그러니까 집 안에서 어디에요? 지금 두 발로 어디를 딛고 계시냐고요?" 난 기어를 D에 놓는다. "정확하게 말해봐요."

"내 발은 정확하게 거실 카펫을 밟고 있어. 서류들이 하도 쌓여 있어서 카펫은 잘 보이지도 않지만. 마지막으로 치운 게 언제야?"

난 미친 듯이 속도를 올린다. 타이어가 보도블록에 마찰하는 소리에 묻혀 엄마가 하는 말이 잘 들리지 않는다. 주차 공간 끝에서 운전대를 있는 힘껏 오른쪽으로 꺾어 차들의 대열에 합류한다. 도로에 경적과 타이어 마찰 소리가 합창단의 노랫소리처럼 울려 퍼진다. 나는 만일에 대비해 사이렌을 켠다.

차에 설치된 스피커 곳곳에서 엄마의 목소리가 나온다. "그건 그렇고 에마는 어디에 있니?"

첫 번째 실수 : 엄마에게 집 열쇠를 준 것. 물론 열쇠를 준 건 에마다. 지금 와서 일이 터졌다고 엄마한테 줬던 열쇠를 돌려달라고 할 수는 없잖아? 그러면 엄마는 그걸 마음에 담아두고 매해 생일, 크리

스마스, 추수감사절 때마다 얘기할 거다. 그것도 평생. 엄마가 열쇠를 갖고 있게 하되, 자물쇠를 교체했으면 아무 문제 없었을 거다.

두 번째 실수 : 집을 엉망인 채로 둔 것. 이것 또한 어쩔 도리가 없었다. 경찰 일은 때때로 지저분해질 때가 있다. 그런데 난 시각적인 것을 중요시하는 사람이다 보니 바닥과 테이블에는 서류를 늘어놓고, 벽에는 메모와 사진을 붙여놔야 일이 잘된다. 엄마가 부엌과 거실을 지나가는 모습을 상상해본다. 모든 걸 한곳에 모아놓으며 고개를 절레절레 저으셨겠지. 난 신경질적으로 경적을 울린다.

"비켜!" 난 불을 깜빡이며 앞에 있는 차를 향해 소리친다. 앞차가 살짝 비켜주자 나는 격하게 운전대를 틀어 그 틈을 빠져나간 뒤 있는 힘껏 가속페달을 밟는다.

영원과도 같은 13분이 지나고 나서야 내 집 차고 진입로에 들어선다. 나는 엄마 차인 하얀색 혼다 뒤에 급정거한다. 현관문이 열리더니 엄마가 양팔을 휘두르며 뛰어나온다. 내가 어렸을 때부터 엄마는 저런 표정을 짓고 저렇게 소리를 질렀다. 성인이 된 지금도 저 모습을 보면 어릴 때처럼 가짜 복통이 일어난다. 오랜 시간이 지났어도 저 여자를 기쁘게 하는 건 너무나도 힘든 일이다. 내가 차에서 내리기도 전에 엄마는 잔소리를 퍼붓는다.

"누가 보면 집에 도둑이라도 든 줄 알겠네. 네가 바쁜 건 알겠는데, 난 아들을 돼지우리에서 살도록 가르치진 않았어. 우리 동네에 토네이도가 들이닥친 걸 나만 몰랐었나?"

난 성큼성큼 현관으로 걸어간다. "왜 왔어요, 엄마?"

엄마는 심한 모욕을 당했다는 듯 나를 쏘아본다. "왜 왔냐니? 에마 주려고 닭고기 수프 한 솥 끓여왔다. 사랑하는 사람이 아프면 다들

하는 것처럼 말이다. 아프면 이렇게 닭고기 수프를 먹어야지."

"그 열쇠는 비상용으로 드린 거예요."

엄마는 뒤에 있는 집을 손가락으로 가리킨다. "집 꼬라지가 저런데? 이게 비상사태가 아니면 뭐니? 내가 문 따고 들어가기 전에 최소한 15분은 밖에 서서 초인종을 눌렀다. 못 믿겠으면 옆집에 사는 미스 딜레이니한테 물어봐. 저 여자, 안 그래도 참견하기 좋아하잖아. 집을 둘러봤더니 차고에 에마 차가 있었어. 걔한테 무슨 일이 생긴 줄 알았지. 기절했거나 계단에서 구른 줄 알았다고." 엄마는 말을 멈추고 절레절레 고개를 흔드는 나를 쳐다본다. "넌 꼬라지가 그게 뭐니? 마지막으로 챙겨 먹은 게 언제야?"

일진이 나쁘든, 업무가 바쁘든, 몸이 아프든, 마음이 아프든, 걱정이 있든, 엄마는 늘 먹는 데에 문제가 있다고 결론 내린다. 뭘 먹었냐, 마지막으로 먹은 게 언제냐, 정성이 들어간 음식이냐, 간은 맞았냐. 엄마에게 사실대로 말하는 건 엄두가 안 난다. 지난 사흘간 나는 애나벨의 생일 파티에서 싸 온 음식으로 버텼다. 데우지도 않고 용기에서 꺼낸 채로 차갑게 먹었다. 맛을 느낄 마음의 여유도 없었다. 그것도 뭘 좀 먹어야겠구나, 하고 한 번씩 생각이 날 때만 챙겨 먹은 거다.

그런데 엄마가 부엌을 봤다면 이미 알 거다. 설거지도 안 한 채 싱크대에 쌓아놓은 플라스틱 용기에서 악취가 진동하고 있다는 걸.

"방금 리온스에서 먹고 오는 길이에요." 거짓말이다. 식당 이름을 대면 언쟁이 절반으로 줄어들 거라는 희망에서이다. 리온스는 메기튀김, 새우튀김 등 튀김 요리로 유명한 집인데, 한 끼 먹으면 며칠은 배가 더부룩한 그런 집이다. "엄마. 여기까지 찾아와 주신 건 정말 고마운데요…….”

“마커스 로버트 듀랜드. 너, 지금 뭐가 어떻게 된 건지 당장 말해.”
엄마가 허리춤에 주먹 쥔 손을 얹고 쏘아본다. “에마는 어딨어? 아
프다며? 왜 집에 없는 거야?”

세 번째 실수 : 당황하지 않고 적당히 둘러댈 수 있는 이야기를 미
리 준비해놨어야 했다. 엄마가 보낸 닭고기 수프를 에마가 전달받
았다면, 바로 전화해서 감사하단 말을 했을 거다. 문자를 보내거나
짧은 편지를 전했을 거다. 엄마는 가장 아끼는 며느리의 건강 상태를
확인하거나 닭고기 수프를 주려고 찾아온 게 아니다. 며칠 전에 당연
히 들어야 했을 감사 인사를 직접 듣기 위해 찾아온 거다.

난 한숨을 내쉰 뒤 엄마를 살살 달래 집 안으로 데리고 들어간다.
“엄마가 알기를 원하지 않았어요. 아무한테도 알리고 싶어 하지 않
았다고요.” 난 문을 닫고 차가운 목재에 몸을 기댄다. 엄마 말이
맞다. 여기는 돼지우리다. 농가에서나 날 법한 냄새가 난다. “에마가
어디에 있는지 말할 테니까 제발 비밀로 해주세요. 누나, 듀크, 그 외
에 누구한테든 얘기하면 안 돼요.”

엄마는 내 말에 복종하듯 빠르게 고개를 끄덕인다. “당연하지. 당
연하지. 절대 말하지 않을게. 내 말 믿어.”

난 엄마의 눈을 쳐다본다. 어찌 된 영문인지 엄마의 눈을 피하지
않고 계속 쳐다볼 수 있다. “에마는 요양원에 갔어요.”

엄마가 미간을 잔뜩 찌푸린다. “요양원이라니? 어떤 요양원?”

“마음이 안정되는 곳으로요. 덜……우울한 곳으로.” 엄마가 눈살
을 찌푸리며 팔짱을 낀다. 내가 어릴 때 거짓말을 하면 엄마는 바로
알아챘다. 지금도 마찬가지다. 나는 분위기를 바꾸려 애쓴다. “그

러니까…… 쉽게 설명하면…… 에마는 자주 울어요, 엄마. 자주 울고…… 아니지. 엄마한테 자세히 말하고 싶지 않아요. 왜요? 왜 날 그렇게 보는데요?"

"네 얘기는 하나도 말이 안 돼. 네 아내가 우울하면 절대 다른 데 보내지 말았어야지. 특히 모르는 사람들이 많이 있는 곳에 보내면 안 되지. 여기, 이 지붕 아래에 두고 잘못된 걸 바로잡아야지. 무엇보다 가족이란 건 붙어 있어야 하는 거야."

가족에 관한 한 엄마의 철학은 확고하다. 그런 믿음 때문에 엄마의 자식들은 8킬로미터 거리 너머로는 이사 가지 못했다. 엄마는 매주 일요일, 생일, 명절 때마다 온 가족을 불러 모으고, 우리는 어떠한 불평도 하지 못하고 모여야 한다. 누나와 듀크는 엄마가 쥐꼬리만 한 월급으로 애 셋을 혼자 키우며 고생한 걸 기억 못 할지 모르지만, 난 똑똑히 기억한다. 엄마는 언제나 탈진 상태였고, 늘 돈 걱정을 하셨다. 사람들이 감옥을 제집처럼 드나든 아빠에 대해 어떻게 얘기하는지, 사람들이 수군거리는 말에 우리 세 남매가 어떤 영향을 받을지, 엄마는 늘 촉각을 곤두세우고 살았다. 그런 생각들이 밀려오자 속이 따끔거리며 신물이 올라온다. 엄마는 내가 듣는 줄도 모르고 눈물을 흘리곤 했다. 그 울음소리를 들으면 내 안에서 부글부글 분노가 끓어올랐다. 아빠가 감옥에서 죽었을 때, 엄마는 우리를 무덤 앞에 일렬로 세워놓으며 슬픈 표정을 지으라고 명령했다. 엄마는 내가 아빠를 경멸하는 걸 알았을 거다. 그리고 본인도 남편을 경멸했을 거다. "네 아버지잖니." 엄마가 내 머리를 때리며 말했다. 가족이니까.

"제가 알아서 잘하고 있어요. 우리 관계를 단단히 붙잡고 있다고요." 내가 엄마에게 말한다. "적어도 노력은 하고 있어요. 하지만 이렇게 엄마와 말다툼을 하면서는 그러기가 힘드네요.”

“그 ‘요양원’이라는 데가……” 엄마는 유독 요양원이란 단어를 힘줘 말한 뒤 입술을 굳게 다문다. 그 단어에 대해 본인이 어떻게 생각하는지를 알리기 위함이다. “작년 부활절에 있었던 일이랑 혹시 상관이 있니?”

저 이야기는 제발 꺼내지 않았으면 좋았는데, 하고 생각하며 난 몸을 움찔거린다. 도대체 어떻게 설명해야 그게 별일 아니었다는 걸 알아들을까. 당시에 너무 많은 인원이 엄마 집 주방에 들어가 있었다. 난 에마에게 냅킨 한 다발을 전달했을 뿐인데, 에마는 무언가가 자기 머리로 날아온다고 생각한 모양이다. 갑자기 소리를 질렀는데, 어찌나 소름 끼치는 비명이었는지 다들 부엌 바닥에 발이 달라붙은 듯 미동도 하지 않았다.

우린 다 같이 애써 웃어넘기려 했다. 특히 에마가 가장 크게 웃었다. 그때 난 엄마가 우리를 바라보는 눈빛을 봤다. 걱정스러운 눈빛이었다.

지금 엄마는 그때와 똑같은 눈빛으로 나를 본다.

“엄마, 말했잖아요. 아무것도 아니었다고. 에마는 그냥…… 갑자기 헛것을 본 줄 알았대요. 그게 다예요.”

엄마는 조심스럽게 나를 관찰하더니 이내 표정이 굳는다. “식탁 아래에 있던 서류들은 다 뭐냐?”

“제 일거리요. 지금 실종된 사람을 찾고 있어요. 기억 안 나요? 쉬는 날도 없이 하루에 24시간 일만 한다고요.”

“에마의 이메일 수백 통이 사빈 하딘슨을 찾는 것과 무슨 상관이 있지?”

엄마의 질문이 내 가슴을 조여온다. 폐가 짓눌려 공기가 빠져나가는 것만 같다. 엄마를 내보내야 한다. 엄마는 당장 이 집에서 나가야 한다. 엄마가 내 일에 관여하는 건 정말 피하고 싶다.

"상관없을지도 모르죠. 하지만 결정적인 단서가 될 수도 있어요. 사빈은 작년에 우리 부부에게 집을 보여줬어요. 그때 에마에게 집과 관련된 사람들의 명단을 보내줬죠. 조사기관, 대출기관 같은 것들이요. 그 명단을 찾아내서 그 사람들과 통화해야 해요. 그 사람들이 사빈에 대해 뭔가를 알 수도 있으니까요."

"명단이 어디에 있는지 에마에게 물어보면 되잖아."

"에마와 대화하는 게 금지돼 있으니까요. 의사가 못 하게 했어요. 프로그램을 다 마칠 때까진 안 된다고 했다고요."

"언제 다 마치는데?"

"아직 몰라요."

엄마는 아주 오랫동안 아무 말도 하지 않는다. 엄마는 나를 바라보고, 난 엄마를 바라본다. 눈싸움이 계속되자 내 몸에서 식은땀이 흐른다. 에마는 참 좋은 삶을 산다. 좋은 집에 살고, 좋은 차를 몰고, 좋은 식당에 가고, 멋진 파티에 간다. 그 모든 걸 제공해주는 사람은 나다. 낙오자인 우리 아빠가 엄마와 우리 남매에게 평생 뭘 해줬는지를 생각하면 정말로 풍족한 삶이다. 그런데 엄마의 얼굴을 보고 있자니 배 속에서 회오리바람이 이는 것만 같다. 나는 지난달에 만 서른여섯 살이 됐는데도 엄마 앞에 서면 이렇게 되고 만다.

"제가 알아서 할게요, 엄마. 맹세코 제가 다 바로잡을게요."

엄마는 내 양 볼을 손바닥으로 누르며 고개를 젓는다. "어서 가. 가서 네가 어질러놓은 걸 치워. 여긴 내가 치울 테니까."

베스

"저기요."

남자의 목소리에 난 자리에서 펄쩍 뛴다. 손에 들고 있던 종이 다
발이 손가락 사이로 빠져나가 책상에 흩어진다. 아까는 마르티나였
는데 이번엔 어윈 포다. 꼭 면회 시간을 정해놓고 사람들이 왔다 가
길 반복하는 것 같다. 어윈 포는 불과 30분 전 제 아버지가 서 있던
자리에 서 있다. 쇼핑몰에 다녀왔거나, 개인 재단사를 만나고 오는
길인 것 같다. 셔츠 깃은 칼날처럼 날카롭게 다려져 있고, 벨트 버클
은 내 얼굴이 비칠 정도로 윤이 난다.

"놀랐잖아요."

"그래 보여요." 어윈은 내게 물어보지도 않고 방 안에 들어와 테이
블에 놓인 물건들을 턱으로 가리킨다. "새로 온 사람들한테 주는 가
방이네? 재밌겠다."

난 떨어트린 종이들을 모아 가지런하게 정리한다. "아버지 찾으
세요? 아까 몸이 아픈 교구 주민을 방문하러 가셨어요."

"맥퍼슨 아줌마. 알아요. 샬린이 말해줬어요." 어윈은 테이블에

300

놓은 종이 다발과 책자를 구경한다. 그러고는 작은 성경책 한 권을 집어 들고 엄지손가락으로 책장을 넘긴다. "누가 샬린 서랍에 손을 댔다던데. 아마 그 여자가 수십 년 만에 본 가장 흥미진진한 사건일 거예요." 어윈이 나에게 교활한 미소를 보인다. "얼마나 없어졌는지 알아요?"

"제가 듣기론 2천 달러였어요."

어윈이 이 사이로 휘파람 소리를 낸다. "큰돈이네. 누가 가져간 거 같아요?"

난 자리에서 일어나 상자에서 천 가방을 한 움큼 꺼낸 뒤, 한쪽 팔에 끈 뭉치를 건다. "그 일에 대해 너무 많이 생각하지 않으려고 해요." 당연히 거짓말이다. 여기에 있는 사람들이 다 그렇듯, 난 그 일 외에 다른 생각은 거의 하지 않는다.

어윈은 어깨를 으쓱이며 안내 책자를 다른 책들 위에 쌓아놓는다. "하루 종일 여기에 있으니까 다른 사람들이 못 보는 걸 볼 수 있지 않을까 해서 물어봤어요. 가령 샬린의 책상에 코를 대고 킁킁대는 사람이 있었다든지, 뭐 그런 거."

하하, 난 속으로 웃는다. 목사님을 존경하지만, 이 아드님한테는 절대 그런 마음이 안 들 것 같다.

"그런 사람 못 봤어요." 난 최대한 아무렇지도 않게 대답한다. "하지만 눈여겨본 건 아니에요. 일하느라 바빴거든요."

어윈은 믿지 못하겠다는 듯 고개를 끄덕인다. "우리 아버지가 도둑한테 돈을 돌려놓을 기회를 준 건 어떻게 생각해요? 솔직히 여기가 유치원도 아니고, 2천 달러가 적은 돈도 아니잖아요. 나 같으면 진작 신고했을 텐데."

난 어깨를 으쓱인다. "모르겠어요. 나도 목사님처럼 정이 많고 용서할 줄 아는 사람이면 좋겠다는 생각은 했어요. 하지만 그렇게 마음이 고운 사람은 드물죠."

어윈이 코웃음을 치더니 의자에 앉아 다리를 뻗는다. "요즘 친구들은 그런 걸 마음이 곱다고 표현하나 보네."

"왜요? 그렇게 생각 안 하세요?" 난 질문을 내뱉자마자 후회한다. 난 어윈 포가 자기 아버지나 돈에 대해 어떻게 생각하는지 관심이 없다. 그냥 저 사람이 빨리 나가줬으면, 하는 마음뿐이다. 목덜미에 서서히 소름이 돋아 긁고 싶을 지경이다.

"집에 10시까지 와라. 학점은 무조건 올 A를 받아와라. 성경을 눈으로만 읽지 말고 암기해라. 그래야 죄인들에게 적당한 구절을 인용해서 꾸짖을 수 있다. 이것이 목사 아들의 삶이니라." 어윈은 한숨을 토하며, 내가 팔에 걸어놓은 가방들을 하나씩 채워 넣는 모습을 바라본다. 도와줄 생각은 추호도 없어 보인다. "여기에 오지 않는 한 아버지를 볼 기회는 없어요. 마지막으로 가족이 식사한 게 언제인지도 모르겠네."

어윈은 내게 동정심을 구하는 것 같다. 하지만 그걸로는 역부족이다. 저런, 아버지가 앞마당에서 야구공 던지면서 놀아주지 않았구나. 난 남편한테 맞았는데. 저 얼굴에 대고 소리치고 싶다. 내 입에 총을 쑤셔 넣고 방아쇠에 손가락을 댔어. 지금 나를 찾고 있어. 이번엔 진짜로 죽일 거야. 이런 생각들이 난무하지만, 난 입을 꾹 다문 채 테이블 가장자리로 가서 가방에 머그잔을 넣는다. 마음 같아선 이 잔으로 어윈 포의 머리를 갈기고 싶다.

"뭐 하나 물어볼 게 있는데," 친한 사람과 대화하듯 어윈 포가 묻는다. "오스카 할아버지가 하던 일은 뭘 해주고 받은 거예요?"

내 손은 무언가를 집으려다 말고 허공에 멈춘다. 난 잽싸게 돌아보며 말한다. "뭐라고요?"

"그러니까 어떻게 아버지의 마음을 샀냐고요. 참 착하고 똑똑하시네요, 하고 칭찬해줬어요? 부탁을 들어주지 않고는 못 배기게 설득을 했나요? 당신 같은 분이 그런 기술을 갖고 있다니 참 묘하네요. 부탁을 들어주는 사람이 결국에는 상대를 더 좋아하게 된다던데. 이상하죠? 이상할 거예요. 그런데 사실이에요." 그러고는 한바탕 웃어댄다. 유쾌함과는 정반대 성질의 웃음이다. "아니면 그쪽이 부탁을 들어주는 쪽인가?"

말 못지않게 저 눈빛도 문제다. 저놈은 마치 끼워 맞춰야 할 퍼즐 조각을 보듯 나를 쳐다본다. 나를 살짝 더럽게 보는 듯한 눈빛이다. 복도 쪽에서 전화가 울린다. 꽤 멀게 느껴진다. 복도 반대편인 것 같다. 마르티나가 경고하던 모습이 스쳐 지나간다. 어윈 포는 소름 끼치는 새끼야. 최대한 멀리해.

"지금 내가 생각하는 그런 의도로 하는 말이 아니었으면 좋겠네요."

"의도 같은 거 없어요. 그냥 그쪽에 대해 알고 싶어서 그래요. 다른 사람 눈에는 안 보이는 무언가를 우리 아버지가 보신 것 같은데, 그게 뭘지 궁금해서 그래요. 얘기가 나와서 말인데, 나와 내 여동생한테 우리 아버지 관심 끄는 방법 좀 가르쳐줘요. 너무 궁금하네."

그보다 우선 버릇없는 꼬마처럼 굴지 좀 말아줄래? 재수 없게 굴지 좀 말아줘. 목사의 자식이 갖는 부담감이 클 수도 있겠다는 걸 이해는 하지만, 어윈 포는 더 큰 그림을 볼 줄 알아야 한다. 아버지가 아들에게 더 엄격한 도덕적 잣대를 적용하시는 건 다른 양들보다 더 큰 애정을 갖고 계시기 때문이다. 그런 아버지의 마음에 감사할 줄 알아야 한다.

"목사님은 자녀분들을 사랑하세요. 늘 자식들 얘기를 하시거든요. 목사님 비밀번호도 자녀분들 이름이잖아요." 목사님은 아들에게 말하지 말라고 했지만, 이 대화를 들었다면 비슷한 말을 하셨을 거다.

"ErwinGrace2. 나도 알아요. IT 담당이 여기 컴퓨터 비밀번호도 모를 거 같아요?"

난 대답하지 않는다. 이곳의 IT 담당인 어윈은 아버지의 컴퓨터에 로그인하는 방법을 알고, 그 말인즉슨 인터넷 기록에 사빈의 기사가 있는 걸 알아낼 수도 있다는 얘기다. 어윈이 그 기록을 뒤져봤을지도 모른다는 생각에, 난 그의 표정을 관찰한다. 저렇게 곁눈질로 나를 보는 모습으로 미루어 내 짐작이 맞는 것 같다. 그 사실을 깨닫자 얼굴이 불에 덴 듯 화끈거린다.

어윈은 두 손을 들더니 자기 무릎에 털썩 내려놓는다. "우리 아버지가 이런 설교를 한 적이 있어요. 결혼은 남자, 여자, 주님, 이 삼자 간의 성스러운 약속이다. 그 말을 믿어요?"

난 웃음이 터져 나오려는 걸 가까스로 억제한다. 이 대화가 정말 어처구니없어서이기도 하지만, 만약 신이 우리 결혼생활 근처에라도 있었다면 내가 뺨을 맞고, 주먹질을 당하고, 짓밟히는 동안 구경만 하지는 않았을 거 같아서이다. 신이 있었다면 나를 보호해줬거나 대신 맞아줬겠지.

"별로 생각해본 적이 없네요." 난 조심스럽게 말한다.

"그래요? 난 생각해봤는데. 내가 결혼하기 싫은 이유 중에 하나예요. 그런 스리섬이라면 정말 매력 없으니까."

어윈이 서 있는 모습을 보는 그 순간, 난 느낌이 왔다. 부인하고 싶지만, 너무나도 명백하다. 옳지 않은 느낌이다. 난 거리를 두며 테이블에 놓인 물건들을 가방에 담기 시작한다. 늘어놓은 물건들을 따라 옆으로 이동할수록 나의 손은 빨라진다.

"죄악에 대해서는 어떻게 생각해요?"

"왜 나한테 물어보죠? 난 성경책에 관련된 건 잘 몰라요."

"왜냐하면 그쪽은 아무 생각 없는 아버지의 양 떼하고는 다르거든요. 아버지가 한 말을 앵무새처럼 되풀이하진 않을 것 같아요. 그런 말이라면 집에서 충분히 들어요. 난 나와 비슷한 사람에게 솔직한 대답을 듣고 싶어요. 선악과 몇 개는 씹어본 사람의 말을 듣고 싶다고요." 놈의 시선이 아래로 향한다. 불안감이 척추를 타고 올라온다.

난 돌아서며 티셔츠 앞부분을 여민다. "살면서 실수를 저지른 적은 있죠. 누구나 그렇지 않나요?"

"그렇죠. 그런데 아버지 말씀에 의하면 죄악이란 건 이미 운명 지워진 거래요. 성경은 우리에게 죄를 짓지 말라고 가르치는 동시에, 너희는 부정하고 도둑질할 운명이라고 하죠. 난 그게 기독교의 문제점이라고 생각해요. 개인의 자유의지를 말살하죠. 우리를 무력하게 만들어요."

나가. 머릿속에서 외치는 소리가 들린다. 여기에 이 남자와 둘이 있으면 안 돼.

난 어윈 포와 문 사이의 거리를 가늠한다. 놈은 장애물처럼 중간에 서 있다.

"우리를 무력하게 만드느냐의 문제는 아니라고 생각해요." 난 천천히 말하며 시간을 번다. 난 천 가방들을 상자에 담고 테이블 가장 자리를 따라 반대편으로 향한다. "결국, 주님을 선택하고 천국으로 가는 게 중요한 거 아닌가요?"

"내 질문에 대답하지 않네요." 그는 내 오른쪽에 멈춰 선다. 나는 태연하게 왼쪽으로 돌아선다.

"대답한 거 같은데요?"

나가. 나가. 나가.

어윈 포는 세 걸음 만에 내 앞에 선다. 눈 깜짝할 사이에 벌어진 일이다. 애프터 셰이브 냄새, 모공 수축제 냄새가 난다. 그리고 이 건…… 맥주 냄새인가? 어쩌면 내 기억이 착각을 일으키는 건지도 모르겠다.

"아니죠. 내 질문은 그게 아니었어요. 원죄에 대해 어떻게 생각하냐고요. 좋게 생각해요?" 놈은 내 팔을 손가락으로 훑는다. 너무나도 가벼운 터치여서 난 진짜로 닿은 건지 확인하기 위해 시선을 내려 직접 봐야 했다. "아니면 나쁘게 생각해요?"

난 미동도 하지 않는다. 움직일 수가 없으니까. 구역질이 심하게 올라오고 온몸이 마비된다. 신발이 바닥에 달라붙은 것만 같다. 어윈 포와 나 사이의 공기가 일렁인다. 내 의식은 다른 시간, 다른 공간으로 이동된다. 작년, 황량한 벌판, 연례행사를 하는 바비큐 파티장이다.

그날 있었던 모든 일이 생생히 기억난다. 오후의 공기는 끈끈하고 후덥지근했다. 공식적으로 한여름이 시작되는 날이었다. 간이무대 뒤로 흐르는 강물보다 빠르게, 플라스틱 컵에 담긴 맥주가 당신 입안으로 흘러 들어갔다. 맥주 말고 물을 마셔야 하는 거 아니냐고 내가 농담을 건넸더니, 당신은 껄껄대고 웃으며 손가락으로 내 팔을 훑었어. 깃털처럼 가볍고 부드러웠지. 어윈 포가 지금 나한테 한 것처럼.

하지만 사람들이 보고 있어서 그랬을 뿐이야.

당신의 웃음은 그들에게 보여주기 위한 것이었지만, 내 귀에 속삭인 건 오직 나만 들으라고 한 말이었지. 당신은 내게 기댔어. 맥주 냄새와 분노의 악취가 한데 섞여 코를 찔렀어. "한 번만 더 그딴 식으로 나를 망신주면, 널 죽이고 아무도 찾을 수 없는 곳에 시체를 버릴 거야."

어윈 포가 가까이 다가온다. 당신의 얼굴이 겹쳐. 당신의 뜨거운 입김이 내 볼에 와 닿아. "난 네가 돈을 훔쳤다고 생각해, 베스." 어윈 이 낮고 소름 끼치는 목소리로 속삭인다. "착하게 굴면 그냥 갖게 해줄게."

이제 내가 할 수 있는 일은 하나뿐이다. 나의 분노와 두려움을 동시에 다스릴 방법은 하나밖에 없다.

난 어윈 포의 얼굴을 쳐다보며 무릎으로 있는 힘껏 고환을 가격한다. 그런 다음 미친 듯이 달아난다.

마커스

엄마가 2층으로 올라가려 하자, 나는 거실과 부엌 바닥에 널려 있는 서류를 모으기 시작한다. 벽에 핀으로 고정해놓은 종이를 다 뗀 다음 세탁실에서 가져온 바구니에 담는다. 엄마의 땅이 꺼질 듯한 한숨 소리와 걱정에 찬 시선을 견디며 이 집에 있을 수는 없다. 난 바구니와 짐 가방을 차에 싣고 경찰서로 향한다.

도착하니 한창 교대가 이뤄지는 시간이다. 피로에 전 경찰관들이 꾸물꾸물 문을 열고 나와, 얼굴에 생기가 도는 교대자 무리와 고개를 끄덕이며 암묵 간의 바통 터치를 한다. 나는 내가 며칠째 못 쉬고 일하는지, 어젯밤에 얼마나 조금 잤는지 애써 생각하지 않으려 한다. 하나의 사건이 종결될 때쯤이면 늘 그렇듯, 내 몸은 아드레날린과 분노를 연료 삼아 움직인다. 무언가 엄청난 일이 곧 벌어질 것 같다. 느낌이 온다. 전화번호가 적힌 종이 네 장이 바지 주머니 속에서 불씨를 일으켜 작은 구멍을 낼 것만 같다. 뼛속 깊은 곳에서부터 흥분감이 솟구친다.

난 주차장 가장자리에 차를 세우고 문으로 향한다.

"어이, 마커스." 동료 형사 한 명이 내가 들고 있는 바구니를 턱짓으로 가리킨다. "릭이 입고 있는 운동복이 냄새가 심하던데, 돌리는 김에 같이 좀 빨아주지그래?"

"하하. 문이나 좀 열어줘."

그는 몇 걸음 되돌아가 문을 당겨 연다. "아, 그리고 서장님이 아까 너 찾았어. 분위기 안 좋으니까 조심해."

이런. 유뱅크스 서장한테 잔소리 듣는 것만큼은 피하고 싶었는데. 서장은 경찰이 되기 위해 태어난 사람이라고 해도 과언이 아니다. 늘 화가 잔뜩 나 있는 부류의 인간인데, 명령을 내릴 때 그 특유의 어투는 다 큰 성인도 덜덜 떨게 만든다. 난 가까운 길을 놔두고 일부러 뒷계단 쪽으로 빙빙 돌아서 내 사무실로 간다.

난 사무실에 들어설 때까지 긴장의 끈을 놓지 않는다. 사무실 문을 열자 내 책상에 앉아 있는 서장이 눈에 들어온다. 서장은 내 의자에 앉아, 정말로 안 읽었으면, 하는 서류 뭉치를 뒤지고 있다.

"아, 서장님, 안녕하세요?" 서장은 고개를 들지 않는다. 난 빨래 바구니를 바닥에 놓고 발로 차서 책상 아래에 반쯤 숨긴다. "특별히 찾으시는 게 있나요? 제가 찾아드릴게요."

서장은 제일 위에 있는 페이지에 손가락을 올려놓는다. "그래. 이게 무슨 뜻인지 설명해봐. 샬럿, 루이즈빌, 잭슨빌, 롤리, 애틀랜타." 서장은 반달 모양 돋보기안경을 내려 쓰고 나를 쳐다본다. "사빈 하딘슨이 도주 중이라고 믿는 근거가 있나?"

이건 제이드가 추정한 것이기도 하다. 난 서장 맞은편 의자에 앉는다. 평소에는 이 의자에 손님을 앉히고, 나는 반대편에서 다리를 꼬고 편하게 앉는다. "모든 경우의 수를 염두에 두고 있습니다, 서장님. 실종자의 남편에 의하면, 가출한 게 이번이 처음이 아니라고 합니다. 실종자는 항우울제를 복용한 기록이 있고, 정신적으로 안정적인 상태가 아닙니다."

서장은 안경을 벗어 책상에 툭 내려놓는다. "그래. 자네가 그 남편 얘기를 꺼내니 재미있네. 안 그래도 올리비아 스피넬라에게 전화가 왔어. 그게 누군지 자네도 알 거라고 생각하네."

난 그 이름을 곱씹으며 고개를 젓는다. 올리비아 스피넬라가 누구인지는 모르지만, 서장의 입에서 나온 것으로 미루어 좋은 소식일 리 없다. "누군지 잘 모르겠습니다."

"미스 스피넬라는 제프리 하딘슨의 변호사야. 그 여자는 사빈이 실종된 그 시간에, 제프리에게 알리바이가 있다고 주장했어. 그리고 이틀 전, 자네가 그 남편 집에 찾아가 그자를 조롱했던 날, 자네도 그 알리바이에 대해 알고 있었다고 하더군."

"조롱한 게 아닙니다. 질문을 한 거죠. 그자의 알리바이에는 미심쩍은 구석이 있습니다. 왜 자신이 어디에 있었는지 솔직하게 말하지 않았을까요? 리틀록에서 뭘 하고 있었는지 왜 말하지 않았을까요?"

"오후 2시 30분, 하딘슨 씨는 리틀록 소재의 세인트 빈센트 가톨릭 병원에서 근무하는 비뇨기과의 닥터 리를 찾아갔어. 진료는 45분 정도 진행됐지. 이후 그는 처방전을 들고 아래층에 있는 병원 약국에 갔어. 그건 비아그라 처방전이야. 변호사는 아직 가득 차 있는 약병을 증거물로 제출했어. 제프리 하딘슨 씨는 부인인 사빈 하딘슨 씨와 그날 밤 부부관계를 개선하고자 하는 의지가 있었던 것으로 보이네. 하지만 애석하게도 그 기회를 얻지 못했지."

서장의 말에 난 명치를 가격당한 듯 숨이 막힌다. 난 움찔거리지 않으려고 안간힘을 다한다. "아아."

"아아?" 서장은 땅이 꺼질 듯 한숨을 내쉰다. 좋지 않은 징조다. "스피넬라 변호사와 하딘슨 씨는 자네가 그의 부인을 찾기 위해 무슨 일을 하고 있는지 알고 싶어 하네. 솔직히 말하면, 나도 그 대답을 듣고 싶어. 어디를 수색하고 있지? 어떤 단서를 쫓고 있나?"

유뱅크스 서장은 내가 얼마나 열악한 환경 속에서 일하는지 누구보다 잘 안다. 빗물이 똑똑 떨어지는 이 지붕 아래 열여섯 명의 형사가 있는데, 우리는 올해만 해도 357건에 달하는 사건을 함께 맡았다. 우리는 모두 업무 과다에 시달리고 있는데, 그렇다고 시에서 봉급 인상을 해주는 것도 아니고 초과 근무 수당을 주는 것도 아니다. 우리는 시에 가장 크게 공헌하는 일꾼들이다. 하지만 정작 시 당국은 우리의 노고를 중요하게 여기지 않는다. 매해 우리 시의 평가 순위가 떨어지는 건 어찌 보면 너무 당연하다.

지금 유뱅크스 서장은 그런 사정을 뻔히 알면서도 나의 근무 태만을 지적하고 있다.

"서장님. 제가 우리 서에서 누구보다 열심히 일하는 거 아시잖아요? 전 모든 걸 원칙대로 했습니다. 실종자의 친구들과 가족들을 만나봤고, 실종자의 컴퓨터를 샅샅이 뒤졌어요. 전화도 추적했죠. 계좌도 살펴봤습니다. 그중에 두 개는 남편도 몰랐던 계좌예요."

천천히 고개를 끄덕이는 서장의 모습을 보자니, 두개골 안쪽에서 맥이 빠르게 뛰는 게 느껴진다.

"트레버 맥애덤스 의사가 나에게 전화해서 불평하더군." 서장이 말한다.

난 숨을 깊게 들이마시고 천천히 길게 내쉰다. "그랬나요?"

"그 의사는 자네가 자기 집에 찾아와서 사빈에 대한 온갖 비난을 늘어놨다고 했어. 정신이 불안정하다, 임신 테스트 결과를 속였다. 어디 직접 해명해보겠나?"

"정신이 불안정했던 건 명백한 사실입니다. 계속해서 항우울제를 처방받은 걸 약사에게 확인했습니다. 그리고 작년에 갑작스럽게 약을 끊었을 때는 부작용이 있었습니다. 실종자는 오랫동안 임신하는 데 어려움을 겪었고, 낙태도 여러 번 했습니다. 지금 임신 상태인 게 사실인지는 아직 확인하지 못했습니다만, 어쩌면 몸의 불규칙한 상태 때문에 임신 상태를 유지하는 것이 불가능한지도 모르겠습니다."

"그러니까 몸이 온전치 않은 상태로 떠났다는 건가?"

나는 '그럴지도 모른다'는 투로 양팔을 들어 보인다. "제가 말씀드렸다시피 전 모든 경우의 수를 염두에 두고 있습니다. 한편 셸리 맥애덤스는 남편의 애인이 사라진 날 이 동네를 떠났습니다. 그 여자에게도 동기는 충분하죠. 좋은 기회였다고 볼 수도 있고요."

"그 여자한테도 자네가 접근하지 못하도록 의사가 부탁했네."

난 피식 웃으며 말한다. "그렇겠죠."

"그 여자에게 질문을 해봤나?"

"주말 내내 시카고에 있을 예정입니다."

"이곳으로 소환할 명분이 있나?"

"연구 중입니다."

달리 말하면 없다는 얘기다. 서장은 고개를 젓는다. "맥애덤스라는 사람은 의사야, 마커스. 똑똑하고 존경받는 사람이라고. 주관이 뚜렷해. 그냥 길거리에서 마주치는 놈들하곤 달라."

난 표정이 구겨지려는 걸 애써 억제한다. "그 점은 잘 알고 있습니다, 서장님."

"그 의사는 자신의 권리를 알아. 재미로 저러고 있는 게 아니라고. 그 사람 트위터에 보면 자네가 일을 똑바로 안 한다, 질질 끈다고 하는 댓글들이 수두룩해. 그 사람 트위터를 봤는지 모르겠지만, 그쪽에서 자네는 완전히 걸레 조각이 돼 있어."

당연히 그놈 트위터를 봤다. 실제 그 인간처럼 짜증나는 글밖에 없다. 가상 세계에 대고 질질 짜면서 생쇼를 하고 있을 뿐이다. 화를 냈다가도 조금 지나면 아기처럼 질질 짜고 있다. 그 인간의 감정 기복은 찌그러진 탁구공처럼 어디로 튈지 모른다. 게시글에는 일관되게 등장하는 주제가 있는데, 그건 바로 나다. 나는 고집 세고, 멍청하고, 헛다리나 짚는 놈으로 묘사돼 있다. 마지막으로 피드를 훑어봤을 때, 난 주먹으로 벽을 쳐 구멍을 내버렸다.

"의사는 자네가 이 사건에서 손을 떼길 바라네. 고소하겠다고 협박하고 있어. 돈도 있고 인맥도 있어서 단지 협박으로 끝나지는 않을 거야."

"그 말씀을 하고 싶으신 건가요? 이 사건에서 손 떼라?"

긴 침묵이 흐른다. 너무 길다. 나는 심문당하는 좀도둑처럼 꼼지락대지 않으려고 애쓴다. 지금 난 삼류 범죄자가 된 기분이다. 저건 내 의자야. 저 뽀빠이 같은 팔뚝을 얹어놓은 건 내 책상이라고. 이건 내 사건이야. 내 사건 때문에 이런 수모를 당해야 하다니. 절대 빼앗아가게 둘 수 없다.

책상에 놓인 전화기가 울리며 정적을 깬다. 온몸에 소름이 돋는다. 제이드구나. 지금 아래층에서 건 전화다.

유뱅크스 서장은 전화가 온 걸 개의치 않는다. "다른 형사에게 이 사건을 넘기고 싶으면…….”

“아뇨.”

“다른 할 일이 있다거나 머리를 식힐 시간이 필요하면…….”

“아니요.” 난 이를 악문 채 답한다. 예전에 어떤 미친놈이 내 얼굴에 핸드폰 카메라를 들이대서 내가 이성을 잃은 적이 있었다. 어쩌다 딱 한 번 실수한 거다. 그런데 서장은 2년이 지난 지금까지도 그 일을 들먹인다.

전화가 세 번째 울린다. 서장은 안경을 집더니 다리를 접어서 셔츠 주머니에 넣는다.

“보고서 작성해. 어떤 단서를 쫓고 있는지, 어떤 사람들과 대화했는지. 사빈 하딘슨을 찾는 데 내가 낸 혈세를 어떻게 쓰고 있는지. 퇴근하기 전에 내 책상에 올려놔.”

그 말을 끝으로 서장은 나간다. 난 꼼짝 않고 앉아서 분노를 삭인다. 제프리 하딘슨과 그 망할 변호사년 때문에 이렇게 됐구나. 죽일 놈의 의사 새끼. 복도를 걸어가는 발소리가 멀어져 들리지 않게 되자 나는 제이드의 번호를 누른다. “제발 좋은 소식이 있다고 말해줘.”

“그건 직접 들어보고 판단해. 애틀랜타는 하이킹하기 좋은 곳이 많고, 이 시기의 기온은 섭씨 30도를 웃돌아.” 수화기 너머로 제이드가 낄낄거린다. 하지만 난 재미없는 농담이나 듣고 있을 기분이 아니다.

난 전화선이 꼬이지 않도록 전화기를 높이 든 채 발로 문을 밀어 닫고, 다시 책상으로 돌아와 앉는다. “빨리 말해봐.”

“알았어. 접속기록이 여럿 잡혔어. IP주소는 여러 개인데, 장소가 제각각인 것으로 봐서 핸드폰으로 접속했을 가능성이 커.”

“선불폰 번호는 확인해봤어?”

"핸드폰 번호는 안 보여. 반송파의 IP만 보이지. 그런데 반송파의 IP 주소는 수시로 바뀌거든. 어떤 핸드폰 기지국에서 핑을 날리냐에 달렸어. 예외가 있긴 한데, 핸드폰이 와이파이로 갈아타면 고정이 되지."

머리에서 쥐가 날 것 같다. 난 맨 위 서랍을 열고 큰 두통약 병을 꺼낸다. 바로 지금 같은 상황에 털어 넣으려고 비치해놓은 거다. IP가 어쨌느니 기지국이 어쨌느니 듣고 싶지 않다. 난 전파가 잡히는 위치만 알면 된다. "그래서 찾은 거야, 못 찾은 거야?"

"기다려봐. 지금 설명하고 있잖아. 주소 두 개를 불러줄게. 두 군데에서 수십 번은 잡혔어. 둘 다 애틀랜타 시 반경 내에서 잡힌 거야. 하나는 잉글리시 스트리트에 있는 하숙집이고, 하나는 교회야."

나는 제이드가 불러주는 주소를 수첩에 받아 적는다.

"내가 알려준 선불폰 번호는 확인해봤냐고?" 난 1시간 전에 점원이 준 네 개의 번호를 제이드에게 전달했다.

"그건 이제 알아볼게. 뭘 찾으면 바로 알려줄게. 이제 당장 가서 그 여자를 찾아."

난 이미 일어서서 공항으로 가는 가장 빠른 길을 생각하고 있다. "지금 가고 있어."

베스

난 부리나케 짐을 싸고 미스 샐리의 방문을 두드린다. 내 계산이 맞다면, 어윈 포의 낭심을 가격하고 27분밖에 지나지 않았다. 퇴근 시간 교통 체증을 뚫고 숙소에 와서 소지품을 가방에 쑤셔 넣는 내내 시간을 계산했다. 어윈이 바닥에서 몸을 추스르고 일어나는 데 사오 분, 비상 신호를 울리는 데까지 또 사오 분. 그놈은 내가 하지도 않은 행동을 지어내며 거짓말을 늘어놓을 게 뻔하다. 그러니 나는 서둘러 야만 한다.

난 다시 한 번 주먹으로 문을 두드린다.

"잠깐만, 지금 가요." 문 너머로 미스 샐리의 목소리가 들린다. 문을 연 미스 샐리의 입가에 미소가 가득하다. "안녕, 우리 이쁜이. 무슨 일로…… 어머머머, 왜 그렇게 땀을 흘려?"

난 안으로 들어오라는 말을 할 때까지 기다리지 않고 우격다짐으로 들어간다.

"왜 그렇게 헐떡거려? 여기까지 뛰어온 거야?" 미스 샐리가 문을 닫는다. 이어서 철컹, 문이 잠기는 소리가 들린다. 그 금속성 마찰음에 내 가슴이 철렁 내려앉는다. 내 시선은 창문으로 향한다. 판유리 두 장. 탈출하기에는 충분한 크기이다.

방 안을 둘러본 나는 그 자리에 몸이 얼어붙는다.

"왜 그래?" 내 표정을 본 미스 샐리가 묻는다. "무슨 일이야?"

입이 떨어지지 않아 대답할 수 없다. 미스 샐리의 방을 둘러본 나는 감당할 수 없는 충격에 미동도 할 수 없다. 여긴 영화 세트장을 그대로 옮겨놓은 것 같다. 피처럼 붉은빛이 감도는 이 어두운 방의 내부는 조각이 들어간 몰딩과 가구들로 한껏 꾸며져 있다. 빅토리아풍의 괴수가 뭉툭하고 귀여운 앞발을 내밀고 있는 꼴이랄까? 술이 달린 적갈색과 진홍색의 벨벳이 사방에 널려 있다. 벽에는 선 세공 장식이 군데군데 들어간 황동 램프가 걸려 있다.

테이블과 장식장 등 무언가를 얹어놓을 수 있는 곳이면 예외 없이 발기된 음경 모양을 한 커다란 조각상이 놓여 있다. 비유하자면 물랭루주와 게이 포르노의 만남이라 할 수 있으며, 벨 에포크 테마의 동성애 사창가를 보는 느낌이다.

난 천천히 원으로 돌며 이 모든 것을 눈에 담는다. "여긴 어디죠? 내가 지금 어디에 와 있는 거죠?"

"맘에 들어?" 미스 샐리는 속이 빵빵하게 찬 2인용 소파에 앉아 옆에 있는 쿠션을 쓰다듬는다. "이리 와. 여기 앉아서 무슨 일이 있었는지 이 언니한테 말해봐. 왜 그렇게 초조해해?"

난 루비색 딜도 램프에서 시선을 거두고 단 2초 만에 상황을 설명한다. "목사님 아들의 불알을 무릎으로 찍었어요. 이제 떠나야 해요."

그것만으로는 설명이 부족했는지 미스 샐리가 불만스러운 표정을 짓는다. "잠깐. 가만히 있는 남자의 불알을 무릎으로 찍지는 않았을 거 아니야? 그러면 너무 불쌍하잖아. 분명 그 전에 어떤 사정이 있었겠지. 이 언니한테 다 얘기해봐."

"다 말씀드리고 싶지만 그럴 시간이 없어요. 취업지원서에 여기 주소를 적었거든요."

"그렇구나. 그래서 떠나는구나." 미스 샐리는 몇 마디로 쉽게 규정할 수 있는 사람이 절대 아니지만, 눈치가 빠른 사람인 것만은 확실하다.

난 예상치 못한 이별을 받아들이며 고개를 끄덕인다. 이곳 모건 하우스를 떠나는 게 아쉬울 줄은 상상도 못 했다. 잠시나마 난 이곳을 집으로 생각했던 것 같다. 난 미스 샐리 옆에 앉아 슬픔을 달랜다. 언제 경찰이 들이닥칠지 모르니 서둘러 떠나야 한다.

"얼마 드리면 되죠?"

"어디 보자. 낮 12시가 지났으니까," 미스 샐리가 긴 다리를 꼬며 말한다. 옆이 트인 흰 치마 아래로, 로션을 발라 유리처럼 반짝거리는 다리에 어두침침한 방 안의 조명이 반사된다. "내일치까지 계산해야겠네."

"네, 그래야죠. 얼마예요?"

난 미스 샐리가 컴퓨터에서 파일을 열거나 하다 못해 계산기라도 꺼내기를 기다린다. 하지만 미스 샐리는 레인맨처럼 일말의 주저함 없이 숫자를 읊는다. "120달러."

난 돈을 세어 건넨다. "종이랑 펜 좀 빌릴 수 있어요?"

미스 샐리가 자리에서 일어나 반대편 벽에 있는 찬장에서 무언가를 꺼내 온다. 향기가 나는 종이와 만년필이다. 난 무릎을 꿇은 채 유리가 깔린 탁자에 대고 편지를 쓴다. 다 쓴 편지는 두 번 접은 뒤, 겉에 마르티나의 이름을 적어 미스 샐리에게 전한다.

"어디로 갈지는 정했어?" 편지를 받으며 미스 샐리가 묻는다.

"어디든 가면 되죠."

미스 샐리는 슬픈 미소를 짓는다. "몸조심해. 잘 지내고. 알았지?"

"알았어요. 정말 고마워요. 여기가 너무 그리울 거예요."

미스 샐리는 내 어깨를 붙잡고 끌어안는다. 예상하지 못했던 포옹에 나는 몇 초 동안 품에 안긴 채로 꼿꼿이 서 있었다. 그런데 너무 좋은 향기가 난다. 게다가 거대한 베개 두 개를 나란히 얹어놓은 것 같은 미스 샐리의 가슴이 내 볼에 닿자, 초를 다투는 촉박한 상황임에도 나는 긴장을 풀고 몸을 맡긴다. 미스 샐리는 커다란 손바닥으로 내 등을 두드리며 머리칼에 대고 속삭인다. "불쌍하고 따뜻한 아이야. 앞으로 점점 쉬워질 거야."

"뭐가요?"

미스 샐리는 허리를 뒤로 젖히고 고개를 숙여 나를 바라본다. 그러자 내 다리에 무언가 예상하지 못한 것이 닿는다. "도망 다니는 거. 새로 시작하는 거. 넌 네 자리를 찾을 거야."

내가 할 수 있는 건 고개를 끄덕이는 것뿐이다.

미스 샐리는 나를 놓아주며 장미향이 나는 손을 흔든다. "이제 여기서 나가. 할 일이 산더미라고."

잠시 후, 난 두 블록 떨어진 곳에 세워둔 차를 향해 골목을 달린다. 그러면서 한 가지 의문점이 풀렸다는 걸 깨닫는다. 미스 샐리의 가슴이 나보다 클지는 몰라도, 분명 여자로 태어나지는 않았다는 걸.

마르티나에게

널 두고 떠나서 미안해. 그리고 거짓말한 건 더더욱 미안해. 늘 그래 왔듯, 네 생각이 맞아. 샬린의 책상에서 돈을 훔친 건 나야. 알아. 교회에서 돈을 훔치는 건 지옥행 편도 열차표를 끊는 거나 마찬가지라는 거. 하지만 그럴 수밖에 없는 이유가 있었어. 나로서는 정당한 이유야. 믿어줘. 내가 훔쳤다고 목사님께 전해줘. 부탁할게. 목사님이 경찰에 얘기해야 너와 청소하는 다른 분들이 피해입는 일이 없을 거야. 다른 사람들에게도 전해줘. 내가 정말정말 죄송하게 생각한다고.

그동안 도와줘서 고마워. 호르헤를 소개해준 거, 일자리 구해준 거, 친구가 되어준 것도. 특히 내 친구가 되어줘서 고마워. 언젠가 모든 게 해결되면 너를 찾아가 고맙다는 말을 전하고 싶어.

잘 지내. ^^

베스.

새로 묵을 곳을 찾으려니, 샬린의 책상 서랍에서 가져온 2천 달러와 조지아주의 신분증은 확실히 내가 갈 수 있는 곳의 폭을 넓혀준다. 난 굳이 위험을 무릅쓰고 핸드폰 전원을 켜진 않는다. 핸드폰은 교회 문을 달려 나오며 전원을 껐다. 검색할 수단이 없으니, 닥치는 대로 차를 몰고, 이제 막 들어선 이 새로운 동네를 여기저기 돌아다니는 게 지금 할 수 있는 최선이다. 지하 객실을 특별 할인가 22달러에 광고하는 모텔 광고판이 보인다. 75번과 85번 고속도로가 만나는 구간에 붙어 있는 오래된 3층짜리 건물인데, 건물 일부는 정말로 고가도로에 매달려 있다. 싼 데는 다 이유가 있구나. 다 쓰러져 가는 벽을 들이받으면 건물이 우르르 무너질 것만 같다.

주차장은 언뜻 다 찬 것처럼 보이지만, 나는 내가 타고 있는 리걸보다 더 오래돼 보이는 똥차 두 대 사이에 나 있는 공간을 찾아낸다. 두 남자가 위층 난간에 기대서서 사무실을 향해 걸어가는 나를 바라본다. 그들의 시선이 느껴지지만, 나는 손을 흔들거나 미소를 보이지는 않는다.

사무실은 창문이 없는 작은 방이다. 방탄유리 너머로 낡은 의자 몇 개와 책상이 보인다. 별 특징 없는 여자 한 명이 책상에 앉아 있다. 화장기 없는 얼굴, 칙칙한 머리는 뒤로 넘겨 묶었고, 살이 찐 몸매에 윤곽이 드러나지 않는 옷을 걸치고 있다. 미스 샐리가 화려함의 끝인 스뫼르고스보르드(스웨덴식 뷔페 식사—옮긴이)라면 이 여자는 단조롭기 짝이 없는 식빵 조각에 비유할 수 있다.

여자가 나에게 신분증을 치우라는 듯 손짓한다. "그런 거 필요 없어요. 혼자예요?"

난 고개를 끄덕인다.

"그럼 2층에 가요. 거기가 총알이 덜 튀니까."

위층에 묵으면 탈출하는 것도 어려워진다. 탈출할 일은 분명 생길 것이다. 핸드폰을 꺼놨기 때문에 어윈 포와 경찰이 찾아올 일은 없겠지만, 당신은 나를 찾아올 거다. 기습할 준비가 돼 있으면 싸워서 이길 수도 있다. 하지만 날아오는 총알은 무슨 수를 쓰더라도 이길 재간이 없다. 나는 하는 수 없이 2층 방을 택한다.

"근처에 베스트바이가 있나요?"

여자는 3킬로미터 떨어진 매장에 가는 길을 설명하더니, 방탄유리 아래로 와이파이 비밀번호가 적힌 쪽지와 키 카드를 건넨다. 난 고맙다는 말과 함께 차로 돌아간다.

길을 조금 헤매긴 했지만, 나는 차를 몰고 베스트바이에 도착한다. 난 중저가의 노트북 컴퓨터와 선불 통화 몇 분을 서비스로 주는 쓰레기 핸드폰을 산다. 금색으로 반짝이는 배경에 나비들이 떠다니는 예쁜 분홍색 폰 케이스도 하나 산다. 별다른 이유는 없다. 다 합쳐서 846.23달러이다.

"헐." 내가 현금 다발을 꺼내 세려 하자 점원이 말한다. "여긴 애틀랜타예요. 당장 그거 집어넣어요."

난 더 빨리 센다. 수상해 보이진 않더라도 최소한 기억에는 남을 것이다. 난 천장 양쪽에 카메라가 달린 걸 알고 있다. 내 얼굴은 천연색 고화질로 찍히고 있을 거다. 저 두 대 외엔 아직 보지 못했다. 이 매장을 잠시 둘러보는 사이 내가 놓친 카메라가 몇 대일까? 수십 개겠지. 난 두꺼운 돈다발을 점원에게 내민다.

점원이 현금을 센다. 다 세고는 한 번 더 센다. 예상했던 것보다 오래 걸린다. 내가 낸 돈은 대부분 5달러짜리와 1달러짜리다. 헌금통에서 나온 지폐들이라 잔뜩 구겨져 있다.

솔직히 돈이 필요하지 않은 상황이라면 훔치지 않았을 거다. 나는 단 한 푼도 가질 생각이 없다. 언젠가 때가 되면 헌금통에 1달러짜리 한 장까지 정확히 되돌려놓을 거다. 몇 년이 걸린다 해도 반드시 갚을 거다. 난 눈을 감고 전대를 더듬어 남은 돈의 두께를 가늠해본다. 그러면서 다시금 내 존재를 인지한다. 베스 머피. 도망자. 도둑.

점원이 거스름돈과 함께 전자제품들이 담긴 비닐봉지를 건넨다. 돈을 훔치지 않았다면 살 엄두도 못 냈을 것들이다. 몇 초 후, 나는 뷰익 문을 열고 시동을 걸어 다음 목적지로 향한다. 오는 길에 봐둔 CVS 매장이다. 쌓여 있는 바구니 중 제일 위에 있는 것을 집어 들고 복도를 지나가며, 머릿속 리스트에 있는 물건들을 집어넣는다. 검은색 액체형 아이라이너, 버건디색 립스틱, 하루 이틀 정도 먹을 식량, 치약, 상자에 들어 있는 염색약. 현금으로 계산한 뒤, 기분 더럽고 추잡한 하루에 대한 보상이라 생각하며 나 자신을 위로한다. 예전부터 꼭 한번 빨강 머리를 해보고 싶었거든.

차들의 대열에 합류하려는데 갑자기 비가 쏟아진다. 퍼붓는 빗물은 반짝이는 은막이 되어 앞 유리창을 가린다. 와이퍼 속도를 최대로 올려보지만, 막무가내로 쏟아지는 물을 닦아내기엔 역부족이다. 난 눈에 잔뜩 힘을 준 채 도로를 달리며, 이 갑작스러운 폭우가 앞으로 벌어질 일의 불길한 전조는 아닐까 생각해본다.

당신. 당신이 나에게 오고 있구나.

준비하고 기다릴게.

마커스

애틀랜타 공항에서 렌터카를 인계받고 북쪽으로 향한다. 10시가
다 되어가는데, 비가 내리는 바람에 고속도로는 어둡고 미끄럽다. 빗
방울은 자동차 지붕과 창문을 때리고, 물줄기는 거리를 쓸어내린다.
러시아워가 끝나야 할 시간이지만 도로는 여전히 꽉 막혀 있다. 정면
에는 빨간 브레이크등의 행렬밖에 보이지 않는다. 난 비상등을 켜고
갓길에 들어서 정체돼 있는 차들을 앞지른다.

GPS는 나를 잉글리시 스트리트 1071번지로 안내한다. 제이드가
알려준 대로 경찰서 웹사이트와 페이스북에 접속한 IP의 위치이다.
나는 천천히 커브를 돈 뒤, 눈에 있는 대로 힘을 주고 정면을 주시
한다. 빗줄기 너머로 새로 페인트를 칠한 울타리가 보인다. 건물에
난 창문에는 주름 장식이 달려 있고, 그 창으로 빛이 쏟아져 나온다.
여긴 하숙집이라고 하기엔 너무 화려하다. 대체 그년은 무슨 돈으로
이런 데에 묵은 거지?

난 비를 맞으며 문까지 뛰어간다.

처마 아래에서 비를 피하며, 창문에 바짝 기대어 안을 들여다본다.

군청색 소파에 남자 셋이 누워 있다. 하나같이 배에 맥주병을 올려놓은 채, 벽에 걸린 평면 TV로 애틀랜타 브레이브즈 경기를 보고 있다. 난 그들의 옆모습, 옷차림, 탁자에 올려놓은 발 크기를 관찰한다. 가운데 있는 남자는 키가 크고 호리호리한 체형에 머리도 거의 빠지지 않았다. 딱 봐도 유부녀와 놀아날 부류다. 저렇게 TV를 보며 애인 생각을 하고 있을까? 그 애인이란 년은 위층에 있는 방에서 저놈 생각을 하고 있을까? 하늘에서 천둥이 친다. 난 주먹으로 흉골을 쓸어내리며 유리창을 깨부수고 싶은 충동을 억누른다.

난 자제력을 되찾을 때까지 심호흡을 반복한다. 그런 다음 엄지손가락으로 초인종을 누른다.

문을 연 사람은 소파의 세 남자 중 하나가 아니라 여자다. 큰 키에 굴곡 있는 몸매, 분홍색 가운을 걸치고, 머리엔 헤어롤을 말고 있다. 여자는 현관 등을 켠다. 그런데, 후아. 난 뒷걸음질 치며 다시 관찰한다. 이건 여자가 아니다. 절대 여자일 리가 없다.

그가 분을 바른 얼굴로 나를 내려다본다. "어떻게 오셨죠?"

그래. 이건 남자 목소리다. 그런데 저 가슴은, 진짜가 아니라면 정말로 돈을 많이 들인 것처럼 보인다. 내가 시선을 올리자, 이런, 눈이 마주친다.

난 내 어깨 너머로 빗물이 떨어지는 아스팔트를 가리킨다. "날씨가 참 별로죠?"

날씨 얘기가 별로 달갑지 않은 눈치다.

난 헛기침을 하고 다정하게 말을 건넨다. "이 동네에 처음 왔습니다. 사실 이제 막 도착했어요. 이곳 방이 정말 근사하다고 들었습니다."

"빈방이 없네요. 미안합니다."

놈이 문을 닫으려 하자, 난 발을 내밀어 막는다.

"얼마죠?" 난 최대한 친근한 미소를 짓는다. "제가 두 배를 낼 게요."

"말했잖아요. 빈방 없다고" 놈이 문을 막고 있는 내 신발을 내려다본다. "그 발 빼라고 내 입으로 굳이 말하고 싶지 않네요."

"아니면 어쩌시게요? 경찰이라도 부르려고요?"

놈의 반짝이는 입술에 미소가 번진다. "왜 이러시나. 그쪽이 경찰인 건 너무나 명백한 사실인데. 본론만 얘기합시다. 왜 왔어요? 왜 거기 서서 내 발닦개에 물을 뚝뚝 떨어트리고 있는 거죠? 내가 도와줄 수 있는 문제인지 들어나 봅시다."

"사람을 찾고 있습니다."

놈이 황당하다는 듯 눈알을 굴린다. "어머머, 그러시구나."

"176센티미터, 길고 짙은 갈색 머리. 이 사진을 찍은 이후에 잘랐을 수도 있어요." 난 핸드폰에서 사진을 찾아 놈에게 보여준다.

놈이 화면을 자세히 보려고 몸을 숙이자, 뒤에 서 있던 여자의 상체가 보인다. 라틴계 미녀, 카키색 바지에 티셔츠. 여자는 놀란 눈을 하고 있다. 겁을 먹은 건지도 모르겠다. 내가 자세히 보려고 고개를 내빼자 여자는 시야에서 사라진다.

"글쎄요." 분홍색 가운을 걸친 남자가 허리를 편다. 그가 고개를 젓자 귓불 뒤로 말린 헤어롤이 흔들린다. "이런 여자는 본 적이 없네요."

거짓말이다. 나 정도 경찰 생활 했으면 이 정도는 눈치챌 수 있다. 눈 주위의 피부가 팽팽해졌고, 목소리에서 빈정대는 투는 사라졌다.

놈은 알고 있다.

"그렇군요. 시간 내주셔서 감사합니다." 내가 뒷걸음질 치며 말한다. 깃을 세우자 목덜미로 빗물이 들어온다. "다들 좋은 밤 되십시오."

놈은 아무 말 없이 문을 닫는다. 나는 웅덩이를 피해 차로 돌아가며 바보처럼 미소 짓는다. 여기에 없으면 그년이 있을 곳은 뻔하다. 그 예쁜 여자애의 얼굴에서 난 알아챘다. 그 여자의 가슴에 크고 까만 글씨가 적혀 있었지.

주님이 이곳에 근무하신다.

다음 날 아침. 눈을 떠보니 5시다. 한순간에 정신이 번쩍 든다. 침대 옆에 있는 스탠드를 켜고 충전 중이던 핸드폰을 뽑는다. 이 거지 같은 호텔에 룸서비스나 커피 자판기 같은 게 있으려나. 왜냐하면 한숨도 못 잤거든.

서장은 내가 쓴 보고서를 탐탁지 않아 했다. 이깟 반쪽짜리 보고서 짜깁기하는 데 10분이면 족하지 무슨 1시간이나 걸렸냐며 호통쳤다. 서장은 긴 음성 메시지를 통해 이 사건에서 손 떼라고 통보했다. 사빈의 실종 건은 필립스 형사에게 넘어갔다. 화도 나지만 모멸감이 더 크다. 필립스는 꽉 막힌 데다 게으르기까지 한 형사인데, 성공률은 5할밖에 안 된다. 어제 떠나온 파인블러프로 당장 돌아가서 사건을 되찾아와야 할 판이다.

핸드폰이 울려 확인해보니 이메일이 와 있다. 목록을 올려보니 대부분 스팸이고, 간간이 페이스북 알림이 있다. 음경확대술과 에너지 효율 창문 광고 사이에 내가 기다리던 이메일이 보인다. 보낸 사람은 제이드. 엄지손가락으로 꾹 누른다.

선불폰 네 개 중에 세 개는 폐기됐는데 하나는 살아 있어. 607이 들어가는 번호야. 아직 통화 기록은 없는데 활동 기록은 꽤 있네. 호텔이랑 애틀랜타 고속도로에서 여러 번 인터넷에 연결했어. 그리고 대박인 건, 그쪽에 마이크로셀이 있다는 거야! 준비되면 나한테 전화해. 내가 실시간으로 추적하는 거 도울게! - J

난 핸드폰을 침대에 내려놓고 샤워를 하러 간다.

30분 후, 옷을 입고 렌터카에 탑승한다. 컵홀더에는 따뜻한 커피를 올려놨다. 출근 차량에 길이 막힌다. 거의 기어가다시피 하숙집으로 향한다. 잉글리시 스트리트에 도착한 나는 재빨리 주위를 정찰한 뒤, 길 끄트머리에 있는 층층나무 아래에 차를 세운다.

이제 비는 지나갔다. 하늘은 구름 한 점 없이 맑아서 현관문이 또렷하게 보인다. 난 커피를 마시며 거주자들이 나오는 모습을 지켜본다. 소파에 누워 있던 남자 셋은 건설 현장에서 입는 작업복 차림을 하고 있다. 주방에서 일할 법한 복장을 한 이들이 앞치마를 맨 채 나온다. 머리를 뒤로 묶은 예쁜 라틴계 여자는 어젯밤에 입었던 티셔츠를 입고 있다. 거리에 세워진 고물차로 가더니 누군가를 찾는 듯 주위를 둘러본다. 여자는 차에 탑승해 시동을 건다. 세 번의 시도 끝에 점화가 되며 검은 연기가 배출된다. 난 렌터카를 몰고 뒤따라간다.

여자는 동네를 가로질러 고속도로로 진입한다. 나는 눈에 띄지 않으려고 차 두 대를 사이에 두고 쫓아간다. 난 저 여자가 어디로 가는지 알고 있다. 하숙집에서 교회까지 가는 길은 이미 숙지해뒀다. 저 여자는 그 경로를 그대로 따르고 있다. 내가 조금 놀란 점은, 아니, 어쩌면 실망한 부분은, 저 여자가 혼자 가고 있다는 점이다. 어젯밤 저 여자가 나를 바라보던 시선을 떠올린다. 저 여자는 분명 뭔가를 알고 있다.

여자는 오른쪽으로 꺾어 교회 진입로에 들어선다. 난 직진을 하며 측면 창 너머로 멍하니 바라본다. 실로 거대한 건물이다. 순전히 보는 이를 감탄하게 하려고 만든, 벽돌과 베이지색 돌로 지은 괴물 같다. 어지간한 대형 교회는 동네 예배당으로 전락시킬 그런 초대형 교회다. 차를 돌려 길 건너편에 있는 주차장에 들어가 멈추니 백미러에 건물의 형상이 가득 찬다. 난 길에서 가까운 자리로 옮긴 뒤 시동을 끄고 핸드폰을 집어 든다.

어제 그 여장 남자와 맞닥뜨린 이후, 작전이 조금 수정됐다. 어젯밤 나는 교회 웹사이트에 들어가 한참을 둘러보고 위장 전략을 세웠다. 올가을 과테말라에 학교를 짓는 교회 사업에 관한 글을 봤는데, 기술직 자원봉사자를 모집한다는 내용이 있었다. 난 건설에 관해서는 쥐뿔도 아는 게 없지만, 그래도 망치질은 곧잘 한다.

시계가 9시를 알리는 순간 난 시동을 걸고 다섯 차선을 일직선으로 횡단한다.

접수 데스크에 앉은 금발의 여자는 분홍색 블라우스와 그 안에 든 희고 빵빵한 과육만큼이나 달콤한 억양을 쓴다. 수염 틸란드시아가 자랄 법한 농장 지대에서 구사하는 화려하고 느릿느릿한 말투다. 금발은 자신을 샬린이라고 소개한다.

난 접수 데스크에 팔꿈치를 괸다. 나와 눈이 마주치자 금발은 얼굴이 달아오른다. "만나서 반가워요, 샬린. 저는 마커스라고 합니다. 웹사이트에서 봤는데 중앙아메리카에 함께 갈 기술직 자원봉사자를 구하신다고요. 어디였더라, 코스타리카였나요?"

"과테말라요."

난 손가락을 튕기며 말한다. "아차, 과테말라였지. 안 그래도 제가 메이컨에서 건설 회사를 운영하는데요, 기술 좋고 열정 넘치는 친구들이 여럿 있습니다. 혹시 그 친구들에게 기회를 주시면, 저는 그 친구들에게 휴가를 주고, 모두에게 좋지 않을까 싶네요."

금발은 손으로 책상을 짚고 몸을 앞으로 숙인다. "어머, 그러면 정말 좋겠네요. 목사님도 분명 관심을 보이실 거예요."

깜빡이는 속눈썹, 오래 응시하는 눈빛, 희망에 찬 미소. 이 여자는 나에게서 무언가를 기대하고 있다. 너무나 명백하지만 난 별 흥미가 없다. 목표물이 사정권에 들어오니 다른 건 눈에 들어오지도 않는다.

난 오른쪽에 있는 긴 복도를 가리킨다. "목사님이 계시나요?"

"아." 금발은 자리에서 일어나 책상 옆으로 돌아 나온다. "반대편이에요. 목사님 지금 계세요. 저를 따라오세요. 바로 안내할게요."

샬린은 아까보다 짧은 복도로 나를 안내한다. 우리는 제일 끝에 있는 문 앞에 멈춰 선다. "목사님, 과테말라 여행과 관련해서 찾아오신 분이 계세요."

"들어오세요." 안에서 목소리가 들린다. "그리고 커피 두 잔 부탁해요. 고맙습니다."

금발은 사심 어린 미소를 지으며 나에게 돌아선다. "바로 올라올게요."

책상 뒤에 서 있는 남자는 키가 크고 다부진 체격이다. 볼이 쏙 들어간 게 꼭 마라톤 선수 같다. 그가 일어서서 긴 팔을 내민다. "어윈 앤드루스 목사입니다. 망치질은 잘하시나요?"

"듀랜드 건설 회사 대표인 마커스 듀랜드입니다. 망치질 세 번이면 못을 납작하게 박을 수 있죠. 제 직원들 모두 그렇습니다. 저까지 일곱 명이고요."

"그중에 스페인어를 할 줄 아는 분이 계시나요?"

난 껄껄대고 웃는다. "목사님께서 이 나라 건설업에 대해 얼마나 아시는지 모르겠습니다만, 우리 모두 스페인어를 할 줄 압니다."

"좋군요." 목사가 무릎을 치며 말한다. "음악은요?"

"음악이요?"

"노래는 좀 하시나요? 악기는요? 지금 베이스기타 자리가 비는데, 밴조를 다룰 줄 알면 더 좋고요. 성가대 보충 인원은 언제든 환영입니다."

이 아저씨 재밌는 사람이네. 다림질한 폴로셔츠에 미용실에서 자른 머리. 엄숙한 이언 신부님과는 전혀 딴판이다. 이 목사는 분명 가난의 서약 같은 건 맺지 않았을 거다.

난 고개를 젓는다. "아뇨. 하지만 제 아내가 피아노를 잘 치죠. 지금은 몰라도 예전엔 잘 쳤어요."

"아내분도 함께 오세요. 키보드를 맡으시면 되겠네요."

우리는 30분 동안 날짜, 비용, 필수 예방접종 등 봉사 활동의 세부 사항에 관해 이야기한다. 난 그 어떤 것도 문제가 되지 않을 거라고 말한다. 이 목사는 수다 떨기를 좋아한다. 난 고개를 끄덕이고 웃어 보이며 듣는 척하지만, 속으로는 적절한 순간을 기다리고 있다. 목사가 나를 배웅하려고 일어났을 때야 그 기회가 온다.

"아, 깜빡할 뻔했네요." 난 뒤늦게 생각난 듯 이야기한다. "아까 복도에서 아는 사람과 마주친 것 같은데, 따라가려고 보니까 없더라고요. 제 친구 동네에 사는 사람이에요. 잉글리시 스트리트에 살죠. 키는 160센티 정도이고 정말 예뻐요. 라틴 계열이고요."

목사의 표정이 밝아진다. "마르티나를 말하는 거군요. 네, 우리와 함께 일한 지 6개월 됐어요. 정말 사랑스러운 친구죠."

난 미소 지으며 고개를 끄덕인다. "맞아요. 안부 전해주세요. 아, 그리고 마르티나의 친구에게도 안부 전해주세요. 이름은 생각이 안 나네요."

"베스를 말하는 건가요? 베스와 마르티나는 둘도 없는 친구예요. 잘은 모르겠지만 며칠 전까지는 분명 친한 사이였죠. 죄송합니다만 현재 상황에 대해서는 말씀드리기 어렵겠네요."

난 양쪽 눈썹을 치켜세우며 심장박동이 빨라진 걸 감춘다. "심각한 문제는 아니길 빕니다."

목사가 짐짓 인상을 구긴다. 심각한 문제라는 의미로 보인다. "기도하고 있습니다. 괜찮으시면 오늘 밤 선생님 기도에도 꼭 포함해주세요."

"그러겠습니다." 난 목사와 두 번째로 악수하고 또 한 차례 감사하다는 말을 한다. 난 직원들의 이름과 여권 번호를 적은 명단을 며칠 안에 이메일로 보내겠다고 약속하고는, 서둘러 차가 있는 쪽으로 걸어간다. 목사가 했던 말 중 단 한마디가 머릿속에서 기차 경적처럼 울린다.

베스.

사빈이 베스라는 이름을 쓰는구나.

베스

애틀랜타 모텔 313호실은 예상했던 대로 최악이다. 어둡고 습한 데다 담배 냄새와 역한 암내가 진동한다. 올이 다 해진 80년대 풍의 침대보가 깔려 있는데, 저 꽃무늬 사이사이에 난 얼룩은 어떻게 해서 생긴 것인지 굳이 생각하고 싶지 않다. 그래서 난 옷을 다 입고, 그 위에 꺼끌꺼끌한 목욕 수건을 둘둘 만 채로 잠을 잤다. 창문 아래에 있는 에어컨은 밤새도록 쉬익 소리를 내며 덜덜거렸다. 불행 중 다행이라고 해야 할지, 에어컨 소음 덕에 옆방에서 들려오는 괴성은 상대적으로 작게 들렸다.

난 침대에서 몸을 일으킨 뒤 에어컨을 끈다. 방 안이 고요해진다. 양쪽 옆방에 묵는 이웃들은 핏줄에 뭘 투여했는지는 모르겠지만 아직 잠들어 있는 것 같다. 커튼 사이로 난간을 엿본다. 아무도 없다. 햇살이 주차장을 강하게 내리쬔다. 어찌나 밝은지 빛에서 적대감이 느껴질 정도이다. 사람들이 애틀랜타를 핫틀랜타라고 부르는 데는 다 이유가 있구나.

좁아터진 욕실에 들어선다. 유리로 된 선반과 거울에 투영된 내 모습에는 어젯밤에 단장한 흔적이 고스란히 남아 있다. 일명 '이모 메이크업(emo makeup)'. 눈 주위에 스모키 화장을 하고, 입술은 비누로 아무리 문질러도 지워지지 않을 정도로 두툼하고 어둡게 칠했다. 머리는 색깔의 신도 예측하지 못할 색으로 염색이 됐다. 염색약 상자에는 풍부한 적갈색이라고 적혀 있는데, 나의 짧고 손상된 머리는 형광 주황색 푸들을 얹어놓은 것처럼 착색이 됐다. 어떻게 보면 전형적인 광대의 머리 같기도 하지만, 본래의 모습을 절대 알아볼 수 없다는 장점이 있다.

이를 닦고 다시 침대로 가서 새로 산 컴퓨터를 상자에서 꺼내 처음으로 전원을 켠다. 부팅이 되고 셋업 화면을 지나 프롬프트가 나타나자 일시 정지를 누른다. 이름, 이메일 주소, 지리적 위치. 각각의 질문이 함정처럼, 지뢰처럼 느껴진다. 나를 찾고 있을 모든 사람을 떠올려본다. 목사님, 어윈 포, 마르티나, 당신……. 다시 한 번 조심하자고 다짐한다.

컴퓨터가 활성화되자, 난 카운터에서 받은 비밀번호로 와이파이에 접속한다. 이 싸구려 낡은 모텔은 다른 건 몰라도 와이파이 속도 하나는 기가 막히게 빠르다. 손끝에서 정보의 바다가 빛의 속도로 펼쳐진다.

입력창에 파인블러프 지역 신문 주소를 입력한다. 화면이 전환되자 메인 화면에 사빈의 얼굴이 나온다. 사빈의 사진 위에 있는 글을 읽는 순간, 방 안의 공기가 굳어버린다.

파인블러프의 실종된 여자, 죽은 채로 발견.

배 속 깊은 곳에서 구역질이 올라와 목이 부풀어 오른다. 손으로 입을 막으니, 이번엔 온몸에 식은땀이 흐른다.

사빈은 실종된 게 아니다.

사빈은 숨어 있는 게 아니다.

사빈은 죽었다.

그걸 인지하는 순간 온몸이 서늘해지며 공포감이 밀려온다. 침대에 앉아 있는 내 몸뚱이의 무게가 느껴지지 않는다. 내 몸은 무너져 내린 것도 아니고, 그렇다고 안정적이지도 않은 상태로 침대에 앉은 자세를 유지하고 있다. 목사님의 방에 있는 TV에 사빈의 얼굴이 나올 때마다, 나는 뉴스를 검색하며 사빈이 어딘가에 무사히 숨어 있기를 기도했다. 난 괴로움에 몸을 웅크린다. 스스로 나의 몸뚱이를 안아주며 가슴의 통증을 이겨내려 한다. 심장마비가 오는 게 이런 기분일까?

솔직히 이런 상황을 예측했어야 했다. 사빈이 실종됐다는 뉴스를 본 순간부터, 난 새로운 소식을 접하는 게 미친 듯이 두려웠다. 그 두려움은 하루하루 쌓여갔다. 낮에는 뼛속을 흔들었고, 밤에는 미친 듯이 내 몸을 찔러대서 잠을 이룰 수 없었다. 계속해서 뉴스를 확인했지만, 사실 늘 이 결과를 예상했었다.

두 남자가 난간에 서서 약물을 거래하고 있다. 값에 대해, 품질에 대해 다투고 있지만, 귓속에서 울리는 환청 때문에 그들의 소리는 거의 들리지 않는다. 두 남자의 대화는 부분 부분 파편이 되어 내 귀에 들어올 뿐이다. 컴퓨터 화면 속 글자들이 헤엄치는 것처럼 보이듯이.

심하게 부패된 시신. 부검 예정.

난 자리에서 일어나 침대 앞을 서성인다. 이 모든 게 단지 나만의 문제라고 생각했으니 얼마나 멍청했던가. 나의 과거로부터의 탈출. 당신으로부터의 탈출. 난 자유를 위해 싸울 준비가 돼 있었다. 피를 흘리고 뼈가 부러질 각오가 돼 있었다. 하지만 내가 당신의 유일한 희생자가 아닐 수도 있다는 생각은 미처 하지 못했다.

침대에 앉자 눈이 뜨거워진다. 불쌍한 사빈. 너무나도 다정했던 사빈.

난 남은 기사를 빠르게 읽는다. 밀려오는 두려움을 억누르며 세부적인 내용을 되새긴다.

사빈은 목이 졸렸고, 목뼈와 호흡기가 부러졌다. 사빈의 몸은 무게 추가 묶인 채 133번 고속도로에서 조금 떨어진 연못에 버려졌다. 그곳에서 사빈의 몸은 최소 일주일 동안 부패했다. 무게 추를 묶은 끈이 보트나 야생동물에 의해 끊어지자 시신은 수면 위로 떠올라 며칠을 떠다녔다. 한 사냥꾼이 사냥개와 근처를 지나가다 갈대밭에 떠오른 사빈의 등을 발견했다. 대머리독수리들이 살점을 쪼아 먹어 형체를 알아보기 힘들었다고 한다.

대머리독수리라니. 오, 주님.

난 이름 모를 연못 아래에서 썩고 있었을 사빈의 시체를 상상한다. 숨이 막힐 것 같다. 몇 초 동안 꼼짝도 할 수 없고, 아무 생각도 할 수 없다. 갑자기 뇌가 빠르게 가동되며 뉴스 곳곳에서 봤던 얼굴들이 하나씩 떠오른다. 상심한 의사, 쌍둥이 자매, 사빈의 남편, 사빈을 사랑했던 사람들, 돌아오기를 기도했던 사람들. 그 사람들도 나처럼 그 끔찍한 모습을 떠올리고 있으리라 생각하니 심장이 찢어질 것만 같다.

난 손으로 얼굴을 감싸고 사빈을 위해 통곡한다. 사빈의 친구들, 가족들, 나 자신을 위해 통곡한다. 나 자신의 슬픔, 분노, 두려움, 죄책감을 위해.

그중에서도 나의 죄책감을 위해.

난 사빈의 목을 조른 게 제프리가 아니라는 걸 안다. 목뼈가 두 동강 날 때까지 비틀고, 독수리 밥이 되게 놔둔 건 그 사람이 아니다.

나는 그게 당신이라는 걸 안다.

베스

열흘 전.

　나는 향나무 산울타리 뒤에 웅크리고 앉아 '오픈 하우스' 간판 위로 풍선들이 날아가는 걸 바라보며 모두가 떠나기만을 기다렸다. 과도하게 높은 힐을 신은 시끌벅적한 금발의 중개인들, 성당에서 봤던 노부부, 주머니 가득 먹을 걸 챙긴 이들이 보였다. 사빈은 그렇게 공짜 음식을 챙겨가는 사람들이 늘 있다고 예전에 말했었다. 오직 공짜 음식 챙길 목적으로 온 사람들까지 어떻게 일일이 신경 쓰겠냐며 한바탕 웃어젖혔다. 난 이 여자가 참 멋지고, 훈훈하고, 아량 있다고 생각했던 것 같다. 사빈이 나를 도와주겠다고 제안하기 전에 있었던 일이다. 어쨌든 그날 나는 모두가 떠날 때까지 기다렸다.

　주위가 조용해지자 나는 가지 옆으로 고개를 빼고 거리를 살폈다. 차는 없는지, 무더위 속에 개를 산책시키는 행인은 없는지. 저 멀리 헤이즐 스트리트에 지나가는 차 소리 외에는 조용했다. 그래도 경계심을 늦추지 않고 기다렸다. 7년 동안 당신과 살면서 배운 게 있다.

'너무 조심해서 나쁠 건 없다.' 안전하다는 확신이 들자, 나는 덤불에서 빠져나와 옆문을 향해 잽싸게 이동했다.

내가 부엌에 들어갔을 때 사빈은 남은 쿠키를 플라스틱 용기에 담고 있었다. 나를 본 사빈은 깜짝 놀라며 숨을 들이마셨다. "여기에서 뭐 해요? 괜찮아요? 저런, 움직이지 마요. 그 창 근처에 있지 마요."

사빈은 나를 외부의 시선이 닿지 않는 곳으로 안내한 뒤, 황급히 내 앞을 지나갔다. 대리석 바닥에 또각또각 힐이 닿는 소리가 들려왔다. 현관문이 철컹하고 닫히는 소리가 들리고 2초 후, 나에게 돌아온 사빈은 내 몸에 난 베인 상처와 멍 자국을 살펴봤다.

"괜찮아요? 많이 다쳤어요?"

"갈비뼈만 조금요." 난 오른쪽 옆구리를 손바닥으로 문지르며 말했다. "부러진 건 아니에요."

다른 사람이면 그걸 어떻게 아는지 물어봤을 텐데, 사빈은 그러지 않았다. 당신이 나에게 어떤 짓을 했는지 사빈은 알고 있었어. 당신이 나를 여러 번 계단 아래로 민 것도, 주먹으로 때리고 발로 차고 깨문 것도, 뇌진탕이 걸리고 갈비뼈가 부러진 것도 다 알고 있었어. 사빈은 당신이 어떤 짓을 할 수 있는 사람인지 잘 알고 있었어. 그런데도 기꺼이 나를 도와줬지.

당신은 그 여자와 마주쳤던 걸 기억이나 할까? 기억 못 할 거라고 확신해. 사빈은 우리가 작년에 보러 갔던 힐크로프트 스트리트에 있는 집의 중개인이었어. 당신은 그 집을 원했지만, 우리가 살기에는 너무 비쌌어. 난 당연히 당신에게 그것을 지적했고, 2주 후, 은행에서도 똑같은 말을 들었지. 은행에서 대출을 거부당한 날, 당신은 너무 화가 나서 내 머리를 발로 찼지.

당신은 거들먹거리며 그 집 안을 돌아다니기에 바빴으니까 사빈을 기억하지 못할 거야. 3.5미터 높이의 천장, 화강암으로 된 조리대, 반짝이는 식기들로 가득 찬 주방, 우리는 절대 쓸 일이 없는 것들이었지. 그날 나는 알아봤어. 그 여자는 크게 미소 짓고 있었지만, 눈이 참 슬퍼 보인다는 걸. 한쪽 볼을 다른 쪽보다 두껍게 화장했다는 걸. 치통이 있는 것처럼 계속해서 한쪽 볼을 만지는 걸 봤지.

나와 같구나, 생각했던 게 기억나. 저 여자의 남편은 내 남편이랑 비슷하구나.

당신이 다락에 올라가 서까래를 두드려보고 배선을 확인하는 동안, 난 그 여자에게 괜찮으냐고 물어봤어.

"괜찮아요." 사빈이 말했지. 하지만 내 눈을 피하며 밝게 웃는 모습은, 마치 다른 사람들이 물었을 때 나의 반응을 보는 것 같았어. "정말이에요. 괜찮아요."

머리 위로 당신의 발소리가 들렸어. 자신이 중요한 일을 하는 양 그렇게 쿵쿵거리며 돌아다녔지만, 실은 뭘 확인해야 하는지도 몰랐잖아? 난 시간이 얼마 없다는 걸 알았어.

난 사빈의 손목을 내 손으로 감싸며 속삭였다. "내 남편도 그래요." 사빈은 눈을 크게 떴다. 이해한다는 반응이었다. 알아줘서 고맙다는 반응이었다. "내 남편도 나한테 손을 대요."

맹세코 왜 그런 말을 했는지는 나도 모른다. 그때까지 난 누구에게도 그런 말을 한 적이 없었다. 내 친언니에게도 하지 않았다. 그런데 그날, 그 말들은 아무렇지도 않게 툭 튀어나왔다. 마침내 나는, 나를 보호한다고 믿었던 그 무거운 철문을 열고 우리 부부의 추악한 비밀을 누군가에게 말한 것이다. 안도감이 드는 동시에 무릎이 휘청거렸다.

사빈과 다시 마주친 건 몇 달 후였다. 약국에 샴푸를 파는 코너에 서였다. 사빈은 나에게 자기 남편이 새사람이 됐다고 이야기했다. 아침엔 커피를 가져다주고, 출근할 땐 가방에 따뜻한 말을 적은 쪽지를 넣어주고, 이따금 별 이유 없이 그냥 궁금해서 전화한다고 했다. 그가 진심으로 노력한다며 사빈은 억지 미소를 지어 보였다. 난 피가 얼어붙는 듯 손가락 끝이 얼얼했다. 난 사빈에게서 수년 전 나의 모습을 봤다. 당시 난 손등으로 친 것이 순환의 끝이 아니라 시작인 것을 몰랐다.

난 사빈의 손을 잡았다. 뼈마디가 느껴질 정도로 세게 쥐었다. "그들이 하는 짓이 바로 그거예요. 흠잡을 데 없이 행복한 순간들을 만들죠. 그리고 후에 또다시 나쁜 순간이 닥쳤을 때, 우리는 그 행복했던 순간을 기억하며 그 자리에 머물러요."

사빈은 이해한다는 표정을 지었다. 그 말을 하고 나자, 나 역시 깨닫는 바가 있었다. 자신의 결혼생활이 끝장났음을 인정하는 여자는 없다. 우리는 한때 우리가 사랑했던 사람을 계속해서 사랑하고 싶어한다. 우리는 동화에 나오는 것처럼 '그 후로 영원히 행복하게' 살아가기를 꿈꾼다. 떠나는 것은 실패를 인정함을 의미한다.

그 순간, 약국에서 내 옆을 스쳐 지나가는 잘 모르는 사람에게 주의를 준 그 순간, 나는 나도 똑같이 해야 한다는 걸 깨달았다. 나 또한 이 길에서 벗어나야 한다. 부드러움과 난폭함이 반복되는 이 고리를 끊어야 한다. 그 과정에서 내 몸의 일부가 부서진다 해도 해야만 한다.

이 계획을 세울 수 있도록 도와준 건 사빈이었다. 장을 보고 남은 잔돈을 조금씩 모으고, 유인 전술을 쓰며 달아나고, 이름과 머리 모양을 바꾼 뒤 눈에 띌 듯 말 듯 숨어 있는 것, 모두 사빈과 함께 세운 작전이다. 사빈은 나와 자기 자신을 위해 보호소에서 자원봉사를 시작했다. 그곳에 있는 여자들과 대화하면서, 어떤 방법이 효과가 있었고, 어떤 방법이 목숨을 앗아갔는지를 연구했다. 사빈은 논문을 쓰는 대학원생처럼 그 분야를 집요하게 파고들었다.

사빈은 자신의 연구 결과를 나에게도 조금씩 알려줬다. 헬스장 탈의실이나 공원 분수대에서 만난 적도 있고, 주유소에서 휘발유를 넣으며 속삭여주기도 했다. 우리는 같은 장소에서 두 번 만나지 않았고, 그 어떤 것도 글로 써서 남기지 않았다.

우리는 그렇게 조심했건만, 당신은 사빈을 찾아냈어.

사빈이 고객에게 집을 보여주기로 한 날, 나는 작별 인사를 하러 갔다.

"떠나는 거야? 정말 계획대로 할 수 있겠어?" 사빈은 나를 처음 봤을 때처럼 눈을 크게 뜨고 쳐다봤다. 차이가 있다면 이번엔 놀라서가 아니라 내가 자랑스러워서였다. 당신을 떠나라고 그토록 나를 설득했지만, 해낼 수 있다며 그토록 나를 독려했지만, 사실 사빈의 마음 한편에는 내가 해내지 못하리라는 생각이 늘 자리 잡고 있었던 것 같다. 당신과 너무 오래 붙어 지내서 내가 용기를 내지 못할 거라고 생각했나 봐.

난 고개를 끄덕였다. "응. 할 수 있어."

"어디로 갈지 확실히 아는 거지?"

난 또 한 번 고개를 끄덕였다. 털사. 그런 다음엔 빙빙 돌아서 애틀랜타로. 이 부분은 얘기하지 않았다. 사빈이 알고 싶어 하지 않았고,

나 역시 말하고 싶지 않았으니까. 사빈은 이미 너무 많은 걸 알고 있었다.

"남편 친구들은? 너를 감시하는 것 같다던 그 경찰들은? 쫓아오지 않을 거라고 어떻게 확신해?"

"확신 못 해. 그런데 오늘 경찰서 인원 전체가 리틀록에서 교육을 받아. 분노 조절에 관한 교육이래. 참 우습지? 어쨌든, 4시까지는 모두 거기에 있을 거야. 혹시 평소에 은행 털고 싶었던 적 있어? 그럼 오늘이 기회야."

사빈이 깔깔대고 웃는다. "은행 얘기가 나와서 말인데, 돈은 얼마나 있어?"

"4천 조금 안 돼. 닉에게 줄 카드에 있는 것까지 포함해서." 사빈은 닉을 알고 있었다. 애초에 그 아이디어를 낸 게 사빈이었으니까. 미끼용 계좌를 만들라고 한 것도 사빈이다. 그런데 닉을 어디에서 데려왔는지는 모른다. 사빈이 말해주지 않았고, 나도 물어보지 않았다. 당시 사빈은 여성 보호소에서 자원봉사를 하고 있었으니 그쪽으로 관련이 있는 사람이 아닐까 생각해본다. 하지만 우리 사이에는 꼭 필요한 정보만 교환하고 나머지는 얘기하지 말자는 암묵적 약속이 있었다. 사빈도 이 동네에서 평생을 살았기 때문에 당신이 여기에서 얼마나 영향력을 행사할 수 있는지 잘 알고 있었다. 우리는 서로에 대해 최대한 모르는 편이 좋았다.

사빈은 테이블에 가방을 올려놓고 뒤지더니 지갑에서 잔뜩 구겨진 현금 뭉치를 꺼냈다. "여기. 지금 가진 건 이게 다야. 가져가." 내가 주저하자 사빈은 돈뭉치를 흔들며 말했다. "제발. 가져가지 않으면 내가 너무 걱정돼서 그래."

난 현금 뭉치를 주머니에 넣었다. 솔직히 나는 그 돈이 필요했다. 4천 달러로는 얼마 버티지 못했을 것이다.

사빈이 나에게 준 도움은 돈으로 환산할 수 없다. 현금을 준 건 사빈이 베푼 다른 것들에 비교하면 오히려 작은 성의 정도로 느껴진다. 사빈은 당신에게서 벗어나 인생을 설계하는 것을 도와줬을 뿐만 아니라, 내가 그걸 해낼 수 있다며 계속해서 용기를 줬다. 사빈은 '그렇게 해야 한다'라는 말에 멈추지 않고 '그렇게 해낼 수 있다'라고 말해 줬다. 단지 그 한마디를 해줬느냐의 문제라기보다는, 용기를 북돋는 수백만 마디의 말들이 쌓이고 쌓여 나를 움직인 것이다. 사빈은 나를 믿었고, 나 자신을 믿는 법을 가르쳐줬다. 나의 권력을 되찾은 건 사빈 덕분이다.

"다 갚을게." 난 자리에서 일어서며 말했다. "돈뿐만 아니라 모든 걸. 어떻게 갚을지는 모르겠지만, 맹세할게. 언젠가, 네가 베푼 선한 마음, 모두 갚을게."

"자, 이제 조용." 사빈이 밝은 눈을 보이며 미소 지었다. "우리가 처음 이런 대화를 했을 때, 난 네가 정말 해낼 거라고는 생각하지 않았어. 기적이 일어나지 않는 한 남편 곁을 못 떠날 거라고 생각했지. 그런데 지금 네 모습을 봐. 네가 정말 자랑스러워."

돌이켜보니 내가 해줬어야 할 말이 참 많다. 사빈은 강인했기에 폭력이 일상이 되기 전에 결혼생활에서 벗어나겠다고 결심할 수 있었다. 사빈은 나를 도우며 그 강인함을 나눠줬다. 사빈과의 우정 덕에, 그리고 사빈이 보인 긍지 덕에 나는 용기를 얻었다. 난 사빈에게 너무나 큰 빚을 졌다.

나는 시간이 충분할 줄 알았다.

"고마워." 내가 해줄 수 있는 말은 그것뿐이었다. "나에게 베푼 거 절대 잊지 않을게."

"네 안전만 신경 써. 알았지? 다시 행복해져. 그거면 난 충분해."

우리는 포옹했고, 잠시 후 사빈은 나를 문밖으로 밀어냈다. 난 옆 마당으로 탈출했다. 덤불에 몸을 숨기기 직전에, 난 마지막으로 뒤돌아서서 사빈을 봤다. 사빈은 부엌 창문으로 대견하다는 듯 나를 바라보며 희망찬 미소를 지었다.

그게 내가 본 사빈의 마지막 모습이다.

베스

잠들고 싶은 생각은 딱히 없는데, 사빈의 뉴스를 접하고 너무 탈진한 것 같다. 너무 많은 감정과 눈물이 빠져나갔다. 청바지를 벗고 이를 닦을 기력밖에는 남지 않았다. 난 어제 입었던 티셔츠를 그대로 입은 채 침대에 쓰러진다. 더러운 베개에 머리가 닿는 순간, 난 그대로 잠이 든다.

난간에서 다투는 소리에 눈이 떠진다. 내 방 바로 밖에서 성난 목소리들이 뒤엉켜 들려온다. 나는 잠이 채 깨기도 전에 잽싸게 몸을 일으켜 침대에서 내려온다. 여자의 고함이 울려 퍼진다. 돈에 관한 내용이다. 낮은 음성이 웅얼거리며 대답하지만, 여자는 화가 풀리지 않는다. 여자의 음성은 점점 커지며 다급해진다. 날카롭게 악을 쓰자 내 방 창문이 흔들린다.

난 핸드폰을 들고 시간을 확인한다. 오전 4시가 되기 직전이다.

"잠 좀 자자!" 벽 너머로 제삼자의 목소리가 들린다. 옆방에 묵는 삐쩍 마른 흑인 남자다. 하지만 별 소용 없다. 밖에 있는 사람들은 여전히 욕설을 주고받고, 여전히 육체적 위해를 가하며 협박을 하고 있다. 두 사람 모두 40달러가 자기 것이라고 주장한다.

다툼 소리가 점점 커지더니, 날카롭게 '팝' 소리가 난다. 이어서 세 번 빠르게 '파바밥' 소리가 나는 동시에 난 바닥에 쓰러진다. 한바탕 소란이 인다. 이어서 소리가 잦아들더니 발소리가 들린다. 육중한 몸집이 부산스럽게 뛰는 소리다. 난간은 언제 그랬냐는 듯 이내 고요해진다. 난 더러운 카펫에서 몸을 일으켜 커튼 가장자리를 살짝 들고 밖을 내다본다.

문밖에서 불빛이 깜빡인다. 합선이 일어난 듯하다. 쓰러져 있는 사람은 없다. 콘크리트 바닥에 핏자국은 보이지 않는다.

난 커튼을 내리고 창가를 돌아 콘크리트 벽돌로 지은 벽에 몸을 바싹 붙인 채 현관으로 향한다. 3분 동안 침묵이 흘렀고, 곧이어 5분이 지난다. 난 벽에서 몸을 뗀 뒤 출동 명령이 떨어진 소방관처럼 신속하게 청바지를 입는다.

침묵은 계속되지만, 내 몸에 솟구치는 아드레날린은 내가 다시 잠들 수 없다고 말해준다. 그래서 난 노트북을 켜고 인터넷을 연다. 잠자기는 글렀으니 일이나 해야지.

일. 인터넷에 접속하는 걸 일로 여기게 되다니 우습다. 파인블러프 경찰서 웹사이트와 페이스북 페이지를 여는 것, 뉴스와 경찰 무전기 앱을 확인하는 것. 사빈의 소식을 접한 이후, 난 두 서비스를 오가며 뉴스를 보고, 또 기다린다.

오늘 사빈의 장례식이 제1 침례교회에서 있을 예정이다. 추모 공원에서 간소하게 치러질 예정이며, 남편, 남자 친구, 언니만 참석할 예정이라고 한다. 그러고 보니 셋 다 별로 안 친한 사람들이네. 잉그리드는 사빈의 은행 계좌를 놓고 제프리를 상대로 소송을 걸 예정이고, 제프리는 그 돈을 차지하기 위해 맞고소할 예정이라고 한다. 트레버는 돈을 원하지는 않지만, 대신 사빈의 컴퓨터에 저장된 사진들, 사빈이 사망할 당시 끼고 있던 반지, 두 사람이 함께 떠난 주말여행 당시 구입한 골동품 꽃병 등 개인 소지품들을 받기를 원한다. 그에 대한 답으로 제프리는 트레버에게 자신의 결혼생활을 파탄 냈다는 이유로 150만 달러짜리 소송을 걸었다. 이들의 말도 안 되는 다툼에 충격받을 사빈의 모습을 상상하니 마음이 아프다.

무전기 앱에 새로운 무전이 있어서 열어본다. 상점에서 평범한 절도 사건이 일어났다. 경찰은 용의자로 의심되는 사람의 인상착의를 알려준다. 갑자기 다급한 목소리가 나온다. 또 다른 시체 발견. 시내 골목에서 남자 한 명이 머리에 총을 맞았다. 마약 거래에서 비롯된 싸움이 살인으로 이어졌다고 한다. 어느 정도 마음이 놓인 나는 노트북을 들고 화장실로 가서, 노트북을 세면대 끝에 세워놓고 샤워를 튼다.

상한 머릿결에 린스를 문지르는데, 당신의 이름과 경찰 배지 번호가 들린다. 본부에서 현장에 있는 당신을 호출하는 소리이다. 머리를 문지르던 내 손이 멈춘다. 난 커튼을 젖히고 고개를 내밀어 당신의 목소리에 귀 기울인다. 그런데 무전기에 대고 말하는 건 다른 사람이다. 당신의 동료 경찰이 당신을 대신해 응답한 것이다.

난 서둘러 린스를 헹구고 머리를 닦는다.

파인블러프를 떠나오며, 결국에는 당신이 나를 찾으리라 생각했다. 사람을 찾는 게 당신 직업이지. 난 나를 찾을 수 있도록 충분한 단서를 남겼다. 쉬웠다고는 말할 수 없지만, 재미있었던 것만은 확실하다. 난 당신이 차를 몰고 서쪽, 애틀랜타를 향해 달려오는 모습을 그려본다. 사냥에 성공했음을 자축하는 모습을. 이미 예상했던 모습이다. 내가 살아 있는 한, 당신은 나를 놓아주지 않을 거야.

난 어깨에 가방을 메고 밖을 내다본다. 아무도 없다.

당신은 나더러 멍청하다고 했어. 당신 없이는 아무것도 못 한다고. 아주 오랫동안 난 그 말을 믿었어. 그런데 난 당신이 생각하는 것보다 훨씬 똑똑해. 사빈이 일깨워줬어. 내가 웹사이트에 접속할 때마다 핑이 남는다는 걸 알아. 그럼 제이드가 그걸 찾겠지. 목사님이 선하고 자애로우신 분인 건 알지만, 아마 지금쯤이면 도둑맞은 돈에 대해 신고하셨을 거야. 경찰에 신고가 들어가면 그건 곧 단서가 되지. 가명을 사용하는 여자가 개입된 사건. 내 사진이 있는 가짜 신분증. 또 한 차례 발생하는 핑. 당신은 아마 파인블러프에 있지 않을 거야. 속단할 수는 없지만, 무전기 앱을 들어보니 그렇게 추론이 돼. 어쩌면 벌써 여기에 와 있을지도 모르지. 눈을 감으면 목덜미에 당신의 숨결이 느껴져. 내 등을 물어뜯는 당신의 이빨이 느껴져.

당신이 여기에 도착할 무렵, 난 철저히 준비돼 있을 거야.

난 새 핸드폰으로 내비게이션을 켜고 북쪽으로 30킬로미터 거리를 이동해, 차타후치 강의 굽은 곳이 내려다보이는 공원에 도착한다. 익숙한 동시에 실망스러운 경관이다. 당신과 내가 자란 곳의 강은 이것보다 훨씬 거칠지. 비가 조금이라도 오면 물살이 거칠어지고 예측할 수 없게 불어나 농장을 덮치곤 했어. 그곳과 달리 이 갈색 강물은 느릿느릿하고 점잖게 흘러 바위를 때리며 빨간 점토로 된 강둑에 도달한다. 부러진 나무 한 그루가 자갈밭을 가로질러 거의 반대편까지 뻗어 있다.

난 이전에 사용하던 핸드폰을 가방에서 꺼내 검은 화면을 쳐다본다. 파인블러프에서 산 여러 대의 선불폰 중, 이제 이것만 남았다. 굳이 여기까지 오지 않아도 됐다. 옆 동네에 있는 쓰레기통에 넣었을 수도 있고, 남은 세 개를 처리한 것처럼 부랑자들에게 나눠줄 수도 있었다. 누가 이걸 추적하는지는 모르겠지만, 닉과 만난 장소가 맥도날드여야만 했던 것처럼, 이 핸드폰은 강물에 수장하는 쪽이 이치에 맞을 것 같았다. 이 추격전은 강을 따라 시작됐으니, 마무리 또한 강가에서 지어 대칭을 이루는 게 좋을 것 같았다.

팔을 있는 힘껏 뒤로 젖히니 갑자기 추억들이 밀려와 손끝이 저린다. 이 핸드폰은 내가 이곳에서 만난 사람들과 연결해주는 마지막 남은 끈이다. 미스 샐리, 목사님, 마르티나가 나에게 연락을 하고자 한다면 이 핸드폰으로 전화를 걸겠지.

난 마지막으로 전원을 켠다. 신호가 잡히자 심장이 두근댄다. 이 기계를 추적해 이곳에 왔을 때 난 떠나고 없을 거다. 삐 소리와 함께 메시지들이 수신된다. 부재중 전화, 교회 번호와 목사님에게서 온 메시지들, 그 밖에 내가 모르는 번호들. 난 내가 찾던 이름을 찾아 엄지손가락으로 꾹 누른다.

마르티나에게 두 개의 메시지와 사진이 와 있다.

사진을 여는 순간, 나는 숨이 막힌다. 사진 속에 당신의 뒷모습이 있다. 당신이 교회 계단을 내려가고 있다. 마르티나가 사무실 창문 너머로 찍은 사진이라 애매한 각도이지만, 나는 당신의 머리와 귀 모양을 알아볼 수 있다. 티셔츠는 내가 작년 크리스마스 때 사준 거다. 당신을 보니 심장이 터질 것 같다.

당신이 여기에 있어.

난 화면을 내려 메시지를 읽는다.

이 사람 피해서 도망치는 거야? 여기에 왔었어. 너를 찾고 있어.

그리고 이어지는 문자.

로사와 스테판은 내 아기들이야. 멕시코에서 우리 엄마가 키우고 계셔. 이제 네가 말할 차례야.

그리 오래된 건 아니지. 당신은 당신의 형 듀크에게 나처럼 총을 못 쏘는 사람은 처음 봤다고 말했어. 우리는 한 달에 한 번씩 가는 사격장에서 돌아오는 길이었지. 난 일부러 그곳에 가는 걸 싫어하는 척 했어. 하지만 사실은 갈 때마다 희망을 느꼈어. 점점 강해지는 걸 느꼈어.

"아니지. 정중앙을 맞추라고." 내가 손을 떨고 조준을 잘 못 할 때마다 당신은 나를 질책했어. "가운데를 조준하란 말이야."

사격장 직원들은 나를 딱하게 생각했어. "몸의 균형을 잡으세요. 양발에 체중을 분산해보세요." 직원들은 고개를 끄덕이며 내 자세가 나아진 걸 칭찬해줬어. "두 눈을 과녁에 집중하세요. 반동이 있다고 눈을 깜빡이면 안 돼요."

난 미소 지으며 고맙다고 말했어. 매콤한 화약 냄새와 당신의 질책에 눈시울이 붉어졌지. 당신의 질책이 심해질수록 내 총알은 표적에서 점점 멀어졌어.

"넌 형사 부인이야." 내 총알이 과녁을 완전히 비껴가자 당신이 말했어. "저 종이는 그냥 저기에 매달려 있잖아. 움직이지도 않는다고. 이게 어려워?"

당신이 했던 말들이 귀에 생생해. 지금 내 옆에 있었다면 당신은 뭐라고 했을까? 여기저기 포장이 벗겨진 애틀랜타 남부의 어느 길가에서, 무기를 가득 실은 승합차를 타고 와 자신을 클라이드라고 소개하는 이 장사꾼을 봤다면 당신은 뭐라고 했을까? 승합차 짐칸에는 더러운 카펫이 깔려 있고, 그 위에 각종 무기가 진열돼 있다. 이 무기거래상을 소개해준 건 시내에 있는 작은 전당포의 주인이다. 절실하게 무기가 필요하다고 설득했더니 다리를 놔줬다.

"저거로 할게요." 난 개중 작은 편에 속하는 시그 사우어 P320를 가리키며 클라이드에게 말한다.

클라이드는 무심하게 권총을 집어 나에게 준다. 금속으로 된 살상무기를 다룬다는 느낌은 전혀 들지 않는다.

난 총열을 살펴보고, 방아쇠에 손가락을 감아보고, 슬라이드를 당겨본다. 내부를 꼼꼼히 손질해야겠지만, 일단 손에 쥔 느낌은 만족스럽다. 가볍고, 단단하고, 적당한 무게감이 느껴진다. "얼마죠?"

클라이드가 어깨를 으쓱이며 답한다. "200달러요."

총기 상점에서 사는 것보다 훨씬 싸다. 물론 가짜 신분증을 들고 합법적인 상점에서 사는 건 애초에 불가능하지만. "더 있어요?"

"총이요? 더 사게요?" 클라이드가 의외라는 표정을 지으며 승합차 짐칸에 늘어놓은 총들을 바라본다.

"시그 사우어 P320 한 개 더 있냐고요." 손에 쥔 총을 들어 보이며 내가 말한다. "쌍둥이한테 줄 선물이에요."

"시그를 쌍으로 사시겠다?"

난 고개를 끄덕인다. 시그 두 자루가 필요하다.

클라이드는 또 한 번 어깨를 으쓱이더니 짐칸 바퀴 덮개 옆에 있는 종이 상자를 열심히 뒤진다. 새로 꺼낸 시그 사우어는 내가 쥐고 있는 것과는 다르게 생겼다. 내가 쥐고 있는 건 까만색이고 지금 꺼낸 건 은색이다. 색은 다르지만 둘 다 같은 모델이다. "두 개에 350이요."

흥정해볼까, 하는 생각이 들지만, 지금 나는 승합차 짐칸에서 등록되지 않은 불법 무기를 사고 있다. 게다가 이 남자의 이름은 분명히 클라이드가 아닐 것이다. 난 돈뭉치를 꺼내 350달러를 세어 건넨다.

"총알은 안 필요하세요?"

난 고개를 끄덕인다. "한 개 주세요."

"한 상자요?"

"총알 하나."

클라이드의 눈이 휘둥그레지더니 나를 미친 사람 보듯 쳐다본다. "탄창 하나에 열다섯 발씩 들어가는 거 알죠?"

나는 내가 총을 다룰 줄 안다는 사실을 알려주길 거부하며 미소로 답한다. "하나만 있으면 돼요. 중공탄으로 주세요." 사람을 두 조각으로 찢어놓을 수 있는 총알로요.

클라이드는 어깨를 으쓱이더니 9밀리 총알이 든 상자를 차에서 꺼내고는, 그 안에 든 총알 하나를 나에게 건넨다. "이건 그냥 드릴게요." 난 총알을 받아 주머니에 넣는다.

수년 동안 사격장에서 그토록 비웃음을 당했지만, 분명 배운 점은 있다. 시그 사우어는 당신에게 훈련받을 때 사용한 매그넘에 비해 방아쇠가 훨씬 부드럽고, 크기가 작아서 손에 쥐기 편하고, 가방에 달린 주머니에 넣기에도 좋다. 사격장에서처럼 다른 사람들이 내는 소음과 당신이 내 목덜미에 부는 숨결에 방해받지 않고 오직 목표물에만 집중할 수 있다면, 난 원하는 곳을 거의 정확하게 맞힐 수 있다. 손을 떨거나 눈을 깜빡이는 일은 없을 것이다. 일부러 그런 척을 한다면 모를까.

무슨 말인지 알겠어?

나 총 잘 쏴, 마커스.

당신이 가르쳐줬잖아.

베스

애틀랜타 모텔 313호에 돌아와 경찰 무전 앱을 듣고 있는데 전화가 울린다. 침대 옆 탁자에 놓인 오래된 베이지색 다이얼식 전화기가 내는 날카로운 소리다. 난 침대에서 팔을 뻗어 수화기를 든다. 눈은 절대 문에서 떼지 않는다. "여보세요?"

"프런트에 있는 테리입니다. 아칸소 번호판이 달린 밤색 뷰익 타고 오셨죠?"

난 침대에서 잽싸게 일어나 손가락으로 수화기를 받쳐 들고 코드를 최대한 멀리 당겨 창가로 간다. 때가 꼬질꼬질한 페이즐리 패턴의 합성섬유 커튼은 젖혀져 있지만, 하얀 속 커튼은 쳐 있다. 난 밖을 볼 수 있지만, 내가 불을 켜지 않는 한 밖에서는 나의 그림자만 보일 것이다. 내 차는 주차장 가장자리, 세단 두 대 사이에 끼어 있다. 내가 세운 자리 그대로다.

"네, 그런데요?"

"방금 누가 창문을 깼거든요."

함정이야. 당신의 속삭임이 들려와 난 주춤거린다. 듣고 싶지

355

않다. 당신 목소리가 내 뇌리에 맴돈다는 사실이 혐오스럽다. 그게 맞는 말이라 더더욱 그렇다.

이건 분명 함정이다.

"고마워요." 그렇게 말하고 수화기를 원래 위치에 내려놓는다.

나는 총 두 자루가 나란히 놓여 있는 서랍장 앞으로 간다. 한 자루를 집어 청바지 앞 허리춤에 꽂아본다. 총열이 너무 길지 않아 길이는 적당하지만, 너무 예측 가능한 곳이다. 게다가 끝부분이 골반을 찌른다. 편안한 위치를 찾아 이리저리 돌려보니, 허리 뒤 팬 부분에 넣고 티셔츠로 가리는 게 가장 좋은 것 같다. 다른 한 자루는 어깨에 메는 가방 주머니에 넣는다. 한쪽 어깨를 가로지르게 가방을 메니 허리춤에 묵직한 느낌이 와 닿는다.

"절대 총구를 사람에게 겨누지 마." 당신이 나에게 말했었지. "방아쇠를 당길 준비가 되기 전까지는."

난 이것에 대해 많이 생각해봤어, 마커스. 그런데 난 당신이 아니야. 난 분노를 느낀다고 해서 다른 사람의 입에 총구를 쑤셔 넣지 않아. 뼈가 부러질 때까지 목을 조르지도 않지. 난 태연하게 한 인간의 목숨을 끊을 수 있는 사람이 아니야. 그러고 보니 지난 10개월에 걸친 준비 과정 동안 나는 태연한 것과는 참 거리가 멀었다. 이제는 죽느냐, 죽이느냐의 문제다. 당신, 아니면 나. 방아쇠를 당길 준비는 충분히 돼 있어.

"좋아." 나는 문을 나서며 말한다. "좋아."

난간 통로는 조용하다. 담배꽁초와 쓰레기로 더럽혀진 길고 텅 빈 통로이다. 주차장을 내려다보니 방 안에서는 속 커튼에 가려 보이지 않던 것들이 보인다. 아스팔트에 흩뿌려진 다이아몬드처럼, 자동차

유리 파편들이 빛나고 있다. 나는 열두 대 정도 되는 자동차 중, 평범한 렌탈 차량이나 당신의 번호판 없는 세단이 있는지 관찰한다. 물론 내가 볼 수 있는 곳에 세워놓을 만큼 무모하진 않겠지만 그래도 살펴본다. 이번엔 주차된 차들의 내부에 움직임이 없는지 살펴본다. 행인 하나가 주차장 너머 인도를 지나가는 걸 제외하면 아무런 움직임도 포착되지 않는다.

계단통으로 이동한 나는 계단이 꺾이는 부분에 고개를 기대고, 내심 당신이 불쑥 나타나길 기대한다. 하지만 당신은 나타나지 않는다. 계단통은 비어 있다. 난 숨을 참으며 난간을 양팔로 감싼 채 내려간다. 노숙자들이 이 모퉁이를 화장실로 사용하는가 보다. 아무리 세제로 닦아도 이 지린내는 가시지 않을 거다.

나는 맨 아래까지 내려와 내 차가 있는 곳까지 천천히 걸어간다. 운동화에 유리 조각이 밟힌다. 태양은 검은 아스팔트를 사정없이 내리쬔다. 습한 공기에, 건물 반대편에 있는 고속도로의 매연까지 더해져 숨을 쉬기가 쉽지 않다. 토요일인데도 도로는 꽉 막혀 있다.

차에 도착해보니 운전석 창문에 구멍이 나 있다. 나는 고개를 숙여 차 안을 들여다본다. 당신이 와 있다는 확실한 증거가 있다. 부서진 대시보드 위에 노란색 핫휠스 장난감이 놓여 있다. 오래전, 내가 맥도날드에서 당신에게 건넨 것과 같은 장난감 자동차다. 내가 당신 조카에게 주라며 건네줬던 그 장난감. 장난감 아래에 분홍색 포스트잇 메모지가 깔려 있다. 가장자리 부분은 열기 때문에 바싹 말라 있다. 나는 안으로 손을 뻗어 메모지를 낚아챈다. 어두운 청색 잉크로 쓴 글씨가 눈에 들어오자 심장이 쿵 하고 곤두박질치는 느낌이 든다.

사랑하는 아내에게(Dear Wife), 드디어 찾았네.

난 메모지를 바닥에 떨어트리며 돌아선다. 숨이 가빠오지만, 주
차장 어딘가에 숨어 있을지 모를 당신을 찾아 내 눈은 바쁘게 움직
인다. 이 주차장을 오가기를 수십 번, 이제 숨을 만한 곳이라면 훤히
알고 있다. 두 계단이 만나는 지점에 지는 그림자, 덤불 옆 어두운 모
퉁이, 쓰레기통과 벽 사이에 있는 작은 틈. 당신이 여기에 있는 거라
면 꽁꽁 잘도 숨었네. 난 계속해서 경계를 늦추지 않고 기다린다.

건물 정반대편에서 문이 열린다. 소리가 나는 쪽으로 돌아보니 테
리가 접수처에서 고개를 내민 채로 외친다. "누구 불러줘요?"

굳이 설명하지 않아도 '누구'라는 게 경찰을 의미한다는 걸 알
수 있다. 이런 곳에서 경찰은 불쾌감을 주는 단어라 그렇게 부르는
걸까? 가짜 신분증을 지니고 있고, 유효한 운전면허증이 없는 상황
에서, 난 이 동네의 마약 거래상이나 창녀와 다를 바 없다. 쉽게 말해
멀리서 법의 그림자만 보여도 숨는 부류이다. 내가 고개를 젓자, 테
리는 어떻게 하든 상관없다는 듯 어깨를 으쓱거린다. 그러고는 고개
를 도로 집어넣어 내 시야에서 사라진다.

그렇게 1분을 더 서서 내가 취할 수 있는 행동들을 정리해본다. 일
단 방으로 올라갈 수 있다. 하지만 입구가 하나면 출구도 하나인 법.
잠가놓은 문이 열리는 소리가 들리고 당신이 문 앞에 서 있는 상황
을 생각하면 너무나도 끔찍하다. 아니면 차를 타고 어딘가로 갈 수도
있다. 하지만 그건 반드시 겪어야 하는 상황을 미루는 꼴밖에는 안
된다. 게다가 대면 장소를 내가 철저히 파악하지 못한 곳으로 옮기는
건 나에게 불리할 뿐이다. 테리가 경찰을 불러주길 기도하며 목이 터

져라 비명을 지르는 건 어떨까? 하지만 7년 동안 당신과 살며 깨달은 게 있다면, 경찰이라고 해서 다 믿어서는 안 된다는 거다.

난 차에 엉덩이를 기대고 선다. "이제 나와도 돼, 마커스." 내 목소리는 놀라우리만치 정상적이다. 심지어 차분하기까지 하다. 하지만 속은 미친 듯이 떨고 있다. 극심하고 본능적인 공포가 밀려온다. 분노도 밀려온다.

좋아. 분노를 느끼는 건 좋은 거다. 난 사빈을 생각한다. 내 바스러진 뼈와 마음을 생각한다. 당신이 앗아간 7년의 시간을 생각한다. 그 시간 내내 당신은 나에게 사랑한다고 말했어. 분노는 나에게 이 일을 수행할 힘을 줄 것이다. 내가 반드시 해결해야 하는 이 일.

당신의 모습을 발견하기 전에 소리가 먼저 들린다. 신발이 보도에 닿는 둔탁한 소리. 어디서든 당신인 걸 알 수 있는 낮은 웃음소리. 당신이 나를 계단 아래로 밀었을 때 마지막으로 저 웃음소리를 들었었지.

하얀 승합차 뒤에서 당신이 걸어 나온다. 등 뒤에 있는 자동차가 내 체중을 지탱해줘서 다행이다. 그렇지 않았으면 과연 똑바로 서 있을 수나 있었을까? 당신은 늘 그렇듯 잘생겼다. 거뭇거뭇 수염이 난 볼, 각진 턱, 적당히 흐트러진 짙은 갈색 머리. 당신을 처음 봤던 그날처럼 내 머릿속 깊은 곳이 쿵쿵거린다. 지난 7년 동안 나를 너무 아프게 해서 당신을 보는 것만으로도 통증이 느껴진다.

당신은 먹이를 쫓는 맹수처럼 아스팔트를 가로질러 온다. 가학을 일삼는 사람은 걷는 모습을 보고 대상을 선택한다는 글을 읽은 적이 있다. 이후 나는 꽤 많은 시간을 거울 앞에 서서 걸음걸이를 관찰하며 보냈다. 어깨가 처져 있어서인가? 걸을 때 위아래로 너무 많이 움직이나? 당신은 뭘 보고 나를 선택했을까? 내가 기꺼이 학대를 당하리라는 걸 어떻게 알았지?

　두려워하는 연기는 하지 않아도 된다. 진짜로 두려우니까. 소리를 지르고 싶은 마음이 굴뚝같지만, 당신에게 그 만족감을 주고 싶지 않아. 당신은 내가 두려워하는 모습을 즐기잖아. 흡혈귀처럼 나의 공포를 빨아먹고 살잖아.

　"그 머리." 나를 훑어보며 당신이 말한다. 화난 기색은 느껴지지 않고, 오히려 놀란 쪽에 가깝다. 약간 실망한 것 같기도 하다. "무슨 짓을 한 거야?"

　난 한쪽 귀 뒤로 머리를 쓸어내린다. "맘에 들어?"

　"뭐랄까……. 색다르네." 당신은 미소를 짓지만, 목소리와는 어울리지 않는 미소이다. 이 머리가 싫어 죽을 지경이겠지. 알고 있어. 내가 굳이 이런 머리를 한 이유를 아니까 괴로운 거잖아? 당신을 괴롭히려고 한 거니까.

　"어떻게 찾았어?"

　"20달러 몇 번 인출하면 나를 따돌릴 수 있을 줄 알았어? 들어가 살지도 않을 아파트에 정보를 흘려 넣으면 내가 속을 것 같았냐고? 이게 내 직업이야, 에마. 사람을 찾는 게 내 직업이라고. 난 범죄자들을 찾아. 넌 네가 똑똑한 줄 아나 보지?"

　늘 이렇게 모욕하는 것으로 시작된다. 가시 돋친 말로 사람을 깎아내리지. 빈정대느라 한쪽 입술이 꼭 저렇게 삐죽 올라가. 당신은 나를 사랑한다고 말하지만 이건 사랑이 아니야. 당신의 자존감을 올리기 위해서 나를 깔아뭉개는 것뿐이야. 지금 당신은 내가 수긍하길 원해. 애타게 갈망하지. 그래야 당신이 다시 권력을 되찾는다고 생각하고 있어.

난 입을 굳게 다물고 아무 말도 하지 않는다.

"듣고 있는 거야? 내가 하는 말 듣고 있냐고? 선불폰도 다 찾았어. 인터넷 접속한 기록도 추적했고. 하숙집, 교회, 여기까지. 넌 내가 할 일을 너무 쉽게 만들어줬어."

"난 당신이⋯⋯."

당신이 고개를 빼고 나를 본다. "내가 뭐?"

난 당신이 좋은 사람인 줄 알았어. 정말로 나를 사랑하는 줄 알았어.

"당신이 나를 찾을 줄 알았어."

당신이 듣고 싶어 한 칭찬은 아니지만, 내가 한 말은 효과가 있다. 당신이 나에게 다가온다. 팔을 뻗으면 쉽게 닿을 거리다. 당신의 표정은 변하지 않지만, 몸의 언어는 숨기지 못한다. 당신은 발가락 끝에 체중을 싣고 공격적인 자세를 취하고 있다. 당신이 가장 좋아하는 부분이지. 근육에 힘을 주면 내가 두려움에 떠는 바로 이 대목.

그런데 내가 떨고 있는 건 두려워서가 아니야.

이건 분노야. 정의를 갈구하는 분노라고. 허리춤에 꽂아놓은 총이 살에 닿아 간지럽다. 당장이라도 쥐고 싶어 손가락이 근질근질하다. 하지만 당신도 총을 갖고 있지. 어깨에 찬 권총집에는 경찰에게 지급되는 총이 있어. 하지만 내가 볼 수 있는 건 그것뿐이다. 아마 주머니나 발목에 더 있을 거다. 누가 빨리 뽑느냐의 대결에서 내가 이기길 바랄 만큼 난 무모하지 않다.

"넌 도망치지 말았어야 해, 에마. 떠나지 말았어야 한다고."

난 고개를 젓는다. 어차피 선택의 여지는 없잖아? 당신 곁에 머물렀다면 언젠가는 살해당했을 거야. 떠나도 마찬가지고. 다른 방법은 보이지 않았어.

"다른 사람들한텐 뭐라고 했어? 당신 어머니는 내가 지금 어디에 있는 줄 아셔?"

"요양원에 있다고 말했어. 네 정신이 이상해져서 어쩔 수 없었다고."

"그걸 믿으셔?"

당신은 어깨를 으쓱거린다. 긍정과는 거리가 먼 대답이다. "집 나간 지 그렇게 오래된 것도 아니잖아. 나중에야 어떻게든 둘러대면 되는 거고."

"사빈은?"

"아, 사빈." 그 이름을 입 밖으로 내뱉으며, 당신은 혐오감을 표하며 이를 악문다. "그년은 자기와 아무 상관 없는 일에 개입했어. 내가 다 조사해봤거든. 우리 동네 여성 보호소 이사직을 맡고 있더라고. 자기가 피해자들의 대변인인 양 온 동네에 자랑하고 다녔지. 피해자들이 남편 곁을 떠나는 걸 자기가 도왔다면서 말이야. 너도 피해자라고 그년한테 세뇌당한 것 같은데, 아니야?"

당신이 그랬어? 당신이 죽였냐고? 질문이 목구멍까지 올라오지만 지금 그 말을 꺼내서는 안 된다. 당신의 얼굴을 보고 분노에 찬 목소리를 들으니, 굳이 말하지 않아도 본능으로 답을 알 수 있다.

"그딴 식으로 쳐다보지 마." 당신이 말한다. "이건 내 잘못이 아니야. 네 잘못이지. 집을 나간 건 너야. 다 너 때문이라고."

슈퍼1 주차장에 당신이 나타났을 때 사빈의 표정이 어땠을지 상상해본다. 얼마나 겁이 났을까. 어떤 일이 일어날지 알았을 거야. 얼마나 무서웠을까.

"이제 어쩔 건데?" 내 말에서 두려움은 느껴지지 않는다. 온전히 호기심에서 묻는 어투다. "이제 우리 어떻게 해?"

어떻게 나를 죽일 계획이야? 당신이 다른 선택을 하리라고 생각할 만큼 내가 멍청하진 않거든. 아무 일도 없었다는 듯 나를 차에 태워 파인블러프로 가진 않을 거잖아. 이제 당신 어머니 외에도 내가 사라진 걸 눈치챈 사람들이 있을 거야. 당신 친구들과 가족들. 옆집에 살면서 늘 우리를 지켜보는 미스 딜레이니. 내가 어디에 있는지 물을 때 뭐라고 답했을까? 어쩌면 난 10년 넘게 대중에게 모습을 드러낸 적이 없는 사이언톨로지 지도자의 부인처럼 되는 걸까? 남편이 실종 신고를 하지 않으면 난 이대로 없어져버리는 건가?

그런데 당신 어머니는 당신이 나한테 무슨 짓을 했는지 알 거야. 누나도 알 것 같고. 난 진실을 외면하는 그들을 증오했다. 애써 내 몸에 있는 상처들을 못 본 척 외면하고, 나를 돕기 위해 손가락 하나 까딱하지 않았다. "왜죠?" 난 그 사람들의 가슴팍을 때리며 묻고 싶었다. "왜 내 남편에게 나를 그만 때리라고 말하지 않는 거죠? 가족의 말은 들을지도 모르잖아요."

그런데 부활절에 있었던 일을 생각하면 또 생각이 달라져. 당신이 냅킨을 건네는 걸 주먹이 날아오는 줄 착각하고 내가 소리를 질렀을 때, 나는 당신 어머니의 얼굴을 봤어. 그리고 왜 어머님이 당신을 말리지 않았는지 깨달았지.

내가 그랬던 것처럼, 당신 어머니는 내가 당신을 구제할 수 있을 거라고 착각하시는 거야.

난 노력했다. 하느님은 내가 얼마나 노력했는지 아실 거다. 내가 착하게 굴고, 긍정적으로 대하고, 열심히 살면, 우리가 처음 만났던 그때의 당신으로 되돌려놓을 수 있으리라 생각했다. 아파트에 살던 시절, 우리 아래층에 살던 휠체어를 타는 남자의 쓰레기를 대신 버려주고, 성당 놀이방에 마루 까는 것도 돕던 그때의 모습으로 되돌릴 수 있으리라 생각했다. 하지만 남을 돕기 좋아하고 다정한 마커스는 가짜였다. 사람들 앞에서만 그렇게 행동했을 뿐이다. 아무도 당신을 구제해주지 못해. 난 멍이 들고 뼈가 부러지는 대가를 치르고 나서야 그걸 깨달았어.

당신은 내 이마를 손으로 감싸 쥐고 앞으로 민다. 너무 순식간에 일어난 일이라 나는 눈을 질끈 감고 한차례 고통의 순간이 오기를 기다린다. 내 코가 당신의 이마에 닿았지만, 별다른 일은 일어나지 않는다. 한쪽 눈을 떠보니 당신의 얼굴이 내 눈앞에 와 있다.

당신이 손가락으로 내 머리를 누른다. 아프진 않지만, 곧 닥칠 일을 생각하니 불안한 마음이 든다. "이제 네가 묵는 더러운 방으로 올라가야지. 나는 즐기고 넌 질질 짜는 재회의 시간을 가질 거야. 그런 다음, 우리 둘 다 녹초가 된 다음, 우리는, 아니 나는 낮잠을 잘 거야. 넌 내가 잠들 때까지 기다렸다가 침대에서 조용히 빠져나와서 나와 하느님께 용서를 구하는 슬픈 편지를 쓸 거야. 그리고 넌 이걸로 네 머리를 쏠 거야."

단 한 번의 동작으로 당신은 내 허리춤에 찬 총을 꺼낸다. 나는 눈 깜짝할 사이에 총을 뺏긴다.

"시그 사우어. 잘 골랐네." 당신은 안전장치를 확인하고 탄창을 빼내더니 고개를 들고 웃는다. "장전도 안 했어? 에마, 대체 나한테 뭘 배운 거야?"

심장이 빠르고 강하게 뛰며 갈빗대를 흔든다. 당신이 내 몸을 더듬거나, 내 가방에 손을 넣는다면 그걸로 끝이다. 난 겁에 질리고 패배감에 젖은 표정을 짓는다. 당신의 만족스러운 표정을 보니 내 연기가 괜찮았나 보다. 충분히 연습한 보람을 느낀다.

당신은 실망한 듯 한숨을 내쉰다. 뜨거운 입김이 내 양 볼에 와 닿는다. 허리띠에 권총을 걸며 당신이 말한다. "이건 압수야. 보나 마나 허가도 안 받은 무기겠지. 왜 이러는지 이해하지?"

그래. 이해하지. 당연히 이해하지. 이제 무슨 일이 일어나건, 나는 저 호텔 방에 들어가지 않을 것이다. 문턱을 넘는 순간, 난 죽은 목숨이다.

"가자." 당신은 고갯짓으로 계단이 있는 쪽을 가리킨다. 내가 미동도 하지 않자 당신은 눈썹을 치켜세운다. "우리가 빨리 올라갈수록 일이 빨리 마무리돼."

당신이 그렇게 말하는데도 난 기대감에 심장이 두근거린다. 당신은 내 허리춤에 있는 가방에 손도 대지 않았어. 가방이 있다는 것조차 인식하지 못한 것 같아.

당신은 나를 밀어 깨진 유리를 밟고 지나 계단을 향해 가게 한다. 난 절실한 마음에 뒤죽박죽이 된 성모송을 암송하며 주차장에 누가 있는지를 살핀다. 창문도 살핀다. 창녀든 포주든 유리창 밖으로 얼굴을 내민 테리든. 하지만 이곳 사람들은 폭발물 감지견만큼이나 위험 상황의 냄새를 잘 맡는다. 그들은 언제 문을 걸어 잠그고 창문에서 물러나야 하는지를 안다. 지금 누군가가 창문 밖으로 엿보고 있다 해도, 당신이 나를 강제로 주차장 반대편으로 가게 하는 걸 보고 있다 해도, 그들은 나를 돕지 않을 것이다.

당신은 나를 앞장세워 계단 쪽으로 민다. 난 천천히 계단을 오른다. 당신은 내 발뒤꿈치 근처에 바짝 붙어 쫓아온다. 난 일부러 발을 끈다. 가방에 든 총이 흔들려 엉덩이에 부딪힌다. 하지만 총격

전으로는 절대 당신을 이길 수 없다. 당신의 시선을 뺏을 무언가가 필요하다. 팔에 주사를 꼽고 있는 약쟁이든, 바지를 내리고 구석에 쭈그리고 앉아서 볼일 보는 노숙자든, 뭐든 좋으니 단 1초만 당신을 무방비 상태로 만들어주면 된다.

우리가 2층 복도에 도달할 즈음, 그 기회가 온다. 아까 내려올 때 봤던 커다란 갈색 덩어리. 분명 개가 싸놓은 것으로 보이지는 않는다.

지독한 냄새를 감지한 당신이 팔꿈치 안쪽으로 코를 막는다. "젠장, 숙소를 골라도 어떻게 이런 데를 골랐어?"

지금이야.

나는 난간을 단단히 움켜쥐고 온 체중을 실어 뒷걸음질 친다. 우리의 머리가 부딪치는 순간 눈앞이 하얘지며 통증이 밀려온다. 내 뒤통수에 충돌한 당신의 코에서 골절되는 소리가 난다. 피가 터져 나옴과 동시에, 당신은 휘청이며 계단 아래로 뒷걸음질친다. 난 번지 점프 끈처럼 난간에 고정된 팔을 있는 힘껏 당겨 앞으로 추진한다. 가속력이 붙어, 2층 계단참을 지나 다음 계단 앞에 착지한다.

난 뒤돌아보지 않고 그대로 달려 올라간다.

베스

난 고개를 흔들어 고통을 털어버리고, 계단을 두세 칸씩 뛰어 올라간다. 2층 난간 통로 모서리를 돌자, 내가 딛고 있는 바닥이 흔들린다. 당신이 뒤쫓아오고 있다. 묵직한 발걸음이, 청바지가 마찰하는 소리가 뒤쫓아온다. 당신은 낮은 목소리로 으르렁댄다. 개년, 개년, 개년. 당신이 나보다 빠르지만, 그래도 내가 먼저 출발한 데다, 난 어디로 가야 할지를 알고 있다.

왜? 내가 작전도 안 세워놨을까 봐? 거짓말하고, 사기 치고, 도둑질까지 해가며 여기까지 왔는데 아무 준비도 안 해놨을 것 같아? 당신은 또 한 번 나를 과소평가했어.

나는 방문들을 두드리며 난간 통로를 질주한다. "도와주세요! 제발 도와줘요!"

아무도 돕지 않을 것이다. 이곳은 강도와 마약 밀거래의 온상이다. 주차장에선 늘 몸싸움이 벌어지고, 방문 바로 앞에서 총성이 울린다. 사람들이 나오지 않는 데엔 이유가 있다. 사용하고 버린 주사기를 멀리하고, 이유 없이 총을 맞지 않기 위해서이다.

하지만 당신은 내가 진심으로 도움을 청한다고 생각하겠지.

난 반대편 끝에 있는 계단에 도착해 전속력으로 올라간다. 올라가는 것만이 당신과 거리를 벌리는 유일한 방법이다. 내 유일한 이점인 동시에 반전의 요소이다.

계단 꼭대기에 도달한 나는 벽에 부착된 금속 사다리를 타고 올라간다. 천장에 달린 옥상으로 통하는 쇠문은 잠겨 있어야 정상이지만, 아까 차 트렁크에서 꺼내 온 스패너로 녹슨 자물쇠를 손봐 뒀다. 문을 살짝 밀어 올리자 햇살과 열기가 나를 반긴다. 난 옥상으로 기어 올라간 뒤, 모퉁이를 돌고 있는 당신의 모습을 보자마자 문을 닫는다.

옥상엔 문을 눌러놓을 만한 것이 없다. 에어컨 실외기든 고철 덩어리든 무게가 나갈 만한 건 보이지 않는다. 몸을 숨길 피난 탈출 난간이나 발코니 따위도 없다. 고속도로로 바로 떨어지는 3층 높이의 가파른 낭떠러지가 있을 뿐이다. 이 옥상에는 6차선 도로 위로 번쩍이는 거대한 옥외 간판과 새똥 자국 외에는 아무것도 없다.

앞으로 벌어질 일에 대한 마음의 준비가 됐든 안 됐든, 달리는 건 여기까지다.

아래에서 금속이 부딪치는 '댕댕' 소리가 들려온다. 당신 사다리를 올라오고 있다. 난 문 주위를 돌아 반대편으로 간다. 당신이 올라왔을 시야에서 벗어나 있기 위해 한 걸음 물러선다. 당신이 돌아서서 나를 바라보는 순간, 이미 상황은 역전돼 있을 것이다. 내가 당신 머리에 총을 겨누고 있을 테니.

문이 세차게 열린다. 금속과 콘크리트가 부딪치는 소리가 진동하며 흙먼지가 피어오른다. 손이 올라와 문틀 양쪽을 쥐고 힘껏 당긴다. 내가 들인 노력의 절반도 안 돼 보이지만, 당신은 용수철처럼 튀어 올라와 두 발로 옥상 바닥을 딛고 선다. 당신은 주위를 둘러본다. 나를 발견했을 땐 이미 늦었음을 깨닫는다.

난 보폭을 벌리고 조준한다.

총을 본 당신은 너털웃음을 짓는다. 정말로 소리를 내며 웃는다. 햇살에 반사돼 눈이 반짝인다. 코에서 흐르는 피도 반짝인다. 셔츠에는 붉은 핏자국이 길게 나 있다. 전혀 겁에 질린 표정이 아니다. 오히려 재미있다는 표정이다.

"이건 장전된 거야." 난 턱으로 당신이 차고 있는 권총집을 가리킨다. "그 총 바닥에 내려놔."

당신은 어이가 없다는 듯 눈알을 굴린다. "넌 그걸 쓸 실력이 안 돼. 한참 벗어날 거야."

"눈 사이를 맞출 수 있어. 심장을 관통할 수도 있고, 콩팥 하나만 맞출 수도 있어. 왼쪽, 오른쪽? 당신이 골라."

내 목소리에 밴 자신감에 당신은 고개를 갸우뚱한다. 하지만 자만심 가득한 미소는 가시지 않는다.

"총 내려놔." 내가 다시 한 번 말한다.

당신은 움직이지 않는다. "나 이제 진짜 짜증 나려고 해, 에마."

난 손가락을 방아쇠에 바짝 댄다. 당기기 일보 직전이다. "정확히 3초 줄게. 단추 풀고 총 꺼내서 바닥에 내려놔. 하나. 둘."

"알았어. 알았다고." 당신은 권총집 단추를 풀고 총을 꺼내 조심스럽게 바닥에 내려놓는다. 다음은 시그 사우어. 내 허리춤에서 뽑아간 장전되지 않은 총. 당신은 아무 짓도 하지 않는다. 위험을 감수하고 나를 쏘려 하지 않는다. 그런데 지금 실수한 거야. 기회가 또 올 것 같지? 아직도 나를 과소평가하고 있어.

"발목에 있는 것도."

이번엔 코웃음을 치더니, 이내 또 한 자루를 내려놓는다.

"좋아. 이제 주머니 비워."

"에마, 진짜 왜 그래?"

"비워!"

당신은 과장된 한숨을 내쉬며 모든 걸 바닥에 내려놓는다. 지갑, 수갑, 경찰 배지, 종이 쪼가리, 동전. 다 꺼낸 뒤, 나를 놀리듯 양팔을 들어 보인다. 하지만 표정에 장난기라곤 느껴지지 않는다. "이제 만족해?"

아직 멀었어. 난 권총을 얼굴에 겨눈 채 뒤로 물러서라고 손짓하며, 내려놓은 무기와 당신 사이의 거리를 벌려놓는다. 그런 다음 천천히 다가가 발로 무기들을 멀리 차버린다.

"이제 어쩌게? 내 머리에 구멍을 내고 쥐들이 파먹게 둘 거야? 한쪽 무릎을 쏘고 데굴데굴 굴릴 거야?" 당신은 고개를 돌려 뒤를 본다. 가장자리까지 5미터가 채 안 되는 거리. 그리고 계속해서 조금씩 뒤로 밀려나고 있다. "어쩔 계획이야?"

계획? 당신이 지금 말한 것 중엔 없어.

당신은 뒤로 한 걸음 물러난다. 또 한 걸음. 표정은 여느 때와 마찬가지로 굳어 있고 매섭다. 하지만 아까처럼 타오르던 눈빛은 오간 데 없다.

이제 권력을 쥔 건 나다.

"어떻게 알았어?" 아래에서 올라오는 자동차 소음 때문에 난 큰 소리로 묻는다. "사빈 말이야. 나를 돕는 게 사빈이라는 걸 어떻게 알았어?"

"둘이 공원에 있는 걸 봤어."

당신은 내가 그 말을 이해하도록 기다린다. 난 재빨리 생각한다. 공원에서 만난 건, 이삼 주 전이었나? 그날 사빈은 닉에 관한 얘기를 꺼냈다. 내가 닉의 전화번호를 외우게 했다. 당신은 뭘 더 알고 있을까? 나 모르게 뭘 더 봤을까?

"켕기는 게 있는 사람은 겉으로 표가 나. 네 얼굴에 다 쓰여 있었어. 그래서 조사를 했지. 그년이 보호소에서 일하는 걸 아는 순간, 너희 둘이 무슨 작당을 하는지 눈치챘어. 그날 훈련을 일찍 마치고 집에 왔는데 네가 없더라고. 하지만 슈퍼1에서 그년을 찾았어. 그 여자 차에 앉아서 장 보고 나오길 기다렸지."

"하지만 사빈은 내가 어디에 있는지 몰랐어. 내가 일부러 얘기 안 해줬다고."

당신은 어깨를 으쓱인다. "그래서 별로 도움이 안 됐던 거구나."

"그래서 사빈을 죽인 거야?"

모든 정황이 그래도 난 당신이 부인하길 기도하고 있다. 나를 괴롭히길 즐기는 건 그렇다고 치자. 하지만 나를 도왔다는 이유로 낯선 사람을 죽이는 건 전혀 다른 얘기잖아? 난 당신이 그렇게 사악한 인간은 아니었으면 해.

"그럼 내가 뭘 어째야 했지? 그년은 내 눈을 똑바로 보면서 그날 공원에서 일어난 일에 대해 거짓말을 했어. 우연히 만났고 일이 분 얘기한 게 다라고 했어. 실제로는 16분을 얘기해놓고. 내가 직접 시간을 쟀으니까 아는 거야. 네년이 도망치도록 돕는 거 아니냐고 물었더니 갑자기 소리를 지르더라. 그년이 전화를 집었어. 소리를 듣고 사람이 오기 전에 내 차 뒷자리에 태워서 거길 빠져나갔지. 그냥 보내줬으면 어떻게 됐을 것 같아? 아마 서장한테 달려갔겠지. 우리 둘의 관계에 대해 거짓말을 늘어놨을 거야. 나에 대한 거짓말도. 그렇게 하도록 놔둘 순 없었어. 내 명예를 훼손하게 놔둘 수는 없었다고."

그래, 당신에겐 명예를 지키는 게 배우자를 어떻게 대하느냐보다 중요하지. 그 모습은 실제 당신이 아니라 당신이 만들어낸 허상일 뿐이야. 엄마 치마폭에서 자란 아들. 범죄자 아버지의 성미를 그대로 물려받았어. 당신이 하려는 모든 행동은 아버지와 다르다는 것을 보여주기 위한 노력에서 출발해. 그래서 경찰이 된 거야. 그래서 어머니를 극진히 돌보는 거고. 내가 떠나지 못하게 내 입에 총을 쑤셔 넣었지. 행복한 대가족을 지키기 위해 당신은 무슨 짓이든 했어.

난 당신을 증오해. 내 온몸은 분노로 불타올라. "나 일부러 그런 거야."

"뭘?"

트럭 한 대가 지나가자 지진이 난 듯 옥상이 흔들린다. 난 진동이 잦아들기를 기다린다.

"당신을 여기로 오게 한 거."

당신의 눈썹이 올라간다. "그게 무슨 말이야? 오게 하긴 누가 누굴 오게 해. 난 훈련된 사람이야. 사람 찾는 게 내 직업이라고. 넌 나를 따돌리려 했지만, 결국 난 너를 찾아냈어."

"당신은 페이스북에 접속한 와이파이 위치를 추적했어. 무전기 앱으로 오래 청취한 사람이 나라는 것도 당신은 알아챘지. 다 내가 뿌려놓은 떡밥이야. 당신은 굶주린 물고기처럼 그걸 하나도 빼놓지 않고 물었어."

당신은 고개를 갸웃거린다. 믿지 못한다는 표정이다.

"아냐. 그럴 리가 없어. 넌 새로 산 프린터 인스톨 하는 것도 혼자 못 하잖아. 내가 점심시간에 집에 가서 직접 해줬는데."

이제 당신의 뒤꿈치는 옥상 끝에서 10센티도 채 떨어져 있지 않다. 한 발짝만 더 뒤로 가면 허공이다.

"내 말에 집중해, 마커스. 경찰서 지하실에서 제이드가 마술사처럼 IP 위치를 지도에 그려줬지? 당신은 그걸 보고 나에게 곧장 달려왔고. 내 친구 닉 알지? 현금인출기 카메라에 얼굴이 여러 번 찍혔으니까 잘 알겠네. 난 당신이 생각하는 것처럼 멍청하지 않아."

당신은 아무 말도 하지 않지만, 표정으로는 욕을 내뱉고 있다.

"뒷골목 핸드폰 가게에서 산 선불폰들은 어떻고? 그건 찾았어?" 당신 눈에 놀란 기색이 역력하다. 다물 줄 모르는 그 입을 보고 난 그만 실소가 터진다. 냉소적이고 쓰디쓴 웃음이다. "세 대는 길거리에서 아무한테나 줘버렸어. 마지막 한 대는 꽤 오래 썼지. 난 교회에서 훔친 돈을 길 건너에 있는 상점에서 써버렸어. 감시 카메라 수십 대가 달린 데서 말이야. 내 말 이해하고 있어? 이건 내가 다 계획한 거라고. 난 당신이 찾아오도록 신호탄을 쏜 거야. 당신이 나를 찾아오길 원한 거라고."

당신이 오줌을 찔끔 지리는 게 보인다. 이제야 상황이 이해된 듯 눈썹이 내려온다. 입을 열자 회의감과 분노가 섞인 목소리가 새어 나온다. "이 개 같은 년."

"왜? 그렇게 몇 년을 참다가 마침내 당당하게 맞서니까 화가 나? 그래서 내가 개년인 거야? 아니지. 이건 용감한 거야. 이제 사과해."

"싫어." 궁지에 몰려 한 발짝도 떼지 못하고, 움직이면 이마에 총알이 박히는 신세가 됐건만, 당신은 차마 그 말을 혀끝에 얹지 못한다.

난 총구를 당신의 얼굴 앞에 대고 흔든다. "내 말 따라 해, 마커스. 난 인간으로서 못 할 짓을 했어. 그동안 당신을 아프게 한 거 사과할게."

"싫어!" 이번엔 소리를 지른다. 당신은 고개를 저으며, 도리어 억울함을 호소한다. "사과는 네가 해야지. 왜냐하면, 이게 다 너 때문이니까. 난 평생 너와 살 생각이었어. 널 위해서라면 목숨도 내놓았을 거야. 내가 아니라 네년이 망친 거야. 난 너를 사랑했어. 그런데 네년이 개판을 쳐놨다고."

난 고개를 젓는다. "넌 나를 사랑한 게 아니야. 나를 지배하는 게 좋았던 거지."

"뭐? 나 참, 무슨 말 같지도 않은 소리야? 넌 어차피 내 여자잖아. 지배를 하든 뭘 하든 그건 내가 결정해."

이 지점이 바로 문제의 핵심이다. 당신이 정당할 수 있는 유일한 부분. 너무나도 오랫동안, 난 당신이 내 권력을 빼앗아가도록 내버려뒀어. 어떤 의미에서 나는 이 폭력의 공모자이기도 해. 문제를 해결하기 위해서는 제삼자인 사빈이 개입해야 했지. 모든 걸 끝내려면 내 권력을 내놓으라고 요구해야 한다는 걸 그 전에는 몰랐던 거야.

난 또 한 번 총을 흔든다. 이봐요, 이제 권력을 쥔 건 나라고요. 효과가 있다. 당신의 얼굴에서 분노가 사라진다. 눈시울이 붉어진다.

"네가 잘못 생각한 거야. 난 정말로 너를 사랑해. 넌 내 인생 최대의 축복이야. 내 삶을 가치 있게 만드는 건 너밖에 없어. 내가 백 살까지 산다 해도, 너 외에 다른 사람은 사랑하지 않을 거야."

난 고개를 젓는다. 당신이 무슨 말을 한들 이 총이 내려가는 일은 없을 거야.

"그만하자, 자기야. 앞으로 좋을 날들만 있을 거야. 내가 많이 웃게 해줄게. 작년 여름에 같이 강가에서 보낸 시간 기억하지? 내가 노를 젓고, 넌 내 다리를 베고 누워서 와인을 마셨어. 이제 집에 가자. 다시 그때처럼 지내자. 보트도 다시 꺼내고, 같이 소풍 갈 준비를 하자."

지금 그 말은 당신이 늘 해왔던 사과만큼이나 그럴싸하다. 학대 뒤에 늘 따라오는 가짜 눈물과 로맨틱한 몸짓. 작년의 나라면 이 말에 넘어갔을지도 모른다. 지금 당신 상태가 좋지 않아서 그래, 마음이 병들었을 뿐이야, 혼자 힘들어하지 마, 옆에 있을게, 하고 말했을지도 모른다. 하지만 나는 열 달 전, 이 모든 계획을 세우기 전의 내가 아니다. 열흘 전, 사빈을 떠나보내기 전의 내가 아니다.

나는 이제 베스 머피다. 베스 머피는 이제 곧 당신이 어떤 행동을 할지 알고 있다.

당신의 무게중심이 이동한 것과 곁눈질하는 것을 보면 알 수 있다. 주먹을 쥔 것, 근육은 떨리지만, 무릎은 용수철처럼 탄력을 유지한 상태인 것을 보면 알 수 있다. 당신은 공격할 채비를 마친 포식자이다.

당신이 돌진할 것을 감지한 나는 총구를 오른쪽으로 1센티 이동한 뒤 방아쇠를 당긴다. 그토록 준비했건만, 총의 반동에 팔이 튀어 오르고, 그 충격은 고스란히 온몸으로 전달된다.

하지만 당신의 표정에 투영된 충격에 비하면 아무것도 아니다. 총알은 당신의 귀 옆을 지나간다. 휘파람 소리가 났을 것 같은데, 언제? 살갗 바로 옆을 스칠 땐 불에 덴 듯 뜨거울 거야. 일이 밀리미터 사이를 두고 스쳐 갔지만, 당신을 휘청거리게 만들기엔 충분해. 한쪽 발이 뒤로 밀려났건만, 이제 디딜 곳은 없다. 발끝이 옥상 가장자리에 닿으며 당신의 무게중심이 뒤로 쏠린다. 당신의 상체는 고속도로 상공에 떠 있다.

그렇게 불안정하게 서 있는 순간이 영원처럼 느껴진다. 그 긴 시간 사이에, 당신은 피가 나는 귀에 손을 갖다 댄다. 그 긴 시간 사이에, 나는 총을 내리고 뒤로 물러선다. 그 긴 시간 사이에, 당신은 그 빌어 먹을 입을 열고 미안하다는 말을 한다.

그렇게, 당신은 사라졌다.

베스

4개월 후.

나는 일요일 예배에 27분 늦게 도착한다. 록발라드에 가까운 찬송가 중간 부분이 진행 중이다. 마흔 명 정도로 구성된 합창단이 밝은 자주색 로브를 걸치고 무대 뒤쪽에 늘어서 있다. 머리 위에 걸린 두 대의 LED 스크린에 합창단원들의 표정이 클로즈업된다. 하나같이 은총이 충만해 보인다. 목사님은 제일 끝에 서서 노래하며, 동시에 박자에 맞춰 탬버린을 허벅지에 부딪치신다. 모두 하나가 되어 환희의 빛을 발산한다. 내 주위에 있는 사람들도 마찬가지다. 강당을 가득 메운 사람 모두 음악에 맞춰 몸을 움직인다. 마르티나가 이 모습을 뭐라고 표현했더라? 그래. 이토록 '해피해피'한 광경을 이제야 내 눈으로 보는구나. 나는 무난하게 '행복의 도가니'라고 표현하고 싶다. 다들 음악에 심취해 있어서 내가 제일 윗줄에 쓱 끼어들어도 눈치채는 사람은 없다.

사람들이 나를 알아볼지 모르겠다. 내 머리가 다시 원래 색으로 돌아갔으니까. 내 머리는 애초에 주님이 의도하신 대로 짙은 적갈색이 됐다. 두 달 정도 더 기르면 머리가 어깨에 닿을 것 같다. 이대로 길러서 귀 뒤로 넘길 정도가 되면 편할 것 같다. 짧은 머리로 지내보기 전에는 목에 닿는 상쾌한 공기의 느낌이 이토록 좋은지 몰랐다. 무거운 머리를 달고 다니는 것보다, 마커스의 손이 닿는 것보다 훨씬 좋다. 어제 공항에서 만난 여자가 나에게 머리가 잘 어울린다고 말해줬다. 정확히는 대담해 보인다고 했다. 얼마나 대담해졌는지는 모르겠지만, 그 말을 듣고 보니 그렇게 되어가는 것 같기도 하다.

아직도 그의 목소리가 들리는 건 이상한 걸까? 그럴 때면 짜증이 나고, 가끔은 미칠 것 같기도 하다. 점심으로 먹을 수프 캔을 따서 데울 때나 자기 전에 이를 닦을 때면, 왜 그런 식으로 하느냐며 잔소리하는 그의 목소리가 들린다. "왜 치약을 쓰고 뚜껑을 안 닫아? 다 어지럽히고 있잖아. 왜 자꾸 아이스크림을 먹어? 끊어. 오늘 옷이 왜 그래? 히피처럼 보여."

왜 왜 왜. 잔소리 잔소리 잔소리.

하지만 난 이제 그 긴 시간 동안 그가 괴롭혀온 에마가 아니다. 그가 있을 때 하지 못했던 것들을 이제는 할 수 있다. 난 그를 무시할 수 있다. 떠들게 내버려두고, 그냥 아무것도 안 들리는 것처럼 행동하면 된다. 난 책을 읽고, 거품 목욕을 길게 하고, 브라우니 한 판을 구워 그 자리에서 절반을 먹어치운다. 이런 식으로 그가 월세도 안 내고 내 머릿속에 머물면서, 내 기분을 망치도록 내버려두진 않을 거다. 떠드는 사람은 있는데 들어주는 사람이 없으면 어떻게 되는 거지? 마커스가 정녕 거기에 있다고 말할 수 있나?

음악이 잦아들자 신도들은 자리에 앉는다.

목사님이 강단에 오르신다. 나의 상황에 맞는 설교를 해주시면 좋겠다. 용서, 새로운 시작, 아니면 착한 사람들이 나쁜 짓을 하고도 천국에 갈 수 있는 여러 이유에 대해. 하지만 그럴 확률은 거의 없겠지? 그리고 그렇게 간편하게 죄를 떨쳐버릴 수는 없을 거야. 인생은 예쁜 리본이 묶여서 나오는 선물 같은 게 아니니까. 목사님은 주님의 위대함에 대해 설교하신다. 조금 듣다 보니 내 마음은 산만해져 이리저리 배회하기 시작한다.

마커스가 옥상에서 떨어진 지 넉 달이 지났다. 경찰이 내 손목에 수갑을 채워 시내로 끌고 간 것도 어느새 넉 달 전의 일이다. 난 사실대로 모든 걸 얘기했지만 법의 처벌을 피해가진 못했다. 신분 위조, 사기, 도난당한 불법 무기 두 정 소지. 처음에는 2급 살인죄를 주장했지만, 내 변호인은 총 두 자루가 모두 총알이 없었음을 밝혔다. 클라이드가 나에게 준 총알은 끝끝내 발견되지 않았지만, 내 팔, 셔츠, 얼굴, 주황색 푸들 같은 머리에서 총알의 잔류물이 발견됐다.

이후 애틀랜타 경찰 당국은 유뱅크스 서장님에게서 전화 한 통을 받았다. 서장님은 사빈의 시체가 수면에 떠올랐을 때, 결정적인 단서가 함께 딸려 왔다고 말했다. 사빈은 심장박동 측정 기능 외에도 달리기, 자전거, 수영 등을 몇 바퀴나 돌았는지 알리는 기능이 탑재된 방수 스포츠 손목시계를 차고 있었다. 배터리를 충전하니 사빈이 GPS를 켜놨었다는 게 밝혀졌다. 그다지 놀랄 일은 아니지만, 호수까지 가는 사빈의 동선은 마커스가 운전했던 순찰차의 GPS와 일치했다.

마커스의 자동차에서는 온갖 서류가 든 바구니가 발견됐다. 내용물은 프린터로 출력한 이메일, 손으로 쓴 메모와 명단 등이었다. 그 서류들은 사빈을 찾을 목적이 아닌, 나의 위치를 추적하는 데 혈안이 된 한 남자의 모습을 설명해줬다. 그때부터 정당방위를 주장하는 나의 발언은 점점 신임을 얻게 됐다. 가짜 신분증과 불법 무기를 소지한 것 또한 그 타당성을 인정받았다. 애틀랜타 경찰 당국은 무거운 벌금형을 내리고 나를 풀어줬다. 그토록 완벽하게 조지아주 운전면허증을 위조한 사람의 이름을 대면 면제해주겠다는 제안이 있었지만, 난 벌금을 내는 쪽을 선택했다.

시내 취조실 철창살에 갇혀 땀을 뻘뻘 흘리며 지낸 그 시간 동안, 나는 절도죄가 추가되기를 기다리고 있었다. 샬린의 책상 서랍에서 돈을 훔친 게 나인지를 물어오길 기다렸다. 하지만 끝끝내 그 질문을 하는 사람은 없었다. 지난 4개월 동안, 난 목사님이 왜 나를 신고하지 않았을지에 대해 많은 생각을 했다. 어쩌면 내가 쓴 메모를 마르티나가 목사님께 보여주지 않았는지도 모른다. 어쩌면 목사님은 설교 말씀처럼 정말로 용서하고, 어려운 이들을 돕는지도 모른다. 언젠가 용기를 내서 꼭 여쭤보고 싶다.

내 옆에 있는 여자가 팔꿈치로 나를 살짝 찌르더니 내 무릎에 바구니를 내려놓는다. 잔가지로 엮은 네모난 광주리 안에는 구겨지고 접힌 지폐와 수표가 가득 들어 있다. 난 가방에서 봉투를 꺼내 그 안에 집어넣는다. 봉투 안에는 2천 달러가 적힌 자기앞수표와 20퍼센트 이자가 들어 있다. 이제 샬린의 서랍에서 꺼내 간 돈은 다 갚았다. 더 내고는 싶지만, 마커스의 사망 위로금이 들어오려면 조금 더 기다려야 한다. 유뱅크스 서장님은 마커스가 근무 중 순직한 것으로 처리됐을 경우에나 받을 수 있는 혜택들을 챙겨주셨다. 내가 그런 친절을 받을 자격이 있는지 모르겠다. 어쨌든 연금도 정상적으로 지급되고 부부 통장에서 빠져나간 장례비용도 보상해준다고 했으니 조만간 꽤 많은 돈이 들어올 예정이다. 그런데 유뱅크스 서장님은 나에게 그보다 더 값진 것을 주셨다. 서장실 책상에 앉아 마커스가 한 짓을 모두 얘기하자, 서장님은 나의 손을 잡고 내 남편이 하지 못한 말을 대신했다. 죄송합니다. 마커스가 한 짓에 대해, 그리고 경찰이 책임지지 못한 부분에 대해 진심으로 죄송합니다. 그 순간 난 심장이 무너져 내렸다. 수개월 전, 내가 서장님을 찾아갔다면 마커스는 아직 살아 있을지도 모른다. 감옥에 있겠지만, 그래도 살아는 있을 거다. 하지만 지난 7년 동안 나는 아무도 믿어서는 안 된다는 걸 배웠다. 경찰도 믿어서는 안 된다. 그래. 경찰이라면 더더욱 믿어서는 안 된다. 내가 마커스를 원망하는 수많은 이유 중, 가장 많이 생각하게 되는 게 바로 그 부분이다. 그는 내가 다른 사람을 신뢰하지 못하게 만들었다. 많은 이들이 베푸는 선행을 보지 못하게 만들었다.

난 기도 같은 걸 하는 부류는 아니지만, 지금 이곳은 기도하기에 참 좋은 장소 같다. 난 잉그리드를 위해 기도한다. 잉그리드는 울음이 멈추지 않아 사람들과 동생의 죽음에 관해 대화하는 것 자체가 힘든 지경이 됐다. 그 이야기를 들으러 온 사람 중에는 수십만 달러를 제시한 넷플릭스 측의 범죄 드라마 작가도 있었다. 난 트레버를 위해 기도한다. 트레버는 가족과 솔트레이크시티로 이사 갔다. 공동 양육을 할 수 있는 유일한 방편이었다. 난 제프리를 위해 기도한다. 제프리는 누구에게도 팔 수 없는 집에 갇힌 채, 자신이 벌지 않은 돈을 쓰며 살고 있다. 이웃들은 그와 상종하는 것 자체를 꺼리니, 사실상 제프리는 은둔자 생활을 하게 됐다. 게다가 연못에서 아내의 시신이 부패하고 있는 동안, 80킬로미터 떨어진 곳에서 맨디와 잠자리를 가진 이상한 놈으로 소문이 났다. 제프리가 유일하게 외출할 때는, 자기 앞마당 잔디를 밟은 행인들을 쫓아낼 때이다.

나는 그 누구보다 사빈을 위해 기도한다. 본인이 사랑받는 사람이었다는 걸 알기를, 마커스가 너무 오랫동안 고통스럽게 하지 않았기를 기도한다. 어디에 있든, 사빈이 평화를 찾기를 기도한다.

목사님이 슬슬 설교를 마무리하시자 나는 주변 사람들 사이를 비집고 나간다. 이곳에 온 목적을 달성했으니 이제 가야 한다.

"모든 질문에 답이 있는 건 아닙니다." 계단을 올라가려는데 목사님의 음성이 들려온다. "모든 문제에 해결책이 있는 건 아니죠. 하지만 마음을 연다면 그 불확실함 속에 은총이 있을 겁니다."

불확실함 속의 은총.

그 말이 내 발목을 잡는다. 돌아서 보니 목사님이 고개를 들고 나를 바라보고 계신다. 나는 온몸이 경직된다. 나를 알아보신 걸까? 이렇게 먼 거리에서 내 얼굴이 보일까? 난 LED 화면으로 목사님의 표정을 살핀다. 분명 나를 알아보신 것 같다.

목사님은 미소를 머금고 양팔을 날개처럼 뻗으신다. "불확실함은 우리를 의심하게 만듭니다. 하지만 동시에 빛과 환희와 놀라움을 선사하기도 하죠. 그리고 우리를 희망으로 안내합니다. 이 세상에 확실한 것은 없습니다. 모든 것을 다 알 수는 없습니다. 하지만 불확실함이 극에 달하는 순간, 기적이 일어납니다."

지난 4개월 동안 나는 정말 많은 눈물을 흘렸다. 생각하기 싫을 정도로 많이. 그리고 지금, 나는 교회 통로 한가운데 서서 또 한 번 통곡한다. 그런데 처음으로 내 눈물이 부끄럽지 않다. 소매로 눈물을 훔칠 생각도 하지 않는다. 그저 눈물이 흐르도록 내버려둔다. 왜냐하면, 이건 좋은 눈물이니까. 아니면 행복한 눈물, 모든 게 다 괜찮을 것 같은 그런 눈물이니까. 목사님의 말씀이 옳다고 나 자신에게 이야기한다. 불확실함 속에는 은총이 있다. 모든 게 다 괜찮아질 거다.

오케스트라 피트에서 밴드가 연주하기 시작한다. 그 선율은 내 뒤를 쫓아와, 계단을 지나 문밖으로 따라 나온다. 시월의 햇살은 밝다. 가을은 애틀랜타를 훨씬 편안한 곳으로 만들어준다. 푸른 하늘 아래로, 공기는 건조하고 바삭바삭하다. 난 태양을 향해 고개를 든다. 햇살이 내 피부를 한껏 데워주도록. 이래서 사람들은 교회에 오나보다. 가벼워지기 위해. 단 1시간이라도 두려움을 내려놓고 차분해지고 싶어서.

시계를 보니 파인블러프행 비행기가 뜨기까지 3시간 남았다. 그곳에 돌아가 집을 처리한 다음…… 어딘가로 떠나야겠지. 아직 결정하진 않았다. 하지만 옥상에서 그 일이 벌어진 후, 나에게는 바로잡아야 할 업보가 생겼다. 그리고 그 일을 이곳에서 시작하기로 정했다.

난 핸드폰을 꺼내 차타후치 강가에서 외웠던 번호를 누른다. 그 친구가 도둑일 수도 있겠지만, 내가 무슨 자격으로 그 사람을 판단하겠어. 사람이 생존을 위해선 뭐든 할 수 있다는 걸 난 누구보다 잘 아는데.

통화가 연결된다. 귀에 익은 허스키한 목소리가 '여보세요'라고 말한다. 그토록 감추고 싶어 하는 특유의 스페인어 억양이 묻어난다.

"여보세요? 마르티나? 나야. 에마 듀랜드."

위북은 '함께'의 '가치'를 소중하게 생각합니다.
독자 여러분들의 소중한 의견이나 투고 원고는
we-book@daum.net으로 보내주시기 바랍니다.

디어 와이프
© 위북, 2021

초판 발행일 · 2021년 8월 15일

지은이 · 킴벌리 벨 | 옮긴이 · 최영열

〈 책을 만든 사람들 〉
편집주간 · 추지영
마케팅 · 페이지원
디자인 · 디자인오투
홍보 · 김범식
물류 · 북앤더
지원 · 정현주 최영완 정명은 김태윤 김익수
제작총괄 · 안종태
제작처 · 월드페이퍼 한길프린테크 경문제책사

펴낸이 · 강용구
펴낸곳 · 위북(WeBook)
출판등록 · 2019. 10. 2 제2019-000271호
주소 · 서울시 마포구 양화로 127(서교동)
첨단빌딩 4층 432호
전화 · 02-6010-2580
팩스 · 02-6937-0953
이메일 · we-book@naver.com

잘못되거나 파본된 책은 구입하신 서점에서 교환해 드립니다.

ISBN 979-11-91618-03-7 (03840)
정가 15,800원